Jared Reck
Donuts und andere Zeichen
wahrer Liebe

JARED RECK

# DONUTS & ANDERE ZEICHEN WAHRER LIEBE

Aus dem Amerikanischen von
Mareike Weber

cbj

Bei diesem Buch wurden die durch das verwendete Material und die Produktion entstandenen CO$_2$-Emissionen ausgeglichen, indem der cbj Verlag ein Projekt zur Aufforstung in Brasilien unterstützt. Weitere Informationen zu dem Projekt unter:
www.ClimatePartner.com/14044-1912-1001

Penguin Random House Verlagsgruppe FSC® N001967

TRIGGERWARNUNG
Dieses Buch enthält potenziell triggernde Inhalte.
Deswegen findet ihr auf Seite 396 einen Hinweis.
Dieser enthält Spoiler für die gesamte Geschichte.

Für Dawn. Es ist jedes Mal für dich.

Sollte diese Publikation Links auf Webseiten Dritter enthalten, so übernehmen wir für deren Inhalte keine Haftung, da wir uns diese nicht zu eigen machen, sondern lediglich auf deren Stand zum Zeitpunkt der Erstveröffentlichung verweisen.

1. Auflage 2023
© 2023 der deutschsprachigen Ausgabe
cbj Kinder- und Jugendbuchverlag
in der Penguin Random House Verlagsgruppe GmbH,
Neumarkter Str. 28, 81673 München
Alle deutschsprachigen Rechte vorbehalten
© 2021 Jared Reck
Die amerikanische Originalausgabe erschien 2021 unter dem Titel:
»Donuts and Other Proclamations of Love« bei Alfred A. Knopf,
einem Imprint der Verlagsgruppe Penguin Random House LLC, New York
Übersetzung: Mareike Weber
Lektorat: Sarah Schugk
Umschlagkonzeption: Geviert, Grafik & Typografie unter Verwendung der
Abbildungen von © Shutterstock (kikk; Sundari) und © Getty Images (Maica)
MP · Herstellung: UK
Satz: Uhl + Massopust, Aalen
Druck: GGP Media GmbH, Pößneck
ISBN 978-3-570-16641-3
Printed in Germany

www.cbj-verlag.de

## HEJ-HEJ!-RULLEKEBAB & MUNKAR

# FESTIVALMENÜ

### RULLEKEBAB

**ORIGINAL** – fein gehobeltes gewürztes Rindfleisch, frisches Fladenbrot, Salat, Tomaten, Gurkenscheiben, Soße
**BLAUER PETER** – Rullekebab Original mit Blauschimmelkäse
**HEJ-HEJ!-SPEZIAL** – Rullekebab Original mit Ananas, Blauschimmelkäse, Jalapeño-Schoten
**CHAMPION** – Rullekebab Original mit Pilzen

### MUNKAR

**ÄPPLE MUNK** – frischer Donut mit süßer Apfelfüllung, Sahne und Zimtzucker
**BÄR MUNK** – frischer Donut, gefüllt mit Marmelade je nach Saison, Sahne und Zucker
**MUNKHÅL** – Mini-Donuts (Kringel) mit Zimt und Zucker
**MUNK SPEZIAL** – Donut-Spezialitäten je nach Saison

**KAPITEL 1**

---

# ZIEGENKÄSE-POUTINE: DAS GELOBTE LAND

ICH ROCH IMMER NOCH NACH FRITTEUSE, ALS ICH MICH an diesem ersten Samstag im September um sechs Uhr morgens aus dem Bett wälzte.

Am Abend zuvor waren wir lange im Einsatz gewesen. Der letzte *Food Truck Friday* der Saison im Springettsbury Park, und wir wurden vollkommen überrannt. Für mehr als eine Stunde reichte die Schlange von unserem Fenster bis auf die andere Seite des Schotterparkplatzes und jedes Mal, wenn ich eine neue Portion *Munkar* in die Fritteuse gleiten ließ, sprühten die Öltropfen zischend in die Höhe wie wütende Hornissen. Munkar – das sind schwedische Donuts.

Die Schule war seit zwei Wochen wieder im Gange und ich war jetzt schon total genervt. Am Samstag stand das Festival in der Innenstadt von York an, das würde unser letzter Einsatz für dieses Jahr sein. Danach lagen dann nichts als endlose nervtötende Schultage vor mir, den ganzen Herbst, Winter und Frühling lang.

Mein Abschlussjahr. Noch hundertzweiundsiebzig Tage.

»Fertig, *Gubben*?«, rief Farfar aus der Küche, wo er gerade die letzte Kühlbox unseres gestrigen Großeinsatzes neu gefüllt hatte. Es war ja kaum fünf Stunden her, dass wir zurück waren.

»Fertig.«

Auf der Küchenanrichte warteten zwei Thermobecher mit starkem Kaffee – meiner hell gefärbt durch einen ordentlichen Schuss Sahne und Zucker, Farfars tiefschwarz wie Teer.

Wir hatten gedacht, unter der Woche genügend Teig vorbereitet zu haben, um zwei Einsätze hintereinander bestreiten zu können. Womit wir nicht gerechnet hatten, war, dass sich das Trainingsspiel des *Pee Wee Football Clubs* mit dem kostenlosen Konzert dieser *Eagles*-Coverband überschneiden würde und unser gesamter Munkar-Teigvorrat im Nu aufgebraucht sein würde. Es war ein Glück, dass uns in dieser Nacht keine Sicherung durchgebrannt war, als wir die Akkus für das Festival am nächsten Morgen wieder aufluden.

»Hast du auch die Extrasoßen dabei, die ich gestern Abend eingepackt habe?«, fragte ich und nahm einen ersten vorsichtigen Schluck von meinem Kaffee.

»Ich hab die Kühlbox schon runter in den Wagen gebracht.«

»Du sollst keine Kühlboxen die Treppe runterschleppen, Farfar. Im Ernst jetzt. Ich hab doch gesagt, ich mach das.«

»Ach was.« Er winkte ab. »Du hast so lange unter der Dusche gestanden, dass ich gar keine andere Wahl hatte.«

Ich streckte die Arme aus und starrte auf meine abgetragenen Klamotten. Selbst nach unzähligen Waschgängen rochen all meine *Hej-Hej!*-T-Shirts immer ein bisschen nach Fritteuse.

Nicht unangenehm, aber trotzdem.

Farfar drückte mir eine weitere Kühlbox in die Arme, die mich fast zu Boden zog.

»Hier, Gubben. Die kannst du nach unten tragen. Hilf einem alten Mann, seinen schmerzenden Rücken zu schonen.«

Gubben bedeutet eigentlich »alter Mann« auf Schwedisch, ist aber scherzhaft gemeint, so als würde man einen kleinen Jungen »mein Großer« nennen. Farfar nennt mich so, seit ich mit vier Jahren zu ihm in die USA, hier nach Gettysburg, gezogen bin. Oscar ruft er mich so gut wie nie.

Koopa strich um Farfars Beine und verlangte laut maunzend und schnurrend Aufmerksamkeit, als wüsste sie, dass wir den ganzen Tag weg sein würden. Sobald Koopa die Kühlboxen sah, überkam sie eine regelrechte Trennungsangst.

Sofort nahm Farfar sie auf den Arm. »*Min lilla bebis sötnos*, ja. *Lilla kattkatt.*«

Sein grauer Pferdeschwanz streifte ihr graues Gesicht, während er in seiner albernen schwedischen Babysprache vor sich hin brabbelte und die jaulende Katze mit der Pfote nach seinen Haaren langte.

»Nun ist es aber gut«, sagte ich, während ich die Kühlbox voller Teig und Reservefruchtfüllung kaum noch halten konnte. »Das kann man ja nicht mit ansehen.«

»Ach, komm her, Gubben, du kannst gerne mitschmusen!«

Wir fuhren wie immer mit offenen Fenstern und aus den Lautsprechern plärrte Farfars Lieblingssender. Ich lehnte verschlafen meinen Arm aus dem Fenster und bekam von der 45-minütigen Fahrt in die Innenstadt von York kaum etwas mit.

Dies war unser drittes Jahr beim *What-the-Food-Trucks*-Festival, meinem Lieblingsfestival auf unserer Liste. Kurze Fahrt, großer Zulauf, coole Händler, Livemusik und Yorks College Girls noch in Ferienstimmung. Es stimmte einfach alles. Und da wir jede Woche ganz in der Nähe – im Springettsbury Park – standen, kamen mehr Kunden, die uns kannten, was ich auch immer toll finde. Es brachte mich auf den Gedanken, vielleicht eines Tages zusätzlich zu unserem Imbisswagen ein Café zu eröffnen – einen Ort, wo Stammgäste einkehren, die wissen, wo sie sitzen und was sie bestellen wollen.

Ich fragte mich, ob Farfar ein solches Stammcafé gehabt hatte – oder auch Amir – damals in Åland. Ob sie sich dort kennengelernt, ob sie sich dort verliebt hatten.

Wir hatten das dritte Jahr in Folge denselben Stellplatz, genau mitten drin. Alle Leute, die von den anderen Ständen in Richtung Park wollten, kamen direkt an unserem Wagen vorbei. Und ich liebte es, wenn Passanten versuchten, unseren Namen auszusprechen – »*Hej-Hej!?* Ach so, das heißt: Hallo … nett auch! – Ist das Schwedisch?« – gefolgt von Mutmaßungen wie »Die haben doch bestimmt diese Fleischbällchen« und »Verkaufen die auch Fisch? Essen die Leute in Schweden nicht alle Fisch?«. Darauf folgte wieder hörbare Verwirrung, gepaart mit spürbarer Neugier auf unser

Menü: »*Rullekebab* und *Munkar*? Das sind wohl Gyros und Donuts? – Mhm …«.

Wir verkaufen dort an einem Wochenende bestimmt an die tausend Munkar.

Und trotzdem wollte Farfar, dass ich in meinem Abschlussjahr jede Schulstunde mitmachte. Was für eine Verschwendung.

Sobald wir den Truck geparkt und an den Strom angeschlossen hatten, machten wir uns an die Arbeit. Farfar schmiss auf seiner Seite den Drehspieß an und briet das Gemüse, während ich die erste Portion Teig ausrollte. Ich konnte daraus zwei Dutzend Donuts ausstechen und noch mal dreißig bis vierzig *Munkhål* aus den Teigresten zwischen den Kreisen formen, um sie alle auf Bleche zu legen und aufgehen zu lassen, bevor sie in die Fritteuse kamen.

Das war für mich immer einer der schönsten Momente des Tages, dieses ruhige Arbeiten früh am Morgen, bevor die ersten Kunden auftauchten. Du konzentrierst dich ganz auf eine Sache, die du gut kannst, und weißt, dass alle anderen das in ein paar Stunden auch so sehen werden. Der Imbisswagen ist dann schon immer warm, aber noch nicht der glühend heiße Kasten, zu dem er später am Tag wird, wenn die Sonne auf uns herunterbrennt, die Fritteusen auf Hochtouren laufen und das spritzende Fett in der Hitze von Farfars Kebabgrill glitzert, eine Elektroheizung mit Fleischgeruch (eklig oder köstlich, je nachdem wie man es sieht).

»Ich dreh noch eine kleine Runde«, sagte ich, als ich mit meinen Vorbereitungen fertig war und meine Hände abtrocknete.

»Benimm dich, Gubben«, antwortete Farfar wie immer, ohne aufzusehen. Er hatte seine Nickelbrille in die Stirn geschoben und war dabei, Gurkenscheiben für den Tag zu schneiden und zu einer Pyramide aufzuschichten.

»Ja, ja, ich weiß. Nicht mehr als zwei Bier.«

Eine Gurkenscheibe traf mich am Hinterkopf, als ich über den Vordersitz aus dem Wagen kletterte.


An diesem Morgen drehte ich meine Runde mit einem ganz bestimmten Ziel.

Seit drei Jahren stand auch der umgerüstete Brötchenwagen des *Windswept* Cafés an demselben Platz, nämlich in der Ecke am anderen Ende des Parks. Auf dem direkten Weg zu ihrem Wagen konnte ich mir also einen guten Überblick über die anderen Angebote verschaffen: *Tot to Trot*, *Uncle Tommy's Stuffed Pretzels*, *Three Hogs*. Verlockende Angebote, ganz sicher, aber nicht das, worauf ich wirklich aus war: Ziegenkäse-Poutine. Feinstes kanadisches Fast Food aus frisch zubereiteten Pommes und kräftiger, sämiger Bratensoße. Gemischt mit ein paar anderen leckeren Geheimzutaten. Und cremigem, würzigem Ziegenkäse.

Mein Gott, dieses Zeug war wirklich eine Erweckung.

Carl und Cathy, die Eheleute, denen der Wagen laut meiner Internetrecherche gehörte, wuselten darin umher, als ich vor ihrem Fenster auftauchte, und waren eine knappe Stunde vor der offiziellen Eröffnung schon ganz schön ins Schwitzen geraten. Carl hatte einen Stoppelbart und trug eine umgekehrte Baseballkappe auf dem Kopf; Cathys hellbraune geflochtene Zöpfe schauten unter einem gelben Bandana hervor.

Während ich noch überlegte, ob ich sie unterbrechen sollte oder nicht, überflog ich ihre Menütafel. Und tatsächlich, da stand es, ganz unten auf der Tafel, angepriesen als »Festivalspezial« mit dem Vermerk: »Solange es genügend Soße und Ziegen gibt«!

»Hi, was kann ich für dich tun, Chef?«, rief Carl mir über die Schulter hinweg zu, nachdem ich an den Rahmen ihres Fensters geklopft hatte. »Es dauert noch eine kleine Weile, bis wir öffnen.«

»Ich weiß«, antwortete ich. »Ich wollte mich nur bedanken, dass ihr die Poutine wiederbelebt habt. Das Zeug geht mir seit zwei Jahren nicht mehr aus dem Kopf.«

Jetzt drehte sich Carl ganz um und trat neben Cathy ans Fenster.

»*Hej-Hej!?*«, fragte er, wischte sich mit dem Ärmel über die Augenbrauen und musterte mein T-Shirt.

»Das ist unser Foodtruck«, erklärte ich und deutete vage auf die andere Seite des Parks.

»Warte, bist du Eriks Enkelsohn?«

Ich nickte und Carls Gesicht hellte sich auf. Cathy lehnte sich an seine Schulter und strahlte mich ebenfalls an. Keine Spur mehr von Stress und schlechter Laune.

Für die nächsten zehn Minuten hörten sie gar nicht mehr auf zu plappern. Wie sie als Studenten in Gettysburg Farfar kennengelernt hatten und beide nach seinen Rullekebab süchtig geworden waren. Oft standen sie an seinem Imbiss und ließen so manchen Kurs sausen, um mit ihm zu quatschen.

»Wir haben beide Biologie studiert und nach unserem Abschluss im Labor gearbeitet, in Jersey. Pharmaindustrie. Super Bezahlung«, erzählte Cathy, während Carl sich wieder an die Vorbereitungen machte.

»Es war furchtbar«, warf Carl ein und schüttelte den Kopf.

»Ja, es war furchtbar«, stimmte ihm Cathy zu. »Eigentlich haben wir es nur deinem Großvater zu verdanken, dass wir uns getraut haben, das hier aufzuziehen.«

Inzwischen war ich drauf und dran, eine Kostprobe der Ziegenkäse-Pommes zu erbetteln – wenn nötig zum doppelten Handelswert –, als Carl zurück ans Fenster trat. In jeder Hand zwei randvolle Schalen des gelobten Göttermahls.

»Bring deinem Großvater eine Portion mit und erzähl mir, was er davon hält.«


»Was haste denn da?«

Jorge, mein bester Freund. Er grinst mich aus dem Imbisswagen heraus an, das zu kleine *Hej-Hej!*-T-Shirt nach unzähligen Wäschen verblichen, das dichte schwarze Haar wie bei Cathy mit einem aufgerollten Bandana aus der Stirn geschoben. Wie üblich war er weniger als eine halbe Stunde vor dem Startschuss dazugestoßen. Um ehrlich zu sein, gibt es aber auch keinen Grund, in aller Herrgottsfrühe aufzustehen, wenn man nur die Kunden am Fenster bedient – vor allem, wenn man mit dem eigenen Auto kommt.

»Ziegenkäse-Poutine. Finger weg!«

Ich stellte die zwei Schalen auf das Armaturenbrett und kletterte wieder in den Truck. Jorge nutzte diese acht Sekunden, um sich ein paar Pommes in den Mund zu stopfen, und schleckte sich die Bratensoße von den Fingern. In seinem Mundwinkel hing ein Ziegenkäsekrümel.

»Alter, das ist krass«, brachte er zwischen seinen Fingern hervor, während er mit der anderen Hand noch einmal nach den Pommes griff.

»Ja, nicht?«

Farfar lächelte nur, als ich ihm von Carl und Cathy erzählte, und stellte die unangetastete Schale Pommes neben sich.

»Nette Leute, Gubben.«

Ich wartete, ob er noch mehr erzählen würde, aber das war alles, was er sagte, bevor er sich mit einem zufriedenen Grunzen zwei vor Soße triefende Pommes in den Mund schob und zu seinem Arbeitsplatz zurückkehrte.

Trotzdem vergaß er nicht, seinen üblichen Witz über Jorges blendendes Aussehen zu machen.

»Früher war ich hier der Augenschmaus, Gubben«, meinte er grinsend. »Jetzt ... bin ich eher ... visueller Ballaststoff.«

»Gut zum Scheißen«, sagte Jorge lachend und gab Farfar einen kumpelhaften Klapps auf die Schulter, bevor er sich zwei weitere Fritten schnappte.

Farfar stimmte in sein Lachen ein. »Der ist gut!«

Ich schüttelte den Kopf. Hätte ich das gesagt, hätte Farfar die Stirn gerunzelt und sich über meine unangemessene Ausdrucksweise beschwert.

Ich ließ die beiden weiter über ihre Witze kichern und machte mich daran, die ersten Munkar in die Fritteuse zu werfen – um einen Vorsprung zu haben, bevor sich die ersten Kunden anstellten.

Und dann begann der Tag erst richtig. Die nächsten vier und mehr Stunden erlebten wir wie durch einen Schleier – einen sehr heißen, sehr fettigen, sehr schweißtreibenden Schleier.

Es war toll, Jorge als unseren dritten Mann dabeizuhaben. Mit seinem strahlenden Lächeln, seinem wallenden Haar und seiner lockeren Art, mit allen Leuten so zu reden wie mit alten Freunden, schien er tatsächlich ein attraktiver Anziehungspunkt für unsere Kunden zu sein. Aber nicht nur das – er wusste genau, wie die Arbeitsabläufe im Truck zu managen waren.

Er wusste, dass er Farfar am Grill Zettel zuschieben musste, damit dieser die Bestellungen lesen und dann abhaken konnte.

Er wusste, dass für mich an der Munkar-Station schriftliche Bestellungen nie funktionieren würden, dass er mir die Kundenwünsche einfach zurufen konnte und ich sie mir merken würde.

Er wusste, wie er vier oder fünf Bestellungen auf einmal aufnehmen konnte, um dann die Kunden in ein Gespräch zu verwickeln, bis wir die Portionen abgefüllt hatten und er weitermachen konnte.

Er war Augenschmaus *und* gut zum Scheißen. Sein Witz, nicht meiner.


Als die letzten sonnenverbrannten, bierseligen Kunden gegangen waren, reichte Farfar Jorge ein Bündel Dollarscheine.

»Hau es nicht alles auf einmal auf den Kopp«, sagte er und klopfte Jorge freundschaftlich auf den Rücken.

»Ich werd es überhaupt nicht auf den *Kopp* hauen«, antwortete Jorge, stopfte die Scheine in seine alte Geldtasche mit Klettverschluss und steckte sie in die Gesäßtasche seiner Army-Shorts. »Hoffentlich reicht es für ein oder zwei Fachbücher im nächsten Jahr.«

»Oh, hast du dich entschieden, wo du dich bewerben willst?«, fragte Farfar und ich schwöre, ich konnte spüren, wie er krampfhaft versuchte, mich dabei nicht anzusehen.

»Wir haben uns diesen Sommer ein paar Unis angeguckt. Ich würde gerne hier in Gettysburg bleiben. Jesus will lieber etwas weiter weg, glaube ich. Das Dickinson und Elizabethtown haben uns gut gefallen. Die Loyola University hat ein Riesen-Sportprogramm. Jesus hat dort mit einem der Trainer gesprochen.«

»Ihr spielt doch beide Fußball. Gibt es da nicht irgendwo einen Package-Deal?«

»Mal sehen. Für Jesus bestimmt. Kommt drauf an, wer uns das beste Stipendium bietet.«

Nicht, dass die Zwillingsbrüder ein Sportstipendium nötig gehabt hätten. Jorge war Klassenbester, dicht gefolgt von Jesus, auch wenn ich mir nicht sicher war, ob das sonst irgendjemand wusste. Er verlor nie ein Wort darüber, auch wenn die anderen in der Kantine ständig ihre Prüfungsergebnisse verglichen und wie zufällig ihren eigenen, glänzenden Notendurchschnitt erwähnten. Es war ein bizarrer, passiv-aggressiver Wettstreit in geheuchelter Bescheidenheit, um zu sehen, wer durch eigene Herabwürdigung die meisten Komplimente erhaschen konnte. Und Lou – Farfars geliebte Lou – war die Schlimmste von allen.

Ich reichte Jorge eine Riesentüte übrig gebliebener Donuts, bevor er sich nach den letzten paar Nachzüglern aus dem Staub machte. Er und Jesus hatten heute Abend noch ein Spiel und ich wusste, er würde danach den ganzen Sonntag – und wahrscheinlich den Großteil des Feiertags am Montag – mit Hausaufgaben und Lernen verbringen.

»Bis Dienstag, Alter«, rief er, während er sich schon rückwärts von unserem Imbisswagen wegbewegte und die Papiertüte mit den Donuts vor die Brust presste. »Dann kannst du dein wahres Ich zeigen, Oscar.«

Ich schnappte mir eine Papierserviette und hielt sie vor meine andere Hand, um dann langsam meinen Mittelfinger zum Vorschein kommen zu lassen. Jorge lachte, winkte mir noch einmal zu und ging zu seinem Auto.


»Wie steht es dieses Wochenende mit Hausaufgaben, Gubben?«, fragte Farfar auf der Fahrt nach Hause. Als wir von der Route 30 abbogen, stand die glutrote Sonne so tief am Himmel, dass es aussah, als würden wir direkt auf sie zufahren.

Mit einem erschöpften Stöhnen vergrub ich mein Gesicht in den Händen und tat, als hätte ich ihn nicht gehört. »Ich kann nicht glauben, dass dies das letzte Festival des Jahres gewesen sein soll«, sagte ich stattdessen. »Bist du sicher, dass es nicht noch ein paar andere gibt, bei denen du gerne dabei wärst? Es macht mir auch nichts aus, wenn es weiter weg ist – ich könnte doch auch mal ein Stück fahren …«

»Eines Tages, Gubben.«

*Eines Tages, Gubben.*

Ich hatte schon so viele Male »Eines Tages, Gubben« gehört.

»Du weißt ja, ich hätte auch einfach Englisch, Rhetorik, Sport belegen können – Sport hätte es sogar Online gegeben – und wäre fertig gewesen. Ich hätte einen Großteil des Tages mit dir im Foodtruck verbringen und es mir als Praxiserfahrung anrechnen lassen können.« Ich machte eine dramatische Pause. Seit meinem ersten Jahr auf der Highschool lasse ich regelmäßig Bemerkungen über das Berufserfahrungsprogramm unserer Schule fallen. »Ist das deine Art, mir zu sagen, dass du keine Zeit mit mir verbringen willst?«

Eine billige Masche, um Farfar ein schlechtes Gewissen zu machen. Worauf er nicht ansprang.

»Ein Online-Sportkurs – wie soll das denn funktionieren?«

»Ich weiß auch nicht, vielleicht postet man Videos von sich, wie man Kniebeugen und Liegestützen macht?«

Er beugte sich zu mir und drückte meinen Arm. »Kann ich dich bei deinen Liegestützen filmen, Gubben?«

»Nur wenn ich dich filmen darf, wie du Bauchpressen machst«, antwortete ich und kniff ihm in die Seite.

»Man darf den Fahrer nicht zwicken, Gubben. Sicherheit geht vor.«


Ich wünschte, ich hätte da schon gewusst, dass dies das letzte Festival sein würde, von dem wir zusammen nach Hause fuhren.

## KAPITEL 2

# ICH SCHÄTZE, WIR GRÜBELN BEIDE GANZ GERNE

AUF DER HINTERTREPPE DES CHRISTLICHEN HILFSDIENSTS saß schon das übliche Grüppchen. Als wir an diesem Abend in der kleinen Gasse hielten, begrüßten uns die Männer lautstark: »Na, da kommt ja Santa Claus!«

Farfar kicherte, als er vom Fahrersitz kletterte, und es hätte nicht viel gefehlt und er hätte mit »Ho ho ho« geantwortet.

»Waren denn auch alle brav heute?«

»Mist, dann krieg ich wohl nix ab«, rief einer der Männer – Tommy – wie üblich.

Es waren überwiegend ältere Männer aus Obdachlosenheimen und Rehabilitationszentren. Einige hatten eindeutige Behinderungen, bei anderen war es schwer zu sagen.

»Oft steckt Sucht dahinter, Gubben«, hatte mir Farfar erklärt. »Aus der Bahn geraten und alles verloren.«

Dies war also unser kleiner humanitärer Beitrag, den wir leisten konnten.

Wir reichten jedem von ihnen einen Rullekebab – Farfar wusste genau, welche Sorte jeder der Männer am liebsten mochte –, in Folie eingepackt und noch warm, zusammen mit einer Tüte Donuts. Er kannte auch die meisten der Männer mit Namen, nur hin und wieder tauchten neue Typen auf, hohlwangig und argwöhnisch gegenüber unseren Spenden.

»Ich versuche sie mir immer als Kinder vorzustellen, Gubben. Irgendwann saßen sie alle einmal wie du in einem Klassenzimmer und spielten in der Pause auf dem Schulhof.«

Ich fragte mich, ob er sich in solchen Momenten auch meinen Dad vorstellte. Seinen Sohn – als Kind, am Endpunkt seines Lebens, auf dem Weg dazwischen. Mein Dad starb, als ich erst ein paar Jahre alt war, in Åland, wo ich geboren bin. An einer Überdosis. Farfar hatte damals schon mehr als zehn Jahre hier in Gettysburg gelebt, mit Amir, und keinen blassen Schimmer, was auf der anderen Seite des Ozeans passierte.

Wir brachten die übrigen Imbissreste nach drinnen, wo Rhonda bereits dabei war, nach der Essensausgabe die Küche aufzuräumen. Sie hatte ihre langen Zöpfe zu einem riesigen Kranz auf dem Kopf zusammengebunden und roch nach Schweiß und Babypuder und ein bisschen nach Fertigsoße, ein Geruch, der auf mich schon immer seltsam beruhigend gewirkt hatte. *Genauso* sollte jemand riechen, der mit vollem Einsatz dabei war, die Armut der Welt zu bekämpfen.

»Na, wie läuft die Schule?«, fragte Rhonda und legte den Arm um meine Schulter. »Ich kann nicht glauben, dass du schon im Abschlussjahr bist.«

Ich zuckte die Achseln. »Schule ist immer noch Schule.«

Rhonda nickte, schenkte Farfar ein breites Lächeln und wandte sich den Imbissschachteln zu, die wir auf die Anrichte gestellt hatten. »Hast du schon was für nächstes Jahr entschieden? College?«

»Nee, wahrscheinlich einfach das hier«, sagte ich und hoffte inständig, dass sie mich nicht noch mal auf die Schule ansprechen würde. »Er gibt es nicht gern zu, aber Farfar vermisst mich tagsüber total.«

Farfar lachte in sich hinein. »Ja, ja. Ich vergieße viele Tränen, Gubben.«

»Also, ich finde das süß«, sagte Rhonda und stupste Farfar mit einer der Munkhål-Tüten gegen den Arm. »Euer Truck bedeutet den Menschen in unserer Gegend viel. Mehr als nur Donuts.« Sie fischte einen gezuckerten Kringel aus der Tüte und schloss genussvoll die Augen, als sie hineinbiss. »Mmh ... wobei eure Donuts schon echt spitze sind.«

Die Jungs draußen leckten sich die Kebabsoße von den Lippen und verabschiedeten uns lachend. Noch ein paar Santa-Claus-Witze und das war's. Wir hüpften wieder in unseren Truck und rumpelten die letzten paar Straßen nach Hause.

Farfar hatte die Wii schon angeschlossen, als ich nach der Dusche aus dem Badezimmer kam, und die Musik des *Mario-Kart*-Menüs dröhnte aus dem Fernseher. Koopa – die Katze, nicht die Schildkröte aus dem Spiel – lag zusammengerollt auf Farfars Schoß. Farfar saß auf dem Sofa und hatte genau wie Koopa glückselig die Augen geschlossen. Die eine Hand hielt auf seinem Bauch ein Glas Bier, die andere streichelte Koopas graues Fell.

Ich ließ mich am anderen Ende der Couch in die Polster sinken und griff nach meinem Controller.

»Alles startklar? Bist du bereit, dich an die Wand *spiiiielen* zu lassen?«, fragte er und ahmte das Kreischen des Kranichs nach. Er führte sein Bierglas an die Lippen und schloss noch einmal genussvoll die Augen. Wahrscheinlich war es schon sein zweites Bier.

»Heute Abend gewinne ich, Alter. Ich bin voll im Flow und du siehst müde aus.«

Sofort öffnete er die Augen, grinste breit und holte sein geliebtes blaues Gamepad hervor – das beste *Lillajul*-Geschenk, das ich ihm je gemacht hatte.

»Wollen wir es ruhig angehen lassen und mit dem *Pilz-Pass* anfangen oder bist du bereit für eine echte Herausforderung?«

»Ich bin bereit für jede Strecke, die du fahren willst«, sagte ich und grinste zurück.

Farfar lachte nur in sich hinein – ohne die ausgelassene Heiterkeit, mit der er die Jungs beim Christlichen Hilfsdienst begrüßte, wie mir auffiel. Dann schaltete er direkt zum *Regenbogen-Boulevard* und setzte mich prompt außer Gefecht.

Später, als er eine Reihe von Siegen in der Tasche und ein drittes Bier in der Hand hatte, lehnte er sich zurück und stieß einen langen, wohligen Seufzer aus.

»Du hast dich gut geschlagen heute, Gubben.«

Ich lächelte. »Nächstes Mal nehme ich einen neuen Character.«

Ich war mir nie sicher, ob sie beide zusammen emigriert waren, Farfar und Amir, oder ob einer von ihnen zuerst hierhergezogen war und den anderen überzeugt hatte nachzukommen. Farfar war nie besonders gut darin gewesen, die Lücken in seinen Erzählungen zu schließen. Aber ich weiß, dass letzten Endes beide alles in Åland zurückließen, um nach Amerika zu ziehen. Für Amir war das der Familienbetrieb, den er mit seinen Eltern und Brüdern führte, ein beliebter Kebabimbiss in Mariehamn. Für Farfar waren es sein Job als Bauingenieur der Insel und, was noch wesentlicher war, seine Familie. Eine Ehefrau und einen Sohn – meine *Farmor* und meinen Vater.

Ich weiß, dass ich dort geboren bin, dass ich als kleiner Junge in Mariehamn gelebt habe – kurzzeitig bei meiner Mom und meinem Dad, aber die meiste Zeit bei Farmor – meiner Großmutter. Ich habe nur ein paar blasse Erinnerungen daran. Farfar war da schon hier in Gettysburg und hatte mit Amir sein zweites Leben als Foodtruck-Entrepreneur begonnen.

Wir waren beide ziemlich durcheinander, als er mich zu sich in die USA holte. Beide mussten wir uns von heute auf morgen in einer neuen Welt zurechtfinden. Farfar trauerte noch um Amir, der weniger als ein Jahr zuvor gestorben war, da starb plötzlich auch noch sein Sohn. Und mit mir hatte er nun einen kleinen, armseligen Schützling am Hals, der ihn täglich an die Schande erinnerte, seine Familie verlassen zu haben.

Ich war noch zu jung, um zu verstehen, dass jetzt Farmor an der Reihe war, Anspruch auf ein neues Leben zu erheben, weil man manchmal nicht endlos in einer Situation verweilen konnte, die man nicht selbst verschuldet hatte.

Der Imbisswagen war für wohl zehn Jahre nicht bewegt worden, mal abgesehen von ein paar lokalen Einsätzen, mit denen sich Farfar wieder an die Arbeit im Foodtruck herangetastet hatte, bis er eines Tages beschloss, mit mir als zweitem Mann wieder durchzustarten. Und ich schwöre, auf diesem ersten Festival, das wir zusammen ansteuerten, verwandelte Farfar sich vor meinen Augen. Auf einmal war er ein ganz anderer Mensch, charmant und gesprächig, mit einem dröhnenden Lachen und breiten Lächeln für unsere Kunden. Zum ersten Mal bekam ich einen flüchtigen Einblick in das Leben, für das er sein altes zurückgelassen hatte – sein Leben, bevor ich hier aufgetaucht war. Ein Abschnitt von vielleicht zwanzig Jahren, den er irgendwann im Rückblick als »sein Leben« bezeichnen würde.

Ich stellte mir oft die Frage, welche Seite von ihm die Menschen in Åland gekannt hatten. In seinem Bauingenieurleben. Oder in welche Seite sich meine Farmor verliebt hatte, als sie beide jung gewesen waren. War er damals auch so fröhlich und charmant? Oder hatte sich Farmor eher zu dem hochgewachsenen, grüblerischen Typen hingezogen gefühlt? Hatte sie beide Seiten von ihm kennen und lieben gelernt?

Und: Hatte sie auch nur die leiseste Ahnung davon gehabt, was noch auf sie zukommen würde?

Als wir an jenem Abend nach unserem ersten Festival nach Hause kamen, in jenem Sommer vor der Highschool, war ich so erschöpft wie noch nie in meinem Leben. Im Vergleich dazu waren die Lunch-Lieferungen und kleineren Events, bei denen ich Farfar bis dahin geholfen hatte, gar nichts gewesen. Acht Stunden auf den Beinen, an einer Fritteuse in einem glutheißen Imbisswagen, ständig im Einsatz, um mit den nicht abreißenden Bestellungen von Munkar mitzuhalten. Ich hatte das Gefühl, als wären meine Arme übersät mit winzigen Brandwunden von den Ölspritzern, die aus der Fritteuse schossen wie unsichtbare Hornissen. Und als wäre mein ganzer Körper von einem Fettfilm überzogen.

Ich erinnere mich, wie er mich vom Sofa aus angrinste, ein Bier in der Hand und das graue Haar noch immer zu einem Pferdeschwanz zusammengebunden. Er hatte immer noch diesen Ausdruck auf dem Gesicht, den er im Truck schon den ganzen Tag über gehabt hatte und der so ziemlich das Gegenteil von grüblerisch war.

»Du hast dich gut geschlagen heute, Gubben«, hatte er gesagt.

»Im Ernst jetzt? Ich dachte, ich war der totale Versager. Ich hab gehört, wie sich die Leute über die Wartezeit beschwert haben.«

Er nahm einen Schluck Bier und winkte ab, immer noch mit einem Grinsen auf dem Gesicht.

»Das ist doch gut, Gubben. Die Leute konnten gar nicht genug bekommen von deinen Donuts. Sie verkauften sich am laufenden Band, den ganzen Tag lang.«

Und in diesem Moment verstand ich, dass er recht hatte. Auch wenn ich vollkommen erschossen war, mich vollkommen eklig fühlte, ging es mir gleichzeitig richtig gut. Die

Leute konnten nicht genug von unseren Donuts bekommen – »deinen Donuts« hatte er gesagt – und es war das erste Mal, dass ich es in dieser Dimension spürte: Nicht nur er und ich mochten mein Essen, oder unsere Nachbarinnen Maggie und Juliet, sondern buchstäblich Tausende von Leuten mochten mein Essen. Waren dafür bereit, zwanzig Minuten in der brütenden Hitze Schlange zu stehen.

Und seitdem liebe ich es, im Foodtruck zu arbeiten und Donuts zu frittieren.

Natürlich war es Farfar, der mir zuerst das Backen und Kochen beibrachte. Solange ich zurückdenken kann, ließ er mich in der Küche mithelfen. Meine kleine Mumin-Schürze hängt noch heute neben dem Kühlschrank. Sie passt nicht mehr, aber sie ist nach wie vor da, unter zwei oft getragenen Schürzen – eine für jeden von uns.

Eines Morgens, als ich ungefähr fünf war, bemerkte er, dass ich nicht nur viel Spaß daran hatte, mit ihm zu kochen, sondern auch ziemlich gut darin war – vorsichtig beim Abmessen, fähig, seinen Anweisungen zu folgen. Von da an war das Kochen unser Ding. An jenem ersten Tag waren es nur Pfannkuchen – mit Schoko, denn das sind die besten –, aber seitdem haben wir alles Erdenkliche zusammen zubereitet. Allerdings auch immer wieder Pfannkuchen.

Für Pfannkuchen ist man nie zu groß.

Auch Farfar hatte sich an jenem Tag gut geschlagen.

**KAPITEL 3**

# PAPIERTÜTEN KANN MAN NICHT NUR ZUM EINKAUFEN GEBRAUCHEN

ICH HABE FARFAR NIE VON DEM PAPIERTÜTENREFERAT erzählt. Ich glaube, ich wollte das alles einfach verdrängen. Nicht nur, dass ich ein weiteres Jahr Englischunterricht über mich ergehen lassen musste, meine Schule verlangte auch noch von jedem in der Abschlussklasse, eine zusätzliche Einheit Rhetorik zu belegen. Was doch wirklich übertrieben scheint, oder? Hätte man diese Unterrichtseinheiten nicht auch irgendwie kombinieren können? Hätte man bei ohnehin schon achtundzwanzig Wortschatzeinheiten nicht einfach noch ein Papiertütenreferat einschieben können?

Das Schlimmste aber war, abgesehen davon, dass man vor der Klasse stehen und Reden halten musste, neben diesem Mädchen zu sitzen, das ich nicht ausstehen konnte und das ganz offensichtlich auf mich herabblickte.

Mary Louise Messinger. Genannt *Lou*.

Es war der Dienstag nach eben jenem letzten Festival. Jorge beugte sich von der anderen Seite des Tisches zu mir herüber. »Na, was ist in deiner Tüte?«

»Da musst du bis zu meiner Rede warten«, flüsterte ich zurück. »Dann werde ich euch mein wahres Ich offenbaren. Anhand von drei Gegenständen.«

Jorge grinste.

Lou beachtete uns nicht und studierte die Notizen auf ihren Karteikarten, obwohl sie sicherlich alles perfekt auswendig gelernt hatte. Ihre Lippen bewegten sich lautlos beim Lesen, ihre Finger zwirbelten das Ende ihres langen Zopfes.

Ihre Papiertüte, ein weißer Sandwichbeutel, war oben mit einem ordentlichen Knick verschlossen. REFERAT stand darauf fein säuberlich in lilafarbenem Edding. Ich konnte nicht anders, als mir ihr superordentliches Regal zu Hause vorzustellen. Bestückt mit reihenweise weißen Sandwichbeuteln, alle auf dieselbe Weise gefaltet, alle mit demselben lilafarbenen Edding beschriftet: REFERAT, LUNCH FÜR DIENSTAG, ABGETRENNTE GROSSE ZEHEN VON OPFERN …

»Dann lasst uns mal anfangen«, sagte Mrs Sommers von ihrem Pult aus. Dann schmunzelte sie und sah mich direkt an. »Findet heraus, wer ihr wirklich seid. Anhand von drei Objekten.«

Ich hatte wohl zu laut geflüstert.

»Und damit ihr euch nicht alle darum reißt, als Erstes dranzukommen, werden wir den *Select-O-Tron 3000* zu Hilfe nehmen.«

Sie nahm eine umgedrehte Baseballkappe von ihrem Tisch und schüttelte sie, sodass die nummerierten Eisstiele darin gegeneinanderklackerten.

Sie trat vor, ging an der ersten Reihe vorbei und blieb vor meinem Tisch stehen. »Oscar, das Schicksal liegt jetzt in deinen Händen, greife hinein.«

Sie schüttelte die Mütze noch einmal flüchtig und zwinkerte mir zu.

Vielleicht denkt ihr jetzt, ich hätte Angst davor gehabt, den Eisstiel mit der Nummer eins zu ziehen. Aber die Wahrheit ist, dass ich den Rhetorikkurs gar nicht so schlecht fand, wie ich erwartet hatte – nicht so furchtbar wie den normalen Englischunterricht zumindest. Kein Vorlesen von unbekannten Texten vor der Klasse. Keine Schulbücher mit hin und her springenden Buchstaben und unzähligen Lücken, die gefüllt werden müssen. Keine vollkommen irrelevanten Bücher von verstorbenen weißen Männern. Nur Zeit zum Planen, Zeit zum Üben. Aufstehen und sprechen. Easy. Als würde man mit Kunden quatschen.

Und Farfar wäre stolz auf mich gewesen. Ich konnte mich verkaufen. Die anderen hingen geradezu an meinen Lippen. Nach mir als Zweites dranzukommen würde schwierig werden – vor allem, nachdem ich meinen dritten Gegenstand aus der Papiertüte gezogen hatte: eine weitere Tüte voller Munkhål, die ich am Abend zuvor noch schnell gebacken hatte.

»*Munkhål?*«, fragte Mrs Sommers und brach damit ihren eigenen Grundsatz, während einer Rede keine Fragen zu stellen. Sie hielt sich sogar verschämt die Hand vor den Mund und sah mich entschuldigend, aber auch gespannt an.

»Munkar ist das schwedische Wort für Donuts«, erklärte

ich. »Das ist mein Job in unserem Foodtruck – die Munkar zuzubereiten, während mein Großvater« – ich erklärte auch, was *Farfar* bedeutet – »die Rullekebabs macht. Ein einzelner Donut ist ein Munk. Und Munkhål …« Ich machte eine Kunstpause und hielt einen gezuckerten Donut-Ring zwischen Daumen und Zeigefinger in die Höhe. »Sind Mini-Donuts.« Und dann steckte ich mir einen in den Mund, bevor ich mit der Tüte durch den Raum ging, um jedem ebenfalls einen anzubieten.

Wie ich schon sagte, diesen Vortrag zu überbieten war nicht so einfach.

Als Erstes hatte ich eines meiner *Hej-Hej!*-T-Shirts gezeigt und über die magische, wenn auch unkonventionelle Kombi von Rullekebab und Munkar gesprochen. Dann hatte ich meine kleine Mumin-Schürze herausgeholt und alle hatten sich interessiert vorgebeugt, um die Figuren auf der Vorderseite besser erkennen zu können.

»Ich hatte schon immer eine Schwäche für Tofslan und Vifslan«, sagte ich und deutete auf die Zwillinge, die zu meinen Lieblingsfiguren gehören.

Mrs Sommers strahlte mich an. Tatsächlich, sie strahlte. Ich war mir nicht sicher, was sie von mir wusste, was sie vielleicht von den anderen Englischlehrern über meine ständigen Schwierigkeiten – meine »Teilnahmslosigkeit und den mangelnden Leistungswillen« (Mrs Claybaugh in der Mittelstufe) – gehört hatte. Vielleicht hatte sie im August meinen Namen auf ihrer Kursliste gesehen und sofort gedacht: Na toll, von dem Jungen hab ich ja schon einiges gehört.

Aber jetzt strahlte sie mich an.

»Also, das war wirklich ein toller Anfang«, sagte sie mit vollem Mund und wischte sich den Zucker von den Händen.

Mrs Sommers war echt einer der wenigen Lichtblicke in meinem Abschlussjahr.

Hinten in ihrem Zimmer stand dieser riesige, lebensgroße Pappaufsteller von Bella und Edward aus den »Twilight«-Filmen. An der Wand hingen Poster von »Der Unsichtbare« und »Schlachthof 5«, Theaterbilder von Shakespeare-Aufführungen, dem Musical »Hamilton«, »Dear Evan Hansen« und anderen Broadway-Shows, von denen ich noch nie gehört hatte. Eine Pinnwand mit Fan-Art von Schülerinnen und Schülern, die ihre Lieblingsbücher vorstellten.

Es gab so viel zu betrachten, wenn meine Gedanken abschweiften.

»Edward, die verstehen das einfach nicht«, sagte sie manchmal spontan zu dem Pappaufsteller am hinteren Ende des Klassenzimmers. Ich glaube, Bryce Heiland war das richtig peinlich, was mich umso mehr amüsierte.

Jedenfalls, Jorge warf mir seinen Eisstiel mit der Nummer 2 entgegen, als ich mich wieder hinsetzte, und schüttelte den Kopf.

»Vielen Dank auch«, sagte er, erhob sich steif von seinem Stuhl und griff nach seiner Papiertüte auf dem Boden, als Mrs Sommers den nächsten Redner nach vorne bat.

»Willst du noch einen Munkhål?«, fragte ich und hielt ihm entschuldigend die fast schon leere Tüte hin.

»Ja, will ich.«

Er steckte sich zwei weitere Donutkringel in den Mund, bevor er nach vorne ging, um sich hinter das kleine Tischpodium zu stellen. Dann schluckte er die Donuts hinunter, wischte seine Hände an seinen Jeans ab, nickte mir zum Dank flüchtig zu und legte sofort los.

Jorge war natürlich fabelhaft, auch wenn er so getan hatte, als sei es unmöglich, nach mir zu bestehen. Er ließ seinen Charme spielen, mit dem er auch am Fenster unseres Imbisswagens trumpfte. Seine perfekte Rede klang flüssig und völlig natürlich. Die ganze Zeit lächelte er und hielt Augenkontakt mit seinem Publikum, aber ich wusste, er war auch deshalb so gut, weil er an unserem freien Montag stundenlang geübt hatte.

Zuerst holte er diese alte Stofftasche hervor, groß, mit einem dicken Riemen und unten offen, an beiden Ecken ganz ausgefranst. Er hielt die Tasche in die Luft und betrachtete sie lächelnd.

»Mein *Abuelo* kam vor Jahrzehnten als Gastarbeiter hierher, um Äpfel zu pflücken. Er zog von einer Obstplantage zur nächsten und schickte seiner Familie in Mexiko Geld. Er prahlt heute noch damit, wie schnell er war.« Jorge warf mir einen Blick zu und grinste. »Schließlich hat er einen Weg gefunden, langfristig hierbleiben zu können. Nahm den scheußlichsten Job an, den man sich nur vorstellen konnte – Truthähne-Zerlegen in der Fleischfabrik drüben in New Oxford. Sechzig Stunden in der Woche. Über zwanzig Jahre lang. Alles, um meinem *Papá* und seinen Brüdern hier ein besseres Leben zu ermöglichen«, erzählte er dann weiter, den Stoffbeutel noch immer fest in der Hand. »Irgendwann konnte mein Abuelo seine ganze Familie rüberholen – meine *Abuela* und ihre drei Söhne, die alle drei hier auf die Central

Adams kamen, ohne ein Wort Englisch zu sprechen. Papá kam damals in die sechste Klasse. Er redet nicht viel darüber, aber ich weiß, dass es hart für ihn war. »Aber wenn mein Abuelo bereit war, sechzig Stunden in der Woche Truthähne zu zerlegen, dann war Papá auch bereit, sich in der Schule durchzubeißen. Und als er mit der Schule fertig war, machte Abuelo ihm klar, dass er sich mehr zutrauen konnte, also schrieb sich mein Dad an der Berufsschule ein, um Klempner zu werden. Und als er ein paar Jahre später sein eigenes Unternehmen gründete« – Jorge hielt seinen zweiten Gegenstand hoch, ein alter Schraubenschlüssel mit abgewetztem Isolierband um den Griff – »kaufte Abuelo ihm seinen ersten Werkzeugkasten.«

Dann machte er eine Pause und starrte einen Moment den Schraubenschlüssel an.

»Ich weiß, ich habe bisher gar nicht von mir geredet, aber das ist es, was ich wirklich bin …« Jorge grinste noch einmal kurz in meine Richtung. »Ich bin das Produkt generationsübergreifender Aufopferung. Menschen, deren Träume nichts mit ihren persönlichen Zielen zu tun hatten, die aber gewillt waren, den Weg für neue Möglichkeiten in ferner Zukunft zu bereiten. »Mein Traum ist es deshalb«, erklärte Jorge und sah mit seinem strahlenden Lächeln ins Publikum, bevor er in seine Papiertüte griff, um den letzten Gegenstand herauszuholen, »Arzt zu werden und meinen Abuelo stolz zu machen, wenn ich eines Tages mein Medizinstudium abschließe.«

Er zog ein Spielzeugstethoskop aus der Tüte und hängte es sich um den Hals.

Ich hob meine Hand zum Faustcheck, als er zu seinem Platz neben mir zurückkehrte, das Stethoskop noch immer auf seiner Brust baumelnd.

»War's okay?«, fragte er, wieder ganz auf seine stille Art. Ich nickte nur und reichte ihm die Tüte mit den letzten zwei Munkhål, extra süß, weil sich unten der ganze Zucker gesammelt hatte.

Ich will wirklich nicht angeben, aber im Ernst – an diese ersten beiden Reden konnte kein anderer Vortrag heranreichen. Nichts als ein paar alte Sportpokale oder Ordensbänder von diesem oder jenem Wettkampf und ein Haufen Familienfotos.

Und ja, Lous Rede war auch wirklich gut – natürlich war sie das. Aber während sich in Jorges Vortrag alles um seine Familie drehte – um generationenlange Aufopferung, wie er es nannte –, ging es in Lous Rede erwartungsgemäß nur um sie selbst.

Sie war an achter Stelle dran und ich schwöre, sie sah während der ersten sieben Vorträge nicht ein einziges Mal von ihren Karteikarten auf, nicht bei mir, nicht bei Jorge oder irgendjemand anderem. Auch als ich mit den Munkhål herumging, sagte sie nur betont höflich »Nein, danke«, was mich tierisch ärgerte. Erst als sie selbst an der Reihe war, nach vorne ans Podium zu treten, hob sie den Blick. Sie holte tief Luft, setzte ein Lächeln auf und sah ins Publikum (alles genau nach Bewertungsschema).

Ihre Stimme klang gleichmäßig und ihre Körpersprache war perfekt darauf abgestimmt, aber ich hab einfach nur die ganzen drei Minuten gedacht: wie ein Roboter.

Das Erste, was sie aus ihrer weißen Papiertüte zog, war (nein, kein abgetrennter Zeh!) ihre Urkunde der Studienstiftung. »Für meine Leistung im College-Eignungstest«, sagte sie. Erstaunlicherweise teilte sie uns nicht ihre genaue Punktzahl mit, aber sie teilte uns mit, welcher Prozentsatz an Highschool-Schülerinnen und -Schülern das Level erreichen, das sie erreicht hatte (nur ein sehr, sehr kleiner Prozentsatz natürlich – umgekehrt proportional zur Größe ihres Kopfes, hatte ich damals getippt).

Dann holte sie ihre alte Pfadfinderschärpe heraus, auf die unzählige Abzeichen genäht waren. »Ich bin immer noch bei den Pfadfindern«, erzählte sie stolz. »Im Moment arbeite ich auf meinen *Gold Award* hin – das entspricht ungefähr dem *Eagle-Scout*-Abzeichen bei den Jungs, nur ohne die Homophobie.«

Okay, der Spruch war nicht schlecht gewesen. Bryce Heiland lachte gehässig. Was mich auch nicht wunderte.

Lou erzählte noch etwas über ihr *Gold-Award*-Projekt, irgendetwas mit Lebensmittelkonservierung, was ich nicht ganz mitbekam, bevor sie ihren dritten Gegenstand herausholte. Den letzten »Harry-Potter«-Band, ihr Lieblingsbuch der ganzen Reihe. Ich schätze, dagegen konnte ich auch nichts einwenden.

Aber ich wusste es, noch bevor sie es aussprach: »Ich bin eine Ravenclaw.«

Natürlich war sie das.

Bryce war als Letztes an der Reihe. Eisstiel Nummer 15.

Er begann mit einem echten Hammer, indem er einen Aufnäher mit einer Südstaatenflagge aus seiner Tüte zog.

Dann erzählte er, dass sein Großvater beim Reenactment der Bürgerkriegsschlachten mitwirkt, wo diese auf möglichst authentische Art und Weise nachgestellt werden. Manche Leute halten die Flagge vielleicht für ein Rassismussymbol, aber in den Augen seiner Familie ging es dabei um unser geschichtliches Erbe.

Jorge schüttelte den Kopf und ich glaube, Lou murmelte etwas Unanständiges vor sich hin, was ihr zugegebenermaßen zum zweiten Mal an diesem Tag einen Punkt einbrachte. Ich warf einen Blick zu Mrs Sommers, um ihre Reaktion abzuschätzen. Ich konnte erkennen, dass sie ein wenig den Mund spitzte, aber abgesehen davon ließ sie sich nicht anmerken, was das alles für ein Bullshit war. Wahrscheinlich rang sie noch mit sich, ob sie Bryce während seines Vortrags zur Rede stellen sollte oder nicht. Also redete Bryce weiter – und fühlte sich womöglich durch das Schweigen in seinen verschrobenen Ansichten bestätigt. Aber schließlich kamen diese Ansichten von seinem Großvater, und wer blickt schon mit Verachtung auf seinen Großvater?

Als Nächstes holte er ein altes Fußballtrikot aus seiner Jugendmannschaft hervor, die in der sechsten Klasse kein einziges Spiel verloren hatte. Hurra.

Und als Letztes: eine Spielzeugpistole, eine Nerf Gun.

»Meine Cousins und ich haben an Thanksgiving immer diese epischen Kämpfe gespielt und einmal haben meine Mum und all ihre Schwestern uns mit einem ganzen Arsenal von Nerf Guns, die sie versteckt hatten, überfallen.«

Sein Gesicht leuchtete vor Freude, während er das erzählte.

Ich schäme mich, aber ich muss zugeben, ein Teil von mir war für diesen kurzen Moment eifersüchtig. Ich erinnerte mich, wie sehr ich mir einmal genau diese Nerf Gun gewünscht hatte. Stattdessen hatte ich ein Buch mit schwedischen Volksmärchen, voller Trolle und Ungeheuer, bekommen und vergeblich versucht, meine Enttäuschung vor Farfar zu verbergen. Am Ende liebte ich das Trollbuch – fast so sehr wie das alte von meinem Vater – und blätterte in den nächsten Jahren so viel darin, dass der Umschlag bald ganz abgewetzt war.

Und doch konnte ich noch ein leichtes Schuldgefühl spüren, als Bryce sich wieder auf seinen Platz setzte und Mrs Sommers uns aufforderte, unsere Sachen zusammenzupacken. »Das waren allesamt phänomenale erste Reden. Morgen werde ich euch das Thema für eure zweite Rede mitteilen, aber ihr müsst wissen, dass ihr die Messlatte jetzt enorm hoch gesetzt habt. Gut gemacht.«

Sie kam auf mich und Jorge zu, als es klingelte. »Jungs, eure Reden waren beide unglaublich. Im Ernst, ich wusste, dass dein Vortrag großartig sein würde«, sagte sie zu Jorge, und ich merkte, wie Lou beim Rausgehen einen Blick zu uns hinüberwarf. »Ich kenne deine Leistungen. Aber, Oscar ... dich hatte ich ja noch nie in meinem Kurs. Das war allen Ernstes eine der fesselndsten Papiertütenreden, die ich je gehört habe. Und ich habe bei Gott schon viele Papiertütenreden zu hören bekommen.«

Da mussten Jorge und ich beide lachen und ich spürte, wie mein Gesicht zu glühen begann – ausnahmsweise mal aus einem guten Grund.

»Gott, ich wünschte, ich hätte daran gedacht, die Reden aufzunehmen, dann hätte ich sie im nächsten Jahr als Musterbeispiele verwenden können.«

Ich weiß, jetzt prahle ich ein bisschen. Aber sie hat das wirklich alles gesagt.

Sie hat mir ein A dafür gegeben: 100 %. Das war das erste A, das ich seit ... ich weiß nicht, vielleicht seit der siebten Klasse in Englisch bekommen hatte, was das allererste und bisher einzige Mal gewesen war.

Mrs Cunningham war die einzige Lehrerin, die ich je hatte, die Hörbücherhören als Lesen gelten ließ. Sie begriff, was Farfar schon Jahre zuvor kapiert hatte: Wenn man mich mit einem gedruckten Text allein ließ, verschwammen die Buchstaben vor meinen Augen und ich ertrank darin. Wenn man mich aber etwas hören ließ und meinen Händen dabei etwas zu tun gab, konnte ich mir alles merken. In jenem Jahr beendete ich zweiundvierzig Romane und zum ersten – und einzigen – Mal überhaupt bezeichnete mich eine Lehrerin als »Leser«.

Nun, jetzt könnte ich wohl noch »Papiertütenredner« hinzufügen. Das wäre doch ein würdiger Abschluss des letzten Schuljahres gewesen.

## KAPITEL 4

## VIELLEICHT BIN ICH EIN CUPCAKE-NINJA

DA FARFAR MIR NICHT ERLAUBTE, MEIN ABSCHLUSSJAHR als berufsbildende Maßnahme mit ihm bei der Arbeit im Imbisswagen zu verbringen, hatte ich mir das nächstbeste Programm zusammengestellt: Über die Hälfte meines Tages verbrachte ich in Mrs Bixlers Kochlabor, für meine Studienschwerpunkte »Ernährungswissenschaft« und »Backen für Fortgeschrittene«, als ihr Assistent im Unterricht, während meiner Mittagspause und in den Freistunden zum selbstständigen Lernen. Nicht schlecht.

Ich bin bestimmt der Einzige in der Geschichte unserer Schule, der jemals Ernährungswissenschaft als Fach zum Selbststudium belegt hat, und es war das Beste an meinem Schultag. Von der ersten Woche meiner Highschool-Zeit an war Mrs Bixler in der Schule so etwas wie meine Adoptivmutter und trotz ihrer etwas befremdlichen Schwärmerei für Farfar hätte ich am liebsten den ganzen Tag dort verbracht, über die mehr als drei Unterrichtseinheiten hinaus, die ich mit viel Trickserei in meinem Stundenplan untergebracht hatte.

Wenn Mrs Bixler Farfar ein »echtes schwedisches Filetstück von einem Mann« nannte, fiel ich ihr ins Wort, bevor sie sich im Detail über skandinavische Leckerbissen jeglicher Art verlieren konnte. Mrs Bixler hatte ein Faible für Metaphern, und ihre Metaphern für Farfar – wenn auch sicher anschaulich und kreativ – konnten auch etwas seltsam sein. Sie las viele Liebesromane, hatte sich vielleicht sogar selbst schon darin versucht, welche zu schreiben. Manchmal sah ich sie schmunzeln, hörte ihr seltsames Kichern, während sie sich über einen Collegeblock beugte und ich in ihrem Kochlabor Mittagessen zubereitete.

In der vierten Stunde im Kochlabor zu sein, direkt vor meiner Mittagspause, hatte seine Vorteile. Mrs Bixler ließ mich jeden Tag etwas zum Mittagessen kochen. Manchmal bekam ich ein Rezept – ein Ausdruck aus dem Internet, eine alte handgeschriebene Karteikarte oder einfach ein Kochbuch mit einer Haftnotiz. An anderen Tagen ließ sie mir den Freiraum, selbst etwas auszuprobieren. Es war wie meine eigene kleine Kochshow und Mrs Bixler war die Schiedsrichterin.

So konnte ich der Schulkantine entkommen (nicht, dass ich ein kulinarischer Snob bin – wie oft bin ich schon mit Farfar spät abends zu *Hardee's* gegangen, um Burger zu essen), ein Audiobuch hören und kochen.

Als ich an jenem Freitag nach dem Festival, ich hatte gerade meine glorreiche Papiertütenrede gehalten, ins Kochlabor kam, wartete jedoch kein Rezept oder dergleichen auf mich. Nur ein laminiertes Blatt aus einem Kalender, mit den Daten irgendeines Monats Mai auf der Rückseite. Auf der Vorderseite aber war ein Gemälde mit vier glasierten Cupcakes abgebildet. In den Ecken waren noch die Löcher von Reißzwecken zu sehen, als hätte der Kalender an einer Pinnwand gehangen, an welcher auch immer.

»Na, wie geht es meinem grüblerischen Bäcker heute?«, fragte Mrs Bixler, als sie vom Korridor ins Kochlabor gerauscht kam. So nannte sie mich scherzhaft, und ich hatte dann immer einen grauen alten Mann mit dichtem Schnurrbart vor Augen, der nichts als dunklen festen Pumpernickel backt, dem niemand etwas abgewinnen kann. Seine Bäckerei, so stellte ich mir vor, war ein schmaler Laden mit farbloser Fassade zwischen einer alten Textilfabrik und einem Laden, der billige Matratzen verkauft. Hm, ich hatte wohl zu viel Zeit mit mir allein verbracht.

Ich hielt das Kalenderblatt hoch und hob fragend die Augenbrauen.

»Oh gut, dann hast du ja deine Aufgabe für heute gefunden.«

»Cupcakes?«

»Cupcakes«, bestätigte Mrs Bixler und stellte ihren leeren Becher neben mir auf den Edelstahltisch ab. »Ich dachte, du brauchst heute eine besondere Herausforderung. Unsere eigene kleine Cupcake-Wars-Show. Auch wenn du gegen niemanden antrittst.«

»Da ist aber kein Rezept dabei«, sagte ich und knetete meinen Nacken. »Es ist bloß ein Bild von vier Cupcakes.«

»Ich weiß, und sehen sie nicht lecker aus?« Mrs Bixler betrachtete grinsend das Gemälde, während sie sprach. »Sieht es nicht aus, als könnte man einen Finger in dieses Topping tauchen und davon naschen?«

Jetzt starrten wir beide auf das Bild und ließen unseren Gedanken freien Lauf.

»Solche will ich in echt«, sagte sie und legte eine Hand auf meine Schulter. »Wir haben nach der Schule eine Baby-Shower-Party für Mrs Crockett, die Kunstlehrerin, organisiert, und du bist für die Cupcakes zuständig. Vier Geschmacksrichtungen. Du kannst eine Schüssel von jedem Teig machen. Alles andere ist dir überlassen.« Sie drückte kurz meine Schulter, nahm ihren Kaffeebecher und ging aus dem Zimmer – keine Ahnung, wohin. Wahrscheinlich wollte sie sich noch einen Kaffee holen. Vor allem aber wollte sie mir freie Bahn lassen, damit ich mich eine Weile alleine abstrampeln konnte.

Mrs Bixler findet es wichtig, sich abzustrampeln. Sie sagt, man lernt nur, wenn man auch mal etwas vergeigt. Und das passiert in der Küche ständig. Die Schüler in ihren Hauswirtschaftskursen macht das ganz verrückt, das hab ich als Mrs Bixlers Assistent selbst erlebt. Wenn sie überhaupt nicht kapieren, was sie machen sollen oder wie eine bestimmte Technik funktioniert, weigert sich Mrs Bixler, ihnen zu helfen, bevor sie es nicht selbst versucht haben. Bevor sie sich nicht durchgewurstelt und probiert haben, allein draufzukommen.

Was die Schüler total fertigmacht, ist, dass Mrs Bixler sie immer wieder ins Kochlabor zitiert, bis sie es hinbekommen – bis das Ergebnis servierfähig ist. Und zwar auch in ihren freien Stunden – Mittagspausen, Lernstunden, nach der Schule. Sie verlangt denselben Perfektionismus wie für jedes andere Fach, und das gefällt mir. Ich finde es toll, dass die Leute es sich bei ihr nicht leicht machen können – faulenzen, ein paar miserable steinharte Brownies backen und dafür dann die volle Punktzahl erwarten.

Also machte ich mich daran, mich abzustrampeln. Ich hätte mich einfach auf die Deko konzentrieren können, hätte das Rezept einfach, einheitlich halten können. Ich hätte eine große Portion Teig machen und dann nur die Glasur färben können. Das wäre einfacher gewesen.

Aber wo bleibt da das Abstrampeln?

Die Weißen sollten klassische Hochzeits-Cupcakes werden – heller Teig mit weißer Buttercreme –, aber vielleicht etwas aufgepeppt durch ein wenig echte Vanille.

Für die Gelben auf jeden Fall Zitrone, mit geriebener Zitronenschale im Teig.

Schoko für die Braunen, eine reichhaltige, teuflisch gute Schokobombe von einem Cupcake.

Und die vierte, pinkfarbene Sorte – vielleicht ein Erdbeer-Käsekuchen-Cupcake, wenn ich es schaffen würde, den Teig entsprechend abzuwandeln.

Bei allem behielt ich Farfars Liebe zur einfachen Küche im Auge – einfache Zutaten, einfache Zubereitung, richtig gemacht. Wenn er davon redet, klingt er immer wie ein Typ aus einem hippen Burrito-Imbiss oder so was (wozu sein grauer Pferdeschwanz ja auch irgendwie passt). Aber es stimmt. Die Leute wollen wirklich einfach nur authentische Cupcakes – saftiger, köstlicher Teig; ein cremiges, süßes Topping.

Genau das versuchte ich. Vier Mal schlichter heller Kuchenteig mit nur einer Zusatzzutat: Vanilleschote, Zitronenschale, Kakaopulver und – weil ich im September keine frischen Erdbeeren bekommen konnte – *Nesquik* Erdbeersirup. Letzteres entsprach zwar nicht ansatzweise dem Grundsatz, immer möglichst frische Zutaten zu verwenden, aber ich nahm an, dass sich niemand darüber beschweren würde. Und für die Buttercreme die gleichen Zutaten, mit ein bisschen Lebensmittelfarbe in Anlehnung an die Farben auf dem Bild.

Als Mrs Bixler zurückkam, hatte ich den Teig schon auf vier getrennte Glasschüsseln verteilt.

»Ah, du hast schon losgelegt?«

Ich zog meine Ohrstöpsel heraus, denn ich hörte gerade den Fantasy-Roman von Stephen King, den Jorge mir empfohlen hatte.

Ich erläuterte Mrs Bixler meinen Plan, inklusive Farfars Philosophie von der einfachen Küche, die ihr bestimmt gefallen würde. Sie stieß ihr kehliges Kichern aus und grinste … Oh, dieser Mr Olsson. Dann lichtete sich der seltsame Nebel in ihrem Gehirn und sie sagte: »Das klingt perfekt, Oz. Brauchst du mich noch für irgendwas?«

»Ich glaub, ich hab alles im Griff«, sagte ich schmunzelnd und steckte meine Ohrstöpsel wieder rein.

Ich schob alle vier Bleche in den großen Ofen, stellte die leeren Teigschüsseln in die Spüle, um sie später abzuwaschen, und machte mich an die Buttercreme.

Also, jetzt muss ich doch noch mal prahlen, nur ganz kurz. Diese Buttercreme war wirklich … überirdisch. Mrs Bixler seufzte laut, nachdem sie eine Fingerspitze der Zitronenvariante vom Kuchenspatel stibitzt hatte.

Deshalb war ich doppelt überrascht, als sie ausgerechnet diesen Moment wählte, um – den Zitronenfinger noch in der Luft – meine ganze Welt auf den Kopf zu stellen.

*Lou.*

»Ich weiß nicht, was ich dazu sagen soll«, antwortete ich, während mir das Spülwasser von den Unterarmen tropfte. Vier Tabletts mit perfekten Cupcakes standen auf den Gestellen – ein Dutzend pro Tablett, in derselben Abfolge von Weiß-Gelb-Braun-Pink wie auf dem Bild.

»Nun, du könntest zum Beispiel sagen: ›Danke für diese einmalige Gelegenheit – zusätzlich zu all den anderen einmaligen, einzig für mich arrangierten Gelegenheiten –, nicht nur meine kulinarischen Fähigkeiten zu verbessern, sondern dies auch noch mit einem höheren Ziel vor Augen zu tun – um einer wunderbaren Mitschülerin zu helfen und um der Gemeinschaft zu helfen.‹«

Ich starrte sie ausdruckslos an, die Hände immer noch in das Spülwasser getaucht.

»Das, Oscar, das könntest du sagen, wenn du Schwierigkeiten hast, die richtigen Worte zu finden.«

Ich atmete langsam aus. Aber ich sagte diese Worte nicht, auch wenn das meiste davon stimmte – eigentlich alles außer der wunderbaren Mitschülerin.

Stattdessen sagte ich: »Wird sie etwa jeden Tag hier mit mir in der Küche sein?«

»Nichts zu danken, Oscar. Wie aufmerksam von dir, das anzusprechen.«

»Im Ernst jetzt«, sagte ich und ignorierte ihren Sarkasmus. »Wird sie jeden Tag hier sein?«

Mrs Bixler seufzte.

»Natürlich nicht, Oz. Ich bin sicher, sie hat um diese Zeit irgendeinen Leistungskurs. Das hier ist immer noch dein Schwerpunktfach. In dieser Stunde geht es immer noch ganz um dich. Ich dachte einfach, es wäre eine interessante Herausforderung für dich, die auch der Gemeinschaft hilft. Und mit jemandem zusammenzuarbeiten ist eine gute Übung«, sagte sie und kam wieder richtig in Fahrt. »In der realen Welt wirst du auch nicht immer genau das machen können, was du willst.«

Ich ließ die Schüssel, die ich gerade abwusch, wieder zurück ins Spülwasser fallen und spritzte meine Schürze mit Schaum voll.

»Diese Cupcakes zu backen hab ich mir nicht ausgesucht«, sagte ich, strich meine seifigen Hände an der Schürze ab und fegte das laminierte Kalenderblatt von der Ablage. »Genauso wenig hab ich mich aus einer Laune heraus entschieden, mich gestern mit einem *Millefeuille* abzumühen. Und ich hatte auch kein brennendes Verlangen, diese Trottel von Neuntklässlern davon abzuhalten, ihre Daumen in die *Pico-de-Gallo*-Soße zu schnippeln.«

Der Hauswirtschaftskurs gestern war ein Desaster gewesen. Ich musste wohl eine Ausnahme gewesen sein oder so was, denn keinem dieser vierzehnjährigen Jungen sollte man erlauben, mit einem Küchenmesser zu hantieren. Sie hörten einfach nicht auf zu kichern und sich zu kabbeln und … einander in die Nieren zu stechen.

Zuerst antwortete Mrs Bixler nicht. Sie holte noch einmal tief Luft, knetete mit einer Hand ihren Nasenrücken und stemmte die andere in die Hüfte. Dann ein langsamer Schluck von ihrem Kaffee, bevor sie ihren Becher wieder hinstellte, diesmal ganz behutsam.

»Die haben sich wirklich idiotisch angestellt gestern, nicht wahr?«

»Vor allem der Kurze.«

»Terrance.« Sie schüttelte den Kopf und schloss entnervt die Augen.

Und dann mussten wir beide lachen. Mrs Bixler hatte dieselbe geheime Ninja-Gabe wie Farfar und schaffte es irgendwie immer, mich wieder zu beruhigen, wenn ich mich in etwas hineingesteigert hatte.

Nach einer Weile hob sie das Cupcake-Bild auf und betrachtete es. »Mrs Crockett wird begeistert sein, Oscar. Danke. Wirklich.«

Ich holte tief Luft und unterdrückte ein Lächeln. »Also, erzählen Sie mir von diesem beknackten Projekt.«

## KAPITEL 5

# DIE WAHRHEIT ÜBER MARY LOUISE MESSINGER

MRS CROCKETT WAR TATSÄCHLICH BEGEISTERT VON DEN Cupcakes. Ich meine, *richtig* begeistert. Am folgenden Montag wartete sie mit Mrs Bixler vor der Tür des Kochlabors, und als sie mich sah, wurden ihre Augen ganz groß. Sie legte beide Hände auf meine Schultern und packte sie mit der emotionalen Intensität einer werdenden Mutter (ich bin mir nicht sicher, ob es so etwas gibt, aber es klingt irgendwie gut, oder?!).

»Oscar. Oh mein Gott, Oscar, tausend Dank für die *Thiebaud*-Cupcakes!« Ich musste Mrs Bixler später fragen, was *Thiebaud*-Cupcakes sein sollten (anscheinend war es der Name des Künstlers, der die Cupcakes gemalt hatte). Mrs Crockett hielt meine Schultern fest umklammert und starrte mir direkt in die Augen, während ihr hochschwangerer Bauch fast schon meinen berührte.

Es waren wirklich gute Cupcakes gewesen.

»Ähm, kein Problem. Freut mich, dass Sie Ihnen geschmeckt haben … Und, ähm, alles Gute fürs Baby …«

Ich möchte betonen, dass ich bis zu diesem Moment noch kein einziges Mal mit Mrs Crockett gesprochen hatte. Ich war nicht mal hundert Prozent sicher, welche Fächer sie unterrichtete.

Aber sie war anscheinend nicht die Einzige, die von meinen Cupcakes hingerissen war. An den folgenden zwei Tagen sprachen mich alle möglichen Lehrer auf dem Gang an, von denen ich die meisten nicht kannte oder noch nie im Unterricht gehabt hatte. Sie alle raunten mir zu, wie sehr sie meine Cupcakes liebten, als würden sie mir etwas Geheimes anvertrauen.

»Ich hab vier davon gegessen«, erzählte einer. »Vier.«

Aber alle Cupcake-Begeisterung der Welt konnte mich nicht vor dem bewahren, was als Nächstes kam. Lous Projekt.

Echt, ich hätte dafür ein Pfadfinderabzeichen bekommen sollen. Wenigstens eine Ehrenmedaille in Bronze oder eine Dose mit diesen traditionellen Girl-Scout-Keksen oder irgend so was.

»Lebensmittelkonservierung«, sagte Lou an jenem Montagnachmittag zu mir und nickte, als würde sich mir das ganze Projekt anhand dieses einen Wortes erschließen.

Ich starrte sie mit gerunzelter Stirn an. Mein Blick ging von Lou zu Mrs Bixler, die hinter ihr stand und mir aufmunternd zunickte, und zurück zu Lou.

»So was wie ... Marmelade einkochen und Tomaten einlegen?«

Sie sah mich an, als wäre ich der Idiot. Als wären dies nicht durchaus Beispiele, die man finden würde, wenn man »Lebensmittelkonservierung« googelte.

»Nein. Lebensmittelkonservierung im Sinne von Vermeidung von Lebensmittelabfällen«, erklärte Lou.

Also, das sind zwei komplett unterschiedliche Dinge, dachte ich, hielt mich aber zurück, es laut auszusprechen. In erster Linie wegen Mrs Bixler, die den Kopf schief gelegt hatte und die Augenbrauen hochzog.

Und dann legte Lou los, als würde sie ein Referat proben und nicht einfach erklären, wofür zum Teufel sie mich einspannen wollte.

»Ist dir schon mal aufgefallen, wie viel Essen jeden Tag in der Cafeteria achtlos weggeworfen wird?«

»Ich esse eigentlich nie in der Cafeteria«, sagte ich, aber sie schwafelte einfach weiter, bevor ich meinen Satz richtig beenden konnte.

»Das hier ist nur vom Freitag.« Sie holte einen ganzen Apfel hervor, noch in seiner mit Tesa zugeklebten Plastiktüte, einen ungeöffneten Milchkarton und eine Tüte Chips. »Von dem Tablett eines einzigen Schülers. Nicht einmal angerührt.«

»Hast du diese Milch seit Freitag in deiner Schultasche?«

Mrs Bixler spitzte den Mund, aber ich hielt das für eine berechtigte Frage – von wegen Lebensmittelhygiene und so.

Lou schüttelte den Kopf und sagte: »Nein, habe ich nicht.« Unbeirrt, emotionslos. Roboterhaft.

Dann redete sie weiter. »Fast tausend Schüler kommen jeden Tag zum Mittagessen in die Cafeteria, und noch mal einige hundert zum Frühstück. Ich hab mit den Pausenaufsehern gesprochen, die in der Cafeteria Dienst haben. Sie schätzen, dass mehr als die Hälfte der Schüler die eingetüteten Äpfel sofort wegwerfen, wenn sie auf ihrem Tablett landen, was laut Essensplan ungefähr zweimal in der Woche der Fall ist.«

Inzwischen hatte ich es aufgegeben, sie zu unterbrechen. Ich wusste, als Nächstes würde sie mich mit Zahlen bombardieren, ob ich nun den Mund aufmachte oder nicht.

»Nach diesen vorsichtigen Schätzungen – und wir reden hier nur vom Mittagessen – von fünfhundert Äpfeln am Tag, zweimal in der Woche, werfen wir ungefähr tausend Äpfel weg ... über viertausend Äpfel im Monat.«

Okay, zugegeben, dachte ich, als ich mir viertausend Äpfel vorzustellen versuchte, sie hatte recht – das war eine irrwitzige Menge Äpfel. Ein ganzer Berg von Äpfeln, jede Woche. Damit wusste ich aber immer noch nicht, wie Lous Plan für *Mount McIntosh* aussah. Eine Art Kampagne, um Teenager davon zu überzeugen, ihre Äpfel zu essen?

Ähm, hallo, willst du den nicht vielleicht doch noch essen? Das solltest du dir wirklich überlegen ... *An apple a day*, nicht wahr? Ha ha!

Wäre das nicht eine gute Idee?

Oder plante sie, die Äpfel für irgendeine Art Neuverteilung aufzuheben? Ich erinnere mich noch an Mrs Wetzel, die einzige wirklich nette Pausenaufseherin in der Mittelstufe. Die hat manchmal eine Box für die ungegessenen Äpfel aufgestellt, um damit die Rehe zu füttern. Würden wir viertausend Äpfel im Monat sammeln, um die lokale Wildpopulation zu mästen?

In einer Gegend von Pennsylvania, wo die Jagd geradezu ein religiöses Fest ist, erschien mir das aber ein bisschen schräg. Das wäre beinahe so, als würde man das Haustier von jemandem erschießen, oder?

Schließlich ergriff Mrs Bixler das Wort. »Ich habe Lou erzählt, was für ein unglaublicher Koch und Bäcker du bist, Oscar. Und dass dir bestimmt ein paar … originelle Lösungen für ihr Problem einfallen werden.«

Lou lächelte, aber ich konnte nicht erkennen, ob es echt war oder immer noch ihr aufgesetztes Vortragslächeln. Allmählich dämmerte mir, was da auf mich zukam.

»Also, Oscar. Du hast doch all diese freie Zeit in deinem Stundenplan. Was könntest du denn mit viertausend Äpfeln im Monat machen?«

Zwei Dinge gingen mir durch den Kopf, nachdem Lou diese herablassende Frage gestellt hatte. Als Erstes sah ich ein Bild vor meinem inneren Auge: Ich stehe am Fuße des Mount McIntosh (der erste Gipfel – eigentlich das Vorgebirge – der Great-Red-Delicious-Gebirgskette), mit einem einzelnen primitiven Apfelschäler in der Hand.

Der andere Gedanke war: Was heißt hier »freie Zeit in meinem« Stundenplan«? Typisch Lou. Tat einfach alles, was ich machte – alles, was irgendjemand machte –, als unwichtig ab. Dabei hatte ich mir einen Stundenplan zusammengestellt, der es mir erlaubte, mich auf meine eigenen Ambitionen zu konzentrieren, in allem immer besser zu werden, um bald mein eigenes Unternehmen zu führen, bevor Lou auch nur mit der Uni fertig war.

Doch das alles sah sie natürlich nicht. Lou sah nur eine große Lücke in meinem Schultag und einen besseren Grund, diese Lücke auszufüllen. In ihrem eigenen Interesse.

Ich habe es schon immer gehasst, wenn Lehrer vom »echten Leben« reden, denn das ist nie das, was sie wirklich meinen. Das kannst du im *echten* Leben nicht machen. Im *echten* Leben kannst du auch nicht immer das machen, was du willst. Aber was sie eigentlich meinen ist: *Du machst die Dinge nicht genau so, wie ich es will.* Als bestünde das »echte Leben« nur aus einer endlosen Kette von wütenden Chefs, die sich darüber ärgern, dass man nicht genau das macht, was sie wollen.

Ich sah in Lous und Mrs Bixlers erwartungsvolle Gesichter und antwortete lediglich mit einem langen, resignierten Seufzer. Denn das war jetzt offensichtlich auch das »echte Leben«, in dem jemand mit mehr Autorität und »wichtigeren« Ideen einem vorschreibt, was man zu tun hat.

»Wenn ich dir einen Rat geben darf, Gubben«, sagte Farfar an diesem Abend, als er seinen Controller auf den Couchtisch legte und seine Eiscremeschale nahm, um mir in der Küche Gesellschaft zu leisten. »Du musst lernen, wann es besser ist, zurückzutreten und die Dinge geschehen zu lassen.«

Ich schaute einen Moment auf, den Handballen tief in den Teigklumpen gepresst, den ich gerade bearbeitete.

»Also, ich weiß nicht, ob das ein besonders guter Rat ist«, sagte ich.

Er brummelte etwas auf Schwedisch vor sich hin, während er seine leere Schüssel in die Spüle stellte und den Kühlschrank öffnete, um sich ein Bier herauszunehmen.

»Da hat man uns auf jeder Schulversammlung seit der ersten Klasse eingetrichtert, wie wichtig es ist, für seine Rechte aufzustehen, und du sagst mir, ich solle die Dinge einfach geschehen lassen?«

»Jetzt halt mal die Luft an, Gubben. Du tust ja gerade so, als sei ich der reinste *Idiot*.« (Er sagte es in seiner ganz speziellen Aussprache, mit diesem lang gezogenen O.) »Wir reden hier nicht von sozialer Ungerechtigkeit. Wir reden davon, dass du nicht mit diesem Mädchen klarkommst, das du magst.«

»Jetzt bist du aber wirklich ein Idiot«, sagte ich und schlug den Teig auf die Küchenanrichte, um ihn weiterzukneten, während dieser Hornochse sein Grinsen hinter einem Bier versteckte. »Es ist kein Mädchen, das ich mag, und das weißt du auch. Sie treibt mich zum Wahnsinn.«

»Das sehe ich«, sagte Farfar und zwinkerte. *Zwinkerte!*

Ich knetete immer fester, bevor ich mit vor Anstrengung schmerzenden Unterarmen innehielt. Ich wollte nicht meinen ganzen Frust an dem Teigklumpen vor mir auslassen. Wenn ich nicht aufpasste, würde dieser Teig am Ende noch zu hart sein, um ihn zu beißen. Kein Zahn würde zu der köstlichen Füllung aus all den verschmähten Äpfeln durchdringen können, die ich gerade widerstrebend ausprobierte.

Farfar schmunzelte und legte eine Hand auf meine Schulter. »Lass den Teig mal eine Weile ruhen, Gubben. Komm, wir spielen eine Runde *Regenbogen-Boulevard*.«

Natürlich gewann er auch dieses Mal.

Ich erinnere mich noch, wie ich an meinem ersten Tag auf der Highschool zum Hauswirtschaftsunterricht kam und einen Seufzer der Erleichterung ausstieß, den ersten und einzigen in diesem riesigen, angsteinflößenden Gebäude. Im Kochlabor war ich endlich von Dingen umgeben, die mir vertraut waren. Hier durfte ich etwas gestalten. Und essen, verdammt noch mal. Doch als ich mich auf den Platz setzte, den Mrs Bixler mir zugewiesen hatte, saß dieses Mädchen Mary Louise Messinger schon mit finsterer Miene auf dem Hocker vor mir, ihren verkehrten Stundenplan zusammengeknüllt zu ihren Füßen.

Sie sollte eigentlich im Leistungskurs Geometrie sein, denn sie wollte im ersten Highschool-Jahr gleich zwei Mathekurse belegen. Schließlich würde jeder vernünftige Mensch mit vierzehn zwei Leistungskurse in Mathe belegen wollen oder etwa nicht? Stattdessen aber war sie aufgrund irgendeines Planungsfehlers im Hauswirtschaftskurs gelandet, mit lauter nichtsnutzigen Losern wie mir.

Während wir alle in Mrs Bixlers gackerndes Lachen einstimmten, starrte Lou diese ganze erste Stunde lang mürrisch auf ihren Tisch. Sie sah aus, als würde sie entweder gleich in Tränen ausbrechen oder kaltblütig ein Kätzchen erdrosseln. Alles, weil ihr ungeplantes Wahlfach nicht das gleiche Gewicht für ihren Notendurchschnitt hatte.

Dabei hatten wir offiziell noch gar keinen beknackten Notendurchschnitt.

Sie war nur für die ersten zwei Wochen oder so dabei, dann hatte sie wohl ihre Eltern dazu gebracht, sich so lange zu beschweren, bis man sie wechseln ließ. Keine Ahnung, welchen Kurs sie stattdessen belegte – ob sie doch noch in den Geometriekurs kam, in den sie unbedingt wollte –, in jedem Fall aber war es etwas Anspruchsvolleres als Hauswirtschaftslehre, da bin ich sicher.

Aber ich kannte jetzt ein Geheimnis über sie: Sie hatte versagt. In diesem Kurs, Kochen für die Planlosen, hatte Marie Louise Messinger versagt. Was auch immer die Leute über die akademische Ernsthaftigkeit eines Hauswirtschaftskurses denken mögen – Mrs Bixler nahm die Sache ernst. Sie behandelte uns Schüler, als wären wir allesamt Teilnehmer eines Matheleistungskurses. Die Erwartungen in der Küche sind hoch und wenn du etwas versemmelst – was unweigerlich passieren wird –, wirst du es so oft wiederholen, bis du es richtig hinkriegst. Nur dafür, dass du dich bemühst, gibt es keine Punkte – das wird als selbstverständlich vorausgesetzt. Und das gefiel mir. Denn wenn du eine Hühnerbrust nicht richtig kochst, kannst du jemanden ins Krankenhaus befördern.

In diesen gerade mal zwei Wochen, in denen Lou sich am Anfang ihrer Highschool-Laufbahn in unserem Kurs quälte, von dem sie dachte, es sei ein Beschäftigungskurs für Idioten, in diesen zwei Wochen *versagte* sie. Es war nicht so, dass sie einen Test in den Sand setzte oder den ganzen Kurs verhaute, aber als sie zum ersten Mal in der Küche stand, verwechselte sie die Zutaten für unser einfaches Keksrezept – vertauschte Zucker und Salz – wahrscheinlich, weil sie zu sehr damit beschäftigt war, zu schmollen, vor Wut zu schäumen oder sich vorzustellen, wie ihre Träume von einem Studium an einer Elite-Uni vor ihren Augen zerplatzten.

Mrs Bixler nahm einen Bissen von Lous Keksen und zitierte sie zu sich. Nachdem sie einen großen Schluck Wasser genommen hatte. Sie war nicht fies, schimpfte nicht mit ihr, weil sie einen einfachen Fehler gemacht hatte. Sie erwartete einfach von Lou, dass sie in ihrer Freizeit ins Kochlabor käme, um es noch einmal richtig zu machen. Denn es stimmt einfach nicht, dass es nicht wichtig ist.

Dieser Ausdruck auf Lous Gesicht ... wenn er zuvor zwischen weinerlich und mordlustig geschwankt hatte, dann wusste ich nicht, was er jetzt war. Er war einfach ... intensiviert. Als wäre das arme Kätzchen in ihren Händen zu Staub geworden. Und als würde sie sich gleichzeitig vergeblich darum bemühen, sich nichts anmerken zu lassen. Nach Mrs Bixler nahmen noch ein paar andere Leute einen Bissen von Lous Keksen.

Typisch Neuntklässler. Und jeder von ihnen machte dasselbe angeekelte Gesicht, lachte und stürzte würgend zum Waschbecken, um etwas zu trinken.

Ich beobachtete, wie Lou an jenem Tag ihren Abwasch beendete, während Mrs Bixler leise mit ihr redete und eine rosafarbene »Bitte noch einmal!«-Karte neben ihr auf die Anrichte legte. Lou trocknete ihre Hände ab, presste die Lippen aufeinander und steckte die Karte in ihre Tasche, ohne aufzusehen. Dann ging sie schweigend zur Tür und meldete sich ab, um zum Klo zu gehen.

Ich weiß nicht, ob sie je zurückgekommen ist, um diese Kekse noch einmal zu backen.

Am folgenden Montag war sie nicht mehr im Kurs. Auf ins gelobte Land der Geometrie oder so was.

Das war das letzte Mal, das ich je wieder mit ihr zusammen in einer Klasse saß – jedenfalls bis zum Rhetorikkurs in unserem letzten Highschool-Jahr.

Das also ist die Wahrheit über Mary Louise Messinger. Farfars heiß geliebte Lou.

Zumindest so, wie ich es damals wahrgenommen habe.

## KAPITEL 6

---

## DIE LIEFERUNG (FÜNFHUNDERT ÄPFEL SIND EINE GANZ SCHÖNE MENGE FÜR EINEN DONNERSTAGMORGEN)

DIE ERSTE LIEFERUNG ÄPFEL AUS DER CAFETERIA KAM AM Donnerstag.

Lou karrte sie auf einem Trolley an, den sie von den Aufsehern gekapert haben musste. Sie strahlte, als könnte sie nicht glauben, auf welchen Schatz sie da gestoßen war, und brannte darauf, ihn jemandem zu zeigen. Und dieser Jemand war ich.

»Und, was wirst du jetzt damit machen?«, fragte sie atemlos.

Keine Begrüßung irgendeiner Art. Keine Frage nach dem, womit ich ganz offensichtlich gerade beschäftigt war. Einfach nur: Was wirst du damit machen?

Fünfhundert Äpfel – wisst ihr, wie viele Äpfel das sind?

Ich werde es euch sagen: Es ist eine verdammt große Menge Äpfel. Über siebzig Kilo – das hab ich nachgeguckt.

Mehr als siebzig Kilo. An einem Tag.

Ein Teil von mir begriff das Ausmaß und die Dringlichkeit des Problems, das sie angehen wollte. (Und sie ließ es sich natürlich nicht nehmen, diese Dringlichkeit ausführlich mit Zahlen zu untermauern. Haltet euch fest.) Aber der andere Teil von mir dachte: Was zum Teufel soll ich an einem Donnerstagmorgen mit siebzig Kilo nicht mehr ganz so frischen Äpfeln anfangen?

Ich meine, ich kenne mich mit Äpfeln aus. Wir machten seit Jahren unsere hauseigene Apfelfüllung für unsere Munkar. Aber nicht mal dafür brauchten wir siebzig Kilo, verdammt.

Hier kommen noch ein paar Zahlen.

Siebzig Kilo Äpfel – und das war nur die Menge Äpfel auf dem Trolley vor mir, um das hier noch einmal zu betonen –, das ist genug, um mindestens sechzig Liter Apfelsoße zu kochen (das hab ich auch nachgeguckt). Ein Liter entspricht etwa vierundsechzig Esslöffeln.

Sagen wir mal, ich quetsche zwei Esslöffel Apfelfüllung in einen Munkar.

60 l = 3840 Esslöffel = 1920 Munkar.

160 Dutzend Donuts.

An einem Donnerstag.

Natürlich hatte ich diese Zahlen in dem Moment nicht sofort parat. Und ich hatte ja auch noch gar keine sechzig Liter Apfelfüllung. Ich hatte lediglich fünfhundert unerwünschte Äpfel ... und Lou.

»Ähm ...« Das war meine vorläufige Antwort, als ich dort mit meiner Rührschüssel in der Hand vor dem Apfelkarren stand.

»Ich dachte, du hast dir schon mal ein paar Gedanken gemacht«, sagte sie.

Die Wahrheit war, ich hatte überhaupt noch nicht über diese bescheuerten Äpfel nachgedacht, mal abgesehen von dem viel zu lange gekneteten Teig, den ich ein paar Tage zuvor hatte wegschmeißen müssen. Wer will schon einen Blätterteig mit der Konsistenz von Dörrfleisch?

Stattdessen war ich in den wenigen Tagen, seit Mrs Bixler mich in diese Sache hineingezogen und Lou mir ihren gut einstudierten Vortrag gehalten hatte, wieder zu meiner üblichen Routine im Kochlabor übergegangen und hatte gehofft, dass das alles nicht wirklich passieren würde. Ich meine, welcher Schulangestellte hatte denn abgesegnet, dass irgendein Highschool-Mädchen fünfhundert ungegessene Äpfel aus der Cafeteria abholt und auf einem Trolley davonkarrt?

Also, nein, ich hatte mir noch keine Gedanken gemacht. Nicht über Äpfel. Stattdessen war ich besessen davon, Gourmet-Sandwiches und Paninis zu perfektionieren. Farfar und ich hatten diesen Kinofilm über den Koch mit dem Foodtruck gesehen, und das hatte mich auf neue Ideen gebracht. Und ja, ganz vielleicht hatte ich auch noch einen Nachschub an Cupcakes für Mrs Crockett und den Rest der Lehrerschaft gebacken, weil – okay, ich gebe es ohne Scham zu – weil mir die plötzliche Bewunderung von all diesen Lehrern ziemlich guttat. Das war definitiv nicht die Norm für mich. Und außerdem: Wenn ich schon einmal die Gelegenheit hatte, jemandem eine solche Freude zu bereiten, warum sollte ich das nicht auch nutzen? Farfar würde das genauso sehen.

»Ich bin hier gerade beschäftigt«, sagte ich und rührte flüchtig mit dem Holzlöffel in der Schüssel.

Ein langes unbehagliches Schweigen folgte. Ich mit dieser Glasschüssel voller Cupcake-Teig in der Hand, den ich unbedingt in die Formen füllen musste. Lou mit diesem Riesen-Trolley und demselben Blick (auf irgendeinen Punkt über meinem Kopf gerichtet) wie im ersten Highschool-Jahr – dieser Ausdruck zwischen In-Tränen-Ausbrechen und Kätzchen-Erdrosseln.

Irgendwann während dieser unbehaglichen Pause spazierte Mrs Bixler mit ihrem Kaffeebecher ins Zimmer und blieb wie angewurzelt stehen. Sie warf einen Blick auf die fünfhundert Äpfel, dann einen auf mein Gesicht und brach in schallendes Gelächter aus. Sie stellte ihren Kaffee auf dem Tisch ab, da er kurz davor war überzuschwappen, und hörte gar nicht mehr auf, über uns zu lachen.

»Heiliger Strohsack, Lou«, brachte sie schließlich hervor, nachdem sie sich beruhigt und die letzte Träne aus ihren Augen gewischt hatte. »Das ist unglaublich. Was für eine fantastische Idee. Sind die alle aus den Abfällen von letzter Woche?«

Lou rang sich ein Lächeln ab. Sie war anscheinend immer noch verärgert über mich, weil ... ja, warum eigentlich? Weil ich nicht sofort wusste, was man mit fünfhundert Äpfeln anfangen sollte?

»Nein, von gestern.«

»Was?«, kreischte Mrs Bixler. »Die sind von *einem* Tag?«

Lou nickte selbstgefällig.

»Du meine Güte.« Mrs Bixler starrte kopfschüttelnd auf den Trolley. »Das ist ja ein noch viel größeres Problem, als ich gedacht hatte.« Dann sah sie wieder bewundernd zu Lou.

»Gute Arbeit, Lou. Im Ernst. Das wird echt etwas bewirken.«

Ich starrte noch immer entgeistert auf die fünfhundert Äpfel von einem Tag. Mrs Bixler blickte wieder zu mir, sah meinen Gesichtsausdruck und prustete erneut los.

»Komm schon, Oz«, ermunterte sie mich. »Wir schaffen das. Wann stehen denn wieder Äpfel auf dem Speiseplan?«, fragte sie Lou.

»Montag.«

»Montag?«

Ich dachte schon, sie würde zum dritten Mal in Gelächter ausbrechen, aber stattdessen sah ich für einen Moment dieselbe Panik in ihren Augen aufflackern, die mich befallen hatte. Die Panik, unter einem tonnenschweren Berg weggeworfener Äpfel lebendig begraben zu werden. Doch Lou ergriff die Gelegenheit, auf ihren Vortragsmodus umzuschalten, und ließ den Trolley los, um ihre Hände frei zum Gestikulieren zu haben.

Der Trolley rollte ein Stück nach vorn, bis die Räder blockierten, und Mrs Bixler und ich hüpften beide ein wenig zur Seite.

Lou bemerkte es gar nicht. »Man muss sich mal vorstellen, dass all diese Äpfel in den Müllcontainern hinter der Cafeteria landen würden.«

In diesem Moment wurde mir bewusst, dass ich keine Ahnung hatte, wo sich die Müllcontainer der Schule überhaupt befanden, und ich fragte mich, woher – oder warum – Lou solche Informationen hatte.

»Und am Mittwoch das Gleiche. Und Freitag!«

»An drei Tagen nächste Woche?«, platzte ich heraus.

Lou nickte ernst. Offensichtlich deutete sie meine Panik als erwachendes Umweltbewusstsein und nicht als rein persönliche Verzweiflung.

»Ungefähr zweitausend Äpfel in etwas mehr als einer Woche. Auf die Müllkippe.« Und in diesem Moment blitzten Lous Augen hinter ihren Brillengläsern seltsam auf. »Wusstest du, dass Nahrungsmittelabfälle – wie diese Äpfel – Methangas abgeben, wenn sie auf einer Müllkippe verrotten? Und dass Methan als Treibhausgas mehr als achtundzwanzig Mal schädlicher ist als Kohlendioxid?«

Sie unterbrach ihren Vortrag für einen Moment – nicht weil sie schon eine Antwort erwartet hätte, sondern einfach als Kunstpause –, lang genug für Mrs Bixler und mich, um fast gleichzeitig laut zu schlucken.

»Aber es geht nicht nur um die Treibhausgase aus den Mülldeponien. Man denke an all die Energie, die bis dahin verschwendet wurde. Die Energie und das Wasser und die Ressourcen, die verbraucht wurden, damit die Äpfel wachsen konnten. Die schlecht bezahlten, oft ausgebeuteten Arbeiter, die damit beschäftigt waren, sie zu ernten, zu transportieren, zu verpacken. All das. *Verschwendet.* Und dann pumpt das Ganze noch Methan in die Atmosphäre. Das gesamte Ausmaß des Schadens ist nicht einmal zu bemessen.«

Lou holte einen Apfel aus einer der Kisten. »Und wir reden hier nur von Äpfeln.«

Sie nahm einen Bissen, was zugegebenermaßen der perfekte Abschluss eines perfekten Vortrags gewesen wäre. Doch ich sah, wie ihre Mund- und Halsmuskeln sich kurz zusammenzogen und ihr Kauen für einen Moment etwas langsamer wurde.

Die Schuläpfel schmeckten wirklich ziemlich ätzend.

Mrs Bixler stieß einen tiefen Seufzer aus. »Na, das war ja wirklich aufbauend.«

Lou hatte ihren unseligen Apfelbissen heruntergeschluckt und sah uns mit einem traurigen Lächeln an – etwas verlegen, aber stolz, trotz der erdrückenden Realität ihrer Argumentation den gewünschten Effekt erzielt zu haben.

»Nun, da trifft es sich ja gut, dass wir den zweiten Kühlschrank doch nicht ausrangiert haben«, sagte Mrs Bixler und übernahm den Trolley. »Du wirst eines Tages die Welt regieren, Mary Louise.« Sie begann, den Trolley in Richtung des Vorratsraums zwischen dem Kochlabor und dem benachbarten Klassenzimmer zu bugsieren. »Das hoffe ich zumindest. Um unser aller willen.«

Und an mich gewandt fügte sie hinzu: »Oz, ich schätze mal, du hast dir noch nicht im Einzelnen überlegt, was du mit all diesen Äpfeln machen willst.« Mrs Bixler unterdrückte ein letztes Mal ein Kichern, als sie den Wagen an mir vorbeischob. »Ich bringe sie dann erst mal in den Vorratsraum.«

Lou hob eine eingebildete Augenbraue – ja, ich schwöre, sogar ihre blöden Augenbrauen hatten etwas Eingebildetes – und verschränkte die Arme über ihrem neongrünen Schülerparlament-T-Shirt.

»Hast du dir tatsächlich noch nichts überlegt?«

Ich sah hinunter auf den schon ganz trockenen Teig in der Rührschüssel, die ich noch im Arm hielt, und spürte, wie meine Ohren wieder einmal knallrot wurden.

»Kann ich darüber nachdenken, während ich diese Cupcakes zu Ende backe?«

Lou antwortete nicht und ging – wahrscheinlich zu irgendeinem Leistungskurs – schnurstracks aus dem Zimmer.

Farfar grinste, als ich an diesem Nachmittag durch die Wohnungstür kam, die Griffe der wiederverwendbaren Einkaufstüte mit den schweren Schuläpfeln zum Zerreißen gespannt.

»Na, du bist ja etwas milder gestimmt heute, Gubben.«

»Hör auf. Sofort.«

Er kicherte und rappelte sich vom Sofa auf. Koopa rutschte jaulend von seinem Schoß, während ich stöhnend die Tasche auf den Boden stellte und meine steifen Finger streckte.

»Hast du neue Mii-Charaktere erstellt?«, fragte ich, als er seinen blauen Controller auf den Couchstich legte und den Fernseher ausschaltete, ohne die Wii herunterzufahren.

»Hab nur ein bisschen rumgespielt. Zeit vertrödelt«, sagte er und reckte seine Arme in die Luft, ohne mir in die Augen zu sehen. Unter seinem verblichenen *Hej-Hej!*-T-Shirt guckte sein blendend weißer Bauch hervor.

»Warst du heute mit dem Foodtruck unterwegs?«, fragte ich und deutete auf sein T-Shirt.

»Nur zum Mittag beim College. War aber viel los heute.«

»Das ist doch toll. Ich hätte dir ja helfen können.«

»Eines Tages, Gubben. Nicht mehr lange.«

Nicht mehr lange.

»Was hast du mit all diesen Äpfeln vor?«, fragte Farfar und stieß mit dem Zeh seiner weißen Socke gegen die Schulapfeltasche. Auch Koopa inspizierte die Tasche, bevor sie zwischen unseren Beinen umherstrich und ihr Köpfchen an unsere Schienbeine schmiegte.

Ich stieß einen übertriebenen Seufzer aus, während ich meine Schultasche in ihre übliche Ecke hinter dem Sofa warf, um sie bis zum nächsten Morgen nicht mehr anzurühren.

»Wie viele Äpfel benutzen wir normalerweise vor einem Festival, um die Füllungen zuzubereiten?«

»Vielleicht ein paar Dutzend.«

»Das dachte ich mir«, sagte ich mit hängendem Kopf und stützte mich auf die Kücheninsel.

Die Rechnerei hatte ich zu diesem Zeitpunkt schon erledigt. Hatte Kilos in Liter, in Esslöffel, in Donuts umgerechnet. Ich war am Ende des Schultages noch einmal in Mrs Bixlers Vorratsraum gegangen und hatte die randvollen Kisten angestarrt, die sie in den zweiten Kühlschrank gestopft hatte. Sie hatte die Fächer herausnehmen müssen, um alle Äpfel unterzubringen. Meine Cupcakes waren fertig und abgeliefert (und sofort verschlungen von den euphorischen Lehrern, die mich wieder gebührend gelobt und bestürmt hatten), also hatte ich keine andere Ausrede mehr, außer dass ich keine Lust hatte.

Ich hätte keinen Moment gezögert, Lou klarzumachen, dass sie das alles vergessen könne. Aber Mrs Bixler so hängen zu lassen, kam nicht infrage. Also habe ich diese wiederverwendbare Einkaufstasche voll mit Äpfeln aus der obersten Kiste im Kühlschrank gestopft und sie nach draußen zu meinem Toyota Prius geschleppt. Mrs Bixler hat mir von ihrem Schreibtisch aus nachgesehen und in sich hineingelacht.

»Danke, Oz. Du bist ein guter Kerl.«

»Hm«, war alles, was ich dazu zu sagen hatte.

»Also«, wandte ich mich in der Küche an Farfar und stieß wieder einen langen Seufzer aus. »Ich fange mal mit einem gedeckten Apfelkuchen an. Mal sehen, ob ich mit meinen Apfelberechnungen ansatzweise richtig liege.«

Farfar griff in die Tüte, zog einen Apfel heraus und rieb ihn an seinem T-Shirt ab. »Wohl eher zwei Kuchen, Gubben.« Er nahm einen Bissen und machte sofort das gleiche angewiderte Gesicht wie Lou. Der Schulapfelekel, gefolgt von langsamem, reuevollem Kauen mit gerunzelter Stirn. »*Red Delicious*«, sagte er, nachdem er den Bissen heruntergeschluckt hatte. »Macht seinem Namen nicht gerade Ehre.«

»Vielleicht ein bisschen mehr brauner Zucker, als im Rezept vorgesehen.« Ich wiederholte den Blätterteig vom Abend zuvor, dieses Mal ohne die Wut – oder zumindest nur mit leise köchelnder Wut (um in Kochmetaphern zu sprechen). Aber auch ein Probelauf sollte nicht umsonst sein: Zwei Kuchen, das bedeutete zwei Empfänger, also gab ich mir Mühe.

Sobald die Kuchen ausreichend abgekühlt waren, um sie anzufassen, brachte ich einen nach oben zu Maggie und Juliet (zusammen mit einem Hundekeks für Winston aus der Schachtel, die Farfar immer neben der Tür aufbewahrte, falls sie mal nach einem Abendspaziergang bei uns vorbeischauten). Der andere Kuchen ging an Rhonda vom Christlichen Hilfsdienst, die gerade dabei war, die Maissuppe mit Huhn für ihre abendlichen Stammkunden, wie sie die Obdachlosen nannte, aufzuwärmen.

Als ich gegen sieben zurückkam, stand Farfar in der Küche und starrte auf die Tüte mit den Äpfeln.

»Wie viele hast du überhaupt verwendet?«

»Zwölf.«

»Hm.«

Ich hatte noch nicht einmal die Hälfte der Tüte aufgebraucht, und diese Tasche war voll noch nicht einmal ein Bruchteil des Apfelberges in der Schule. Das war eine unmögliche Menge Apfelkuchen.

»Wir brauchen einen neuen Plan, Gubben.«

»Mm-hm.«

»Wir sollten uns ein paar Monster-Burger holen.«

»Das ist ein guter Plan.«

**KAPITEL 7**

---

## AUF DIE ÄPFEL!

NOCH AN DIESEM ABEND BEGANNEN WIR MIT EINEM Brainstorming. Dabei fläzten wir uns auf der Couch und verschlangen Monster-Burger wie Pythons Wasserschweine (beides kann einem ganz schön schwer im Magen liegen) und redeten, während wir ein paar Runden *Mario Kart* im Wettkampfmodus spielten.

Als ich am nächsten Morgen vor Mrs Bixlers Hauswirtschaftskurs I in ihr Zimmer kam, um ihr unsere Liste mit Ideen zu zeigen, hatte sie schon unsere größte Sorge aus der Welt geschafft.

Auf der Arbeitsplatte standen zwei altmodische mechanische Apfelschäler. In jedem war schon ein Apfel eingespannt.

»Ich hatte noch ein paar Gutscheine, die ich dafür verwenden konnte.«

»Oh, danke.«

»Terrance hat sich schon an einem versucht.«

Tatsächlich – an einem der Äpfel hing ein loser Streifen Schale wie ein nasses Pflaster, das sich abgelöst hatte, und

Terrance saß allein an seinem Tisch, grinste uns verlegen an und unterdrückte ein Kichern.

»Sind Sie sicher, dass es legitim ist, ihn dazu zu verdonnern?«, fragte ich. »Könnte das nicht als körperliche Züchtigung gedeutet werden?«

»Hm.«

Mrs Bixler stemmte die Hände in die Hüften und ließ Terrance nicht aus den Augen. Terrance kratzte sich am Hinterkopf, warf einen Blick zu einem seiner Freunde an den anderen Tischen und formte irgendein unanständiges Wort mit den Lippen, bevor er zu uns zurückschaute und wieder ein unschuldiges Gesicht aufsetzte.

Im Ernst jetzt, ihr hättet den Typen mal sehen sollen. Das Haar vorne hochgegelt, Sommersprossen. Das volle Programm. Und mein Gott, dieses Gekicher. Er war noch nicht im Stimmbruch, also hätte er auch ein etwas zu groß geratener Viertklässler sein können oder ... was auch immer er im Moment war. Aber er kicherte *ständig*. Als hätte er noch nicht einmal mitgekriegt, dass er gleich Ärger bekommen würde. Oder dass Mrs Bixler ihn tatsächlich quälen würde.

»Terrance. Komm her.«

Und das tat er. Kichernd.

»Dreh mal an der Kurbel, Terrance.«

Terrance zögerte und warf mir einen flüchtigen Blick zu. Der primitive Teil seines mittelmäßig entwickelten Gehirns witterte eine Falle. (Seine Freunde hatten ihm schon so oft in die Eier getreten, dass er Gefahr riechen konnte.)

»Es ist okay, Terrance. Dreh einfach die Kurbel.«

Er tat es und schaute zufrieden auf den Streifen Apfelschale, den er produziert hatte.

»Prima, Terrance. Und jetzt mach weiter. Schneller.«

Er kurbelte schneller, mit einer Mischung aus Entzücken und Entschlossenheit, und innerhalb von Sekunden war der erste Apfel komplett geschält. Mrs Bixler zeigte Terrance, wie man den Apfel herausnahm, und hielt ihm die Apfelspirale vor die Nase.

»Alter! Das ist ja der reinste Apfel-Slinky!«

»Stimmt«, antwortete Mrs Bixler, reichte ihm einen neuen Apfel aus der Kiste auf dem Boden und legte den ersten Apfel-Slinky in einen Plastikbehälter neben ihr auf der Anrichte. »Und jetzt noch mal das Ganze.«

Wir beobachteten, wie Terrance den neuen Apfel auf den Schäler spießte und ihn mit geschickten Kurbelbewegungen zu schälen begann. Bei jeder Drehung leuchteten seine Augen ein wenig auf und er grinste uns stolz an, als er einen zweiten Apfel-Slinky in der Hand hielt.

»Perfekt, Terrance. Und jetzt mach einfach immer weiter.«

Und das tat er. Es wurde unsere bisher beste Hauswirtschaftsstunde in diesem Jahr.

»Irgendwie hab ich ein schlechtes Gewissen«, flüsterte Mrs Bixler mir zu, als die Schüler am Ende der Stunde aus dem Zimmer drängten und Terrance beim Rausgehen hochsprang, um mit der Hand oben gegen den Türrahmen zu schlagen.

»Ich weiß nicht. Es schien ihm doch Spaß zu machen«, entgegnete ich mit einem Blick auf die zwei riesigen Plastikbehälter auf dem Tisch mit geschälten, entkernten Schulapfelspiralen.

»Ja, nicht wahr?« Mrs Bixler überlegte einen Moment. »Ich glaub, jetzt hab ich zumindest einen Weg gefunden, ihn den Kurs bestehen zu lassen.«

Als ich ein paar Unterrichtsstunden später wieder ins Kochlabor kam, war ich schon richtig besessen. Terrance' leidenschaftliches Apfelschälen hatte mir einen großen Boost gegeben.

Da ich den Raum während meiner Projektzeit für mich allein hatte, konnte ich jetzt so richtig loslegen. Ich hatte unsere Ideenliste auf die Arbeitsfläche geklebt und daneben mein Schul-IPad aufgestellt, um die Rezepte aufzurufen, die Farfar und ich am Abend zuvor im Internet gefunden hatten.

Ich hatte meine Kopfhörer im Ohr und lauschte zum wiederholten Male dem ersten Band von »Harry Potter«. Wenn ich schon eine absehbare Ewigkeit damit zubringen sollte, Schuläpfel zu verarbeiten, dann wollte ich dabei wenigstens noch mal in ein paar meiner Lieblingsgeschichten abtauchen.

Ich beschloss, mit dem Cider anzufangen – unser Plan A, um mit minimalem Aufwand so viele zweitklassige Äpfel wie möglich zu verwerten. Ab in einen riesigen Suppentopf, mit Schale und geviertelt. Ein paar Zimtstangen dazu, eine Handvoll Gewürznelken, ein paar Orangen und brauner Zucker. Mit Wasser bedecken. Die lieben Früchtchen für einige Stunden köcheln lassen, und schon konnte ich mit der nächsten Sache beginnen.

Ich hatte acht riesige Suppentöpfe auf zwei verschiedenen Kochherden in Betrieb, bevor ich den Ofen vorheizte. Es dauerte nicht lange und ich hatte Terrance' kompletten Vorrat an geschälten Äpfeln mit Zitronensaft, Zucker und Mehl vermischt und in Aluformen gefüllt sowie eine riesige Schüssel mit Haferflocken und anderen leckeren Zutaten für eine Apple-Crisp-Kruste bereitgestellt.

Nachdem ich unzählige Apple-Crisp-Schälchen im Ofen und unzählige Liter Apfelwein auf dem Herd hatte, machte ich mich daran, den Rest der ursprünglichen unzähligen Äpfel zu schälen. Während Harry ehrfürchtig am Gleis 9 ¾ stand, dachte ich die ganze Zeit: Ich krieg das wirklich hin. Nicht nur die Apfelgerichte, sondern das Ganze hier. Farfar wäre stolz auf mich gewesen, wenn er gesehen hätte, wie ich die Show hier alleine schmiss. Ich war nicht gestresst, ich war nicht überfordert – zugegeben, es waren auch keine Kunden da, die Schlange standen –, sondern ich war der Sache gewachsen, verdammt noch mal.

Ich bekam überhaupt nicht mit, dass Lou hereinkam. Als sie mir plötzlich auf die Schulter tippte, schmiss ich beinahe den Apfelschäler von der Arbeitsfläche.

»Was hörst du denn da?«, fragte sie. Kein Sorry, wohlgemerkt.

»Metallica.«

Sie verzog für einen Moment die Lippen, als hätte sie einen Furz gerochen, doch dann kehrte sie sofort wieder in ihre eigenen Gedanken zurück.

»Weißt du, was wir machen sollten?«

Ich sah mich im Raum um – ich fragte mich, ob sie überhaupt die acht riesigen dampfenden Töpfe bemerkt hatte, oder die schmutzigen Rührschüsseln im Abwasch oder auch nur den überwältigenden Duft von gebackenen Äpfeln und Zimt, der in der Luft hing wie ein köstlicher Nebel.

»Was sollten wir denn tun?«, fragte ich schließlich zurück.

»Ich dachte an so eine Art gesunde Apfelmuffins – etwas zum Mitnehmen und Unterwegs-Essen.«

Ich blinzelte. Gesunde Apfelmuffins.

»Ich hab da diesen Artikel gelesen«, fuhr sie fort und begriff mein Schweigen anscheinend als Aufforderung, »über diese Schule, die der Basketballstar LeBron James in Akron gegründet hat. Hast du davon auch schon gehört?«

Das hatte ich natürlich nicht.

»Wenn die Kinder dort morgens in die Schule kommen, wartet ein reichhaltiges Frühstücksangebot auf sie. Keine Kosten, kein Haken an der Sache, einfach nur gutes Essen, wenn man es braucht. Also dachte ich mir, vielleicht könnten wir so etwas auch machen? Wie wäre es, wenn wir am Eingang oder in der Aula Muffins verteilen würden?«

Alles, was mir dazu einfiel, war, dass Lou dann noch häufiger hier auftauchen würde, um zu fragen, ob die Muffins schon fertig seien. Und zwar *jeden* Tag.

»Weißt du, was auch ein guter Snack auf die Hand wäre? Ein Apfel«, sagte ich und hielt ganz nach Lous Art einen in die Höhe.

Lou zog unbeeindruckt die Augenbrauen nach oben. T-Shirt des Tages: HAPPY VALLEY GIRL SCOUT CAMP, SUMMER 2017. Es war pink, und sie verschränkte die Arme davor.

»Na dann guten Appetit.« Sie deutete mit einem Kopfnicken auf den Apfel in meiner Hand, um mich auf die Probe zu stellen.

Ich nahm einen abscheulich großen Bissen und zwang meine Gesichtsmuskeln, mich nicht zu verraten.

Wie konnte ein Apfel – im September, mitten im »ach so berühmten« Apfelland Amerikas, dermaßen bitter schmecken?

Ich stellte mir einen riesigen verdorrten Obstgarten vor. Die knorrigen grauen Bäume darin wachsen schief am Hang eines Hügels mit Blick auf dieselbe Textilfabrik, die neben meiner Pumpernickelbäckerei mit ihrem Qualm die Luft verpestet. Gepflückt werden die Äpfel von Kobolden aus Gringotts in Jeanslatzhosen, die alle Früchte auf die Ladeflächen alter Lieferwagen werfen und ins Schulverteilungszentrum schicken.

Lou grinste die ganze Zeit und hatte sichtlich Freude daran, zuzusehen, wie ich meinen Apfelbissen hinunterschluckte.

»Und schmeckt's?«

Ich verdrehte die Augen und warf den Rest des Apfels in den Müll.

»Das geht jetzt aber auf deine $CO_2$-Bilanz.«

Sie war doppelt nervig – nicht nur, weil sie wegen des blöden Apfels recht hatte, sondern auch, weil ihre Idee mit den Muffins echt gut war. Der Gedanke, in der Schule ohne irgendwelche Bedingungen Frühstück anzubieten – leckeres Frühstück –, gefiel mir. Greif einfach zu, wenn du spät dran bist oder hungrig oder abgebrannt oder was auch immer.

Aber dazu mussten »wir« nun auch noch Apfelmuffins auf die Reihe kriegen. *Gesunde!*

»Hast du jetzt nicht Unterricht?«

Sie winkte ab.

»Statistik. Das ist ein Hybridkurs. Das meiste davon kann ich online machen und ich bin schon weit voraus.«

Alles klar.

»Ich bin ja schon im Matheleistungskurs, also hätte ich Statistik nicht unbedingt gebraucht, aber ich dachte, das ist bestimmt einfach und sieht auf dem Zeugnis gut aus. Und weil es ein Hybridkurs ist, muss ich auch nicht unbedingt zum Unterricht erscheinen, wenn ich online schon weiter bin. Das bedeutet, ich kann die Stunde für anderes Zeug nutzen.«

»Anderes Zeug« – das war im Moment anscheinend ich. Mir fiel wieder ein, dass sie ja schon damals im ersten Jahr zwei Mathekurse belegt hatte.

»Also, mir würde im Traum nicht einfallen, zwei Mathekurse zu wählen«, sagte ich kopfschüttelnd und spießte einen weiteren Apfel auf den Schäler.

»Wenn ich auf eine der Top-Unis will, bleibt mir nichts anderes übrig. Die Website der College-Vereinigung sagt, die meisten Unis achten vor allem auf den Schwierigkeitsgrad der gewählten Fächer.«

»Moment mal, magst du Mathe denn überhaupt?«

»Nicht mehr und nicht weniger als andere Fächer, schätze ich. Aber Mathe hat mehr Gewicht für den Notendurchschnitt.«

Ich lachte in mich hinein und dachte wieder an jene erste Woche auf der Highschool zurück. Der Beginn von Lous epischer Gralssuche nach dem perfekten Notendurchschnitt.

»Was?«

»Nichts«, sagte ich. »Das klingt ziemlich furchtbar, finde ich.«

Sie zupfte am Ende ihres langen Zopfes. »Ich weiß nicht, was falsch daran sein soll, dass ich mich anstrengen und mein Bestes geben will.«

»Apropos sich anstrengen«, sagte ich, warf einen weiteren Apfel-Slinky in den Behälter mit den geschälten Früchten und wischte meine Hände an einem Geschirrtuch ab, um nach dem Cider zu sehen. Ich überprüfte auch den Ofen, in dem die Schalen mit dem Apple Crisp noch gute zwanzig Minuten brauchen würden, bevor ich einen Blick auf die Uhr über der Tür warf. Die Stunde war noch längst nicht zu Ende und Lou schien keine Absichten zu hegen, das Kochlabor zu verlassen. Ich nahm noch einen Apfel und spannte ihn in den Schäler.

»Bei welchen Unis bewirbst du dich denn?«, fragte ich, obwohl mich das eigentlich überhaupt nicht interessieren musste. Aber Farfar hatte mich nun mal zu einem selbstlosen Menschen erzogen.

Bevor sie antworten konnte, schob ich ihr den Apfelschäler zu, griff nach ihrer Hand und legte sie auf die Kurbel.

»Oh«, sagte sie etwas perplex, so als sähe sie den Apfelschäler heute zum ersten Mal und als hätte ich nicht bereits die ganze Zeit direkt vor ihrer Nase damit Äpfel geschält. Dann drehte sie ein paar Mal an der Kurbel, schien halbwegs zufrieden mit dem Ergebnis und machte weiter.

Ich holte mir den zweiten Apfelschäler, während Lou mir in allen Einzelheiten von jeder Universität erzählte, die sie im Sommer besichtigt hatte, und alle Achtung, es waren unglaublich viele – so viele, dass man sie schon in Kategorien einteilen konnte. Kleine, selektive geisteswissenschaftliche Unis: Franklin & Marshall, Swarthmore, Bryn Mawr. Um ehrlich zu sein, von den meisten dieser Unis hatte ich noch nicht einmal gehört. Riesige Forschungsuniversitäten: Pitt, Temple, Maryland. (Von denen hatte ich gehört). Und der Traum, die Elite-Universitäten der »Ivy League«: Pennsylvania und Princeton.

Am Ende wusste ich über alles Bescheid – die Vor- und Nachteile jeder Uni, die Highlights der Besichtigungstouren, die üblichen Notendurchschnitte der Erstsemester. Aber nachdem Lou erst einmal so richtig in Fahrt gekommen war, hatte sie auch eine ordentliche Menge Äpfel geschält. Vielleicht nicht ganz Terrance' Produktivitätsniveau, aber zusammen waren wir beide locker bei der letzten Kiste Äpfel angekommen, als Mrs Bixler am Ende der Stunde den Kopf zur Tür hereinsteckte.

»Das riecht ja fantastisch hier. Daran könnte ich mich glatt gewöhnen.«

Ich verzog die Lippen und sie zwinkerte mir tatsächlich zu.

»Marie Louise, schön, dich wiederzusehen. Passt du auf, dass Oscar auch keinen Blödsinn macht?«

Lou lächelte.

»Er scheint alles unter Kontrolle zu haben«, sagte sie und spießte einen weiteren Apfel auf ihren Schäler. »Ich bin mehr für die Ideen zuständig.«

Ich weiß nicht, ob das ein Kompliment für meine Kompetenz in der Küche war oder eine unbeabsichtigte Beleidigung – ein Hinweis darauf, dass ich bloß der einfache Arbeiter hinter ihrer Vision war – oder vielleicht konnte es bei ihr auch beides sein. Jedenfalls legte sie jetzt noch einmal ihre ganze Argumentation für Muffins und Frühstück-auf-die-Hand dar, und während ich Mrs Bixlers Gesicht beobachtete, dachte ich, dass Lou mich genauso in diese Sache hineingezogen hatte.

»Das ist wirklich eine klasse Idee«, sagte Mrs Bixler mit einem anerkennenden Nicken und sah mich auffordernd an. »Was meinst du, Oz?«

»Muffins sind als Nächstes dran«, antwortete ich und hob zur Bestätigung den neuen Behälter voller geschälter Äpfel in die Luft.

»Wir müssen uns wirklich überlegen, was wir mit all den Äpfeln machen wollen«, sagte Mrs Bixler. »Abgesehen von den Muffins natürlich.«

»Also, ich hab schon eine Liste mit Ideen«, verkündete Lou.

»Das überrascht mich nicht.« Mrs Bixler schüttelte den Kopf und schenkte Lou ein warmes Lächeln.

»Können wir uns heute nach der Schule noch mal treffen? Ich glaube, wir sollten nicht ohne einen Plan ins Wochenende gehen.«

»Ich kann heute ein bisschen länger bleiben«, antwortete Mrs Bixler. »Und du, Oscar?«

»… Jepp.« Ich stieß einen tiefen Seufzer aus, den beide nicht zu bemerken schienen.

Dann klingelte es und Lou musste zum Mittagessen. Für

ein paar Minuten hatte ich meine Küche endlich wieder für mich, obwohl ich eigentlich auch Mittagspause hatte. Aber ich musste ja offenbar Muffins backen.

Ich hatte mich gerade wieder in Harrys Abenteuer vertieft, als Mrs Bixler zurückkam, einen grinsenden Terrance im Schlepptau.

»Den hier hab ich vom Nachsitzen erlöst. Mr Thoman hatte nichts dagegen, ihn in meine Obhut zu entlassen.«

Terrance winkte mir kurz zu und grinste immer noch.

»Du weißt ja, was zu tun ist«, sagte Mrs Bixler und deutete auf den Apfelschäler. »Ich bin gleich zurück.«

Und Teufel auch, Terrance rieb sich die Hände und begann sofort, in einem Affenzahn einen Apfel nach dem anderen zu schälen. Ich starrte ihn für einen Moment an, bevor es mir sicher erschien, mir die Ohrstöpsel wieder in die Ohren zu pfropfen und mit dem Schneiden der geschälten Äpfel für die Muffins anzufangen.

Als Mrs Bixler zurückkam, hielt sie eine *Subway*-Tüte mit drei belegten Baguettes in der Hand.

»Terrance, dich schätze ich als Frikadellenfan ein«, sagte sie, holte eines der Baguettes aus der Tüte und hielt es ihm hin.

»Ich liebe Frikadellen!«, antwortete er und kurbelte für einen Moment ein bisschen langsamer.

Während wir zusammen aßen, stellte Mrs Bixler Terrance tausend Fragen zu seinem Leben außerhalb der Schule: Baseball und Videospiele und – wen überraschte es – Besuche in diesem Trampolinpark in York, um sich am Wochenende einen Adrenalinstoß zu holen. Daneben aber – man halte sich fest – half er seiner Großmutter mehrmals in der Woche bei der Haus- und Gartenarbeit.

Ich hatte das Gefühl, eine etwas gegeltere Ausgabe von mir selbst als Vierzehnjähriger vor mir zu haben: Hasst Schule, hasst Stillsitzen, kann (oder will) sich nicht auf mühsame Lesearbeit konzentrieren. Und wirklich, sein lockeres Gequatsche lieferte genauso viel Unterhaltung bei der Arbeit wie mein Hörbuch. So schlimm war das alles nicht.

Am Ende der Stunde hatten wir nur noch eine große Einkaufstüte ungeschälter Schuläpfel übrig – ungefähr so groß wie die, die ich am Abend zuvor mit nach Hause genommen hatte – und ich hatte ein Dutzend Bleche mit Apfelmuffins, die in den Ofen konnten.

»Kann ich nächste Woche wieder hier nachsitzen?«, fragte Terrance, als es klingelte.

»Terrance …« Mrs Bixler seufzte, lächelte ihn aber wohlwollend an. »Ich denke, das liegt im Bereich des Wahrscheinlichen.«

Terrance boxte triumphierend in die Luft, winkte und sprang hoch, um auf dem Weg aus dem Kochlabor gegen den oberen Türrahmen zu schlagen.

**KAPITEL 8**

---

## PLÄNE

WÄHREND ICH AN DIESEM ABEND DIE TREPPE ZU UNSERER Wohnung hinaufstieg, gingen mir schon meine Schimpftiraden über Lou und Äpfel und sinnlose Meetings durch den Kopf. Anderthalb Stunden!!! an einem Freitag nach der Schule, um zu diskutieren, was sie im Grunde ohnehin schon entschieden hatte: Cider fürs Fußballspiel, Apple Crisp für die Gemeinde, Muffins für Montag. Dann eine weitere Stunde, um den Cider, mit dem Trolley und mit sehr vorsichtigen Schritten, hinunter zum Imbissstand des Stadions zu transportieren.

Doch als ich die Tür aufriss, fiel mein Blick auf Farfars Pferdeschwanz, der über die Sofalehne hing, und das *Mario-Kart*-Menü auf dem großen Bildschirm.

»Bestell eine Pizza, Gubben«, sagte er, ohne sich umzudrehen, und hob seine Bierdose in die Luft. »Es ist doch unser Race-Abend.«

Über die Jahre hatte es eine Menge Race-Abende gegeben.

Die ganze Grundschulzeit über, wenn ich am Ende des

Tages meist völlig gefrustet und abgeschlagen aus dem Schulbus stolperte und versuchte, die Tränen zu unterdrücken, war Farfar da und wartete auf dem Fußweg, mit einem Grinsen auf dem Gesicht und einem Controller in der Hand.

»Es ist an der Zeit, Gubben«, sagte er dann, als wäre es nicht jeden Tag dieselbe Zeit, wenn er das sagte. »Bist du bereit, dich an die Wand spielen zu lassen?«

Er hob vielsagend die Augenbrauen und ich sauste an ihm vorbei bis zu der kleinen Treppe in Maggies Hausflur, dem Aufstieg zu unserer Wohnung. »Pah! Ich werde dich an die Wand spielen!« Ich sagte es mit genauso viel Begeisterung wie er, und in dem Moment konnte ich den ganzen emotionalen Ballast des Tages hinter mir lassen.

Und das funktionierte irgendwie immer noch.


»Okay, Gubben. Diesmal musst du die Figur und das Fahrzeug wählen, die du am wenigsten magst.«

Ich wählte Prinzessin Peach, was Farfar stirnrunzelnd zur Kenntnis nahm.

»Kannst du Peach wirklich nicht ausstehen, Gubben? Das ist jetzt doch etwas ... *misogyn*.«

»Frauenfeindlich? Was redest du da? Prinzessin Peach vermittelt nun wirklich ein furchtbares Frauenbild. Wie viele Male wartet sie auf Mario, damit er sie retten käme?« Mir fiel auf, dass ich ein bisschen so klang wie Lou. Nicht, dass Lous Hassreden sich je auf klassische Nintendo-Figuren bezogen hätten, aber trotzdem.

Farfar wählte Toad, den Fliegenpilz.

»Ein Pilz? Ist das jetzt nicht doch etwas *mykogyn*?«

Er kicherte nur. »Blöde Pilze.«

Ich wählte den Super-Blooper für Peach, Farfar nahm für Toad den Baby-Booster und wir verbrachten die nächste Stunde lachend und Schimpfwörter brüllend vor dem Bildschirm.

Danach, als Toad immer noch oben auf dem Siegertreppchen stand, die Lautstärke heruntergedreht war und ein leerer Pizzakarton auf dem Couchtisch lag, begannen die Ereignisse der Woche doch noch aus mir herauszusprudeln.

Farfar fielen schon fast die Augen zu und ich wollte eigentlich nicht noch einmal dieselbe Diskussion aufwärmen, die ich schon monatelang mit ihm führte, nicht nach einem weiteren Race-Abend, der die perfekte Ablenkung gewesen war. Aber nachdem ich mehrere Tage hintereinander mit Lou verbracht hatte, wurde ich das Gefühl nicht los, dass die Leute in mir nichts als einen unreifen Typen sahen, der total planlos in die Zukunft blickte. Dabei war ich nicht planlos. Ich hatte keine Schwierigkeiten, meinen Weg zu finden.

»Ich sehe meinen Weg vor mir, verdammt noch mal«, sagte ich und baute darauf, dass er zu müde war, um sich über mein Fluchen aufzuregen. »Ich weiß genau, was ich machen will. Und ich bin bereit dafür.«

Farfar sah mich verschlafen an.

»Und jetzt sag nicht wieder ›eines Tages, Gubben‹. Ich könnte sofort loslegen, und das wissen wir beide.«

Für einen Augenblick sagte er nichts.

»Ich weiß, Gubben. Ich weiß.«

Er lehnte den Kopf zurück in die Sofakissen und schloss die Augen. Ich dachte schon, er wäre eingedöst. Doch dann sagte er schließlich etwas anderes. Ganz leise, den Blick auf die Zimmerdecke geheftet.

»Ich weiß nicht, wie du dir da so sicher sein kannst, Gubben ... Als ich so alt war wie du, war ich mir über gar nichts im Klaren. Eigentlich bin ich immer noch ...«

Und dann war er wirklich eingenickt.

Für ein paar Minuten saß ich einfach da und dachte nach, während sein Schnarchen immer lauter und rhythmischer wurde, unterbrochen von Koopas schwerem Atmen, drei Katzenschnarcher für jeden Schnarcher von Farfar. Ich räumte noch ein bisschen auf. (Okay. Ich brachte die Pizzabox vom Couchtisch in die Küche.)

Dann ging ich in Farfars Zimmer, um die dünne Steppdecke zu holen, die er immer am Fußende seines Bettes liegen hatte. Und dann – ich glaube, das habe ich ihm noch nie erzählt – setzte ich mich neben das Kopfkissen auf sein Bett, wie ich es oft tat, wenn er nicht da war.

In unserer Wohnung hängen keine Fotos – Familienfotos, meine ich –, mal abgesehen von meinen jährlichen Schulfotos, die wir mit Magneten am Kühlschrank befestigen.

Aber da ist dieses Foto von Amir (ich weiß nicht einmal, wo es aufgenommen wurde), das Farfar an die Seite der Kommode neben seinem Bett geklebt hat. Man kann es nicht einmal sehen, wenn man ins Zimmer guckt, und selbst wenn man im Zimmer ist, wird das Bild normalerweise durch Farfars Kopfkissen verdeckt. Auf diesem einen Foto, das vor vielen Jahren entstanden war – viele Jahre, bevor ich auftauchte –, lächelte Amir und blinzelte in die Sonne.

Ich musste es mir immer wieder ansehen – diesen kleinen Teil von Farfars Leben, den er überwiegend für sich behielt. Ich weiß nicht, warum. Oder warum ich ihn nie darauf angesprochen oder danach gefragt hatte. Ich wünschte, ich hätte mehr Fragen gestellt. Bevor ich die Wii und den Fernseher ausschaltete, drückte ich auf die Home-Taste auf der Konsolenfernbedienung und schaltete den Fernseher auf stumm. Ich rief die Mii-Galerie auf. Einfach nur so.

Da waren natürlich Farfar und ich – Farfar sah mit seinem grauen Pferdeschwanz und Bart bemerkenswert lebensecht aus. Maggie und Juliet, die in dem Jahr, nachdem Farfar mir die Wii geschenkt hatte, zu uns runtergekommen waren, um mit uns Advent zu feiern.

Unsere seltsamen Versuche, aus Koopa und Winston vermenschlichte Wii-Charaktere zu machen.

Mumin-Figuren und Harry-Potter-Charaktere und irgendwelche schrägen Figuren, die mir damals witzig erschienen.

Und dann kamen sie, ganz am Ende der Liste. Farfars neu kreierte Charaktere.

Zuerst Amir – auch erstaunlich wirklichkeitsgetreu, zumindest wenn man nach dem Foto an Farfars Kommode ging.

Filip. Mein Dad. Sein Sohn.

Linnéa. Meine Farmor. Eine jüngere Ausgabe als die Großmutter in meiner Erinnerung.

Zwei älter aussehende Figuren, Lars und Gunilla, sollten

wohl seine Eltern sein. Leo und Marianne waren vielleicht Farmors Eltern.

Ich wusste nicht, was das alles bedeutete, ob das nur irgendeine seltsame Art von ihm war, sich zu quälen. Ein Teil von mir hätte die Figuren am liebsten alle aus der Galerie gelöscht und so getan, als wären sie nie da gewesen. Stattdessen schaltete ich die Wii und den Fernseher aus, legte die Decke über Farfars Beine, vorsichtig, damit ich Koopa nicht störte. Als ich im Bett lag, dachte ich über das nach, was er gesagt hatte. Dass ich mit siebzehn Jahren schon so genau wusste, was ich wollte. Und dass Farfar mit fünfundsiebzig, nach einem Leben voller Entscheidungen, manchmal immer noch das Gefühl hatte, planlos zu sein.

Mir war er nie planlos vorgekommen.


Als ich an jenem Samstag aufwachte, war von unserem Race-Abend nichts mehr zu sehen. Die Pizzabox und die Bierdosen waren schon im Recycling, nahm ich an, und Farfar stand am Herd und summte zu einem Lied, das leise aus dem Radio dudelte.

»Das wird aber auch Zeit, Gubben«, sagte er und ließ einen Schokopfannkuchen auf den Stapel von sechs Pfannkuchen gleiten, die bereits auf einem Teller neben ihm lagen. »Ich dachte schon, du würdest den ganzen Tag verschlafen.«

Ich schaute auf meine Uhr. 8:22.

»Und ich hab gedacht, du würdest mal ein bisschen ausschlafen«, sagte ich, während ich einen Teller aus dem Schrank holte und mir die obersten drei Pfannkuchen nahm.

»Nachdem ich dich gestern Abend dermaßen an die Wand gespielt habe.«

Er lachte nur in sich hinein und gab den letzten Rest Teig in die heiße Pfanne – mit diesem befriedigenden Brutzelgeräusch, das zu meinen absoluten Lieblingsgeräuschen zählt.

»Eines Tages, Gubben.«

Ich hatte schon drei Bissen von meinen Pfannkuchen genommen und scrollte geistesabwesend durch meinen Instagram-Feed – vor allem Posts von anderen Foodtrucks, Köchen und Koch-Bloggern, plus vereinzelte Fotos von Jorge oder Jesus.

»Bist du bereit für den Einsatz beim College heute, Gubben?«

»Oh Gott.«

Farfar blickte sich überrascht um.

»Ich meine nicht dich«, erklärte ich schnell.

SMS von Lou: Schick mir mal deine Adresse. Ich kann in 15 Minuten da sein.

Dann: Kein Grund, mit zwei Autos zu fahren. 🌍 🖤

Selbst nachdem ich fünfhundert Äpfel geschält, unzählige Liter Cider gekocht, über zwanzig Schalen mit Apple Crisp und über hundertfünfzig Muffins gebacken hatte – in zwei Tagen, wohlgemerkt –, tat ich noch immer so, als würde das alles gar nicht passieren. Dabei mochte ich eigentlich die Konzentration und die intensive Arbeit, die mir abverlangt wurde, um so viel in so kurzer Zeit zustande zu bringen.

Was ich *nicht* mochte, war, noch mehr Zeit mit Lou zu verbringen. In der Schule. An einem Samstag.

»Lou kommt gleich vorbei«, nuschelte ich durch die Finger meiner Hände hindurch, in denen ich mein Gesicht vergraben hatte.

»Was meinst du damit, Gubben? Was ist ›gleich vorbei‹?«

Er setzte sich mit seinem eigenen Stapel Pfannkuchen neben mich und Koopa sprang auf den Tisch, um ihm schnurrend beim Essen zuzusehen.

»Lou kommt gleich vorbei. Mary Louise. Sie holt mich ab. Wir müssen noch mal zur Schule und das ganze Apfelzeugs abholen.«

Ich erzählte ihm von unserer Marathon-Session am Tag zuvor, dem Meeting nach der Schule, über das ich nicht hatte sprechen wollen, als ich nach Hause kam und er zu meiner Rettung den Race-Abend angekündigt hatte.

»Das habt ihr alles an einem Tag gemacht, Gubben?«

Ich nickte. Er schwieg einen Augenblick, während er sich noch einen Bissen Pfannkuchen in den Mund schob.

»Das ist wirklich beachtlich.«

Ich nickte noch einmal und konnte mir ein Lächeln nicht verkneifen.

»Und diese Lou kommt hierher, in …«

»Ungefähr zehn Minuten.«

Er schwieg wieder. Nahm noch einen Bissen.

»Dann sollte ich wohl mal eine Hose anziehen.«

»Ja, das sollten wir wohl beide tun.«

Ich saß in der hellen Morgensonne auf der Treppe neben Maggies Wohnungstür (mit Hose), als Lou mit ihrem dunkelgelben Chevrolet Malibu am Kantstein hielt. Sie hob die Hand zu einem kurzen Winken und starrte mich dann einfach an, während sie den Motor laufen ließ.

Ich seufzte, stand auf und stellte mich vor ihr Beifahrerfenster, bis sie es endlich hinunterließ.

»Komm doch noch mal kurz mit rein«, sagte ich, zugegebenermaßen ohne den Charme oder das Lächeln, das Farfar von mir erwartet hätte. Lou machte verständlicherweise ein skeptisches Gesicht.

»Ich habe nicht vor, dich umzubringen«, sagte ich.

»Eigentlich hattest du auch nicht vor, mich reinzubitten«, entgegnete Lou und ich lachte verdutzt.

»Farfar, mein Großvater, hat gesagt, ich soll dich – Gäste – hereinbitten.«

Ich hatte in meinem ganzen Leben nie so wenig Lust verspürt zu reden.

Lou überprüfte die Zeit auf ihrem Handy, musterte mich noch einmal skeptisch und stellte endlich den Motor ab.

Farfar stand am Herd – mit Hosen –, als wir in die Küche kamen. Koopa, die Besucher immer sofort witterte, wartete schon neben der Tür, als wir eintraten. Lou zuckte kurz zusammen, als Koopa ihr einen Stups gab und sich an ihren Beinen rieb, um mauzend die Aufmerksamkeit des Gastes einzufordern.

Unser kleines flauschiges Empfangskomitee.

»Hallo! Hallo! Komm rein, komm rein«, rief Farfar. Als er sich umdrehte, hatte er auf einmal noch einen Teller mit Schokopfannkuchen in der Hand, die er irgendwie in Windeseile zubereitet hatte. Er lächelte breit und ließ seinen Festivalcharme spielen. Und das alles für ein höfliches kurzes Kennenlernen, bevor wir aufbrachen.

»Lou, das ist Farf… mein Großvater.«

»Erik«, sagte er, stellte den Teller auf die Küchentheke und grinste noch breiter. »Du kannst ruhig Du sagen.« Dann nahm er Lous Hand in seine beiden Hände und schüttelte sie. »Lou?«, sagte er in seiner übertriebenen Aussprache, mit einem langen »u«-Laut, als würde er seine Lippen zu einem Kuss spitzen. Louuu.

»Lou«, bestätigte sie und strahlte zurück. »Freut mich sehr.«

»Hast du schon gefrühstückt, Louuu?«

»Ich …« Sie zögerte, war anscheinend nicht einmal bei so einer kleinen Sache in der Lage, zu schwindeln. Und Farfar sprang natürlich sofort darauf an.

»Setz dich doch erst mal hin. Vor einem langen Tag braucht man ein Frühstück.«

»Wir fahren doch nur schnell in die Sch…«, begann ich, aber Farfar warf mir diesen schnellen, strengen Blick zu, mit dem er mich nicht oft bedenkt, also sagte ich nichts mehr.

Lou, der ausnahmsweise kein Gegenargument einfiel, setzte sich auf einen der Hocker auf der anderen Seite der Küchentheke. »Die sehen ja köstlich aus«, sagte sie, »aber drei kann ich bestimmt nicht essen.«

Farfar sorgte immer schnell dafür, dass die Leute sich bei uns wohlfühlten. Nur für mich galt das in diesem Moment nicht unbedingt. Er holte zwei weitere Teller und Gabeln.

»Wie wäre es dann mit einem für jeden von uns«, schlug er vor, nahm die oberen zwei Pfannkuchen vom Stapel und legte sie auf die Teller. »Ein Schokopfannkuchen geht immer noch rein.«

Das sah ich genauso, also setzte ich mich auf den Hocker neben Lou. Farfar holte Butter und Sirup und sah uns grinsend zu, wie wir zwei unbeholfen unsere Pfannkuchen bestrichen, während sich unser ein Ein-Mann-Publikum auf der anderen Seite der Theke offenbar köstlich amüsierte.

»Also, ich hab einen Vorschlag für euch«, sagte er, nachdem wir beide unseren letzten Bissen genommen hatten. »Ihr habt doch eine Menge Schalen mit Apple Crisp zu transportieren, stimmt's? Und nur ein normales Auto?«

Wir nickten beide. Ich hatte noch nicht so ganz kapiert, worauf er hinauswollte.

»Wie wäre es, wenn wir alle gemeinsam mit dem Truck zur Schule fahren? Die Apple-Crisp-Schalen würden doch prima auf die Munkar-Gestelle passen, nicht wahr, Gubben?«

»Moment mal ... der Truck ... etwa der Foodtruck?«, fragte Lou und sah mich an.

Das war eigentlich eine ausgezeichnete Idee – wir wären im Nu fertig. Außerdem hätte ich dann Mr Charming an meiner Seite, um das Plaudern zu übernehmen. Und meine kleine Realitätsverweigerung würde uns nicht die Vorbereitungszeit für den Foodtruck stehlen. Tja, für einen kurzen Moment kam ich mir wirklich gewieft vor und dachte doch tatsächlich, ich würde ihn für meine Zwecke einspannen. Haha, weit gefehlt.

Aber es war nicht Lous Idee – der Plan entsprach nicht dem, was sie sich in ihrem Kopf zurechtgelegt hatte, und ich merkte, dass ihr das zuerst nicht behagte.

»Er hat recht«, versicherte ich Lou daher schnell und versuchte sie, mit dem geringen Einfluss, den ich hatte, von Farfars Plan zu überzeugen. »Es wäre um einiges einfacher … und dein Auto wäre danach nicht voll von klebrigem Apfelzeug.«

Erst als wir auf den Schulparkplatz bogen – Farfar am Steuer, Lou auf dem Beifahrersitz und ich auf der schmalen Rücksitzbank –, eröffnete er uns den nächsten Teil seines heimtückischen Plans.

Farfar argumentierte später, dass es eine Business-Entscheidung gewesen sei – dass gute Hilfskräfte schwer zu finden wären. *Eines Tages wirst du das verstehen, Gubben.* Dass ich ja schon festgestellt hätte, wie clever und fleißig und ehrgeizig Lou sei. Und unser Augenschmaus hatte an diesem Tag nun mal gerade ein Fußballturnier bei Lancaster.

»Also, bisher scheint das aber ein ziemlich selbstloses Angebot zu sein«, bemerkte Lou und warf Farfar vom Beifahrersitz ein warmes Lächeln zu – nachdem Farfar die ganze Fahrt über pointierte Fragen zu College-Besichtigungen und Zukunftsplänen gestellt hatte. »Einfach eine Fahrt im Foodtruck und vorher sogar noch Pfannkuchen zum Frühstück. Nicht, dass ich das alles nicht zu schätzen weiß«, fügte sie schnell hinzu.

»Ich helfe gerne«, sagte Farfar lächelnd. »Irgendwann wirst du uns bestimmt auch mal einen Gefallen tun.«

Ich sagte auf dieser Fahrt rein gar nichts. Keine Ahnung, ob die beiden das überhaupt bemerkten.

Mrs Bixler wartete auf dem Gehweg auf uns, als Farfar mit dem Foodtruck zurücksetzte und vor einem der Seiteneingänge in der Nähe der Hauswirtschaftsräume hielt. Für sie war unsere Planänderung das Beste überhaupt, und das stand ihr auch ins Gesicht geschrieben.

»Mr Olsson!«, rief sie, als wir aus dem Truck sprangen. »Ich hab ja gar nicht gewusst, dass Sie heute da sein würden!«

Farfar winkte ihr zu – etwas verlegen vielleicht? – und sagte zum zweiten Mal: »Ich helfe gerne.«

Dann mussten wir erst mal auf dem Gehweg rumstehen, während er und Mrs Bixler schwärmten, was wir doch für wunderbare junge Leute seien, was wir für große Herzen hätten, so hilfsbereit und – okay, *der* Teil war nicht grad das Schlimmste. Ich bin sicher, Lou wurde ständig mit solchem Lob überschüttet, aber für mich war das nicht die Norm. Es war eigentlich ganz nett.

Als wir endlich drinnen waren, holten Lou und ich die Schalen mit dem Apple Crisp aus dem Kühlschrank, alle mit Aludeckeln versehen und übereinandergestapelt wie ein Turm, wo zuvor der Apfelberg gewesen war. Wir transportierten die Aluschalen auf Servierwagen nach draußen, während Farfar und Mrs Bixler weiter in der Sonne auf dem Gehweg plauderten.

Jedes Mal, wenn wir vorbeikamen, kicherte Mrs Bixler nur noch mehr.

»Was ist denn aus dem ganzen Cider geworden?«, erkundigte ich mich, als wir die letzte Fuhre Aluschalen aus der Küche holten.

»Was meinst du?«, fragte Lou und blieb stehen. Die eine Hand an der Kühlschranktür, die andere in die Hüfte gestützt, sah sie mich verwirrt an. »Du hast mir doch geholfen, das Zeug zum Stadion zu karren.«

»Sie haben alles getrunken?«

»Klar haben sie alles getrunken. Die *Music Boosters* konnten gar nicht fassen, dass wir den Cider einfach so für den Getränkestand stiften wollten – vor allem, nachdem sie ihn probiert hatten.« Lou lächelte mit einer Mischung aus Selbstgefälligkeit und echter Begeisterung. »Sie haben uns angefleht, das noch mal zu machen. Wenn sie schon an einem warmen Abend so einen Absatz machen konnten, stell dir vor, was für eine Menge Cider sie verkaufen könnten, wenn es kälter wird.«

Ehrlich gesagt, das stellte ich mir nicht vor. Ich war in diesem Moment nicht in der Lage, mir *noch mehr* Cider vorzustellen.

»Ärgerst du dich wirklich so darüber? Ich sehe doch, dass du gleichzeitig lächelst.« Ich sah zu Lou auf, die zurückgrinste. »Auch wenn es aussieht, als würde dir das Lächeln wehtun.«

Ich schüttelte den Kopf und spürte, dass meine Lippen mich verrieten und meine Ohren warm wurden.

Wir brachten die letzte Fuhre Apple Crisp nach draußen und verstauten alles auf den Gestellen im Truck. Farfar hatte recht gehabt. Es war jede Menge Platz. Lou sah sich in unserem Imbisswagen um, während ich die letzten Schalen auf die Munkar-Gestelle schob, als würde sie sich erst jetzt Gedanken machen, was in so einem Foodtruck ablief.

»Es ist viel sauberer, als ich gedacht hätte«, sagte sie,

stützte wieder einmal die Hände in die Hüften und zog die Nase kraus.

»Ähm. Wir machen ja auch sauber.«

»Ich weiß. Ich hab mir nur vorgestellt, dass Foodtrucks im Allgemeinen drinnen sehr viel dreckiger sind. Wegen all dem Fett und so.« Sie ließ ihren Blick weiter über die Küchenzeile wandern, als versuchte sie, doch noch irgendwo einen ranzigen Hygieneverstoß aufzudecken.

Ich zuckte nur die Achseln. »Ich meine, wenn das dein Business wäre – dein Beruf –, würdest du doch auch gut darauf achtgeben wollen.«

Lou nickte nur und fuhr mit dem Finger die Gestelle entlang, auf denen unsere Apple-Crisp-Schalen jetzt standen. »Ja. Da hast du wohl recht.«

Ich war mir nicht sicher, ob das Teil einer gründlicheren Inspektion war und nicht nur eine zufällige Handbewegung, aber es kam mir so vor. Überempfindlich oder nicht – auf einmal konnte ich es nicht erwarten, sie aus dem Truck zu bekommen. Aus meinem Bereich.


Um zehn Uhr dreißig wäre dieser Wunsch fast in Erfüllung gegangen. Alle Apple-Crisp-Schalen abgeliefert, Lou von der Bildfläche verschwunden (für den Rest des Wochenendes zumindest). Auch wenn Lou uns eine ellenlange Liste mit möglichen Abnehmern für unseren Apple Crisp gemacht hatte, wussten wir, dass Rhonda vom Christlichen Hilfsdienst gute Verwendung dafür finden würde. Beim warmen Mittagstisch und Abendessen an sieben Tagen der

Woche und Essen auf Rädern gab es genügend Gelegenheiten, eine süße Apfelmahlzeit anzubieten.

Und Rhonda sagte, sie würde ein paar Extraschalen an Ehrenamtliche verteilen, die in der Gemeinde Essen auslieferten. Viele dieser Ehrenamtlichen, erzählte sie, seien früher selbst zur Tafel gekommen und würden den Apple Crisp sicher gerne verteilen. Check.

Apple Crisp abgehakt.

Cider abgehakt.

Muffins bereit zum Probelauf Frühstück-auf-die-Hand am Montagmorgen. Fünfhundert Äpfel, die beinahe auf der Müllkippe gelandet wären. Stattdessen waren diese fünfhundert Äpfel nach zwei Tagen (und endlosem Schälen, Vorbereiten, Kochen und Backen) wieder draußen in der Welt und verbreiteten Freude statt Methan.

Lou hatte den Christlichen Hilfsdienst auch irgendwo auf ihrer Liste, aber sie hatte nicht damit gerechnet, dass Rhonda alles auf einen Schlag übernehmen würde. Sie hatte auch bestimmt nicht geahnt, dass Farfar und ich dort so herzlich empfangen werden würden – und dass Rhondas überschwängliche Umarmungen automatisch auch Lou gelten würden.

Ich war mir erst nicht sicher, ob sie erleichtert war, als wir wieder in den Truck stiegen, oder ob sie einfach noch versuchte, sich einen Reim auf das zu machen, was da gerade passiert war.

»Wie kommt es, dass sie euch so gut kennt?«, fragte Lou, als sie wieder auf dem Beifahrersitz saß.

»Wir machen da immer Station«, erklärte Farfar, während

er den Foodtruck durch die schmale Gasse bis hin zu unserer Wohnung steuerte. »Oscar bringt ihnen eigentlich fast jeden Abend Essen vorbei.«

»Essen ... das ihr gemacht habt?«, fragte sie und drehte sich zu mir um. »Wie den Apple Crisp?«

Ich nickte. »Ich krieg zwar keine Extrapunkte dafür – aber ja.«

Meine bissige Bemerkung fühlte sich nicht so befriedigend an, wie ich gedacht hatte. Und zwar nicht nur, weil ich Farfars enttäuschten Blick im Rückspiegel einfing – wobei der auch ziemlich wehtat. Lou nickte ausdruckslos, aber ihre Wangen färbten sich dunkelrot.

»Ich liefere einfach die Reste aus dem Imbisswagen ab«, sagte ich in einem unbeholfenen Versuch, die Situation zu überspielen, was in diesem Jahr gerade zu meiner neuen Spezialität zu werden schien. »Rhonda sagt, die Leute, die Essen auf Rädern bekommen, freuen sich immer riesig, wenn sie einen Donut in ihrer Box finden.«

Lou antwortete nicht, sondern blickte wieder hinüber zu Farfar und setzte ihr Referatslächeln auf.

»Dann haben wir also gerade fünfhundert Äpfel gerettet«, sagte sie. »Fünfhundert Äpfel, die sonst auf der Müllkippe gelandet wären. All diese Energie, all diese Ressourcen, die verschwendet worden wären, wenn wir die Äpfel hätten vergammeln lassen.«

»Das ist echt beeindruckend«, meinte Farfar. »Ihr könnt beide richtig stolz auf euch sein.«

Ich *war* richtig stolz. Ich hatte mir den Arsch aufgerissen, um das alles möglich zu machen. Ich hatte der Welt diese fünfhundert Äpfel zurückgegeben, um Apfelfreude statt Methan zu verbreiten. Mein $CO_2$-Fußabdruck war praktisch nicht vorhanden. Als wären meine Füße komplett $CO_2$-frei hergestellt, was ein paar seltsame Bilder in meinem Kopf entstehen ließ.

Und dabei hätte man die Sache einfach belassen sollen. Lou wäre nach Hause gegangen, hätte ihre Extrastunden zusammenrechnen und ihren Lebenslauf aktualisieren können und ihre Leistungsnachweise, und ich eben nicht. Perfekt.

»Wir werden heute vielleicht ein bisschen unterbesetzt sein, Gubben«, bemerkte Farfar, als der Truck auf unserem Garagenplatz hinter dem Wohnblock zum Stehen kam. Da war es also – das i-Tüpfelchen seines Plans. Als würde er einfach ganz gelassen zum nächsten Tagesordnungspunkt übergehen. Kein Hintergedanke oder irgendetwas.

»Unterbesetzt wobei?«, fragte Lou natürlich prompt und wie aufs Stichwort.

»Wir sind heute mit dem Foodtruck drüben beim College. Wird bestimmt einiges los sein. Ist ja ein schöner Tag.«

»Wir kommen schon klar«, warf ich schnell ein, denn ich hatte endlich kapiert, was er im Sinn hatte – was er schon den ganzen Vormittag über akribisch geplant hatte.

»Kann ich vielleicht helfen?«, fragte Lou, bevor ich noch irgendetwas sagen konnte.

»Normalerweise übernimmt Jorge für uns das Fenster, wenn viel Andrang zu erwarten ist. Nimmt Bestellungen entgegen. Gibt Wechselgeld raus«, erklärte Farfar. »Aber im Herbst ist er immer ziemlich busy mit Fußball.«

»Das könnte ich doch übernehmen«, sagte Lou. Sie warf mir einen kurzen Blick zu, redete jetzt aber in erster Linie mit Farfar. »Ich meine, beim Kochen oder Backen wäre ich wahrscheinlich keine große Hilfe, aber ich glaube, Bestellungen annehmen ginge schon.«

»Nein, nein«, sagte Farfar abwehrend. »Du bist doch sicher sehr beschäftigt. Oscar hat mir ja erzählt, wie engagiert du bist.«

»Ich würde wirklich gerne helfen. Sie haben uns doch heute Morgen auch so geholfen und ich hab wirklich nicht mehr viel vor heute … Für meine Bewerbungen und den Leistungskursstoff hab ich ja auch morgen Zeit.«

Sie warf mir noch einmal einen Blick zu.

»Und ehrlich – das hört sich doch an, als würde es richtig Spaß machen.«

**KAPITEL 9**

---

# DIESE GESCHICHTE IST NICHT LEICHT ZU ERZÄHLEN

DER START MIT LOU AM FENSTER WAR EIN WENIG HOLPERIG. Sie war etwas langsam beim Entgegennehmen der Bestellungen, vergewisserte sich ein paar Mal zu viel, ob sie auch alle Rullekebab-Saucen richtig notiert hatte, was einige Kunden ziemlich verwirrte.

Vor allem aber kannte sie unsere Vorlieben einfach nicht in dem Maße, wie Jorge sie kannte. Zuerst schob sie mir Zettel zu, die kaum zu entziffern waren, was mich zunehmend frustrierte.

»Kannst du mir die Bestellungen nicht einfach zurufen?«, fragte ich, als der vierte Bestellzettel vor mir lag, mit einem halben Dutzend Munkar darauf. »Deine Handschrift ist ja unmöglich zu entziffern.«

Sie starrte mich einen Moment verwirrt an, blickte hinunter auf den Zettel in ihrer Hand und dann wieder hinauf zu mir.

Mein Gesicht glühte. Mit einem gemurmelten »Bitte« drehte ich mich wieder zur Fritteuse um.

»Meine Bestellungen bitte weiter aufschreiben, Louuu«, warf Farfar ein, während er eine Rullekebab-Portion zu ihr an den Schalter schob. »Für Oscar rufen, für mich aufschreiben. Mit meinen alten Ohren könnte ich dich ohnehin nicht richtig hören.«

Farfar lobte sie fortan in einer Tour und ermunterte sie wie ein Trainer, als benötigte sie wirklich noch zusätzliches Selbstbewusstsein, um für uns an der Kasse zu stehen.

»Du bist ein Naturtalent, Louuu«, flötete er mindestens drei Mal in der ersten halben Stunde.

Und um den Tatsachen gerecht zu werden: Sie war *kein* Naturtalent. Nicht an diesem ersten Tag. Jorge war ein Naturtalent, mit seinem lockeren Lächeln und seiner charmanten Art. Lou hatte allenfalls ihren höflichen Vortragston drauf.

»Sollten die wirklich mit Zimt und Zucker sein?«, fragte sie mich sogar einmal, nachdem Farfar sie zu einem Naturtalent erklärt hatte. »Oder nicht einfach mit Zucker?«

Ich zog ein weiteres Blech mit fertigem Teig aus dem Gestell, stellte es auf meine Arbeitsfläche und tat, als hätte ich Lou nicht gehört. Farfar zuckte an seinem Platz kurz zusammen und spritzte etwas Kebabsoße auf die Theke, dann warf er mir einen kritischen Seitenblick zu. Ich holte tief Luft und riss mich zusammen.

Sie macht sich doch eigentlich ganz gut, versuchte ich mir einzureden, während ich den nächsten Korb Munkar in die Fritteuse tauchte. Bringt nichts durcheinander. Wirkt nicht überfordert. Unterhält sich nett mit den Kunden. Und es schien ihr sogar Spaß zu machen. Das sah ich an ihrem Gesichtsausdruck, als ich ihr schließlich ein paar weitere

Bestellungen zuschob und sie die heißen Donuts freudestrahlend an die wartenden Kunden weiterreichte. Und als sie mit glühenden Wangen und breitem Lächeln zu mir aufsah, hatte ihr Ausdruck nichts mehr mit ihrem üblichen Präsentationsmodus zu tun.

Schon am Nachmittag hatten wir die letzten Munkar verkauft. Farfar war über die Jahre so oft in Gettysburg gewesen, dass er ein gutes Gespür dafür hatte, wann man am besten dort aufkreuzte – eines dieser Dinge, die ich in meinem Abschlussjahr zu gerne von ihm gelernt hätte, statt den ganzen Tag in der Schule zu hocken.

»Hat sich gelohnt heute, was, Gubben?«, fragte er und klopfte mir auf die Schulter, während ich meinen Platz aufräumte.

»Ich kann es nicht erwarten, aufs College zu gehen«, sagte Lou dann und lehnte sich aus dem Fenster. Ich konnte mich nicht erinnern, dass Gettysburg überhaupt auf der Liste der Universitäten gestanden hatte, die sie beim Apfelschälen heruntergerattert hatte. Und doch hatte Lou in den letzten fünfzehn Minuten vollkommen gebannt auf den Campus geschaut. Begeistert deutete sie auf die Glatfelter Hall, einen roten Backsteinbau, der ein bisschen an eine Burg erinnerte, auf die moderne naturwissenschaftliche Fakultät und die fröhlichen Studenten, die auf den Grünflächen dazwischen flanierten.

»Ich schätze, hierfür muss man nicht aufs College gehen?«, sagte sie, als sie vom Fenster zurücktrat und sich wieder im Imbisswagen umsah. »Ich meine, ein BWL-Abschluss könnte vielleicht hilfreich sein ... oder irgendetwas Kulinarisches natürlich ...«

Sollte das wirklich eine Frage sein oder ein Monolog?

»Aber Oscar scheint eigentlich schon alles zu können ...«

Irgendwie fühlte sich ihre Bemerkung gut und schlecht zugleich an.

»Nein. Ein spezieller College-Abschluss ist dafür nicht nötig«, antwortete Farfar. »Nur harte Arbeit. Und Liebe ... Aber ich hab das alles gemacht. Studium und so.« Lou drehte sich um und lehnte sich an den Tresen, um ihn anzusehen. »Ich war Bauingenieur in Mariehamn.«

»Du hast studiert ...?«

»In Schweden. Universität Uppsala. Gegründet 1477. Sehr schön ... und sehr anspruchsvoll.«

»Du warst also Bauingenieur in Schweden ...«

»In Åland«, korrigierte er. »Gehört eigentlich zu Finnland, ist aber eine schwedischsprachige Insel. Mit dem Boot ist man viel schneller in Stockholm als in Helsinki.«

Farfar liebte es, neuen Bekannten von Åland zu erzählen und Lou hing ihm geradezu an den Lippen. Um ehrlich zu sein, hörte ich das alles eigentlich auch gerne.

Ich will unbedingt mal dorthin und alles sehen. Nach dem Schulabschluss, das hat Farfar versprochen.

»Und ... was hat dich dann bewogen, hierher zu kommen?« Lou sah sich um und machte eine ausholende Armbewegung. Mit »hierher« meinte sie offensichtlich nicht nur Amerika, sondern auch den Foodtruck, wenn er doch anscheinend eine sehr viel prestigeträchtigere Karriere vor sich gehabt hatte – noch dazu eine, die er bestimmt auf dieser Seite des Atlantiks hätte fortführen können.

»Ich wollte einfach meinen Träumen folgen«, sagte Farfar mit gesenktem Kopf und leiser Stimme.

Sein Anblick brach mir fast das Herz. Niemand sollte so viel Scham und Schuldgefühle verbergen müssen, wenn er davon sprach, seinen Träumen zu folgen.

Ich muss Lou zugutehalten, dass sie ihn nicht zu einer ausführlicheren Antwort drängte. Sie hatte nur einen sehr kleinen Teil der Geschichte gehört.

Ich kannte ja für lange Zeit auch nur einen Teil der Geschichte.

Denn diese Geschichte ist nicht leicht zu erzählen.

Die Geschichte – unsere Geschichte – habe ich auch erst über die Jahre in Bruchstücken erfahren. Wie Farfar hierhergekommen war. Wie ich später hierhergekommen war.

Als Farfar seinen Sohn (meinen Dad) verlor, war ich erst vier Jahre alt. Ich weiß keine Einzelheiten darüber, denn mein Dad war nicht gerade eine feste Größe in meinem Leben.

Farfar hat mir erst Jahre später von der Überdosis erzählt. An jenem Abend, als wir nach einem total miserablen Foodtruck-Festival in Harrisburg lange aufblieben und quatschten. Aber ich begriff schon damals, dass dies keine Information aus erster Hand war. Dass Farmor ihm davon erzählt hatte, und zwar erst danach. Denn im Grunde genommen hatte er seinen Sohn schon Jahre zuvor verloren, aus eigenem Verschulden – ich weiß, das klingt hart, aber ich wiederhole hier nur Farfars Worte.

Er war Jahre zuvor in die USA gezogen, bevor ich überhaupt geboren war, bevor die Probleme meines Vaters wirklich außer Kontrolle gerieten.

Ein paar Konflikte wegen Alkohol auf der Highschool. Geheime Haschvorräte, die er bei meinem Dad im Zimmer entdeckte und dann mit einigem Tamtam vor seinen Augen das Klo hinunterspülte. Und noch ein paar andere Dinge, aber davon erzählte er mir nichts Genaueres. An diesem Punkt machte er eine abwehrende Handbewegung, seine Miene verfinsterte sich und er wurde für den Rest des Abends ganz still – weit entfernt von seiner üblichen Plauderlaune nach ein paar Bier. Danach sprach ich ihn eine ganze Weile nicht mehr darauf an.

Vielleicht hatten die Dinge sogar schon angefangen, außer Kontrolle zu geraten, bevor Farfar wegzog. Vielleicht hängt damit ein großer Teil seiner Schuldgefühle zusammen.

Denn ich weiß, das spielt eine große Rolle für Farfar. Das schlechte Gewissen – weggegangen zu sein, die Familie in die Luft gesprengt zu haben, auch wenn die Zündschnur schon vorher brannte.

Das weiß ich.

Aber er muss wissen, dass er mich nicht um Verzeihung zu bitten braucht. Nie. Ich würde nie etwas daran ändern wollen, dass ich hier bin. Bei ihm.


Und ... was hat dich dann bewogen, hierher zu kommen? – In Lous Frage steckte so viel – so viel komplizierte Vergangenheit.

Ich war so jung gewesen, so verloren, dass ich in unseren ersten gemeinsamen Jahren noch nicht einmal daran gedacht hatte, diese Frage zu stellen. *Hier* – das war einfach der Ort, an dem wir lebten, und in meiner lückenhaften Erinnerung war mein Leben *dort* in die Brüche gegangen. Meine Mutter hatte die Familie verlassen, als ich noch nicht einmal ein Jahr alt war. Hatte einen Job auf einem Kreuzfahrtschiff angenommen – das ist in Skandinavien eine Riesenbranche – und war nie zurückgekommen. Mein Dad war am Boden zerstört.

Nachdem ich als kleines Kind zu Farfar gekommen war, fühlte ich mich hier einfach – zu Hause. Wo hätte ich auch sonst sein sollen? Als kleines Kind hat man ja kein Bewusstsein für all das vielschichtige »davor«. Und sogar Farmors schmerzerfüllte Geburtstagskarten blieben irgendwann aus. Auch sie musste von vorne anfangen.

Vor einigen Jahren schloss Farfar eine große Lücke in dem Puzzle, das seine Vergangenheit für mich darstellte. Es war, nachdem ein paar Kids im Bus fiese Sachen über unser Wohnhaus gesagt hatten – über die Regenbogenbanner und lesbischen Nachbarinnen über uns. Ich war vielleicht zehn, höchstens elf. So fand das Gespräch vielleicht etwas früher statt, als er das geplant hatte – wenn er es denn überhaupt geplant hatte. Vielleicht hatte er diese Teile seines Lebens auch vollkommen auseinanderhalten wollen, getrennt in einzelne Kapitel, die sich nie überlappen würden.

Ich erinnere mich, wie mal jemand gesagt hat – ich glaube, es war ein Comedian in einer Show, die wir zusammen gesehen haben –, dass man nicht nur ein Coming-out hat. Dass es nach dem ersten großen Mal noch viele weitere Male gibt, nämlich immer, wenn man danach jemand Neues trifft, mit einem anderen Familienmitglied spricht oder mit einem alten Mitbewohner oder was auch immer.

Aber Großvater – Enkel war nicht gerade eine Coming-out-Konstellation, mit der er hätte rechnen können, oder?

»Du musst nichts dazu sagen, Gubben. Ich wollte nur, dass du es weißt. Ich wollte nicht mehr mit der Lüge leben.«

Er sah irgendwie abgeschlafft aus an jenem Abend, als würde er jeden Moment im Sofapolster verschwinden, als würde Koopa nur auf einem Kissen liegen und nicht auf seinem kleinen kugelrunden Bauch.

»Ich habe so lange mit dieser Lüge gelebt«, sagte er, mehr zu Koopa als zu mir, wie es schien. Oder vielleicht auch nur zu sich selbst. »Ich habe meine ganze Familie aufgegeben, um die Wahrheit zu sagen. Ich hab sie alle verloren … und dann hab ich dich bekommen. Es war wie eine zweite Chance. Und die hab ich nicht vermasselt, Gubben. Nein, das habe ich nicht. Ich hab meine Sache gut gemacht …«

Seine Stimme klang belegt, sein Akzent verstärkt durch all die Emotion.

»Aber ich will mich nicht mehr verstellen, Gubben. Nicht noch einmal. Nicht dir gegenüber.«

Ich wusste, hinter all dem Gehaspel verbarg sich eine Bitte um Vergebung. Ich wusste nur nicht so recht, warum. Ich meine, er hatte recht. Er hatte seine Sache gut gemacht. Mehr als gut. Er war alles für mich.

Das Einzige, was ich mich manchmal fragte, war, ob meine Eltern mit diesem Leben einverstanden gewesen wären, das aus Kochen und Backen und *Mario Kart* und stiller Zufriedenheit bestand. Nach dem Wenigen, was ich von meiner Mom und meinem Dad wusste, hätten sie allerdings auch etwas stille Zufriedenheit brauchen können.

Ich kann mir einfach nicht vorstellen, wie hart es für Farfar gewesen sein muss, diese Lüge zu leben – damit über so eine lange Zeit gelebt zu haben. Trotz dieser Lüge sogar eine Familie gegründet zu haben.

Ein Berg von Schuldgefühlen.

Viel Gepäck, das er mit sich herumschleppt.

Er hat mir nie viel von Amir erzählt. Ich weiß nicht, ob es einfach zu schmerzhaft für ihn ist. Oder (und das macht mir ehrlich gesagt Angst) er hatte tatsächlich nie geplant, dass diese zwei Welten je miteinander in Berührung kommen.

Aber Maggie hat mir davon erzählt. Ich wünschte, ich hätte es auch erleben können, auch wenn Farfar diesen Gedanken total seltsam findet.

»Ich glaube ja nicht an Seelengefährten«, hat Maggie gerade neulich erst zu mir gesagt. »Diesen einen perfekten Partner unter den acht Milliarden auf diesem Planeten, das gibt es nicht. Beziehungen erfordern Arbeit. Es braucht Zeit und Energie und Geduld und Vergebung und noch mehr Geduld, um Liebe ein Leben lang aufrechtzuerhalten.«

Dann lächelte sie. »Aber ich hab noch nie zwei Menschen erlebt, bei denen das so mühelos wirkte wie bei Erik und Amir.«

Und das ist etwas, was ich auch gerne miterlebt hätte.

## KAPITEL 10

## EIN SELTENER STREIT

AM MONTAG HATTE ICH EINEN TAG LANG PAUSE VON Lou und den Äpfeln, die zu genau dieser Zeit in der Cafeteria gesammelt wurden. Ein Tag, um meine Ohrstöpsel einzustecken und mich endlich wieder meinem Gourmet-Sandwich-Experiment zu widmen.

Das prompt erneut unterbrochen wurde.

»Sach ma, sind das deine Muffins, Alter?« Jorge steckte den Kopf in die Tür, einen halb aufgegessenen Muffin in der Hand.

Ich grinste, während ich eine Zwiebel schnitt, die ich karamellisieren wollte. Dann zuckte ich kurz zusammen, als Jesus' Kopf auf der anderen Seite der Tür auftauchte, einen Muffin in jeder Hand. »Bitte sag, dass es die nicht nur heute gibt.«

Ich dachte an Lou, die ihren Posten neben dem Mülleimer in der Cafeteria eingenommen hatte. »Nein, bestimmt nicht nur heute.«

Jesus nahm einen riesigen Bissen von dem Muffin in seiner rechten Hand und verschwand wieder auf den Flur. Jorge kam kauend in den Raum.

»Alter, die sind großartig. Die Sekretärin musste lauter Kids zurückpfeifen, die während der Stunde zum Klo gehen wollten, um dabei heimlich noch einen Muffin mitgehen zu lassen.«

Ich grinste, denn genau das schien Jorge auch gemacht zu haben.

»Kann es sein, dass du eines dieser Kids warst?«

»Ach, nicht so wichtig«, antwortete Jorge, stopfte sich das letzte Stück Muffin in den Mund und warf das Papier in den Mülleimer. »Aber ich sollte wahrscheinlich lieber zurück in den Unterricht gehen.« In der Tür blieb er noch einmal stehen. »Hat das alles irgendwas damit zu tun, dass Lou in der Cafeteria steht und alle Leute anquatscht?«

Ich stieß einen langen Seufzer aus. »Ja, das hat es.«

»Das sind wirklich scheußliche Äpfel.«

»Ja, das sind sie.«

»Du bist ein Zauberer, Oscar«, sagte Jorge. Und fügte hinzu: »Wenn du noch Zeit hast – Donuts zum Mitnehmen wären auch 'ne tolle Sache.«

Die Zwiebelscheibe verfehlte seinen Kopf nur knapp.

Am Dienstag dann wurde während meiner üblichen Zeit im Kochlabor die Apfelbeute des Vortages herangekarrt. Eine zufriedene Lou mit einem nervigen Grinsen schob den Trolley durch die Tür und das ganze Prozedere begann wieder von Neuem.

Und so ging es im Grunde den ganzen nächsten Monat weiter.

Ich muss allerdings zugeben: An diesem Dienstag entwickelten wir einen ziemlich beeindruckenden Arbeitsablauf. Auf die dringende Bitte des *Booster Clubs* nach mehr Cider für Freitagabend ließ ich mehr als doppelt so viele Töpfe gleichzeitig köcheln, was schon mal einen riesigen Teil des Apfelvorrats vertilgte.

Terrance war auch wieder da, um zu helfen, sowohl während des Hauswirtschaftsunterrichts als auch während seines »Nachsitzens« bei Mrs Bixler in der Mittagspause. Wenn man dem Typen ein *Subway*-Baguette in die Hand drückte, war er zu allem bereit. Zumindest zu stundenlangem Gekurbel am Apfelschäler. Ich beschloss, ihm auch ein paar Grundregeln zum Gebrauch von Messern beizubringen, was er überraschend gut hinbekam. Zumindest verlor er keine Finger dabei.

Und die Muffins – nun, Jorge sollte recht behalten: Highschool-Kids *lieben* kostenlose Muffins. »Die ganze Schule schwärmt von deinen Muffins, Oz«, berichtete Mrs Bixler in der Mittagspause und Terrance nickte begeistert, während er sich die Frikadellensoße aus dem Mundwinkel leckte.

Es lief also eigentlich alles ganz gut. Die Leute liebten meine Muffins. Meinen Cider. Mein Apple Crisp wurde in der Gemeinde verteilt und verbreitete knusprige Apfelseligkeit unter Leuten, die wahrscheinlich alle ein wenig mehr knusprige Seligkeit in ihrem Leben brauchen konnten. Und meine Interaktion mit Lou beschränkte sich auf ein Minimum, wenn sie nicht gerade einen neuen Apfelberg bei mir ablud. Sie hatte wohl endlich begriffen, dass sie nicht jeden meiner Arbeitsschritte überwachen musste.

Und dann brachte Farfar all das durcheinander.

Als ich am Donnerstag nach der Schule zur Tür hereinkam, fragte er mich, wie es denn mit der nächsten Crisp-Lieferung aussähe.

»Lou sagt, sie hat ihren Kofferraum und die Rücksitzbank mit Handtüchern ausgelegt«, erklärte ich. Es war schließlich nicht zu viel verlangt, dass sie die Auslieferung übernahm, während ich wieder fast die ganze Woche damit zugebracht hatte, Äpfel zu verarbeiten. Wegen all des Ciders und des gestiegenen Muffinbedarfs waren es bei Weitem nicht so viele Apple-Crisp-Schalen wie beim letzten Mal.

»Gubben. Schick ihr eine Nachricht. Sofort.«

»Was? Nein. Warum?«

»Gubben. Schreib ihr. Das ist auch dein Projekt. Das ist die Aufgabe, auf die du dich eingelassen hast. Du solltest dort sein und mit anpacken. Nicht hier ...« Er breitete die Arme aus und sah sich in der Wohnung um, als könnte er sich überhaupt nicht vorstellen, was ich zu Hause anfangen wollte.

Ich stand mit offenem Mund da und versuchte zu verarbeiten, was er gerade gesagt hatte: dein Projekt. Die Aufgabe, auf die du dich eingelassen hast. Dass ich mich irgendwie vor meiner Verantwortung drücken wollte.

»Ich weiß, du hast schon die ganze Arbeit in der Küche gemacht, Gubben. Aber zu diesem Job gehört mehr als die Arbeit in der Küche.« Als ich noch immer keine Antwort herausbrachte, nahm er sein Schlüsselbund aus dem Korb auf der Küchentheke. »Ist sie in der Schule geblieben?«

»Ich weiß nicht ... ich glaub, sie wollte erst nach Hause und Handtücher holen ...«

Als ich es so aussprach, klang es irgendwie härter, und dass Farfar recht hatte, machte alles nur noch frustrierender.

Er hob eine Augenbraue und fixierte mich mit seinem Blick, die Hände in die Hüften gestützt.

»Gott. In Ordnung«, brachte ich schließlich mürrisch heraus, während Koopa vom Sofa sprang und jaulend um meine Beine strich.

»Ich weiß, *lilla kissemissen*. Keine Ahnung, was er sich dabei gedacht hat.« Und dann nahm Farfar die Katze auf den Arm, damit sie beide dort stehen und mich aburteilen konnten.

Mein Handy brummte. Ein paar Sekunden, nachdem ich meine Nachricht abgeschickt hatte.

»Sie sagt, das kann sie nicht annehmen. Sie kommt schon zurecht.«

»Sag ihr, dass du üben musst, den Foodtruck zu fahren, wenn sie sich dann besser fühlt.«

»Ich weiß schon, wie man den Truck fährt.«

»Gut, dann fahre ich. Lass uns gehen.«

Okay, die Wahrheit ist: Ich wusste, dass ich egoistisch war. Aber ich hatte eine lange Woche hinter mir. Farfar ahnte noch nichts davon, aber bei all meinem Einsatz für Lous Projekt war ich in meinen anderen Fächern ganz schön abgerutscht. Selbst wenn die Apfelaktion inzwischen ganz gut lief, hatte ich das Gefühl, dass alle möglichen Leute ihre ganz eigenen Vorstellungen davon hatten, was ich machen sollte, dass aber nichts davon wirklich das war, was ich selbst machen wollte.

Also gut. Ich hätte an jenem Donnerstag länger bleiben

sollen, um Lou mit dem Apple-Crisp zu helfen. Aber als ich am Ende des Schultages an meinem Schließfach stand, eine anstrengende Englischstunde und eine Standpauke von Mrs Shue hinter mir hatte und einen weiteren Übungsstapel mit Lückentexten in das obere Fach pfefferte, wollte ich einfach nur noch nach Hause. Mit allem fertig sein. Wenigstens für eine kleine Weile.

Stattdessen saß ich jetzt auf dem Beifahrersitz des Trucks, den Arm aus dem offenen Fenster gelehnt, und starrte auf die allzu bekannten Gebäude auf der Fahrt zurück zur Schule. Zurück zu Lou. Zurück zu den Äpfeln. Zurück zum Parkplatz, auf dem wahrscheinlich immer noch die Hälfte der Lehrerautos standen.

Als wir mit dem Truck vorfuhren, hatte Lou die Bleche mit dem Crisp schon auf den Trolley geladen und wartete an dem Seiteneingang auf uns, den wir schon letztes Mal benutzt hatten. Sie stand mit Mrs Bixler auf dem sonnigen Fußweg, und beide aßen genussvoll einen der Muffins, die ich in der Mittagspause gebacken hatte.

Farfar hupte zur Begrüßung, als sei dies eine lustige kleine Spritztour, während ich vom Beifahrersitz kletterte und ohne ein Wort anfing, die Bleche einzuladen.

»Wissen die Leute eigentlich, dass hinter diesem ganzen Apfelunternehmen zwei Teenager stecken?«, fragte Farfar, als wir alles eingeladen hatten und vom Parkplatz fuhren, nicht ohne Mrs Bixler zum Abschied noch einmal zuzuhupen.

»Also, darüber habe ich auch schon nachgedacht«, sagte

Lou, drehte sich auf dem Beifahrersitz zu ihm um und unterstrich ihre Worte mit ausladenden Gesten – wofür sie im Truck sogar genügend Platz hatte. »Irgendwie ist es frustrierend. Alle freuen sich über kostenlose Muffins und heißen Cider beim Fußballspiel, aber das ist ziemlich eigennützig. Ich bin mir nicht sicher, ob sie den Umweltaspekt dahinter überhaupt sehen oder sich dafür interessieren – oder die Bedeutung für die Gemeinde«, fügte sie hinzu und deutete mit dem Arm auf die Lieferung hinter ihr. »Dass es bei dieser Sache um viel mehr geht als um ›Yippie, freie Muffins‹!«

Farfar ermunterte sie mit einem Nicken, weiterzusprechen.

»Ich weiß nicht, wie man dieses Bewusstsein schaffen kann, den Leuten verklickern kann: Deshalb machen wir das alles. Ich – wir – versuchen, so viel zu verändern, und alle anderen müssen ihr Verhalten überhaupt nicht ändern, versteht ihr? Abgesehen von ›Wirf deinen Apfel in diese Box und nicht in den Mülleimer‹, und selbst daran muss ich die Leute jeden Tag wieder erinnern.«

»Hm. Hört sich an, als bräuchtet ihr besseres Marketing«, sagte Farfar. »Ein neues Image. Ein aufschlussreicherer Name vielleicht.«

»Methan-reduzierende Muffins?«, schlug ich von meinem Platz auf der Rücksitzbank vor.

Farfar lachte. »Das klingt wie Muffins, die einen weniger pupsen lassen.«

»Müllkippen-Cider?«

»Du hast wirklich eine Gabe für so was, Gubben. Unser Business ist in guten Händen.«

Farfar und ich überboten uns weiter mit haarsträubenden Marketing-Ideen, aber in Lous Kopf formierten sich ernst gemeinte Pläne.

»Vielleicht sollten wir bei der Muffin-Ausgabe ein großes Poster mit den tatsächlichen Zahlen zur Methanreduzierung aufhängen«, sagte sie, heftete den Blick konzentriert an die Autodecke und spielte mit dem Ende ihres Zopfes.

»Iss einen Muffin und rette einen Eisbären?« Ich war jetzt richtig in Fahrt.

»Hm. Das wäre vielleicht wirklich eine gute Überschrift für das Poster«, sagte Lou, mehr zu sich selbst als zu mir.

»Und du denkst nicht, dass ›Heißer Müllhaldensaft‹ sich im Fußballstadion gut verkaufen würde? Ich wette, Terrance und seine Kumpel würden sich darum reißen.«

Ich habe seitdem eine Menge Zeit mit Terrance verbracht. Zu dieser Behauptung stehe ich immer noch.


Als wir unseren Apple Crisp abgeliefert hatten, fiel Rhonda uns allen wieder um den Hals – einschließlich Lou, die diesmal etwas besser darauf vorbereitet zu sein schien.

»Ihr hättet das sehen sollen«, erzählte Rhonda kopfschüttelnd und lächelte. »Ich hab meinen Mann losgeschickt, um zu eurem Apple Crisp ein paar Bottiche Vanilleeis zu holen, und die Leute hörten am ersten Abend beim Essen gar nicht mehr auf zu schwärmen. Alle redeten durcheinander und erzählten von ihren Lieblingsdesserts und was ihre Großmütter gebacken haben, als sie Kinder waren …«

Geschichten. Alle wollen ihre Geschichten erzählen.

»Dein Apple Crisp ist wirklich 'ne Wucht, Mister«, sagte Rhonda und zwickte mir ins Kinn wie eine liebevolle Tante. »Immer her damit!«

Das war das Beste, was ich die ganze Woche gehört hatte – das Einzige, von dem ich das Gefühl hatte, dass es mit meiner eigenen Leistung zu tun hatte. Meiner Entscheidung.

»Vielleicht können wir uns morgen nach der Schule noch mal mit Mrs Bixler zum Brainstorming treffen«, schlug Lou auf der Fahrt zurück zur Schule vor. Sie dachte immer noch darüber nach, wie man mehr bewirken könnte – wie man die Leute über das Essen eines recycelten Muffins zur Einsicht, zum Handeln bewegen könnte. Und ich dachte nur: Na klar, was ist schon eine weitere Stunde, die ich an eine weitere Woche dranhänge, um dich reden zu hören? Denn es war ja nun nicht so, dass ich einfach »Nein danke« hätte sagen können, wenn Farfar direkt daneben saß.

Und dann, als wir wieder auf den Highschool-Campus fuhren, wo Lou ihr Auto geparkt hatte, setzte Farfar noch einen drauf.

Jorge und Jesus kamen gerade nach ihrem Fußballtraining über den Parkplatz geschlendert und schubsten lachend ihren jüngeren Bruder Javy zwischen sich hin und her, als Jorge den Foodtruck bemerkte und winkte.

»Na, wie geht es unserem Augenschmaus heute?«, fragte Farfar, nachdem Jorge von seinem Auto herübergetrottet war.

»Ich fühl mich gerade eher wie der visuelle Ballaststoff«, grinste Jorge und wischte sich mit seinem schweißdurchnässten T-Shirt über das Gesicht. »Was machst du denn hier mit dem Foodtruck?«

»Wir haben nur wieder ein paar von Louuus und Oscars Apfelleckereien ausgeliefert.«

Jorge blickte an Farfar vorbei und bemerkte Lou auf dem Beifahrersitz und mich auf der Rücksitzbank hinter ihr. Sofort wurde sein Grinsen noch breiter.

»Morgen sind wieder Muffins dran, oder?«

Lou lächelte und nickte. Ich warf Jorge einen eiskalten Blick zu.

»Oscar hat mir erzählt, dass er nächste Woche vielleicht auch Donuts auf die Hand anbieten will.«

Farfar und Lou drehten sich beide um und sahen mich an, bevor ich Zeit hatte, Jorge den Stinkefinger zu zeigen, was ihn nur noch mehr grinsen ließ.

»Wieder ein Auswärtsspiel dieses Wochenende?«, fragte Farfar und lehnte sich wieder aus seinem Fenster.

»Ja, drüben in Lancaster, etwa 'ne Stunde von hier.«

Die beiden quasselten noch einen Moment über Fußball – wir verpassten nie eines ihrer Heimspiele –, bis Javy vom Rücksitz ihres Autos aus auf die Hupe drückte. Wir beobachteten, wie Jorge zurückjoggte und seine Fußballtasche zu Javy auf den Rücksitz warf. Jesus hupte noch einmal, als sie losfuhren, und Farfar ergriff seine Chance.

»Es soll wieder ein sehr sonniger Samstag werden, Louuu ... falls du Zeit hast zu helfen?!«

»Wirklich?«, antwortete Lou.

»Beim College findet das Elterninfowochenende statt. Viele Leute. Viele Eltern, die zahlen.«

»Das wäre toll!«

»Dann können wir es ja so machen wie letzte Woche«, sagte Farfar. »Komm früh. Ich mache Pfannkuchen, wir fahren die Lieferung zu Rhonda, und dann geht es rüber zum College.«

»Einverstanden!«, sagte Lou strahlend. »Danke!« Sie kletterte aus dem Truck und sah noch einmal zu uns hoch, nachdem sie ihre Autotür aufgemacht hatte. »Bis Samstag dann!«

Farfar winkte und lächelte zurück, sodass sich in seinen Augenwinkeln kleine Fältchen bildeten. Ich wartete, bis Lou in ihrem Auto war, bevor ich ohne ein Wort auf den Beifahrersitz zurückkletterte, erleichtert, dass Farfar das Radio anschaltete, um das Schweigen zu übertönen.


»Musstest du sie wirklich noch mal einladen?«, platzte ich an diesem Abend schließlich heraus, als wir bei aufgetauten Fleischklößchen und Kartoffelbrei saßen, den Farfar noch schnell gezaubert hatte, nachdem wir Lou abgesetzt hatten und wieder nach Hause kamen.

»Was meinst du damit, Gubben?«, fragte er, während die Gabel mit seinem letzten Fleischklößchen auf halbem Wege zu seinem Mund in der Luft stehen blieb. »Warum nervt sie dich eigentlich so?« Dann grinste er sein dämliches Grinsen. »Allmählich glaube ich schon ...« Er hob abwechselnd seine blöden Augenbrauen wie ein Zirkusclown, und ehrlich, ich hätte sie ihm am liebsten ausgerissen, bevor das Fleischbällchen endlich in seinen Mund gewandert war.

»Kannst du jetzt mal mit diesem albernen Theater aufhören?«, sagte ich und umklammerte wütend meine Gabel. »Ich mag sie einfach nicht.«

Er runzelte die Stirn, während er kaute, und schüttelte den Kopf. Dann stieß er einen tiefen Seufzer aus.

»Gubben, ich wollte dich nur necken. Es tut mir leid. War doch nur Spaß. Weil es manchmal einfach Spaß macht, dich zu necken, mein melancholischer *Mr Baker Man*«, erklärte er. Dann holte er sich erst mal ein Bier aus dem Kühlschrank und öffnete zischend die Dose. »Aber wo wir schon mal beim *Realtalk* sind, wie ihr jungen Leute dazu sagen würdet ...«

»Das sagen wir überhaupt nicht.«

Er winkte ab.

»Wir brauchen wirklich eine dritte Person, wenn viel los ist, Gubben. Und Jorge ist während der Fußballsaison nicht verfügbar.«

Er machte es sich in seiner Sofaecke bequem, während ich die Fleischklößchenteller abspülte.

»Vielleicht weißt du das noch nicht, Gubben, aber es ist nicht einfach, zuverlässige, fleißige Arbeitskräfte zu finden.«

»Verstehe – auch wenn du ja bisher keine Anstalten gemacht hast, mir all diese Dinge beizubringen.«

Er winkte mit seinem Controller in der Hand ab. »Und ja, Gubben, ich mag Lou. Sie ist charmant und höflich, fleißig und sehr intelligent. Und auch wenn sie dich aus irgendeinem Grund nervt, Gubben, schau doch mal, was für großartige Dinge du durch sie in diesem Schuljahr schon zustande gebracht hast.«

Ich konnte es nicht einmal ertragen, ihn anzusehen. Als könnte ich nur großartige Dinge zustande bringen, wenn jemand anders die Entscheidungen für mich trifft, aber alleine nicht.

»Wenn du sie wirklich partout nicht ausstehen kannst, Gubben, such ich uns jemand anderes, um im Foodtruck auszuhelfen ... oder besser noch, vielleicht kannst du ja jemand anderes, Zuverlässiges finden. Aber das gehört zu den ersten Dingen, die du lernen wirst, Gubben – und die ich von Amir gelernt habe –, wie schwierig es ist, gute Mitarbeiter zu finden.«

Farfar erwähnte Amir so selten, sprach normalerweise nicht einmal über ihre gemeinsame Zeit im Foodtruck, dass mich das jetzt irgendwie total aus dem Konzept brachte. Mir kam dieser seltsame Gedanke, dass Farfar wohl einst der Padawan gewesen sein musste und Amir der Rullekebab-Jedi. Damals war er derjenige, der aus einer ganz anderen Welt kam und viel lernen musste. Ich fragte mich, ob Amir deshalb jemals arschig zu ihm gewesen war.

»Es ist nicht nur ein nettes Abenteuer, Gubben – auf Tour gehen, Donuts backen und die Menschen glücklich machen. Weißt du, was man mit dem Abwasser vom Truck macht? Wie man das Fett für die Fritteuse entsorgt und austauscht? Weißt du, wie man den Motor repariert, wenn der Truck liegen bleibt, Gubben? Oder wenigstens, wie man einen platten Reifen wechselt?«

Ich hielt den Blick gesenkt und er redete immer weiter.

»Weißt du, wie man neues Zubehör und Zutaten bestellt? Wie man die Buchhaltung macht? Die Steuererklärung? Hast du überhaupt eine Ahnung, wie man Steuern zahlt, Gubben?«

Ich bin mir nicht sicher, ob er merkte, dass ich angefangen hatte zu weinen. Ich fühlte mich wieder wie ein dummer kleiner Junge, der nach einem Schultag voller Stottern und Stolpern über Wörter aus dem Bus stieg, nur dass Farfar mich dieses Mal nicht aufmunterte.

»Es gibt noch so viel zu lernen, Gubben. Ich weiß, du bist bereit, jeden Tag mit dem Truck rauszufahren, aber es gibt noch so viel zu lernen.«

Ich sagte einen Moment nichts, versuchte, mich zu beruhigen und meine Stimme in den Griff zu bekommen. Jedes Mal, wenn ich den Mund aufmachte, spürte ich, wie meine Kehle sich zuschnürte und meine Nase zu brennen begann.

»Das sage ich doch die ganze Zeit schon, Farfar. Warum lerne ich nicht endlich all diese Dinge statt des blöden Schulzeugs? Ich weiß, es ist mehr als ein Abenteuer…« An dieser Stelle musste ich abbrechen, denn aus irgendeinem Grund kamen mir bei diesen Worten wieder die Tränen.

Farfar holte tief Luft. Vielleicht, um seinen Ärger zu kontrollieren, oder aus einem anderen Grund – da war ich mir nicht sicher, aber es gefiel mir nicht.

»Weil du die Schule einfach fertig machen musst, Gubben. Da gibt es keine Diskussion. Dieser Foodtruck ist keine sichere Sache. Damit hast du kein garantiertes Auskommen. Und ich will nicht, dass du plötzlich … aufgeschmissen bist, Gubben …, wenn irgendwas passiert.«

Er nahm einen großen Schluck Bier, leerte die Dose und wischte sich mit der anderen Hand über das Gesicht.

»Ich versuche einfach, alles richtig zu machen ... dich richtig großzuziehen, Gubben. Beim ersten Mal ist mir das nicht gerade gut gelungen, weißt du ...«

Schon war er wieder auf dem Weg zum Kühlschrank, und in diesem Moment wünschte ich mir fast, es ihm gleichzutun – einfach schnell nach etwas zu greifen, das mich für den Rest des Abends benebeln würde.

Ich tat es nicht. Aber ich sah den Reiz darin – und das erschreckte mich.

»Vielleicht hat Louuu recht, Gubben. Vielleicht könntest du wirklich auf eine Kochschule gehen oder einen kaufmännischen Abschluss machen ...«

Das war genug, um mich von meinem Verlangen nach seinem blöden Bier zu heilen.

»Jetzt? Jetzt erzählst du mir auf einmal, dass ich aufs College gehen soll? Meinst du das im Ernst?«

Er wich meinem Blick aus, was mich noch wütender machte.

»Ein paar Monate, bevor ich mit der Schule fertig bin ... bevor ich endlich anfangen kann, meine Träume zu leben – auch wenn ich ja offensichtlich rein gar nichts weiß –, sagst du mir, ich soll Geld für einen weiteren Albtraum ausgeben?«

»Jetzt sei mal nicht so theatralisch, Gubben«, beschwichtigte er, nahm noch einen großen Schluck Bier und scrollte durch die Liste mit den Figuren auf dem Bildschirm. »College ist kein Albtraum.«

»Für dich vielleicht nicht! Oder ... für deine beschissene geliebte Lou!«

Sein Blick ging ruckartig vom Bildschirm zu mir. Er schnaubte empört durch die Nase, aber aus irgendeinem Grund kommentierte er mein Fluchen überhaupt nicht. Ehrlich gesagt, das brachte mich ganz aus dem Konzept, denn ich hatte ihn schließlich provozieren wollen. Stattdessen nahm Farfar nach einer kurzen Pause eine Hand von seinem Controller und legte sie auf mein Knie.

»Das HACC hat einen kulinarischen Studiengang hier ganz in der Nähe, Gubben. Weniger als fünf Minuten Fahrt.« Er drückte mein Knie. »Du wärst bestimmt phänomenal, Gubben. Die bieten auch Kurse in Wirtschaft, Buchhaltung, Marketing usw. an ...«

Er wurde immer aufgeregter, seine Gedanken auszusprechen und neue Pläne für mich zu schmieden. Ich weiß, es war nicht seine Absicht, aber dadurch fühlte ich mich nur noch schlechter.

»Shippensburg ist auch nicht weit weg. Penn State Mont Alto. Die haben alle gute Wirtschaftsstudiengänge, Gubben, wenn du einen Bachelor machen wolltest. Und ich bin sicher, sie würden dich nehmen, selbst wenn du erst mal am HACC anfangen würdest, um ein bisschen Geld zu sparen.«

»Hast du das alles bereits recherchiert?«

»Klar, ich hab mich informiert, Gubben. Ich möchte gerne wissen, welche Optionen es gibt. Ich recherchiere so was gerne. Es ist wichtig, über diese Dinge Bescheid zu wissen – verschiedene Möglichkeiten im Blick zu haben.«

Jetzt klang er wirklich, als wollte er mir etwas verkaufen,

und ich konnte eindeutig Lous Vortragsgerede dahinter erkennen.

»Du musst das als ein Investment in dein Business betrachten – in unser Business, Gubben. Um sicherzustellen, dass dein Plan funktioniert ... und um noch andere Optionen zu haben, wenn er das nicht tut. Du investierst damit in deine Zukunft, Gubben.«

»Das ist nicht meine Art, zu lernen«, sagte ich leise, während ich meine *Mario-Kart*-Figur aussuchte. Mich auf das Spiel einließ. »Warum kannst du mir nicht einfach diese Dinge beibringen? Ich bin bereit zu lernen. Aber von dir.«

»Gubben ...«, sagte er mit einem langen Seufzer.

Nicht »Eines Tages«. Einfach nur Gubben.

Er hatte so lange versucht, mich zu bremsen, mir immer wieder gesagt, dass ich nicht so drängen sollte und dass unsere Zeit schon kommen würde. Einfach Geduld haben.

Aber jetzt war die Zeit fast da, mein »Eines Tages« stand unmittelbar bevor, und *er* war nicht bereit dafür.

**KAPITEL 11**

---

# EINE ANDERE SEITE VON LOU

AM NÄCHSTEN MORGEN, FREITAG, ZOG LOU DEN EISSTIEL mit der Nummer 1 aus dem *Select-O-Tron 3000*. Diesmal sollten wir in unseren Reden etwas demonstrieren. Und schon von Anfang an war Lou irgendwie anders.

Als sie vor das Podium trat – nicht dahinter, sondern davor –, verkündete sie mit ruhiger Stimme, dass sie uns demonstrieren würde, wie und wann man Narcan, ein Naloxon-Nasenspray, verabreicht und dass sie für ihre Demonstration einen Freiwilligen bräuchte. Ihre Freundin Meredith war nicht da und vom ersten Wort ihres Vortrags an hatte sie meinen Blick gesucht. Nachdem ich mich für eine Minute im Raum umgesehen und auf eifrige Freiwillige gehofft hatte, die es nicht gab, hob ich meine Hand ein paar Zentimeter über meinen Tisch und ging zu ihr nach vorne.

Sie forderte mich auf, mich auf dem Rücken vor ihr auf den Fußboden zu legen, und erklärte, ich sei das potenzielle Opfer einer Drogenüberdosis. Mir schwirrte der Kopf. Ich war mir ziemlich sicher, dass sie und Farfar nie darüber gesprochen hatten – über den Grund, warum ich hier war, bei

Farfar, viertausend Meilen von meinem Geburtsort entfernt.

Dann kniete sie sich neben mich, ganz sachlich, und hielt das Fläschchen Narcan hoch, das sie immer in ihrer Handtasche mit sich trug, wie sie sagte. »Man führt die Dosierspitze in die Nase ein, bis die Finger die Lippen des Opfers und seine Nase berühren.«

Es war ein seltsames Gefühl – ihre Finger auf meinem Gesicht zu spüren und dieses Ding in meiner Nase – dieses Ding, das vor etwa vierzehn Jahren vielleicht das Leben meines Dads hätte verlängern können, wie mir in diesem Moment bewusst wurde. Wie hätte mein Leben dann wohl ausgesehen?

Blödsinnigerweise bemerkte ich auch, dass Lous Finger ein bisschen nach Schokolade rochen. Prompt hatte ich dieses Bild von ihr vor Augen, wie sie an ihrem Schließfach steht und vor dem Unterricht heimlich Schokoriegel in sich hineinstopft, und ich musste schnell ein Grinsen unterdrücken, das in diesem Moment natürlich vollkommen unangemessen gewesen wäre.

Sie drehte mich jetzt auf die Seite und vergewisserte sich, dass meine linke Hand unter meiner rechten Gesichtshälfte lag. Lou erläuterte alle Anzeichen und Symptome einer Überdosis.

Ich hatte fest damit gerechnet, dass ihre Demonstration etwas mit den Äpfeln zu tun haben würde – mit Verringerung von Lebensmittelabfällen und der Umwelt und allem. Ich meine, die Äpfel waren doch eine alles verzehrende Aufgabe, oder? Und ich war darauf gefasst, dazusitzen und innerlich vor Wut darüber zu schäumen, dass sie das Lob für all meine Arbeit einheimste. Irgendwie hatte ich mich sogar fast schon darauf gefreut, was sich jetzt echt etwas krank anhört, ich weiß. Gab es für diesen Vortrag auch irgendein Girl-Scout-Abzeichen? Ihre ganze Präsentation passte so ganz und gar nicht zu der Lou in ihrem üblichen roboterhaften Präsentationsmodus. Keine Spur von aufgesetzter Begeisterung und dem bewusst einstudierten Augenkontakt zu ihren Zuhörern. Dieser Vortrag wirkte ruhig, ernsthaft, ja sogar fast unbeteiligt.

(Und trotzdem rochen ihre Finger immer noch nach Schokolade.)

»Also, ich hab auch schon oft daran gedacht, aber ich hab es einfach nie in die Tat umgesetzt«, sagte Mrs Sommers und klang fast, als sei sie enttäuscht von sich. »Woher bekommt man denn Narcan? Kann sich das jeder einfach so besorgen und es bei sich tragen?«

Lou nickte, immer noch ganz geschäftsmäßig. »Die meisten Apotheken händigen es ohne Rezept aus. Ich bekomme meins bei Target.«

Und dann beschloss Bryce, sich aus seiner Ecke des Klassenzimmers zu Wort zu melden.

»Und dann läufst du also die ganze Zeit durch die Gegend, bis du zufällig einen Junkie triffst, den du retten kannst?«

»Genau.«

»Fördert das nicht den Drogenkonsum?«

»Nee.«

Und dann setzte sie sich einfach wieder hin. Ohne Protest. Ohne ein Bombardement weiterer Fakten und Statistiken, die sie ganz sicher parat gehabt hätte.

Ich lag immer noch vorne auf dem Boden, jetzt auf die Ellbogen gestützt.

Mrs Sommers schien auch überrascht.

Irgendwie nehmen wir es immer als selbstverständlich hin, dass jemand wie Lou den Mund aufmacht und die Dinge beim Namen nennt – die das Gewissen der Klasse ist, auch wenn wir selbst die Augen verdrehen, weil sie es manchmal übertreibt und furchtbar nervt.

»Zwei meiner Onkel sind Rettungssanitäter«, sagte Bryce dann in unser zustimmendes Schweigen. »Die sagen, das ist ein Witz. Es sind immer wieder dieselben Leute, die sich eine Überdosis verpassen und wieder und wieder gerettet werden. Ich finde, wenn Leute ihr Leben wegwerfen wollen, soll man sie lassen.«

Wieder Schweigen, zustimmendes Nicken hier und da, bis Lou schließlich doch noch etwas sagte, ohne auch nur von ihrem Tisch aufzusehen.

»Das DSM-Handbuch für psychische Störungen klassifiziert Sucht als Krankheit. Ich bezweifle, dass du dasselbe über Krebs sagen würdest.«

Bryce, der das Gefühl hatte, hier doch noch die Oberhand gewinnen zu können, grinste überlegen. »Nur dass man sich nicht aussucht, Krebs zu bekommen. Aber dass man sich einen Schuss setzt, das sucht man sich ja wohl schon aus.«

»Raucht in deiner Familie irgendjemand?«

»Mein Großvater, aber ...«

»Also, wenn er Lungenkrebs bekommt, sollen wir ihn einfach sterben lassen?«

»Halt die Klappe und lass meinen Großvater aus dem Spiel.«

Lou hob nicht einmal ihre Stimme. Blickte niemanden an, um Bestätigung zu finden. Nicht einmal Mrs Sommers, die immer noch zu überlegen schien, was sie in ihrer offiziellen Rolle als Erwachsene im Raum zu all dem sagen sollte. Und ich lag immer noch auf dem Boden und beobachtete Lou.

Sie würde sicher ein A bekommen, so wie ich, als ich später meine eigene Rede hielt.

Und trotzdem war diesmal irgendwie alles falsch gelaufen.


Jorge war nach Lou dran. Zuerst war es etwas beklemmend – und vielleicht musste es das auch sein –, aber Jorge war ein solches Naturtalent von einem Redner. Sobald er anfing, hatten wir alle ein Lächeln auf dem Gesicht und Jorge enttäuschte uns nicht.

»Ich liebe Garfield, seit ich ein kleines Kind war«, begann er hinter dem Podium und es war, als würde das ganze Klassenzimmer gleichzeitig ausatmen. Lou starrte aus dem Fenster. »Meine Abuela las immer die Zeitung und hob für Jesus und mich die Comicseite auf. Und einmal in den Sommerferien, als ich versuchte, meiner Mom in der Bücherei dabei zu helfen, die Regale zu sortieren – eine große Hilfe war ich nicht, kann ich euch sagen –, stieß ich auf einen Sammelband *Garfield*-Abenteuer.«

Und dann brachte Jorge uns allen bei, wie man Odie zeichnet.

»Er ist eigentlich viel einfacher zu zeichnen als Garfield.«

Dann zeichnete er zwei unterschiedliche Garfields auf das Whiteboard – einer, wie wir ihn alle kennen, der andere, wie er in den allerersten Comicstrips ausgesehen hatte.

Als alter Mumin-Fan war ich voll dabei. Ehrlich gesagt, waren alle voll dabei, außer Lou, die ihren Odie vollkommen unbeteiligt aufs Papier kritzelte.

Ein paar Reden später versuchte Bryce, besonders witzig zu sein, und konnte damit bei mehr Leuten landen, als ich gedacht hätte. Aber ich weiß nicht, vielleicht hätte ich auch gelacht, wenn jemand anders die Rede gehalten hätte. Lou aber lachte auf jeden Fall nicht über seine Demonstration zum Thema »Wie man Frauen anbaggert«.

Er brauchte natürlich auch eine »Freiwillige« – Teegan Sponseller, die Mitschülerin, mit der er seit Schuljahresbeginn in jedem Kurs auf absolut nervtötende Art und Weise geflirtet hatte, während sie ständig übertrieben gackerte und ihm mindestens einmal in der Stunde auf den Arm schlug. (Normalerweise konnte ich dann beobachten, wie Mrs Sommers Edward in der letzten Reihe einen flehentlichen Blick zuwarf.) Und die ihm jetzt nur allzu gern assistierte.

Zu »Bryce' fünf todsicheren Taktiken«, die uns im Folgenden vorgestellt wurden, gehörte »Das Zwinkern und die Pistole« – dabei ließ Bryce vor Teegans Tisch seinen Bleistift fallen und beugte sich langsam vor ihr hinunter, um ihn aufzuheben. »Da können die Ladys gar nicht widerstehen«, schloss Bryce mit einem letzten Zwinkern und deutete mit den Händen zwei Pistolen an, als Lou sich meldete.

»Und was ist, wenn sie lesbisch ist?«, fragte sie, noch bevor sie überhaupt aufgerufen wurde.

»Ähm, ich weiß nicht. Dann frag ich, ob ich zugucken kann?«

Teegans Unterkiefer klappte herunter und ihre Augen wurden weit vor gespieltem, schadenfrohem Entsetzen, bevor sie zusammen mit der Hälfte der Klasse in schallendes Gelächter ausbrach.

Lou lief rot an und sah aus, als würde sie gleich von ihrem Stuhl aufspringen. »Hast du überhaupt ...«

»War doch nur ein Witz, Lou. Mein Gott«, fiel Bryce ihr ins Wort, während er zu seinem Platz zurückging.

Jorge verdrehte die Augen, ohne zu lachen. Ich schüttelte den Kopf, innerlich brodelnd, aber auch schweigend, wie ich leider zugeben muss.

Mrs Sommers stieß einen langen Seufzer aus. »Bitte bleiben Sie nach dem Unterricht noch eine Weile da, Mr Heiland.« Woraufhin Bryce ebenfalls die Augen verdrehte und den Kopf schüttelte, als wäre er derjenige, der ungerechtfertigt angegriffen wurde.

Ich dachte an Maggie und Juliet und was sie wohl davon gehalten hätten, wenn sie die ganze Sache mitbekommen hätten. Ob sie enttäuscht gewesen wären, dass ich nicht protestiert hatte. Sondern nur Lou. Wieder einmal. Farfar und die beiden hatten mir erzählt, wie sie zum *Millennium March* nach Washington gefahren waren, als Amir noch lebte, wie sie mehr als einmal auf den Stufen des Capitols für eine »Ehe für alle« demonstriert hatten. Vor ein paar Jahren bin ich sogar mitgekommen, Farfar und ich mit pinkfarbenen

Mützen auf dem Kopf, die Maggie für uns gehäkelt hatte. Und doch saß ich jetzt hier und reagierte auf Bryce' blöden Witz mit nichts als Schweigen.

Ich überlege die ganze Zeit, was ich machen würde, wenn ich diesen Moment noch einmal wiederholen könnte. Ich möchte gerne glauben, dass ich irgendetwas *tun* würde, statt mir einfach nur zu wünschen, die Situation schnell hinter mich zu bringen.

Ich wünschte, ich hätte *irgendetwas* getan.

Aber vielleicht geht das nicht nur mir so. Ich weiß nicht, was Mrs Sommers gesagt oder getan hat, als sie Bryce nach dem Unterricht für ein paar Minuten zu sich rief, aber ich kann mir gut vorstellen, sie wünschte sich auch, es wäre mehr gewesen. Denn selbst wenn Bryce Ärger bekommen hatte, würde er schon beim Mittagessen in seiner Clique für seine ungehobelte Bemerkung gegenüber Lou gefeiert werden, das war mir klar.

Ich war diesmal als Letztes an der Reihe, nach Teegans Demonstration der besten Techniken zum Einpacken von Geschenken.

Ich war gut drauf. Ich konnte das Ganze abspulen, ohne wirklich darüber nachdenken zu müssen. Wie man einen Apfelschäler verwendet und einen Apple Crisp zubereitet. Ich hatte meine Zutaten schon alle in kleinen Behältern abgefüllt, ein paar Äpfel aus dem unerschöpflichen Vorrat bereitgelegt, alles, was ich brauchte, um mein eigenes kleines Kochvideo ablaufen zu lassen. Im Grunde nichts anderes als das, was ich für den Rest dieses Tages im Hauswirtschaftsraum tun würde.

Aber die ganze Zeit musste ich daran denken, wie albern das doch eigentlich war. Was sollte das, diese stumpfsinnige Sache für ein leicht verdientes A im Rhetorikkurs abzuspulen?

Während ich demonstrierte, wie man eine verdammte Kurbel dreht, musste ich immer wieder daran denken, dass ich keine Ahnung hatte, wie man einen Motorschaden behebt. Ich hatte keine Ahnung, wie man sicher und legal das Fett aus einer Fritteuse entsorgt.

Und während ich vorführte, wie man einen Apfel mit einem Messer in Scheiben schneidet, dachte ich daran, dass ich keinen blassen Schimmer hatte, wie man Buchhaltung macht oder Steuern zahlt. Ich wusste nicht einmal, wie die »Bücher« aussahen, um die es da ging.

Aber ich war Weltmeister darin, Äpfel zu schälen.

»Gut gemacht, Oscar«, sagte Jorge am Ende der Stunde, direkt nach meinem Vortrag, steckte sich eine Apfelscheibe in den Mund und gratulierte mir mit einem Faustcheck.

»Du auch«, sagte ich.

Und auch wenn das stimmte, fühlte sich nichts daran richtig gut an.

## KAPITEL 12

## DOPPELTER TREFFER

»ICH HAB MIR DIE UNIVERSITÄT VON UPPSALA MAL IM Internet angeguckt«, sagte Lou, nachdem sie am nächsten Morgen einen ersten Bissen von ihrem Pfannkuchen genommen hatte. Keine Spur mehr von der seltsamen Distanziertheit oder der Empörung im Rhetorikkurs am Vortag. »Das ist ja eine der besten hundert Universitäten der Welt.«

»Ja, echt hart«, sagte Farfar und unterdrückte ein Grinsen. »Manchmal war ich mir nicht sicher, ob ich es schaffen würde.«

Und dann löcherte Lou ihn mit einer weiteren Million neugieriger Fragen über Kurse und Studentenleben und das Universitätssystem in Schweden, auf der ganzen Fahrt zur Schule, zum Christlichen Hilfsdienst (inklusive Umarmungen von Rhonda) und zurück zur Wohnung, wo wir noch eine kurze Pause machen wollten, bevor wir zum Elterninformationstag auf dem Campus von Gettysburg aufbrachen.

»*Sötnos?*«, flüsterte sie mir zu und sah mich stirnrunzelnd an, während Farfar im Bad war. Lou bückte sich, um Koopa unter dem Kinn zu kraulen.

»Süße«, erklärte ich. »Klingt seltsam, aber es ist einfach ein kleines ... Kosewort, das man für eine Katze verwenden würde.«

Ihr Gesicht leuchtete auf und sie versuchte sogar, Koopa mit einem gesäuselten *»lilla sötnos«* zu umschmeicheln, was bei der Katze ein endloses Schnurren auslöste, als hätte Lou irgendeinen Geheimcode geknackt.

Lou sah wieder auf und grinste. Ihr langer Zopf hing ihr ins Gesicht, sodass Koopa ihn mit der Pfote anstupsen und damit spielen konnte. »Und *lilla ... missy kissy ...*?«

»*Lilla missekissen* – kitty cat. Lilla heißt ›klein‹.«

Als Farfar aus dem Bad kam und sah, wie Lou mit Koopa schmuste, breitete sich dieses große dümmliche Grinsen auf seinem Gesicht aus. Er nahm Koopa hoch und spulte die längste, albernste Serie schwedischer Babysprache ab, die er jemals von sich gegeben hatte – sehr zu Lous staunendem Entzücken.

Ehrlich, das war der merkwürdigste Flex, den ich je erlebt hatte.

»Ich hab auch ›Åland‹ gegoogelt«, erzählte Lou, als wir auf dem Weg zum Campus waren. Sie saß auf dem Beifahrersitz des Trucks, wo normalerweise ich saß, und hatte einen Arm aus dem Fenster gelehnt, wie ich es sonst tue. »Und ich hab gesehen, dass es eigentlich eine Inselgruppe ist. Kann man denn zu all diesen kleinen Inseln hinfahren? Sind die alle bewohnt?«

Farfar sprudelte auf der ganzen Fahrt über vor Informationen und erzählte alles Mögliche über seine alte Heimat. Irgendwie schafften die beiden es, das den ganzen Tag über aufrechtzuerhalten, selbst während eines unerwartet starken Ansturms über Mittag und einem stetigen Strom von Eltern und Studenten am Nachmittag. Lou schrieb keine einzige Bestellung für mich auf, sondern dachte daran, mir die Kundenwünsche einfach zuzurufen, und hielt nebenbei trotzdem das Gespräch mit Farfar am Laufen. Stundenlang.

Ich meine, ich hätte eigentlich genervt sein müssen. Da war sie wieder. Den ganzen Tag. Auf meinem Platz. Aber es war, als würde ich einem Interview zuhören – und ich musste zugeben, es war ein richtig gutes Interview – mit zahlreichen Details über Åland und Schweden, die ich auch nicht kannte, und all diesen Geschichten über Farfars Kindheit und Jugend, von denen ich nie gehört hatte.

Ich lieferte eine Munkar-Bestellung nach der anderen und hörte zu.

Allmählich verstand ich, warum er sie so mochte. Ich sage nicht, dass *ich* sie mochte. Aber ich konnte verstehen, warum er es tat.


Ich war gerade dabei, Butterstücke in eine Schüssel mit Mehl zu geben, um Apfelkuchenteig zu machen, als Lou am Montag ins Kochlabor kam. Ohne Apfeltrolley. Sie trug nur eine Tasche mit Büchern über der Schulter und ein T-Shirt von »Pippin« dem Schulmusical vom letzten Jahr.

Ich hatte meine Ohrstöpsel drin, aber sie sagte ohnehin

nichts, sondern winkte mir nur kurz zu, als sie sich an einen leeren Tisch setzte, einen Ordner hervorholte und an irgendetwas zu arbeiten begann.

Und dann … blieb sie einfach da.

Ich warf ihr immer wieder einen Blick zu, während ich meinen Kuchenteig in der Schüssel knetete, während ich ihn auf der Anrichte ausrollte, während ich mein Zeug abspülte, aber sie blieb einfach sitzen und arbeitete.

Ich dachte die ganze Zeit, da müsse doch ein Haken bei der Sache sein und sie würde gleich zu ihrem nächsten Vortrag ansetzen.

Aber sie tat es nicht.

Von da an kam sie regelmäßig ins Kochlabor und blieb, ob sie nun eine Lieferung Äpfel vorbeibrachte oder nicht, Tag für Tag.

Es war seltsam.

Doch irgendwie war es auch ganz schön.

Aber das sagte ich Farfar nicht.


Es war später in der folgenden Woche, Anfang Oktober, als Terrance überpünktlich im Kochlabor erschien, um in der Mittagspause bei uns nachzusitzen. Tja, auf Terrance konnte man sich eben verlassen. Ehrlich, ich war mir nicht einmal sicher, ob er wirklich jedes Mal zum Nachsitzen verdonnert wurde oder ob er einfach so bei uns aufkreuzte.

*Alle* kreuzten hier inzwischen einfach so auf und meine Zeit zum Selbststudium war immer weniger *meine* Zeit. Es war schwierig, in Ruhe vor mich hin zu grübeln, mit all diesen nervigen Leuten um mich herum. Es war sogar physisch unmöglich, neben einem *Subway*-Frikadellen mampfenden Terrance.

Wie auch immer – an diesem Tag, als Terrance extrafrüh zu seinem Apfelschäldienst erschien, war Lou auch noch im Zimmer und brachte gerade irgendetwas zu Ende, für das sie Ordner wälzen musste.

Terrance stand neben mir und starrte mich schweigend an. Als Lou eine Minute nach dem zweiten Klingeln endlich mit ihrem Zeug fertig war, ging sie ohne ein weiteres Wort aus dem Zimmer. Ein kleines Lächeln, ein kurzes Winken – und sie war in die Mittagspause verschwunden.

Terrance hatte schon einen Apfel in den Schäler geklemmt, als er noch einmal aufsah und vielsagend eine Augenbraue hob.

»Magst du sie?«

»Was?«

»Sie ist ziemlich hot«, raunte er mir verschwörerisch zu und zog nach der Augenbraue auch noch einen Mundwinkel hoch. »Und ist sie nicht auch noch superschlau und so? Doppelter Treffer.«

Doppelter Treffer.

»Ähm, ich bin nicht sicher, ob du ihr Typ bist«, sagte ich und hoffte, diese Unterhaltung schnell beenden zu können.

»Alter, ich hab doch 'ne Freundin«, antwortete Terrance, als wäre das eine offensichtliche, allgemein bekannte Tatsache.

»Du hast eine *Freundin*?«

»Natürlich hab ich 'ne Freundin«, sagte er mit seiner fiepsigen Stimme. Er sah ehrlich verdutzt aus. »Sie geht auf die Franklin. Neunte Klasse. Sie ist megascharf. Wohnt zwei Häuser neben meiner Oma.«

Das war so eine wahllose Aneinanderreihung skurriler Fakten – die megascharfe Nachbarin seiner Oma von der Franklin –, dass ich einfach langsam nickte, unbeholfen den Daumen nach oben reckte und versuchte, mich wieder auf meine Muffins zu konzentrieren. Jedenfalls hoffte ich, dass das Gespräch damit nun beendet wäre oder wenigstens Mrs Bixler hereinrauschen würde, um mir die Bürde der Konversation abzunehmen.

Doch schon eine Minute später hatte Terrance einen neuen Apfel in den Schäler geklemmt und sah wieder mit diesem schiefen Mundwinkel und hochgezogener Augenbraue zu mir auf.

»Was nun, magst du sie?«

»Hm. Nein.«

»Alter«, sagte er mit einem enttäuschten Kopfschütteln. »Doppelter Treffer. Da stimmt doch was nicht mit dir.«


Und so war es. Am darauffolgenden Tag stimmte definitiv etwas nicht mit mir. Da musste dieser blöde Terrance sich darüber auslassen, wie scharf er Lou fand, und jetzt konnte ich nicht mehr aufhören ... sie anzusehen. Nach dem zu suchen, was er sah. Wie bei einem dieser alten Magic-Eye-Bilder, wo man sich anstrengen muss, um die 3-D-Effekte zu entdecken. Was ganz schön peinlich war, wenn Lou hochguckte und bemerkte, dass ich sie anstarrte und ich mir fast den Kopf an der Tischplatte stieß, weil ich mich schnell hinunterbeugte, um nach dem nächsten Apfel zu greifen.

Dabei wollte ich das überhaupt nicht. Ehrlich. Ich wollte einfach nur in meiner Küche vor mich hin arbeiten, »Harry Potter« auf den Ohren, und nicht darauf achten, dass sie schon wieder an diesem Tisch saß, den Kopf über ihre Ordner gebeugt, in diesem T-Shirt vom letzten Spenden-Mini-THON, das sie an den Ärmeln auch noch hochgekrempelt hatte.

Und ... also gut. Ich weiß nicht so richtig, wie ich das jetzt ausdrücken soll, aber ... okay.

Als sie weiterarbeitete, konnte ich mich etwas beruhigen und ihr wieder unauffällig Blicke zuwerfen. Dann streckte sie irgendwie den Arm aus, als würde sie sich vorbeugen, um etwas zu schreiben. Und weil sie ja ihre Ärmel hochgekrempelt hatte und so, konnte ich ... na ja ... ihren Oberarm sehen. In ihren Ärmel gucken. Und (*oh, söte Jesus*) ... okay, also ... ich konnte ihren BH sehen. Und er war grün.

Was ein vollkommen irrelevantes Detail ist – und das alles überhaupt nicht rechtfertigt, ich weiß. Tut mir leid. Aber es war zu spät. Ich hatte ihn gesehen.

Und dann, ich weiß auch nicht, konnte ich überhaupt nicht mehr aufhören, ihn anzusehen.

Sie schrieb einfach immer weiter, und ich sah nur noch diesen BH.

Es war, als hätte mein Gehirn endlich den Stegosaurus auf dem Magic-Eye-Bild erkannt, als würde er mir geradezu entgegenspringen, was jetzt wirklich kein Perversen-Code sein soll, so nach dem Motto: Ich hab endlich den Stegosaurus gesehen, Jungs, ha ha ha ... Gott. Sorry. Tut mir echt leid.

Und selbst dann, als ich mich zwang wegzusehen und weiter meine Früchte zu bearbeiten (Jesses, das soll jetzt auch kein Euphemismus sein), lief mein Gehirn weiter auf Hochtouren (wie immer) und versuchte gegen meinen Willen, sich Lou in Unterwäsche vorzustellen. Total absurd, denn wer würde schon nur mit Unterwäsche bekleidet Schularbeiten machen, in der *Schule*? Das ist ja wie in einem Albtraum.

Und so war es auch.

»Sag mir mal, wie das klingt«, forderte mich Lou plötzlich auf, ohne den Blick zu heben – glücklicherweise, denn ich starrte schon wieder pausenlos auf den Stegosaurus (gut, jetzt ist es doch ein Euphemismus geworden) und hätte mir beinahe mit dem Schälmesser den Daumen abgeschnitten.

Ich hab keine Ahnung, was sie mir vorgelesen hat. Vielleicht einen Essay für eine College-Bewerbung. Ich weiß nur noch, dass ich hinterher zu ihr gesagt hab: »Das ist echt gut. Echt. Gut.«

Was erstaunlicherweise genug war, um Lou zu beruhigen, denn sie machte sich wieder an die Arbeit. Und ich auch. Wirklich. Ich zwang mich, die Vorbereitungen für die heutige Lieferung von Apple Crisp zu Ende zu bringen und sah bis kurz vor Ende der Stunde nicht mehr von meiner Arbeit auf. Doch dann streckte Lou die Arme über den Kopf und drehte sich auf ihrem Stuhl hin und her, um ihre Wirbel knacken zu lassen, was eigentlich mit null Prozent Wahrscheinlichkeit dazu hätte führen sollen, sich diese Person in Unterwäsche vorzustellen, aber da war er wieder. Grün.

Und das war natürlich genau der Moment, als Terrance hereingeschlendert kam, um seine Strafe bei uns abzusitzen. Er war wieder einmal zu früh und lehnte sich mit verschränkten Armen gegen den Türrahmen, während Lou ihre Sachen zusammenpackte. Ich spürte, wie mein Gesicht und meine Ohren zu glühen begannen, während ich fieberhaft nach einer Beschäftigung suchte, bei der ich beide nicht angucken musste. Auch wenn es bedeutete, wahllos Schränke auf- und zuzumachen und so zu tun, als ob ich angestrengt Teller und Trinkgläser inspizierte.

»Danke für deine Hilfe«, sagte Lou auf dem Weg nach draußen. Ich drehte mich um und winkte ihr ein wortloses »Gern geschehen« hinterher, aber sie war schon auf dem Gang und ihr Mini-THON-T-Shirt verschwand aus meinem Blickfeld.

Terrance lehnte immer noch am Türrahmen und grinste mich an, bevor er endlich, ohne ein Wort zu sagen, hereinkam. Er stellte seine Tasche auf den Tisch, den Lou gerade frei gemacht hatte, reckte seine Arme über den Kopf und dehnte seinen albernen durchtrainierten Oberkörper in alle Richtungen. Erst dann kam er zur Küchentheke und nahm sich einen Apfel aus der Kiste.

»Und wie läuft's so?«, fragte er, drehte langsam an der Kurbel und grinste mich an.

Dieser Idiot.

## KAPITEL 13

# FARFARS BERUFSSCHULE: ERSTE LEKTION

»GUBBEN, MIR IST GERADE AUFGEFALLEN, DASS DER PRIUS einen Platten hat.«

»Was? Wie spät ist es denn?«

Ich werde euch sagen, wie spät es war, denn ich erinnere mich noch genau an die Anzeige auf meinem Wecker: 5:03. Morgens.

Eine ganze Stunde und zweiundvierzig Minuten, bevor ich normalerweise aufstand, um zur Schule zu gehen.

Es dauerte eine Weile, bis sich mein Kopf aufgeklart hatte, auch wenn Koopa neben meinem Bett jaulend zwischen Farfars Füßen herumstrich. In meinem Kopf war noch alles verschwommen, grün verschwommen. Total verstörend.

»Warte … was machst du hier?«, krächzte ich.

»Dein Reifen, Gubben. Der Prius. Hat einen Platten. Steh auf.«

»… kann ich vielleicht erst mal ins Bad gehen?«

»Ja. Putz dir die Zähne. Und vergiss die Unterhose nicht, Gubben.«

Die Unterhose. Alles klar.

Nach einem kurzen Aufenthalt im Badezimmer und ein paar Schlucken von dem Kaffee, den Farfar schon gekocht hatte (du meine Güte, wann war er eigentlich aufgestanden?), war mein Kopf immer noch nicht ganz klar, und dass ich um Viertel nach fünf unter der grellen, unaufhörlich brummenden Straßenlaterne auf unserem Hinterhof stand, half da auch nicht gerade.

»Siehst du, Gubben?«, sagte Farfar, einen Thermobecher Kaffee in der Hand. »Ein Platten.« Er pustete auf seinen Becher, von dem in kleinen Kringeln der Dampf aufstieg.

»Wie ist das denn passiert? Der Reifen war doch gestern noch in Ordnung.«

»Ich weiß auch nicht. Vielleicht bist du auf dem Weg nach Hause über einen Nagel gefahren. Auf jeden Fall müssen wir das reparieren, bevor du zur Schule musst, nicht wahr?«

»Ich könnte die Schule auch einfach sausen lassen.«

»Rede keinen Blödsinn, Gubben. Hol lieber mal das Handbuch aus dem Handschuhfach.«

»Moment mal, weißt du denn nicht, wie man das macht?«

»Ich schon. Aber du nicht. Und jetzt hol das Handbuch.«

Ich starrte ihn für einen Moment an, während meine Rädchen sich langsam in Bewegung setzten (haha). Farfar war wirklich ganz schön fordernd so früh am Morgen, definitiv nicht so gelassen wie sonst. Wahrscheinlich hätte er selbst eine Stunde und zweiundvierzig Minuten mehr Schlaf brauchen können.

Irgendwie fand ich im blassen Licht der Laterne die richtigen Seiten im Handbuch, aber ich hatte nicht die Geduld, den Text zu studieren, während Farfar in der offenen Garage hinten auf der Stoßstange seines Trucks saß und seelenruhig seinen Kaffee schlürfte. Die Diagramme im Handbuch schienen darauf hinzudeuten, dass man eine Klappe im Kofferraum öffnen musste, also machte ich mich dort zu schaffen.

Der Kofferraum war leerer, als ich das in Erinnerung hatte – ich hatte damit gerechnet, dass darin noch ein Haufen altes Zeugs aus meinem Schließfach vor sich hin gammeln würde, aber da war nichts. Das hätte mich schon stutzig machen sollen, aber wie gesagt, es war Viertel nach fünf.

Und ich muss sagen, im Licht einer Straßenlaterne auf dem feuchten Patchwork aus Asphalt und rissigem Beton des Hinterhofs zu liegen, ist alles andere als angenehm. Aber es vertreibt die Müdigkeit. Als ich mithilfe des kleinen Wagenhebers und nur minimalen Anweisungen von Farfar das Hinterteil des Autos hochgestemmt und die Muttern von den Rädern gelöst hatte, war ich schon ganz schön ins Schwitzen gekommen.

»Guck mal, wie klein der ist«, sagte ich, als ich den Reservereifen montiert hatte und der Wagen wieder auf vier Rädern stand.

»Kleine funktionieren auch, Gubben.«

»Das stimmt nicht«, sagte ich und schob ihn zur Seite. »Geiler alter Sack.«

»Reifen, Gubben. Die Rede ist von Reifen. Die Teenagerhormone vernebeln dir das Hirn.« Aber er konnte sich sein blödes kindliches Grinsen nicht verkneifen.

»Und was machen wir jetzt mit dem platten Reifen?«

»Leg ihn einfach in den Kofferraum. Wir lassen ihn in der Werkstatt flicken, wenn du aus der Schule kommst.«

Keine Spur von Terrance in der Mittagspause. Gott sei Dank. Ich glaube, an diesem Tag hätte ich sein blödes Grinsen wirklich nicht ertragen, nicht, nachdem mein Hirn in der Nacht total verrückte Träume fabriziert hatte und Farfar mich um fünf raus in den Hinterhof geschleppt hatte.

Auch Lou ließ sich während meiner Zeit im Kochstudio nicht blicken, zum ersten Mal seit fast zwei Wochen. Ich weiß nicht, ob sie einen Test in Statistik hatte oder so was. Jedenfalls ließ es mir einen Tag Zeit, um mich wieder zu sortieren.

Was mir natürlich nicht gelang.

Ich hatte beschlossen, etwas Munkar-Teig zu machen, was ich ja wirklich im Schlaf konnte, um frittierte Apfelringe auszuprobieren. Um zu testen, ob sie eine würdige Ergänzung unseres saisonalen Munkar-Menüs wären. Oder (vielen Dank auch, Jorge!) ob sie tatsächlich als Snack zum Mitnehmen geeignet wären. Währenddessen gingen mir tausend Dinge gleichzeitig durch den Kopf:

- Ich überlegte, was wir alles machen könnten, um Fulltime mit dem Imbisswagen unterwegs zu sein.
- Ich malte mir aus, wie die ideale Fassade meines Cafés aussehen könnte.
- Ich fragte mich, wo Lou wohl abgeblieben war.

- Ich ärgerte mich, warum es mir nicht egal war, wo Lou steckte.
- Ich dachte an all die Dinge, die ich noch nicht wusste, um einen Foodtruck oder ein Café zu betreiben.
- Ich hörte zu, wie Ron in meinem Hörbuch Zauberschach spielte.
- Und zwischendurch blitzten immer wieder ungewollte Bilder aus dem grünen Traum auf.

Es war, als würden zehn Hörbücher gleichzeitig ablaufen.
Immerhin: Die frittierten Apfelringe waren köstlich.
Aber das Werkeln im Kochstudio hatte mir nicht wie sonst geholfen, den Kopf freizubekommen.

Als ich an diesem Nachmittag aus der Schule kam, saß Farfar an seinem Laptop, was auch nicht die Norm war. Er hatte die Füße neben seiner Dose Bier auf den Sofatisch gelegt und Koopa hatte sich hinter seinem Kopf auf das Polster gekuschelt, was wiederum durchaus die Norm war.
»Ist der Prius mit dem kleinen Reifen einigermaßen gefahren?«, fragte er, klappte den Laptop zu und griff nach der Bierdose.
»Es war okay. Fühlte sich irgendwie ein bisschen wackelig an, aber vielleicht hab ich mir das auch nur eingebildet.«
Ich pfefferte meinen Rucksack hinter das Sofa, kraulte Koopa kurz am Kopf und ging zum Kühlschrank, um mir selbst einen Drink zu holen. Traubenlimonade natürlich.
»Also, wo lassen wir den Reifen jetzt reparieren?«

»Nirgends. Dein Reifen ist in Ordnung.«

»Was?«

»Er muss nur aufgepumpt werden. Das können wir auch hier machen.«

»Was? Moment mal, ich dachte ...«

»Komm, Gubben.« Er stand auf und rieb sich die Hände. »Jetzt wechseln wir deinen Reifen noch mal.«

Nachdem ich den Kompressor aus der Garage hatte schleppen müssen, erklärte mir Farfar, wie man ihn benutzte, und ließ mich den ursprünglichen, vollkommen intakten Reifen wieder aufpumpen, während ich noch rätselte, was zum Teufel das Ganze eigentlich sollte.

»Du bist extra vor fünf aufgestanden, nur um die Luft aus meinem Reifen zu lassen?«, fragte ich und ging zum Kofferraum, um noch einmal den Wagenheber herauszuholen.

»Natürlich nicht. Das hab ich gestern Abend gemacht, nachdem du eingeschlafen warst.«

»Du hast doch vor mir geschlafen.«

»Ich bin ein alter Mann, Gubben. Ich stehe jede Nacht mindestens drei Mal auf, um zu pinkeln.«

»Was für eine kranke Idee.«

»Irgendwann musstest du es doch lernen, Gubben. Und ich hatte das Gefühl, jetzt wäre der richtige Moment.«

Ich war tatsächlich ziemlich zufrieden, wie schnell ich es beim zweiten Mal geschafft hatte, die Reifen zu wechseln, aber das würde ich Farfar bestimmt nicht sagen.

»Kannst du das heute Abend bitte nicht noch einmal machen?«, sagte ich, als ich die letzte Mutter festgezurrt und den Ersatzreifen über dem Arm hatte.

»Komm schon, Gubben«, antwortete er nur, drückte meine Schulter und wandte sich zur Treppe, um wieder nach oben zu gehen. »Wir waschen uns erst mal den Dreck ab. Du hast dir einen Monster-Burger verdient.«

Das war die erste Lektion in *Farfars Berufsschule* – sein unausgesprochenes Zugeständnis nach unserem Streit in der Woche zuvor. Auch wenn es mir in dem Moment eher so vorkam, als wollte er mich verarschen.

Ehrlich gesagt, es war wahrscheinlich beides.

## KAPITEL 14

## ALLE BESTIMMEN ÜBER MICH

»DAS LETZTE HOMECOMING, ALTER. DA KOMMST DU DOCH auch, oder?«

Frage von Jorge eine Woche später, als wir im Rhetorikkurs saßen und eigentlich Passagen aus unseren Vorträgen üben sollten.

»Erinnerst du dich an das letzte Mal, als ich zum Homecoming gegangen bin?«, gab ich leise zurück und schüttelte den Kopf.

Jorge erinnerte sich und fing an zu kichern, was eigentlich schon bewies, dass ich recht hatte.

Ich hatte nicht vergessen, dass dieser Idiot Farfar von dem Cha-Cha-Vorfall in unserem ersten Highschool-Jahr erzählt hatte. Schließlich war ich dabei gewesen, als er Farfar in unserem Wohnzimmer das Video gezeigt hatte. Ein zu klein geratener vierzehn Jahre alter Junge mit einem dunkelblonden Wuschelkopf, der nach pausenlosem Drängeln seiner zwei Freunde irgendwie den Mut gefasst hatte, die Tanzfläche zu betreten. Diesen Tanz könnte man gar nicht vermasseln, hatten sie gesagt. Jeder Schritt wird erklärt und alle machen das Gleiche, also kannst du gar nicht blöd auffallen, hatten sie gesagt. Und ich möchte für die Nachwelt festhalten, dass ich es auch nicht vermasselte. Ich meisterte die Cha-Cha-Slide mit Konzentration, Entschlossenheit und Verbissenheit. Und zwar in einem solchen Maße, dass ich den Streit zwischen zwei straffällig gewordenen Oberstuflern, der sich hinter mir zusammenbraute, gar nicht mitbekam.

Und als die schadenfrohen Zuschauer die Prügelei mit ihren Smartphones aufnahmen, filmten manche natürlich auch den hoch konzentrierten, entschlossenen, verbissenen Cha-Cha-Slider im Hintergrund, der während der ganzen bescheuerten Klopperei selbstvergessen weitertanzte.

Ich kann nicht behaupten, dass das Video regelrecht viral ging, aber auf lokaler Ebene auf jeden Fall. Ein paar Oberstufenarschlöcher nannten mich noch bis zu den Weihnachtsferien *Cha-Cha*.

»Die Cha-Cha-Slide lassen wir diesmal sausen. Sicherheitshalber«, sagte Jorge und versuchte vergeblich, sein Grinsen zu unterdrücken. »Jesus und ich finden auch ein Mädchen für dich.«

»Ich brauche euch nicht, um ein Mädchen zu finden. Und jetzt mach endlich mit deinem blöden Vortrag weiter.«

Jorge sah sich um und dann beugte er sich verschwörerisch zu mir herüber. »Ich hab gehört, du hast dir sogar schon ein Mädchen ausgesucht.«

»Wie bitte?«

»Mir kannst du's doch sagen.«

»Was. In aller Welt. Redest du da eigentlich?«

»Echt jetzt, Kumpel? Willst du etwa behaupten, dass sie nicht jeden Tag in deinem kleinen Kochklub aufgekreuzt ist?« Jorge deutete mit einem Nicken in Lous Richtung. Lou war Gott sei Dank damit beschäftigt, Meredith eine Passage aus ihrem Vortrag vorzusprechen.

»Das ist kein kleiner Kochklub, du Arsch. Es ist im Grunde ein Leistungskurs in Kochkunst. Versuch du doch mal einen ...«

Jorge hob eine Hand, schüttelte den Kopf und verdrehte die Augen. Er hatte meine Schimpftiraden oft genug gehört, um den *Millefeuille*-Spruch zu kennen.

»Und was läuft nun mit Lou, Mr Muffin Man?«

»Mr Muffin Man?«

»Mr Muffin Man«, wiederholte Mrs Sommers. Wir hatten gar nicht mitbekommen, dass sie zu uns herübergeschlendert war. »Der sich anscheinend mit seinem Partner nicht auf die anstehende Aufgabe konzentrieren kann.«

»Tut mir leid, Mrs Sommers«, sagte Jorge lächelnd und schien sich irgendwie sicher zu sein, dass wir nicht wirklich Ärger bekommen würden (mir ging dieser intuitive Spidey-Sinn im Klassenzimmer ja völlig ab). »Alles meine Schuld. Aber hören Sie sich das an: Mein Freund Oscar hier will sich sein letztes Homecoming entgehen lassen. Im Abschlussjahr. Ist das nicht furchtbar?«

Sie sah mich mitleidig an. »Also, ich finde, das klingt nach einer fantastischen Idee. Schultanzveranstaltungen sind eine Ausgeburt des Teufels, Oscar. Du bist schlau, wenn du dich da raushältst.«

»Siehst du?«, sagte ich.

»Und jetzt macht mit euren Reden weiter.«

Aber als Mrs Sommers wieder nach vorne ging, starrte Jorge mich nur weiter an, mit diesem dusseligen erwartungsvollen Ausdruck auf seinem Gesicht.

»Sie bringt doch nur diese ganzen blöden Äpfel vorbei«, sagte ich schließlich etwas lauter als beabsichtigt, aber weder Lou noch Mrs Sommers schienen es zu bemerken. Mrs Sommers war schon dabei, Lous Rede zu lauschen, nachdem diese sie um Rat (oder eigentlich um Komplimente) gebeten hatte.

»Und dafür braucht sie siebenundvierzig Minuten, jeden Tag? Bringt sie etwa jeden Apfel einzeln vorbei?«

»Ich weiß auch nicht, warum sie immer aufkreuzt«, flüsterte ich und das stimmte ja auch. »Ich hab sie jedenfalls nicht darum gebeten. Wir reden nicht einmal. Sie sitzt einfach nur da und macht ihre Arbeit, während ich koche.«

»Hm.«

»Was meinst du mit ›Hm‹?«

»Ich weiß auch nicht. Hm. Interessant. Sonderbar.«

»Hm.«

»So oder so, Oscar. Du kommst zum Homecoming.«

»Hm.«


»Du solltest sie zum Homecoming einladen«, sagte Terrance an einem anderen Tag, als Lou gerade das Kochstudio verlassen hatte und Terrance zum freiwilligen Nachsitzen hereinkam. Für eine Sekunde bekam ich echt Panik – Lou war schließlich gerade erst aus der Tür.

»Ich lade sie bestimmt *nicht* zum Homecoming ein«, sagte ich und steckte mir schnell meine Kopfhörer in die Ohren, um das Gespräch zu beenden. Doch das klappte nicht. Er redete einfach weiter, bevor ich überhaupt auf »Play« drücken konnte.

»Meine Freundin darf nicht kommen.«

»Erlauben die keine Schüler aus anderen Schulen?«

»Nicht aus Mittelschulen«, sagte er niedergeschlagen, und auch wenn es mir für Terrance ein winziges bisschen leidtat, konnte ich nicht umhin zu denken, dass das eigentlich eine ganz gute Regel war. »Aber nächstes Jahr …« Terrance kaute auf seiner Unterlippe und vollführte einen seltsamen Tanz mit übertriebenem Hüftschwung.

»Terrance. Was in Gottes Namen soll das sein?«, fragte Mrs Bixler, die mit einer *Subway*-Tüte in der Hand in der Tür stand.

»Das ist Oscar – wie er mit diesem Mädchen tanzt, das immer hier herumhockt«, antwortete er, während er noch immer anzüglich das Becken kreisen ließ.

»Lou?« Mrs Bixler sah mich überrascht an. »Lou, Oz? Wirklich? Terrance, hör auf so zu tanzen. Iss lieber deine Frikadelle«, sagte sie und reichte ihm die Tüte, sobald sein Becken zum Stillstand gekommen war.

»Nein. Ganz bestimmt nicht. Das hat sich Terrance ausgedacht – dieser … dieser *Creep*!«

»Hey!«

»Und ich werde definitiv nicht mit Lou zum Homecoming gehen. Und jetzt entschuldigt mich bitte – ich habe ein paar Äpfel zu schälen.«

Mrs Bixler sah noch einmal zu Terrance, der seine Augenbrauen hochzog, während er einen ersten Bissen von seinem *Subway*-Sandwich nahm.

»Sie ist tatsächlich ziemlich oft hier. Die beiden ganz allein – kann ich das verantworten?«

Terrance hob nur noch ein paar Mal vielsagend die Augenbrauen, während er den nächsten Bissen nahm. Wie eine perverse Andeutung, bloß mit seinen albernen Augenbrauen.

»Hört alle auf. Sofort.«

»Ich hab genügend Liebesromane gelesen, um zu wissen, wie das abläuft ... das Grübeln, die Anspannung ...«

In diesem Moment verließ ich das Zimmer, um zum Klo zu gehen, aber Mrs Bixlers Gegacker verfolgte mich noch bis auf den Gang hinaus.


»Hör zu, du musst mir einen großen Gefallen tun«, sagte Lou am Freitag, eine Woche vor dem Homecoming-Ball, während sie die nächste Riesenladung Äpfel hereinkarrte – wie immer ohne auch nur »Hallo« zu sagen. Als hätten wir nur kurz unser Gespräch unterbrochen und als wäre ich nicht gerade mit etwas ganz anderem beschäftigt.

Ich nahm an, es ging um etwas Neues mit Äpfeln oder eine neue Phase in ihrer Abfallvermeidungsmission, aber nein. Weit gefehlt.

»Also, ich weiß nicht, ob du gehört hast, dass ich in der Auswahl für den Homecoming-Court gelandet bin, was ich übrigens nicht besonders toll finde. Es kommt mir vor, als wären wir in den 50er-Jahren hängen geblieben oder so, als die beliebtesten Mädchen gewählt wurden, um beim großen Fußballturnier Schärpen zu tragen. Und das ist jetzt keine geheuchelte Bescheidenheit. Ich bin nur dabei, weil die komplette Band für mich gestimmt hat.«

Sie stieß einen tiefen Seufzer aus, stützte sich mit den Ellbogen auf den Trolley und zog ihren langen Pferdeschwanz nach vorn, um ihn in den Händen zu zwirbeln.

»Kennst du Kevin Huber?«

»Ich weiß, wer er ist«, sagte ich. Ich wusste, dass er in den meisten Leistungskursen war, in denen auch Lou und Jorge und Jesus waren. Ich wusste, dass er ein ziemlicher Schrank war, aber ich glaube, er machte gar keinen Sport. Ich wusste, dass er in der Band war, dass er eine Brille trug und dass seine Stimme unglaublich tief und unglaublich laut war. Aber ich hatte nie direkt mit ihm gesprochen oder er mit mir.

»Also … Kevin Huber hat in der ganzen Band herumerzählt, dass er vorhat, mich zum Homecoming einzuladen.«

»Oh … okay.«

»Und Kevin Huber hat auch herumerzählt, dass er dafür einen epischen Antrag plant«, sagte sie und beschrieb mit den Händen Gänsefüßchen in der Luft.

»Ich hab keine Ahnung, was das heißen soll«, sagte ich, aber ich konnte schon spüren, wie die Panik in mir aufstieg. Als würde mein Unterbewusstsein bereits eine Verbindung zwischen dem grünen Traum und der Cha-Cha-Slide herstellen.

»So was wie ein Prom-Antrag, nur fürs Homecoming. Ich weiß, das ist alles total albern. Aber Meredith hat mich gewarnt, es könnte Anfang nächster Woche einen Flashmob von Blechbläsern geben, vielleicht Montag in der Mittagspause, und dieser Flashmob könnte ›Louie Louie‹ spielen.«

»Das ist ja ein ziemlich detailliertes Gerücht«, sagte ich. »Spielt Kevin Huber denn Tuba?« Ich hoffte es, allein schon, weil es sich fast reimte.

»Baritonsaxofon. Und ich schätze mal, ein handgemaltes Schild mit Plusterfarbe wird er auch daran befestigen können.«

»Hm.«

»Genau ... also, hör zu«, sagte Lou und richtete sich wieder auf. »Ich würde ja sagen, ich gehe einfach nicht hin oder so, aber als Vertreterin der Schülerschaft muss ich dabei sein, und es würde echt doof kommen, wenn ich mich vor dem Homecoming-Court drücke.«

»Also ... soll ich Cider für den Ball liefern oder so?«

»Nein ... also, ja ... aber das ist nicht der Gefallen, um den ich dich bitten wollte. Ich brauche einfach jemanden, der mich eskortiert. Für diesen blöden zeremoniellen Teil in der Mitte des Balls. Und dieser Begleiter darf einfach *nicht* Kevin Huber sein.«

»Oh Gott.«

»Genau.«

Sie hatte mein »Oh Gott« komplett missverstanden. Gott sei Dank. Es war mir einfach rausgerutscht und ich weiß, Farfar wäre entsetzt gewesen. Aber Lou war so sehr in ihrer eigenen Panik gefangen, dass sie meine gar nicht bemerkte.

»Ich weiß nicht, wann er sich in den Kopf gesetzt hat, dass er was für mich ... übrighat, aber ich kenne ihn lange genug, um zu wissen: Wenn er sich etwas in den Kopf gesetzt hat, gibt er hundertzehn Prozent. Sorry, ich hasse diesen Hundertzehn-Prozent-Spruch – das macht mathematisch ja überhaupt keinen Sinn –, aber ich bin etwas durcheinander. Also ... kannst du mir helfen? Bitte? Wir müssen nicht wirklich zusammen zum Ball gehen oder so. Ich brauche nur einen Begleiter für den Moment, wenn sie den Court vorstellen. Danach kannst du sofort gehen, wenn du willst, das ist mir egal.«

»Ähm ...«

»Ich glaub, wenn ich sage, dass ich mit ein paar Freundinnen zum Ball gehen werde und dass ich schon einen Begleiter für den Court habe, wäre es okay ... Ich werde Meredith bitten, etwas in der Richtung zu Bari Justin zu sagen ...«

Sie redete wie immer, als wäre die Entscheidung längst getroffen und sie müsste nur noch die Details absprechen. Meine verbale Zustimmung war nicht erforderlich.

»Aber ich sollte wahrscheinlich die Cafeteria meiden, nicht wahr? Nur falls er glaubt, sein ›epischer Antrag‹ sei so gut, dass er mich damit noch umstimmen könnte ... Denkst du, Mrs Bixler würde mich in der fünften Stunde hier Mittag essen lassen? Bist du dann nicht auch hier?«


In der Woche vor dem Homecoming wurde alles nur noch schlimmer. Hab ich deutlich gemacht, dass ich mit all dem eigentlich *nichts* zu tun haben wollte? Und jetzt trennten mich nur noch ein paar Tage vor der Hocopocalypse (was übrigens ein weitaus besserer Titel für die ganze Veranstaltung gewesen wäre als »A Night Under the Stars«, aber mich fragt ja keiner) und Jorge sang mir im Rhetorik-Kurs leise ins Ohr: »Und jetzt alle: *Clap your hands. Clap clap clap clap clap clap clap clap* ...«

»Warum bin ich überhaupt mit dir befreundet?«

Jorge sah mich mit traurigen Augen an und tat für eine Sekunde, als sei er gekränkt, bevor er seinen Kopf zur Seite bewegte und dabei leise sang: »*Sliiiiiiide to the left* ... *Sliiiiiiide to the right* ...«

»Du weißt, dass ich nur für fünf Minuten da bin, oder? Nur, um Lou zu eskortieren, wenn sie aufgerufen wird. Das ist alles.«

»Aber du weißt schon, dass die Mitglieder des Homecoming Courts und ihre Begleiter dann mit einem langsamen Tanz den Ball eröffnen? Das werden mindestens zehn Minuten für dich, Oscar.«

»Warte, was für ein langsamer Tanz?«

Jorge war all die Jahre ein zuverlässiger Freund gewesen. Man hätte sogar sagen können, mein Halt und meine Zuflucht in all diesen furchtbaren frühen Jahren auf der Grund- und Mittelschule. Und man hätte annehmen können, dass er mir jetzt genauso beistehen wollte. »Mach dir keine Sorgen«, sagte er, »Ayanna und ich sind doch auch da.« Wäre da nicht diese diebische Freude auf seinem Gesicht gewesen. Und das leise, rhythmische Klatschen, als ich meinen Kopf auf den Tisch sinken ließ.

»Wir sollten beide passende Chucks tragen«, sagte Lou am Dienstag. Es war der zweite Tag, an dem sie zum Mittagessen im Kochlabor geblieben war und die andere Hälfte von

Mrs Bixlers Riesen-Baguette mit Truthahn und Bacon verputzte.

Richtig – Lou blieb nicht nur die ganze fünfte Stunde über, sie und Mrs Bixler bestellten sogar zusammen was zum Mittagessen.

Und dann dieser Kevin Huber! Dieser riesige Schrank von einem Typen, athletisch oder nicht, war nicht zu übersehen. Jedes Mal, wenn er mir in dieser Woche auf dem Gang begegnete, funkelte er mich wortlos an, als wollte er mir entweder mit seinem Baritonsaxofon eins überbraten oder für sich allein in einem dunklen Zimmer hocken und immer wieder denselben dunklen, traurigen Ton spielen – wie ein fernes Nebelhorn auf einem Walfangschiff, im dunstigen Hafen am Rande unserer alten Textil- und Backindustriestadt, wo latzhosentragende Gringotts-Kobolde in den Obstplantagen schlummern ...

»Passende Chucks«, wiederholte ich.

»Ich stimme zu tausend Prozent zu, dass ihr beide Chucks tragen solltet«, sagte Mrs Bixler in die Stille hinein, während sie ihre Hälfte des Baguettes in die Hand nahm. Sie warf einen Blick zu Terrance, der beipflichtend nickte, während er an einem Riesenbissen Frikadelle kaute. Die beiden saßen am Tisch, aßen ihre blöden *Subway*-Sandwiches und beobachteten uns, als würden sie eine TV-Show verfolgen.

Man bemerke, dass Lou keinerlei Einwände gegen Mrs Bixlers »tausend Prozent« erhob, als diese ihrer Idee zustimmte. Hm.

»Ich besitze keine Chucks«, sagte ich.

Lou lehnte sich zurück und linste unter den Tisch.

»Du trägst gerade Chucks.«

»Ich besitze keine ordentlichen Chucks.«

Sie musterte meine Schuhe.

»Die sind doch okay«, sagte sie. »Wir können einfach die Schnürsenkel austauschen. Ich kann mir nach der Schule schwarze Chucks kaufen – dann bring ich dir gleich ein paar neue Schnürsenkel mit.«

Das war also auch entschieden.


Shoppen mit Jorge und Jesus (und Javy) und ihrer Mom am Donnerstag nach der Schule. Auch sie hatten entschieden, dass wir unser Outfit abstimmen sollten. Ich verstand nicht, was das sollte. Wirklich nicht. Während Jorge und Jesus (und sogar der fünfzehnjährige Javy, der schon so groß war wie seine Zwillingsbrüder, nur knochiger und mit einem noch größeren Wuschelkopf) in schwarzem Anzug, Hosenträgern und Fliege großartig aussahen, sah ich … nun ja …

Hm.

Ihre Mom lud uns danach in das Restaurant ihrer Schwester ein, sodass immerhin noch eine mexikanische *Torta* für mich rausprang. Das Highlight der ganzen Woche.

## KAPITEL 15

## EVERYBODY CLAP YOUR HANDS

ICH HAB FARFAR VORHER GAR NICHTS GROSS VON DEM Homecoming erzählt. Mir reichten schon die Kommentare von allen anderen, da brauchte ich nicht auch noch Farfar, um die Sache weiter aufzubauschen.

Ich meine, echt jetzt. Ich hatte ein paar idiotische Klamotten gekauft, die ich genau einmal tragen würde (idealerweise für eine halbe Stunde max.) und danach dem Christlichen Hilfsdienst spenden würde, um als kleinen Gefallen jemanden durch eine dunkle Turnhalle zu eskortieren, richtig? Nichts, woraus man eine große Sache machen sollte.

Am Freitagabend fuhren wir mit dem Truck zu dieser Kleinbrauerei in Franklin, nur wir zwei. (Ich hatte auch keine Lust, zum Fußballspiel und der Parade zu gehen – die Zwölftklässler gewannen den Wettbewerb um den besten Umzugswagen, wie immer, und mich interessierte das, wie immer, nicht die Bohne.) Und auch am Samstag auf dem Campus waren wir nur zu zweit, weil Lou damit beschäftigt war, die Turnhalle für unsere Nacht unter den staubigen Dachbalken, äh, dem *Sternenzelt*, vorzubereiten.

Als ich nach unserer Rückkehr aus der Dusche kam, ahnte Farfar noch immer nichts.

»Haben wir ein Bügeleisen?«, fragte ich ihn. Ich stand in Unterhosen im Flur, mein graues Anzugshemd wie ein zerknittertes Stück Papier in der Hand.

Woher hätte ich wissen sollen, dass Baumwollhemden als Stoffrosinen aus der Waschmaschine kommen? Das war mir mit meinen T-Shirts noch nie passiert.

Farfar drehte sich zu mir um und sah mich über die Sofalehne verständnislos an, während Koopas ebenso verdutztes Gesicht über seine Schulter lugte.

»Keine Ahnung, Gubben. Vielleicht? Wozu brauchst du ein Bügeleisen?« Dann: »Weißt du überhaupt, wie man ein Bügeleisen benutzt?«

»Ich hab dieses Hemd gewaschen und jetzt ist es furchtbar zerknittert.«

»Ich hab irgendwie das Gefühl, ich hab was verpasst, Gubben.« Koopa mauzte zustimmend. »*Lilla sötnos missekissen* ist auch ganz verwirrt.«

Ich stieß einen langen Seufzer aus. »Das Hemd ist fürs Homecoming. Heute Abend.«

»Homecoming? Das ist doch so was wie ein Ball, oder?«

»Es ist so was wie ein Ball. Ja.«

»Ist das der gleiche Ball, auf dem du damals ...« Er begann zu klatschen. Rhythmisch. Jorge hatte ihm ja unbedingt dieses Video zeigen müssen.

»Also, haben wir nun ein Bügeleisen?«

»Lass mich mal nachsehen«, sagte er, stand schwerfällig vom Sofa auf und trottete in sein Zimmer. »Du hast mir gar nicht erzählt, dass du zum Homecoming gehst«, kam seine gedämpfte Stimme aus dem Schrank.

»Ist ja auch keine große Sache«, sagte ich. »Eigentlich wollte ich gar nicht hingehen. Man hat mich überredet.«

»Hast du denn ein Date für dieses *Homecoming*?«, fragte er, als er mit einem alten Bügeleisen und einem kleinen Tischbügelbrett, das ich noch nie gesehen hatte, wieder auftauchte.

»Kein Date. Ich geh einfach allein. Jorge und Jesus kommen auch.«

»Aha, dann hattest du also einfach Lust zu tanzen?«

Farfar stellte das Bügelbrett auf den kleinen Küchentisch, den wir eigentlich nie benutzten, und schaltete das Bügeleisen ein. Während er den Stecker in die Steckdose steckte, warf er mir immer wieder fragende Blicke zu, als erwartete er eine Antwort. Nein, ich hatte natürlich keine Lust zu tanzen. Als jemand, der Hörbücher und Podcasts immer Musik vorziehen würde, hatte ich ganz und gar keine Lust zu tanzen – aber ich hatte auch keine Lust, ihm die Wahrheit zu erzählen.

Trotzdem tat ich es. Was war ich doch für ein Trottel.

»Lou braucht mich, um sie heute Abend zu eskortieren. Das ist alles.«

»Ist ›sie zu eskortieren‹ irgendwie etwas anderes, als ›mit ihr zum Ball zu gehen‹, Gubben? Ist das wie ›jemanden treffen‹ im Gegensatz zu ›eine feste Beziehung haben‹?«

»Sie ist im Homecoming Court. Während des Balls werden die Mitglieder noch einmal verkündet, und da braucht sie einfach jemanden, der sie eskortiert. Ich muss nur für zehn Minuten oder so da sein.«

»Homecoming Court? Ist das so was wie die Ballkönigin?«
Seine Augen leuchteten auf, als er mir aufgeregt zuflüsterte:
»Ist Louuu etwa die Homecoming Queen, Gubben?«

Dann nahm er mir das Hemd aus der Hand und breitete es auf dem Bügelbrett aus.

»Nein, mehr eine Stufe unter der Königin. Im Court sind sozusagen die Hofdamen der Königin.« (Das klingt wirklich total idiotisch, wenn man es laut ausspricht und jemandem erklärt, der nicht mit dem Konzept eines Highschool-Homecomings aufgewachsen ist.) »Ayanna Powell ist zur Homecoming Queen gewählt worden, Jorges Freundin.«

»Bestimmt ein schönes Paar.«

»Nicht zum Aushalten schön«, antwortete ich.

»Und Lou wollte, dass du sie eskortierst?«

»So ein Typ, den sie nicht ausstehen kann, wollte eine große Show abziehen und ihr vor der ganzen Schule einen Homecoming-Antrag machen. Ich bin nur der Notfallplan.«

»Das ist aber nett von dir, Gubben.«

»Hm.«

Er hielt das Hemd in die Höhe, frisch und glatt, und reichte es mir.

»Dann geht ihr also nicht zusammen zum Dinner?«

»Nein, ich habe kein Date mit ihr, Farfar. Ich gehe nur, um ...«

»Sie zu eskortieren, ja, ja ... Hast du keine Blume fürs Knopfloch?«

»Was? Wir sind doch nicht ...«

»Es wäre schön gewesen, ein paar Fotos von euch zu machen, Gubben.«

»So ist das nicht«, versuchte ich noch einmal zu erklären. »Sie hatte diese *Idee*, wie sie die Situation retten könnte – wie immer – und ich hab mich bereit erklärt mitzumachen – wie immer.«

»Das klangt vorhin irgendwie netter, Gubben.«

»Du kannst ja immer noch ein Foto von mir in meinem idiotischen Outfit machen, bevor ich losgehe.«

Er stieß einen weiteren langen Seufzer aus.

»Eines Tages, Gubben …«, begann er, doch dann schien er plötzlich umzuschwenken. Ich weiß nicht, wo sein »Eines Tages« hinführen sollte, aber er hatte es sich anscheinend noch mal anders überlegt. »Na, dann zieh dich an«, sagte Farfar und sah an sich selbst hinunter. »Ich werde mir besser auch mal eine Hose anziehen.«


Der Parkplatz war schon fast voll, als ich mit dem Prius ankam, und das hatte ich auch gehofft. Ich hatte auf keinen Fall vor allen anderen da sein wollen. Unsichtbar zu sein war mein Ziel – mal abgesehen von den zehn Minuten, in denen ich mit Lou durch die Halle schreiten und zu einem furchtbaren langsamen Song ein paar ungelenke Tanzschritte machen würde.

Aber meine erste Überraschung des Abends erlebte ich schon, als ich durch die Tür trat.

»Dein Großvater hat mir eine Nachricht geschickt, Oz.«

Mrs Bixler stand mit verschränkten Armen hinter dem Ticketverkaufstisch vor der Turnhalle.

»Du hast Glück, denn ich habe an solchen Abenden immer ein paar von den Dingern zur Hand. Extra für Bummelanten wie dich.« Sie holte eine durchsichtige Plastikkiste unter dem Tisch hervor.

Wohlgemerkt, es waren keine zierlichen Schmuckblümchen. Das waren die reinsten Sträucher auf Armreifen.

»Ich bin nicht ihr Partner«, versuchte ich zu erklären, während ich auf die riesenhaften Blumen in der Box starrte. »Sie brauchte nur jemanden, der sie eskortiert.«

»Oz, wenn ich nicht ein Foto von euch zusammen bekomme, auf dem wenigstens einer von euch Blumenschmuck trägt, dann lasse ich dich in deinem Wahlfach durchfallen.«

»Was? Sie können doch nicht …«

»Ich will ein Foto, Oscar. Ende der Durchsage. Und jetzt geh und amüsiere dich.«


Die zweite Überraschung kam, als ich Lou sah. Sie wuselte zwischen den Snacktischen umher, auch wenn Ms Ross, die Beraterin der Schülervertretung, ihr versicherte, dass alles erledigt sei und sie jetzt einfach den Ball genießen sollte.

Lou lächelte, als sie aufsah und mich entdeckte, und ihr Lächeln wurde noch breiter, als sie meine Chucks sah. Zugegeben, da kam ich mir für eine Sekunde oder zwei nicht mehr ganz so blöd vor, besonders als sie ein Bein mit ihrem gleichfarbigen Schuh ausstreckte.

»Du siehst gut aus«, sagte sie.

»Du auch …« Wir passten weitaus besser zusammen, als ich gedacht hätte. Abgesehen von den Chucks hatte ich keine Ahnung gehabt, was sie tragen würde. Ihr Kleid, ganz schlicht mit einem schwarzen Band um die Taille, hatte fast die gleiche Farbe wie mein Hemd. Wir waren zwar nicht das farbenfroheste Paar des Balls (auch wenn wir ja eigentlich kein Paar waren), aber wir passten auf jeden Fall zusammen.

Bloß ihre *Haare*! Ich hatte sie immer nur mit ihrem langen Zopf gesehen. Immer. Doch an diesem Abend trug sie die Haare offen und sie glänzten und all das, vor allem waren sie viel voller als sonst. Zuerst dachte ich, es sei eine Perücke, was natürlich albern war. Und ich bin sicher, objektiv betrachtet sah es toll aus, aber ich dachte einfach nur: Der Teil ist irgendwie falsch – ich will den Zopf zurück. Was ein seltsamer, alberner, verstörend kontrollsüchtiger Gedanke war, den ich auf keinen Fall aussprechen konnte (oder sollte), aber das war nun mal das, was mir immer wieder durch den Kopf ging. Kein Zopf – das fühlte sich einfach nicht richtig an.

Dann fragte ich mich, warum mir das eigentlich nicht egal war – warum ich überhaupt irgendeine Meinung zu Lous Haaren hatte.

Ich holte die Schachtel mit dem Blumenreif hinter meinem Rücken hervor, starrte auf dieses kitschige bunte Gestrüpp und kam mir noch blöder vor.

»Oh wow. Das hättest du nicht tun müssen«, sagte Lou und nahm mir behutsam die Schachtel aus der Hand. Sie sah auf und lächelte wieder und ich weiß, ich hätte ihr sagen sollen, dass Mrs Bixler mir das Ding gegeben hatte und dass ich gezwungen – ja, erpresst – worden war, es ihr zu überreichen.

Aber ich tat es nicht.

»Und ich hab nicht einmal daran gedacht, dir eine *Boutonnière* mitzubringen.«

Ich winkte einfach ab, heimste das Lob ein, das ich nicht

verdient hatte, und sagte: »Kein Problem. Ich weiß ja nicht einmal, was eine Boutonnière ist.«

Lou nahm den Blumenreif aus der Schachtel und streifte ihn über ihr Handgelenk. Und auch wenn die riesige rote Rose ihren halben Unterarm bedeckte, betrachtete sie den Schmuck strahlend.

»Ich schätze, wenn es sein müsste, könnten wir das Ding auch in zwei teilen«, sagte ich, während meine Ohren zu glühen begannen.

Lou kicherte. Ein Zweiglein Schleierkraut berührte fast ihre Armbeuge. »Es ist ein richtiges kleines Waldbiotop, nicht wahr?«

»Ja, ich musste vorhin erst mal eine Biberfamilie aus der Schachtel verjagen«, sagte ich und Lous Schultern zuckten, als sie dieses merkwürdige schnaubende Lachen ausstieß. »Da hatte ich schon ein schlechtes Gewissen, denn das passte ja nicht gerade zu unserer Umweltmission.«

»Na ja, wenn die Menschen ohnehin die Umwelt zerstören, bleibt wenigstens noch dieser wunderschöne Teil davon an meinem Handgelenk erhalten.«

»Um welche Zeit sind wir dran?«, fragte ich.

»Acht Uhr dreißig. Wir treffen uns alle hier um Viertel nach acht.«

Ich warf einen Blick auf mein Handy: 7:17. Hinter uns schwang die Tür zur Turnhalle auf und ein Haufen Unterstufenschüler, zu denen auch Terrance gehörte, strömte auf den Gang hinaus. Aus der dunklen Halle dröhnte irgendein Rap-Song, den ich nicht kannte. Ich hätte definitiv noch etwas warten können, bevor ich herfuhr.

Terrance schlug mir auf den Rücken und nickte uns beiden zu, anerkennend wie es schien, während seine Freunde sich Kekse in den Mund stopften und ihre Becher mit kaltem Cider füllten.

»Ist das Muffin-Man, T-Dawg?«, fragte einer von ihnen, nachdem er einen Plastikbecher Cider hinuntergekippt hatte.

»Er macht auch den Cider«, sagte Terrance, legte mir die Hand auf die Schulter und sah seine Kumpel mit einem stolzen Grinsen an.

»Echt jetzt, Alter?«, staunte ein hochgewachsener Typ, der sein Hemd schon halb aufgeknöpft und seinen Schlips um den Kopf gewickelt hatte.

»Ihr solltet mal seine Donuts probieren«, sagte Lou.

»Donuts?« Terrance schlug mir auf die Schulter, als hätte ich ihm absichtlich etwas vorenthalten. Lou grinste mich an und zwinkerte, und ich spürte wieder, wie meine Ohren heiß wurden.

Dann rief Lou Ms Ross zu, sie würde schnell zu Mrs Bixlers Zimmer gehen und neuen Cider holen.

»Das musst du nicht, Lou«, antwortete Ms Ross kopfschüttelnd. »Darum kann ich mich doch kümmern.« Doch Lou war schon halb den Gang hinunter. »Dieses Mädchen muss einfach immer alles selbst managen«, sagte Ms Ross neben mir, als Terrance mir einen letzten Klapps auf die Schulter gegeben hatte und mit seinen Kumpels wieder in der Turnhalle verschwand. Ehrlich gesagt, ich war mir nicht einmal sicher, ob Ms Ross wusste, wer ich war.

»Hm. Wem sagen Sie das«, antwortete ich.

Ms Ross seufzte und wandte sich wieder dem Tisch und

dem Chaos zu, das die Unterstufenschüler hinterlassen hatten.

»Ich weiß wirklich nicht, was ich machen werde, wenn sie nicht mehr da ist.«

Überraschung Nummer drei – als ich mich endlich in die Turnhalle wagte, um Jorge zu finden. Ich entdeckte ihn ziemlich schnell (dummerweise auf der Tanzfläche), zusammen mit Ayanna und dem Großteil der Fußballmannschaft.

Er erspähte mich in exakt dem Moment, als der DJ – wie hätte es anders sein sollen – den verdammten Cha-Cha-Slide-Song auflegte.

Jorge riss beide Arme in die Luft und stieß einen Triumphschrei aus, Jesus drehte sich um und freute sich ebenfalls über den wundersamen Zufall, und natürlich stimmte dann auch die Hälfte des Fußballteams ein.

Ich glaube, Farfar wäre stolz auf mich gewesen – wenigstens in diesem Moment. Obwohl ich mich mit jeder Faser meines Wesens umdrehen und aus der Turnhalle laufen wollte, aus der Schule, geradewegs zu meinem Prius, tat ich so, als würde ich die Sache mit einem Lachen abtun. Einfach mitspielen, als hätte ich selbst geplant, zu diesem Song auf der Bildfläche zu erscheinen. Diesem total albernen Song.

Tja. Und schon klatschten alle mit.

Überraschung Nummer vier – als ich zwei Songs später die Hoffnung hegte, ich könnte mich vielleicht zu Jorge und seinen Kumpels stellen, einfach ein bisschen im Takt wippen und nicht weiter beachtet werden (sprich: unsichtbar sein), dimmte der DJ das Licht und tauchte die Tanzfläche in ein sanftes, ruhiges Violett, während die Musik in den ersten langsamen Song des Abends überging, den ich nicht einmal kannte. Das war eigentlich mein Stichwort, die Bühne schleunigst zu verlassen.

Ich hatte Lou ein paar Mal gesehen, wie sie zwischen Flur und Turnhalle hin und her flitzte, ohne anscheinend groß etwas zu erledigen – außer sich zu vergewissern, dass alles, was sie schon erledigt hatte, auch immer noch erledigt war.

Und okay, zu meiner Verteidigung: Ich hatte mich verpflichtet, an genau einem langsamen Tanz teilzunehmen, und auf mehr war ich nicht vorbereitet. Punkt. Ich war nicht darauf gefasst, dass jemand anders mich zu einem Tanz auffordern würde.

Skylar Jarrett. Sie war eine Zehntklässlerin, eine besonders laute, beliebte ... und okay, sie war definitiv attraktiv. Ihr Bruder Caleb war mit Jorge und Jesus in der Fußballmannschaft, auch wenn er eher mit Javy befreundet war, glaube ich. Skylar war im selben Hauswirtschaftskurs wie Terrance, in dem ich Mrs Bixlers Assistent war.

»Oscar!«, kreischte Skylar und packte mich am Handgelenk. Sie hatte wahrscheinlich schon ein paar Mal meinen Namen gerufen, als ich an ihr und ihren Freundinnen vorbeigekommen war, aber mein Cha-Cha-Tunnelblick war darauf gerichtet, möglichst schnell aus der Halle rauszukommen. »Hast du Lust zu tanzen?«

Ich starrte sie für eine Sekunde an, versuchte krampfhaft,

nicht wie ein Perverser an ihrem engen Paillettenkleid hinunterzugucken, und antwortete: »Ähm ... klar.«

Und schon waren wir auf der Tanzfläche. Tanzten zu einem Schmusesong. Ähem ... ziemlich eng. Skylars Arme schlangen sich um meinen Hals, ihr Körper schmiegte sich an meinen. Und dann begann der wiegende Schmusetanz so richtig. Und mit richtig meine ich, dass ich fast keine Luft mehr kriegte.

Eigentlich hätte ich kein schlechtes Gewissen haben müssen. Ich war gekommen, um Lou zu eskortieren und vor allem, um meine bedeutende Rolle als Nicht-Kevin-Huber auszufüllen – alles, worum Lou mich gebeten hatte (wie immer). Ich hatte keine Ahnung, dass Skylar Jarrett sich im Hauswirtschaftskurs in mich verguckt hatte und keinen Grund, Nein zu ihr zu sagen, abgesehen von dem einen Pflichttanz mit Lou. Und ehrlich – ich weiß bis heute nicht, ob Lou uns überhaupt gesehen hat. Wahrscheinlich war sie in der Vorhalle und beaufsichtigte die Snacktische, auf die sich jetzt alle stürzten, die keine Schmusetanzfans waren.

Während man langsam in einem überfüllten Raum rotiert, hat man zwangsläufig Blickkontakt mit vielen Leuten. Der Erste, der meinen Blick einfing, war Kevin Huber. Er tanzte mit irgendeiner Unterstufenschülerin aus der Band, die ich nicht kannte. Kevin starrte mich über ihren Kopf hinweg an (wirklich, sie hatte ihren Kopf an seine Brust geschmiegt, während er über sie hinwegguckte), wieder mit diesem Blick zwischen Rauflust und melancholischem Saxofonsolo, jetzt aber kombiniert mit dem Blick eines Mannes, der die Ehre einer jungen Frau verteidigen wollte.

Schnell wandte ich den Blick ab. Als Nächstes entdeckte ich Bryce und Teegan, die aneinandergeklebt zu sein schienen und mich beide angrinsten. Total widerlich.

Dann kam Jorge, der mich verwirrt ansah, zusammen mit Ayanna, die sich fast den Hals verdrehte, nur um mir dann den gleichen verwirrten Blick zuzuwerfen.

Ich sah für einen Moment hinunter auf Skylars entblößte Schulter, was sie als Einladung auffasste, noch enger zu tanzen. Es war wirklich alles ... schwierig.

Als ich wieder aufsah (mein Hirn war zu diesem Zeitpunkt praktisch schon lahmgelegt), war da Meredith, Lous beste Freundin, die mit Jesus tanzte. Sie wirkte, als hätte sie mich schon die ganze Zeit angestarrt und meinen Blick gesucht. Ihre Lippen formten so etwas wie »Du Lauch«.

Es hätte auch einfach »Du auch« heißen können.

Aber eher unwahrscheinlich.

Als der Song endlich zu Ende war, machte Skylar einen Schritt zurück, löste ihre Arme von meinen Schultern und sagte: »Danke, Oscar«, bevor sie hinüber zu ihren grinsenden Freundinnen ging.

»Äh ... klar«, war alles, was ich herausbrachte (mal wieder), bevor ich erneut auf die Tür zusteuerte.

Als ich Lou in Mrs Bixlers Vorratsraum mit dem Extrakühlschrank fand, war ich seltsam erleichtert. Sie hatte einen Trolley mit neuem Apple Cider beladen, aber sie schien noch etwas anderes zu suchen, als stünde sie da nicht in einem Homecoming-Kleid, auf ihrem eigenen letzten Homecoming-Ball.

»Oh, hi«, sagte sie und warf mir ein warmes Lächeln zu,

als sie mich im Türrahmen stehen sah. Mir fiel auf, dass sie immer noch das Blumenarmband trug. »Kannst du mir mal helfen? Die Leute haben sämtliche Kekse vertilgt. Ich dachte, du hast vielleicht noch Muffins übrig oder Apfelringe oder so was ... vielleicht ja sogar Apfelkuchen mit Eiscreme.«

Selbst heute sprudelten die Ideen nur so aus ihr heraus.

»Warst du überhaupt schon auf dem Ball?«, fragte ich und ein Teil von mir hoffte, dass die Antwort Nein sein würde.

»Weißt du, dass kein einziges Mädchen aus der Schülervertretung beim Aufbauen bis zum Schluss dabeigeblieben ist? Sie wollten sich lieber noch frisieren lassen. Und dann sind auch die meisten Jungs gegangen, weil sie eben Jungs sind. Ich meine, ich weiß, als Vorsitzende der Schülerschaft trage ich die größte Verantwortung, aber echt jetzt! In den letzten zwei Stunden waren Ms Ross und ich die einzigen in der Halle, um sicherzustellen, dass alles fertig wird.«

Ich ging an Lou vorbei zum Kühlschrank, in dem ich mehrere Kuchen für die weibliche Lehrerschaft aufbewahrt hatte. (Ich meine, die männliche Lehrerschaft konnte natürlich auch davon essen, wenn sie wollte – es waren bloß immer die Lehrerinnen, die auf mich zukamen und von meinen Backkünsten schwärmten.)

»Vielleicht ist in einer der Tiefkühltruhen im Kochstudio noch eine große Packung Eiscreme«, sagte ich, während ich die Kuchen auf den Trolley stellte. »Gott, es ist immer noch schwer zu glauben, dass all das aus diesen furchtbaren Schuläpfeln entstanden ist.«

»Ich muss unbedingt rausfinden, warum wir keine besseren Äpfel bekommen können«, antwortete Lou und ich konnte förmlich sehen, wie sich die Rädchen in ihrem Kopf drehten und eine neue Idee entstand, eine neue Mission. *Bessere* Äpfel.

»Es ist schon kurz nach acht«, sagte ich und ging noch einmal an ihr vorbei, um die Eiscreme zu holen. »Wir sollten wahrscheinlich zurück in die Halle gehen, oder?«

»Oh, ja ...«

Ich holte noch schnell das Besteck, das wir brauchten, und warf alles auf den Trolley mit dem Cider und den Kuchen und dann gingen wir zurück in Richtung Turnhalle.

»Vorhin hat mich so ein Mädchen zum Tanzen aufgefordert«, platzte ich auf dem Korridor heraus, gerade als wir an einem verblichenen Poster vorbeikamen. *Ehrlichkeit zahlt sich aus*, stand darauf.

»Oh. Okay. Und hast du Ja gesagt?«

»Ähm. Ja. Sie hat mich irgendwie überrumpelt.«

»Cool. Ich meine, du machst dir doch keine Gedanken wegen mir, oder? Wir sind doch nicht zusammen hier. Ich brauch dich nur, um mich zu eskortieren. Du kannst tanzen, mit wem du willst.« Und dann schob sie noch hinterher: »Tu dir keinen Zwang an.«

Um ehrlich zu sein, wusste ich überhaupt nicht, was das alles zu bedeuten hatte, außer dass ich erleichtert war, in Lous Augen anscheinend nichts Furchtbares getan zu haben. Ich meine, wenn es anders gewesen wäre, hätte sie es mir garantiert gesagt.

»Ah, ihr zwei. Bleibt mal kurz hier.«

Mrs Bixler stand am Ende des Gangs vor dem Foyer und richtete die Kamera ihres Smartphones auf uns.

Wir hielten an, ich mit dem Trolley, Lou neben mir. Instinktiv beugten wir uns zueinander und lächelten.

»Perfekt. Und jetzt stellt euch mal hier drüben hin.« Mrs Bixler deutete auf eine leere Pinnwand ein Stück weiter den Gang entlang. »Ich glaube kaum, dass ihr selbst Fotos machen werdet, und ich werde Mr Olsson nicht enttäuschen.« Allein die Erwähnung von Farfars Namen brachte Lou zum Strahlen. »Oder mir später von dir Vorwürfe machen lassen, Oz. Leg deinen Arm um sie.«

Ich sah Lou an, um mich abzusichern, und sie nickte zwar, rollte aber mit den Augen.

»Gut. Lou, jetzt dreh dich um. Oz, stell dich hinter sie, Hände um ihre Taille. Wir machen jetzt ganz klassische Homecoming-Fotos.«

Später zeigte mir Farfar die Fotos auf seinem Handy und diese letzten beiden Fotos sahen so gestellt und peinlich aus, wie sie sich anfühlten. Ich weiß nicht, vielleicht war das ja auch Mrs Bixlers Ziel gewesen – ein peinliches Homecoming-Foto, über das wir uns später einmal würden amüsieren können. Eine Art Ritus auf dem Weg zum Erwachsensein.

Das erste Foto war aber ehrlich gesagt gar nicht so schlecht.

Ms Ross schüttelte ungläubig den Kopf, als wir mit der neuen Dessertlieferung ankamen. »Lou, du weißt doch, wie so ein Ball abläuft, oder? Du musst hier nicht die Mom spielen, die die ganze Zeit die Party beaufsichtigt.«

Lou zuckte nur mit den Schultern und ließ ihren prüfenden Blick über den Snacktisch wandern. »Das hier bringt mir aber viel mehr Spaß als die Cha-Cha-Slide.«

Sie sah nicht einmal hoch, als sie das sagte, also sollte ihre Bemerkung wohl keine Spitze gegen mich sein. Ich glaube, es war einfach Ehrlichkeit. Ehrlichkeit, mit der ich eigentlich voll und ganz übereinstimmte.

Lou stieß einen Seufzer aus und sah jetzt doch zu mir auf. »Okay. Dann müssen wir wohl. Bist du bereit?«

»Kein bisschen.«

»Ich auch nicht. Lass uns gehen.«

Ich kann mich nicht einmal an den Gang in die Turnhalle erinnern, nachdem der DJ verkündet hatte: Mary Louise Messinger, eskortiert von Oscar Olsson. Wir waren die Ersten in der Reihe und das Scheinwerferlicht in der Halle blendete total.

Ich wusste, wir mussten es nur bis zu unserem vereinbarten Platz in der Mitte der Turnhalle schaffen, ohne hinzufallen, und dann peinlicherweise Arm in Arm rumstehen, um auf den Rest des Homecoming Courts und schließlich auf Ayanna und Jorge zu warten.

Und dann kam der langsame Tanz, für den Farfar angeblich den Truck verkauft hätte, um zusehen zu dürfen. Manchmal ist er echt furchtbar.

Glücklicherweise standen wir beide nicht unbedingt im Zentrum der Aufmerksamkeit, auch wenn wir nur zwölf Tänzer waren – höchstens vielleicht für Kevin Huber, der sich gleichzeitig wehmütigen Gedanken und Mordfantasien hingab. Ayanna mit ihren raffiniert auf dem Kopf zusammengesteckten langen Zöpfen war wirklich die Königin. Und Ayanna und Jorge zusammen sahen aus wie ein Paar aus dem Kino.

Mit Lou zu tanzen fühlte sich komplett anders an, als mit Skylar zu tanzen. Wir müssen da vorne ausgesehen haben wie zwei Mittelstufenschüler. Ich hatte die Arme starr angewinkelt und meine Hände steif auf ihre Taille gelegt, während ihre Hände auf meinen Schultern ruhten und wir beide in einem langsamen Kreis vor und zurück staksten.

»Ich will mal schwer hoffen, dass morgen ein paar Leute zum Abbauen kommen«, sagte Lou und sah sich in der Turnhalle um. Sie schien nicht einmal unbedingt mit mir zu reden. Nach einer weiteren Minute schweigenden Umherwippens sagte sie: »Es macht mich verrückt, dass wir für den Apfelkuchen Styroporteller nehmen müssen.«

»Und Plastikbesteck«, fügte ich kühl hinzu.

»Nicht wahr?«, sagte sie und sah mir zum ersten Mal richtig in die Augen, wenn auch nur für eine Sekunde. Ab da legte sie sogar die Hände um meinen Hals, aber ich konnte sehen, wie ihr Gehirn weiter ihre mentale Checkliste durchging.

Als der Song zu Ende war und der DJ alle ermunterte, zu einem weiteren Schmusesong auf die Tanzfläche zu kommen, ließ Lou ihre Arme sinken und lächelte mich an. »Danke, Oscar. Wirklich ... Ich muss jetzt noch mal checken, ob im Foyer alles in Ordnung ist.« Dann wedelte sie mit ihren Fingern (dieses angedeutete Winken mit angewinkeltem Arm), und ich sah ihr nach, wie sie auf die Tür zusteuerte. Und ja, zugegeben, ich hätte eigentlich nichts dagegen gehabt, auch zum nächsten Tanz zu bleiben.

»Oscar.« Schon war Skylar Jarrett an meiner Seite und griff nach meinem Handgelenk. »Wollen wir noch mal tanzen?«

Ich sah für eine Sekunde nach unten, auf die leuchtenden Schnürsenkel meiner Chucks.

»Ähm, ich würde ja gern ... aber ich muss los – Eiscreme ausgeben.«

Ich glaube, zumindest der Teil hätte Farfar gefallen. Danach nahm die Sache nämlich einen etwas seltsamen Verlauf, ich weiß.

Ich blieb lange genug da, um die Eiscreme und den ganzen Kuchen auszuteilen, der schnell alle war. Dann standen wir noch eine Weile mit Mrs Bixler und Ms Ross da und quatschten, über unsere Abneigung gegen Bälle, über Zukunftspläne (vor allem Lous), über alles Mögliche. Ich ging nicht zurück in die Halle und ich blieb auch nicht bis zum Ende, und als ich an diesem Abend noch vor zehn nach Hause kam, beschränkten sich meine Antworten auf so etwas wie »War keine Riesensache«.

## KAPITEL 16

# ES IST NICHT LEICHT, WENN EINE GESCHICHTE ZU ENDE GEHT (HEUTE DAMPFT DIE FRITTEUSE ABER BESONDERS)

AM ENDE DER FOLGENDEN WOCHE HATTEN DIE ZWILLINGE ihren Abschiedsabend. Donnerstagabend, unter dem Flutlicht. Das letzte Heimspiel von Jorge und Jesus mit den *Central Adams Hornets* (Ein wilder Schwarm!). Farfar hatte darauf bestanden, dass wir die Verpflegung für die Feier danach übernehmen sollten, da wir seit dem ersten Highschool-Jahr so gut wie alle ihre Heimspiele besucht hatten.

Ich glaube, er hatte eine Weile gehofft, dass ich mit den beiden da draußen auf dem Feld sein könnte, wie noch im Junior-Fußball in der Mittelschule. Aber ich bin nun mal überhaupt kein Wettkampftyp, was Farfar von der Tribüne aus sicher auch aufgefallen war. Als ein Junge des gegnerischen Teams über meine Füße gestolpert war und ich ihm aufgeholfen hatte, statt weiterzuspielen, hatte mich der Trainer vom Spielfeldrand angeschrien und in dem Moment hatte es mir endgültig gereicht.

Trotzdem sah ich Jorge und Jesus total gerne beim Spielen zu – ich schaue immer gerne Leuten bei dem zu, was ihnen Spaß macht – und wir wussten, dass an diesem Abend Talentscouts kommen würden, um sie zu beobachten. Vielleicht sogar auch, um Javy zu sehen. Der Junge ist verteufelt gut im Tor. Ich schätze, wenn man seit zehn Jahren im Hinterhof die Bälle von jemandem wie Jesus abwehrt, ist es ein leichtes, die Torschüsse anderer auf dem Fußballfeld zu halten.

Ich mochte es auch total gerne, mit ihrer Familie auf der Tribüne zu sitzen, denn meistens kam tatsächlich die ganze Familie mit. Großeltern und Onkel und Tanten, die einen ganzen Block einnahmen. Irgendeiner hatte immer eine Kuhglocke dabei und ich kannte genügend spanische Schimpfwörter von den Zwillingen, um zu wissen, dass auch ihr Großvater voll und ganz dabei war. Farfar und ich saßen immer direkt neben ihnen.

Der Abschlussabend war ein einmaliges Event. Die ganze riesige Mannschaft – und das ganze Publikum, das sich von ihrer Euphorie anstecken ließ – flippte komplett aus, als die Zwillinge mit ihren Eltern über den Sportplatz gingen, um bei der Preisverleihung vor dem Spiel dabei zu sein.

Jesus untermauerte an diesem einen Abend seinen Traum von einem Sportstipendium. Vier Tore. Und ein weiteres von Jorge, mithilfe von Jesus. Und mit dem quirligen Javy im Tor verwiesen sie das *Eastern*-Team auf den zweiten Platz.

»Oh, da ist ja Louuu«, sagte Farfar ein paar Minuten nach Anpfiff, kurz bevor Jesus sein erstes Tor schoss. Er zeigte hinüber zur Laufbahn, wo sie mit Meredith stand, die Ellbogen auf das Geländer gestützt.

»Cool«, sagte ich und handelte mir wieder einen dieser Blicke ein, bevor er aufstand und ihr zuwinkte. Und natürlich hellte sich auch Lous Gesicht sofort auf, als sie ihn sah. Es war nicht zu fassen. Eine Weile später, ein paar Minuten vor der Halbzeit, kam sie zu uns nach oben.

»Hej hej, Louuu«, begrüßte Farfar sie, als sie sich neben mich auf die Tribünenbank setzte.

»Ich dachte, ich hätte da vorhin draußen den Truck gesehen. Arbeitet ihr heute Abend etwa?«

»Wir servieren ein paar Leckereien für die Abschlussfeier«, erklärte Farfar. »Wir könnten ein bisschen Hilfe gebrauchen, wenn du Interesse hast.«

Das hätte ich eigentlich kommen sehen müssen.

In der Mitte der zweiten Halbzeit gingen wir zusammen nach unten, um den Foodtruck durch das Tor neben den Kiosk zu bugsieren, wo ein paar der Eltern schon dabei waren, Tische aufzustellen.

»Heute Abend ist alles kostenlos, Louuu. Du musst also nur die Bestellungen entgegennehmen.«

»Wow. Das komplette Menü?«

»Das komplette Menü. Zur Feier des Tages.« Und ich merkte schon, dass er anfing, emotional zu werden.

Aber, Alter, das war nichts gegen die Szene da draußen, als das Spiel zu Ende war und die Mannschaft und die Familien zusammen aßen.

Ich glaube, ich hatte Jorge und Jesus zuletzt in der Grundschulzeit weinen sehen, als ihre Mom sie einmal total runtermachte, weil die beiden Javy dazu angestachelt hatten, in die Recyclingtonne zu kacken, was er tatsächlich getan hatte. Ihre Mom hatte ganze dreißig Sekunden gebraucht, das herauszufinden.

Doch da standen sie jetzt und heulten Rotz und Wasser, während sie die Carnitas-Tacos aßen, die ihre Tante mitgebracht hatte, Familienmitglieder umarmten, Teammitglieder umarmten und gleichzeitig noch Munkar bei Lou bestellten. Was dazu führte, dass Farfar nicht zu ihnen rausgucken konnte, ohne auch feuchte Augen zu bekommen. Was wiederum dazu führte, dass auch mir vom Dampf der Fritteuse die Augen tränten.

Es war ein seltsamer Gedanke. Für mich bestand dieses ganze letzte Highschool-Jahr nur aus willkommenen Abschnitten, die ich nie verlängern oder später wiederbeleben wollte. Aber für Jorge, für Jesus, waren es große Zäsuren.

Sie hatten noch ein paar Play-offs vor sich, aber heute war das letzte Mal gewesen, dass sie mit diesem Team auf diesem Platz gespielt hatten. Ein wichtiger Teil ihrer Geschichte – ein Teil, den sie liebten – war fast zu Ende. Auf der letzten Seite angekommen sozusagen.

Allerdings hatte ich nach diesem tränenreichen Moment, den ich vom Truck aus mitbekommen hatte, keine Zeit, dem lange nachzuhängen. Große Gefühle plus hungrige Fußballspieler plus kostenlose Donuts – das machte auch: *viele* Donuts. Lou rief mir eine Bestellung nach der nächsten zu, während Farfar sich neben ihr aus dem Fenster beugte und mit Jorges Familienmitgliedern quatschte.

»Alles in Ordnung, Gubben? Brauchst du Hilfe?«

»Ich komm schon zurecht«, antwortete ich und genoss es, für eine Weile im Munkar-Flow zu sein, wie eine Art Mini-

Festival. Es dauerte bestimmt eine Stunde, bis Lou aufhörte, uns pausenlos Bestellungen zuzurufen.

»Das war vielleicht irre«, sagte Lou kurze Zeit später. Sie stand direkt neben mir, ihre Hand auf meiner Schulter.

Ich wischte mir mit dem Ärmel über das Gesicht und ließ ein paar letzte Munkhål in die Fritteuse gleiten, damit wir sie uns teilen könnten. Lous Hand glitt von meiner Schulter, als sie sich wieder zum Fenster wandte.

»Oscar?«, rief sie einen Moment später. Ich drehte mich um, und als sie wieder zu mir rüber kam, hatte sie einen ganz anderen Ausdruck auf dem Gesicht als noch vor einer Sekunde. »Da draußen ist ein Mädchen, das mit dir sprechen will.«

Ich runzelte die Stirn, wischte meine Hände an einem Geschirrtuch ab und ging an ihr vorbei zum Fenster.

Skylar Jarrett hatte ihre Ellbogen auf die Durchreiche gestützt und grinste mich an. Ihr blondes Haar hatte sie zu einem unordentlichen Messy Bun zusammengesteckt.

»Hey, Oscar«, sagte sie, während aus ihrem Grinsen langsam ein strahlendes Lächeln wurde. »Ich wusste gar nicht, dass du auch in einem Foodtruck arbeitest.«

»Ja, ich helfe Far-, ich helfe meinem Großvater damit. Wir machen das schon seit Jahren zusammen.«

Mir war, als hörte ich, wie Farfar sich im Hintergrund laut räusperte, aber sicher war ich mir nicht.

»Kannst du deshalb so gut kochen und backen?«

Alter, ihr Blick war vielleicht intensiv.

»Wahrscheinlich, ja«, sagte ich und kratzte mich unterhalb meiner Baseballkappe am Hinterkopf. Ich weiß, normalerweise bin ich ein Konversationsgenie, aber in dem Moment hatte ich keine Ahnung, was ich sagen sollte. Ich war mir ziemlich sicher, dass das ein Flirt sein sollte, und er weckte auf einmal sehr konkrete, intensive Erinnerungen an unseren langsamen Tanz, was nicht besonders hilfreich war. Skylars Gruppe im Hauswirtschaftskurs hatte seit dem Homecoming auffallend viel »Hilfe« gebraucht. Jeden Tag riefen sie mich wegen irgendeiner dummen Frage oder Bitte um eine weitere Demonstration zu sich und natürlich kam ich dem größtenteils nach. Ich meine, schließlich war ich in dem Kurs der Assistent.

»Bin ich zu spät, um ein paar von deinen Donuts zu bestellen? Wie heißen die noch mal? Mun-cal?«

»Munkhål«, sagte ich lächelnd. »Baby-Donuts. Das sind die Kleinen. Ich kann dir ein paar holen.«

Als ich mich umdrehte, hatte Farfar die Donuts schon für mich aus der Fritteuse geholt. Ohne es auszusprechen, wussten wir beide, dass ich sie sonst garantiert hätte anbrennen lassen. Es kam nicht gerade häufig vor, dass jemand zum Foodtruck kam und mit mir sprechen wollte (Gott sei Dank!). Farfar reichte mir die Munkhål. Es waren gut anderthalb Portionen, die er in den üblichen Papierbecher gestopft hatte. Kurz bevor ich mich wieder umdrehte, sah ich, wie er und Lou die Augen verdrehten und einander angrinsten, und ich weiß auch nicht, irgendwie versetzte mir das einen Stich.

Und ja, inzwischen ist mir auch aufgegangen, dass ich damit die Munkhål weggab, die ich eigentlich mit Lou hatte teilen wollen.

»Die sind ja der Wahnsinn«, schwärmte Skylar nach dem ersten Donut.

»Direkt aus der Fritteuse schmecken sie am besten«, sagte ich mit einem dämlichen Grinsen. »Dann schmelzen sie fast im Mund.«

»Ich glaube nicht, dass ich jemals wieder irgendwelche anderen Donuts essen kann. Da musst du wohl von nun an mein persönlicher Donut-Bäcker sein.« Sie steckte sich einen weiteren Donut in den Mund und winkte mir flüchtig zu. »Bis morgen, Oscar«, sagte sie und ging zurück zu ihren Freundinnen.

Als ich mich wieder umdrehte, waren Farfar und Lou dabei, die letzten übrig gebliebenen Munkhål zu verputzen, und taten, als wären sie völlig ins Gespräch vertieft. Meine blöden Ohren waren feuerrot und ich konnte keinen von beiden ansehen.

»Du hast uns wieder mal gerettet, Louuu. Danke.«

»Jederzeit. Im Ernst, es macht mir wirklich Spaß. Ich verstehe jetzt, warum ihr das so gerne macht«, sagte sie und sah mich für einen Moment zaghaft lächelnd an, bevor sie sich wieder an Farfar wandte. »Aber jetzt sollte ich wohl besser nach Hause fahren. Ich muss noch einen Essay fertigschreiben.«

Sie kletterte aus dem Foodtruck und winkte uns noch einmal durch das Fenster zu, bevor sie zu ihrem Auto ging.

Farfar lehnte sich an die Arbeitsfläche und starrte mit verschränkten Armen aus dem Fenster nach draußen, wo sich die letzten Fußballfamilien verabschiedeten. Er zog eine Augenbraue hoch und sah mich an.

»Hmmm.«

## KAPITEL 17

# MARY LOUISE MESSINGER GEGEN DEN SCHULBEIRAT DER CENTRAL ADAMS

»ICH MUSS DICH UM EINEN WEITEREN GEFALLEN BITTEN«, sagte Lou Anfang der folgenden Woche zu mir. Sie stand hinter dem Trolley mit der ersten Apfelsammlung. Ihr Gesicht war gerötet, ihre Brille war ihr halb die Nase hinuntergerutscht und ihr Zopf baumelte über ihrem schwarzen Adams-County-Jazz-Festival-T-Shirt. Ich hatte nicht einmal gewusst, dass sie Mitglied der Band war. Bestimmt hatte sie dort Kevin Hubers Herz gestohlen, als er während des Klarinette-Parts auf ihren dunklen Zopf im Rücken starrte.

»Spielst du Klarinette?«, fragte ich unvermittelt, was sie ausnahmsweise mal aus dem Konzept brachte.

»Was? Äh, ja. Erste Klarinette in der Jazz-Band.«

Na bitte.

Ich klopfte mir das Mehl von den Händen, denn ich machte gerade Munkar-Teig für neue Apfelringe. Terrance hatte nicht lockergelassen, seit Lou beim Homecoming von meinen Donuts erzählt hatte, und ich dachte mir, sie würden sich tatsächlich ganz gut als Ergänzung zu den Grab-andgo-Muffins eignen. Dieser hochgeschossene Junge, Makai, kam sogar auf dem Gang auf mich zu und meldete mir jedes Mal, wenn er einen Muffin gegessen hatte, was so ziemlich jeden Tag war. Es war, als würde ich mir eine Entourage von immer hungrigen Neuntklässlern heranziehen.

»Was ist es denn diesmal für ein Gefallen?«, fragte ich und kostete diesen raren, kurzlebigen Moment aus, in dem ich die Kontrolle über das Gespräch hatte.

»Du musst mich heute Abend zur Sitzung des Schulbeirats begleiten.«

»Um was zu tun?«

»Diese Apfellösung ist unhaltbar.«

»Ich dachte, es läuft eigentlich ganz gut …«

»Ja, das tut es auch. Du bist wirklich unglaublich.« Unglaublich? Hmmm. »Aber was wird, wenn wir in ein paar Monaten die Schule verlassen? Niemand wird sich melden und unseren Platz einnehmen. Wer könnte das auch? Ich meine, die meisten Leute begreifen noch nicht einmal, wo dieses ganze Zeug herkommt. In sechs Monaten werden all diese Äpfel …« Lou trat gegen den Trolley und die Äpfel purzelten umher. »… auf der Müllhalde landen, wo sie mit Zehntausenden weiteren Äpfeln Methan in die Atmosphäre pumpen.«

Ehrlich gesagt hatte ich noch gar nicht darüber nachgedacht, was im nächsten Jahr passieren würde – zumindest nicht in Bezug auf das, was hier passieren würde. Mich beschäftigte oder interessierte nur das, was *ich* tun würde, vor allem aber, dass ich nie, nie wieder einen Fuß in dieses Gebäude setzen müsste.

»Okay«, sagte ich und hob beide Hände, um ihre Tirade zu beenden. »Kapiert. Wir sind nur eine vorübergehende Lösung. Aber warum soll ich deshalb zu einer Schulbeiratssitzung gehen?«

»Da die meisten Leute sich im Grunde nur für das interessieren, was direkt mit ihnen zu tun hat, ist die einzige Lösung: bessere Äpfel oder keine Äpfel.«

»Ist das deine Hauptaussage? Ich bin mir nicht sicher, ob du das so aufziehen solltest.«

Lou verdrehte die Augen und während wir zusammen die Äpfel in den Vorratskühlschrank brachten, erklärte Lou mir ihre Idee für eine langfristige Schulapfellösung. Ehrlich, es war ein großartiger Plan. Ich fragte mich, warum es nicht schon längst so gemacht wurde.

»Mir ist immer noch nicht ganz klar, warum du mich in der Sitzung dabeihaben musst.«

Sie ließ entnervt die Arme sinken. (Auch wenn man fairerweise sagen musste, dass sie mir das tatsächlich nicht erklärt hatte.)

»Hör zu, kannst du nicht einfach mitkommen? Bitte. Du musst auch nichts sagen. Du kannst einfach nur dastehen und …« Sie winkte ab.

Ehrlich, ich hätte am liebsten weiterprotestiert – ich war wirklich nicht scharf darauf, an einer Schulbeiratssitzung teilzunehmen. Ich wusste nicht einmal, was die bei so einer Sitzung machten, aber ich war ziemlich sicher, dass es langweilig war. Und es klang schon wieder nach Leuten, die Entscheidungen für mich trafen, an einem Ort, an dem ich nicht sein wollte.

»Bitte«, sagte sie noch einmal. »Mein Beitrag steht schon auf der Tagesordnung.«

Schließlich verdrehte ich auch die Augen und ließ meine Arme sinken.

»Wehe, Kevin Huber ist da.«


Ich fand Lou zehn Minuten vor Beginn des Meetings in der ersten Reihe des Sitzungszimmers, den Blick auf ihr Notizbuch geheftet. Sie trug dasselbe Jazzband-T-Shirt und dieselbe Jeans, die sie während des Schultages angehabt hatte, aber sie sah wirklich, ich weiß auch nicht, Respekt einflößend aus, wie sie da so durch ihre Notizen blätterte.

»Schicke Chucks«, flüsterte ich, stieß mit meinem Schuh gegen ihren und ließ mich auf dem Klappstuhl neben ihr nieder.

Sie sah auf, lächelte nervös (vielleicht kam sie sich weniger Respekt einflößend vor, als ich gedacht hatte) und erwiderte meinen Kick.

Das Sitzungszimmer des Schulbeirats sah nicht so aus, wie ich es mir vorgestellt hatte. In meiner Vorstellung war es eine Mischung aus oberstem Gerichtshof und einem protzigen Vorstandszimmer mit viel dunklem polierten Holz, Leder und Zigarrenrauch, in dem neun imposant aussehende alte Leute auf einer klobigen, halbkreisförmigen Sitzbank saßen.

Stattdessen hockten wir in der ersten von drei halb besetzten Reihen mit Klappstühlen in einem großen weitläufigen Raum mit cremefarbenen Wänden und blauem Teppichboden. Und vor uns standen ein paar Klapptische, die in einem großen U angeordnet waren. Was am ehesten offiziell aussah, waren die Namenskärtchen vor jedem Sitz und der Hammer, den die Vorsitzende des Schulbeirats vor sich liegen hatte. Abgesehen von Dr. Caraballo, dem Superintendenten unseres Schulbezirks, und ein paar weiteren Schulbeamten in schnieken Klamotten, sahen die Anwesenden einfach aus wie normale Eltern oder Großeltern.

»Hast du all die Äpfel dort hingelegt?«, fragte ich und beugte mich näher zu ihr, um die Antwort hören zu können. Es war seltsam still im Raum für die Anzahl von Leuten. Vor jedem Anwesenden lag ein einzelner Apfel auf dem Tisch. Einige nahmen den Apfel in die Hand, musterten ihn und warfen der Person neben ihnen einen fragenden Blick zu. Ansonsten blieben die Äpfel unbeachtet.

»Ja, das habe ich.«

»Moment mal«, sagte ich und bohrte meinen Ellbogen in Lous Arm. »Ist Kevin Hubers Dad etwa in diesem verdammten Schulbeirat?«

Auf Lous Gesicht breitete sich ein Grinsen aus, aber sie sah nicht von ihrem Notizbuch auf.

»Ich fasse es nicht.«

Ich dachte schon, wir müssten die ganze Sitzung durchstehen, aber es dauerte nicht lange, bis unsere Namen aufgerufen wurden. (Dass Lou meinen Namen auch auf die Agenda hatte setzen lassen, hatte ich allerdings nicht geahnt.) Gleich nachdem die Erwachsenen den Treueeid gesprochen und die Anwesenheitsliste verlesen hatten, waren wir dran.

Mein ganzer Körper fühlte sich auf einmal taub an. Es ist etwas ganz anderes, im Foodtruck zu stehen und mit den Kunden zu reden. Die Kunden kommen zu dir und letzten Endes machst du sie glücklich – mit köstlichem Essen, das sie bestellt haben. Das hier war ein Haufen von Schulleuten, die höflich und etwas gelangweilt nickten und sich fragten, warum zwei Kids ihr superwichtiges Meeting in die Länge zogen. Ein Meeting, in dem es um nichts als Schule ging.

*Komm schon*, raunte Lou mir lautlos über die Schulter hinweg zu, als sie merkte, dass ich nicht mit ihr aufgestanden war.

Schließlich folgte ich ihr zu dem Podium aus Metall, das an der linken Seite aufgestellt worden war. Ich hatte mich noch nie so entblößt gefühlt – als wäre »Der grüne Traum« zum Leben erwacht, was in diesem Moment nicht gerade ein hilfreicher Gedanke war.

»Miss Messinger«, begann Mrs Landis, die Vorsitzende des Schulbeirats. »Ich nehme an, Sie sind hier, um uns von Ihrem *Girl Scout Gold Award* zu erzählen. Ist das korrekt?«

»Ja, Ma'am. Über meine Fortschritte und die Ergebnisse meines Einsatzes zu berichten, gehört zu den Anforderungen für den Gold Award. Vielen Dank, dass ich heute Abend hier sein darf.«

Alle lächelten freundlich, und ich sah ihren Gesichtern an, dass sie sich genauso ein Auftreten für jede Schülerin gewünscht hätten. Ich weiß nicht, ob das Teil von Lous Plan war oder ob es einfach die Wirkung war, die sie auf Erwachsene in der Schule hatte.

»Und Ihnen haben wir wohl auch diese Äpfel zu verdanken?«, fragte Mrs Landis. Daraufhin nahmen alle ihre Äpfel in die Hand und grinsten einander einfältig an, als würden sie Erinnerungen an bessere Zeiten in der Schule nachhängen. Dabei konnte doch niemand von ihnen in einer Zeit zur Schule gegangen sein, als Schüler ihren Lehrern Äpfel schenkten. (Ich meine, echt, gab es so etwas überhaupt jemals? Hat Farfar so was in Åland gemacht? Gibt es ein schwedisches Äquivalent dazu, so was wie eine Schale Preiselbeeren vielleicht? Oder ein eingelegter Hering für den Lehrer?)

»Bitte«, sagte Lou und nickte lächelnd. »Nehmen Sie doch einen Bissen. Ich versichere Ihnen, die Äpfel sind alle gründlich gewaschen. Es sind die gleichen Äpfel, die heute in unserer Cafeteria angeboten wurden.«

Das Grinsen auf den Gesichtern verblasste, als sich auf einmal alle besorgt ansahen, doch Lou wirkte so ernsthaft, so perfekt, ganz vorbildliche Pfadfinderin, dass sich schließlich alle einen Ruck gaben und gleichzeitig einen Bissen nahmen.

Eines muss ich ihnen lassen: Sie haben versucht weiterzulächeln. Das haben sie wirklich. Aber sie konnten nicht verhindern, dass ihre Nasenflügel bebten oder ihre Nackenmuskeln wie Stricke hervortraten, während sie kauten. Ein paar von ihnen warfen sich panische Blicke zu, als wären sie womöglich von diesem angeblichen Pfadfindermädchen vergiftet worden.

»Wie Sie sich jetzt wahrscheinlich vorstellen können«, sagte Lou, immer noch mit einem höflichen Lächeln, »gibt es nicht viele Schülerinnen und Schüler, die diese Äpfel aus der Schulkantine tatsächlich essen.«

Und während einige der Zuhörer weiter auf demselben Stück Apfel herumkauten und andere ihre angebissenen Äpfel argwöhnisch beäugten, legte Lou mit den Fakten und Statistiken los, die ich schon so oft gehört hatte: die Anzahl der Äpfel, die jeden Tag unangetastet weggeworfen wurden; die Summe, die sich im Laufe einer Woche, eines Monats, eines Schuljahres aus dieser Zahl ergab. Sie hatte sogar überschlagen, wie viele Äpfel das während ihrer gesamten Schulzeit waren – von dem Tag an, als sie zum ersten Mal in die Vorschule ging, bis heute.

Sie rechnete sogar die Kosten in Dollar aus, basierend auf den Durchschnittspreisen für die *Red-Delicious*-Äpfel, die verschwendet wurden.

»Mein Gott, warum schmecken die denn so furchtbar?«, warf Mr Huber irgendwann ein und musterte seinen Apfel bestürzt.

Doch Lou redete weiter, ohne auf Mr Hubers besorgte Bemerkung einzugehen. So weit war sie noch nicht in ihrem Vortrag.

»Ursprünglich ging es bei meinem Gold-Award-Projekt nicht unbedingt um Äpfel. Mein Fokus lag auf der Frage, wie man in der Schule Essensabfälle reduzieren könnte. Nachdem ich ein paar Tage die Lage in der Cafeteria beobachtet hatte, waren die Äpfel allerdings schnell die offensichtlichste Antwort.« Und dann schoss sie ihre Fakten über Mülldeponien hinterher und erläuterte, wie unsere Äpfel dort Methan ausstießen, das achtundzwanzig Mal schädlicher war als Kohlendioxid, und wie viele Ressourcen von der Saat bis zum Mülleimer in der Cafeteria verschwendet wurden.

Die meisten hatten ihre Äpfel inzwischen so weit wie möglich an den Rand ihres Tisches geschoben – abgesehen von Mr Huber, der immer noch kopfschüttelnd das bittere kleine Monster in seiner Hand betrachtete.

»Ich freue mich, Ihnen mitzuteilen, dass wir das Problem gelöst haben – für dieses Jahr.« Und an dieser Stelle warf mir Lou zum ersten Mal einen Blick zu. Die Zuschauer sahen mich an, als hätten sie vergessen, dass ich da war – und das hatte ich ehrlich gesagt auch schon fast. Lou hatte die volle Aufmerksamkeit. Sie erläuterte, wie sie die weggeworfenen Äpfel in der Cafeteria einsammelte, und tatsächlich: Alle Zuhörer beugten sich interessiert vor und begriffen anscheinend zum ersten Mal, dass sie es mit mehr als einem altklugen Teenager zu tun hatten. Sie erlebten – wir alle erlebten – eine junge Frau, die die Welt verändern wollte.

»Jeder einzelne der Äpfel, die wir in diesem Jahr gesammelt haben, ist sozusagen einem neuen Nutzen zugeführt und in der Schule und der erweiterten Gemeinschaft verteilt worden: gesunde Apfelmuffins für Schüler, Lehrer und jeden, der aus irgendeinem Grund eine kleine Stärkung braucht. Unzählige Bleche mit selbst gebackenem Apple Crisp für den Christlichen Hilfsdienst, der sie als Teil einer warmen Mahlzeit an Bedürftige verteilt oder mit dem Essen auf Rädern an viele ältere Mitbürger ausliefert. Selbst gemachter heißer Cider, der bei Fußballspielen von den *Music Boosters* verkauft wird, um mit den Einnahmen unser eigenes preisgekröntes Musikförderprogramm zu unterstützen.«

»Der kommt von euch?«, warf Mrs Landis ein und wandte

sich mit einem seltsamen Grinsen an Dr. Caraballo neben ihr. »Dieser Cider ist richtig gut.«

»Also, eigentlich ist das alles sein Verdienst«, sagte Lou und drehte sich mit einem Lächeln zu mir um. »Das ist Oscar Olsson, ebenfalls ein Schüler der Oberstufe auf der Central Adams und schon jetzt ein aufstrebender Foodtruck-Unternehmer. Er ist das Genie hinter all diesen Apfelleckereien.«

Und plötzlich bombardierten mich alle mit Fragen über Foodtrucks (die Leute reden einfach gerne über Foodtrucks und einige der Zuhörer hatten unsere Rullekebab oder Munkar schon mehr als einmal probiert), über Rezepte und darüber, wie ich nur jede Woche eine solch unglaubliche Menge an Äpfeln bewältige. Und ich muss sagen, nachdem Lou mir gewissermaßen den Weg geebnet hatte, war ich okay damit. Mehr als okay sogar, denn über unseren Truck und unser Essen kann ich den ganzen Tag reden. Es war genau wie bei der Papiertütenrede. Die Zuschauer waren gebannt.

Schließlich schaltete sich Mr Huber wieder ein. »Ich verstehe immer noch nicht, was mit diesen Äpfeln nicht stimmt«, sagte er immer noch ganz aufgebracht. »Wo kommen die Dinger überhaupt her?«

Es war, als hätte Lou die ganze Zeit auf diese eine Frage hingesteuert.

Sie machte eine Pause und vergewisserte sich, dass wieder alle Blicke auf sie gerichtet waren, bevor sie sich zu dem Mikrofon vorbeugte, das am Podium befestigt war.

»Washington State.«

Alle Beiratsmitglieder setzten sich erschrocken auf. Mr Huber stieß fast mit dem Stuhl gegen die Wand. Sein Gesichtsausdruck war voller Empörung, als wäre die Wahrheit, die endlich ans Licht gekommen war, noch unzumutbarer, als er befürchtet hatte.

»Wir leben mitten im Adams County, Pennsylvania!«, rief er und hob beide Arme. »Zehn Minuten von hier sind zwei der größten Apfelmusfabriken des Landes ansässig!«

»Und das Apfelerntefestival findet hier statt«, warf ein weiteres Beiratsmitglied ein.

»In meiner Nachbarschaft sind überall Obstgärten«, bestätigte Mrs Landis.

Lou ließ sie noch eine weitere Minute so weiterreden, bis die Empörung sich etwas gelegt hatte und sie die Aufmerksamkeit wieder auf sich lenken konnte.

»Wie ich bereits sagte, haben Oscar und ich unsere Apfelkrise gelöst ... für dieses Jahr. Aber nächstes Jahr um diese Zeit bin ich an der Uni und Oscar beginnt ein kulinarisches Studium, wenn er nicht schon mit seinem Foodtruck die Großstädte erobert. Dann werden zehntausend Äpfel schon auf der Müllhalde gelandet sein, gefolgt von weiteren dreißigtausend bis Juni. Wenn wir den Schülern also weiterhin zwei- bis dreimal pro Woche einen Apfel anbieten wollen – und ich bin voll und ganz dafür, denn wie Sie schon sagten, Mr Huber, wir sind in Adams County –, also, wenn wir das wollen, ist die einzige plausible und langfristige Lösung: bessere Äpfel.«

Lou musste gar nicht mehr betonen, welche Vorteile es hätte, die lokale Wirtschaft zu beleben, ortsansässige Firmen zu fördern und die Umweltbelastung durch Ferntransporte zu reduzieren, auch wenn ich sicher bin, dass sie all das in petto hatte. Darauf kamen die Beiratsmitglieder innerhalb der nächsten halben Stunde von ganz allein, während Lou und ich dabeistanden und ihnen zuhörten. Die Hälfte der Mitglieder hatte persönliche Kontakte zu Apfelbauern, und bis ihnen irgendwann einfiel, dass wir ja auch noch da waren, hatten sie sogar schon Diskussionen darüber begonnen, welche Produkte aus lokalem Anbau man außer Äpfeln noch beziehen könnte. Und wahrscheinlich würden sie auch eher handeln, wenn sie dachten, es sei ihre eigene Idee. Lou ging es mehr darum, Veränderungen zu bewirken, als für diese Veränderungen selbst Lob einheimsen zu wollen.

Gott sei Dank entließen sie uns, bevor sie mit dem Rest des Meetings fortfuhren, aber nicht, bevor Mr Huber um den Tisch herumgekommen war, um uns beiden die Hände zu schütteln, was ihm zwei andere Zuhörer sogleich nachmachten. Aus der Nähe sah Mr Huber seinem Sohn Kevin sogar noch ähnlicher – genauso bullig, nur mit bauschigerem Haar und einem ergrauten Kinnbart. Ich konnte nicht umhin mich zu fragen, ob er zu Hause selbst auch ein Baritonsaxofon besaß. Vielleicht hätte auch er am liebsten damit auf mich eingeschlagen, wenn er geahnt hätte, dass ich die Träume seines Sohnes, diese fantastische junge Frau zu erobern, vereitelt hatte.

Lou war erstaunlich still, als wir anschließend zum Parkplatz gingen. Ich hatte damit gerechnet, dass sie triumphierend die Faust in die Luft recken oder Karate Kicks vollführen würde oder so was, nachdem sie gerade einen ganzen Raum voller ziemlich einflussreicher Erwachsener in ihren

Bann gezogen hatte. Aber Lou lächelte nur ein wenig vor sich hin und drückte ihr Notizbuch an ihre Brust.

»Ich freue mich erst, wenn sie tatsächlich etwas tun. Die meisten Leuten stimmen dir erst einmal zu, wenn sie dir gegenüberstehen.«

»Hast du gehört, wie die geredet haben? Mr Huber ist quasi selbst bereit, neue Äpfel anzuliefern.«

»Mag sein. Wir werden sehen – vielleicht wollten sie uns auch nur auf die Schulter klopfen.«

»Du weißt schon, dass ich kein kulinarisches Studium machen werde, oder?«

»Aber es klang doch gut, oder?«

Ich nickte und rang mir ein Lächeln ab. Ich begriff, dass dies nicht der richtige Zeitpunkt war, überempfindlich und wegen einer kleinen Formulierung (die ja wirklich gut geklungen hatte) beleidigt zu sein. Nicht nach dem, was Lou gerade erreicht hatte. Ich wusste, das wäre egoistisch gewesen.

Aber dennoch konnte ich ihn spüren, diesen kleinen Stachel ihrer abwertenden Art. Selbst wenn sie es nicht so gemeint hatte.

»Danke noch mal«, sagte sie und kickte mit der Spitze ihres Chucks gegen meine. »Du hast mir sehr geholfen da drinnen.«

Ich nickte noch einmal. »Gern geschehen.«

»Sehen wir uns morgen?«, fragte sie. Als hätte ich da jemals etwas zu sagen gehabt.

»Also, ich werde da sein.«

Kurze Info an dieser Stelle: Bis zum folgenden Montag (der Halloween-Woche) waren die durchs ganze Land gekarrten Schuläpfel verschwunden. Ersetzt durch *Fujis* aus einer lokalen Obstplantage, angepriesen von einem Werbebanner in der Cafeteria.

Als Lou am Dienstag mit dem Trolley auftauchte, hatte sie ein dümmliches, ungläubiges Grinsen auf dem Gesicht, denn sie lieferte kaum ein Viertel der üblichen Menge ab.

Mag ja sein, dass sie mich tierisch nervt, aber es mag auch sein, dass sie die Welt verändern wird.

**KAPITEL 18**

---

# FARFARS BERUFSSCHULE: ZWEITE LEKTION

AM NÄCHSTEN SAMSTAGMORGEN, BEVOR LOU KAM, ZEIGTE Farfar mir die Buchhaltungssoftware auf dem Laptop.

»Ich weiß, das ist nicht gerade der sexyste Teil des Foodtruck-Business«, sagte er und rief die Tabelle mit seinen Ausgaben vom August auf, als wir noch von einem Festival zum anderen gefahren waren (im Gegensatz zum September, in dem wir leider schon nicht mehr ganz so viele Einsätze hatten).

»Was ist denn der sexyste Teil des Foodtruck-Business? Die Verbrennungen von den Fettspritzern? Die …«

Farfar sah von seinem Laptop auf und ließ schäkernd seine Augenbrauen auf und ab wippen. »Der sexyste Teil sitzt vor dir, Gubben.«

»Wow. Seit wann hast du dir den denn zurechtgelegt?«

»Seit drei Tagen. Hat sich doch gelohnt.«


Ich hatte mich nie besonders für Mathe interessiert, aber das hier war wirklich cool. Das waren Zahlen mit einem Zweck dahinter. Und sexy oder nicht – es war faszinierend zu lernen, wie Farfar seine Fleischlieferanten auswählte oder das lokale Unternehmen, das unser Frittieröl entsorgte. Selbst die Aluverpackungen für die Rullekebab und die Becher und Papiertüten für die Munkar mussten ja irgendwo herkommen. Und letzten Endes musste er austüfteln, wie viel wir verkaufen mussten, um basierend auf den Ausgaben des jeweiligen Monats überhaupt Profit zu machen.

»Ich habe allerdings noch anderes Einkommen, Gubben. Meine Sozialversicherung. Die Rente aus zwanzig Jahren in Mariehamn. Kapitalanlagen. Und unter meinen persönlichen Ausgaben muss ich mir eigentlich nur über die Miete Gedanken machen. Du wirst später Wege finden müssen, mehr einzubringen, Gubben.«

Ich beugte mich über den Bildschirm, während Farfar weitere Tabellen aufrief. Die Nickelbrille auf der Nasenspitze und mit einem Kissen für den Laptop auf dem Schoß, saß er auf seinem üblichen Sofaplatz. Nur Koopa war etwas beleidigt, dass sie sich auf der Sofalehne hinter seinem Kopf niederlassen musste.

»Das ist alles so ... gründlich. Und durchorganisiert«, staunte ich.

»Ich sitze ja auch nicht den ganzen Tag hier rum und spiele *Mario Kart*, Gubben«, sagte Farfar und fügte hinzu: »Ich konnte schon immer gut planen. Ich war für die Bilanzen zuständig ... Amir ... war der Mann für die Ideen.«

Ich wollte ihm gerade noch mehr Fragen stellen – über Amir und darüber, wie es gewesen war, das Foodtruck-Business zusammen zu betreiben –, als Lou klingelte.

»Oh! Ich hab ganz vergessen, die Pfannkuchen zu machen«, rief Farfar und eilte zum Herd, während ich die Tür öffnete.

Lou stand im Flur. Sie hatte ein Paket, eingewickelt in Snoopy-Geschenkpapier, in der Hand und sah ungewöhnlich nervös aus.

»Hej hej, Louuu!«, rief Farfar ihr vom Herd aus zu, bevor sie überhaupt zur Tür rein war. »Was darf's denn heute sein? Schoko oder Blaubeere?«

»Äh, Schoko bitte.«

»Gute Wahl.«

Lou blieb im Türrahmen stehen und beugte sich lächelnd hinunter zu Koopa, die ihr zur Begrüßung sofort um die Beine strich.

Ich setzte mich auf meinen Hocker an der Kücheninsel und sah sie mit hochgezogenen Augenbrauen an. »Willst du nicht reinkommen?«

Endlich machte sie einen Schritt in die Wohnung und sagte eilig: »Ich hab dir was mitgebracht, aber … es ist eigentlich blöd. Es ist einfach … ein Dankeschön … für deine Hilfe beim Schulbeirat … und mit all dem Homecoming-Zeug …«

»Du hast mir ein Geschenk mitgebracht? Dafür, dass ich dich zehn Meter durch eine dunkle Turnhalle geführt hab?«

»Es ist ein ziemlich merkwürdiges Geschenk«, sagte Lou und zupfte mit ihrer freien Hand an ihrem Zopfende herum. »Eigentlich ist es auch gar kein richtiges Dankeschön.«

»Ich mag Snoopy«, sagte Farfar und grinste vom Herd aus herüber. »Mach schon auf, Gubben. Ich will dieses merkwürdige, blöde Geschenk sehen.«

Lou drückte mir das schuhkartongroße Paket in den Arm, setzte sich auf den Hocker neben mich und sah zu Boden, als wäre ihr das Ganze superpeinlich. Ich riss das erste Stück Snoopy-Papier ab, als sie noch einmal losplapperte. »Eigentlich wollte ich dir eine Metallica-CD kaufen«, sagte sie, woraufhin wir sie beide verdutzt ansahen. »Aber ich wusste nicht, welche du vielleicht schon hast und ob du überhaupt einen CD-Player besitzt. Und ob du auf Schallplatten stehst, wusste ich auch nicht, also …«

»Metallica?«, fragte Farfar, während seine Hand mit dem Pfannenwender in der Luft verharrte.

»Das hört er in der Schule beim Backen«, erklärte Lou.

»Gubben, ich hab gedacht, du hörst gerade wieder ›Harry Potter‹?«

»›Harry Potter‹?«, wiederholte Lou und war jetzt genauso verwirrt wie Farfar.

Ich nickte. Mein Gesicht wurde auf einmal ganz heiß. »›Kammer des Schreckens‹ …«

»Dann hörst du überhaupt nicht Metallica?«

»Gott, nein«, sagte ich und versuchte, Farfars Blick auszuweichen. »Ich höre eigentlich selten Musik. Nur Hörbücher. Manchmal Podcasts.«

»Und warum hast du mir erzählt, du hörst Metallica?«

Sie sah immer noch eher verwirrt als verletzt aus. Als wäre meine Lüge sogar zu blöd, um deshalb wütend zu werden.

Und so war es ja auch. Ich weiß.

»Ich … hab wohl einen Witz gemacht.« Denn ich hätte ja schlecht sagen können: Weil du praktisch in jeden anderen

Bereich meines Lebens eingedrungen bist, wollte ich wenigstens über diesen kleinen Teil die Kontrolle behalten.

»Na, da bin ich aber froh, dass ich das Retro-Boxset mit den Schallplatten wieder aus dem Einkaufskorb genommen hab.«

Ich riss noch ein Stück von dem Papier ab, um die Metallica-Diskussion möglichst zu beenden, und ich muss sagen: Sie hatte recht. Es war wirklich ein merkwürdiges Geschenk.

»Es ist ein Pommesschneider«, verkündete Lou mit glühenden Wangen, als hätten mir der große Schriftzug auf dem Karton (PROFESSIONELLER POMMES-FRITES-SCHNEIDER) und das Foto entgehen können, auf dem ein Kartoffelschneider und ein Teller mit frisch geschnittenen Pommes zu sehen waren.

»Es *ist* ein Pommesschneider«, bestätigte ich und blickte grinsend von dem Karton hoch zu ihrem roten Gesicht. »Danke.«

Dann starrte ich weiter auf den Karton, während Farfar Pfannkuchen auf die Teller gab und betonte, wie sehr er Pommes frites liebte. Ich wusste, es würde nicht lange dauern und Lou würde die komplette Begründung für ihr Geschenk gleich selbst liefern. Und das tat sie dann auch. Na klar.

»Ich hatte eigentlich zweierlei Gedanken dabei ...« Sie streckte die Arme aus und gestikulierte über ihren Pfannkuchen in der Luft, als würde sie mal wieder einen Vortrag halten. »Erstens hab ich gedacht, es wäre vielleicht gut – profitabel –, im Foodtruck auch Pommes zu verkaufen. Ich meine, beim College haben mich ein paar Leute gefragt, ob wir auch Pommes zum Rullekebab anbieten. Ich weiß nicht ... vielleicht ist das ja was, was man mal ausprobieren könnte. Und dieses Kerlchen hat Saugnapffüße«, fügte sie hinzu und tippte auf den Karton. »Ich glaube, man kann ihn entweder auf einer Arbeitsfläche oder an der Wand befestigen.«

Es war eigentlich keine schlechte Idee. Natürlich nicht. Ich hatte nur nicht damit gerechnet, dass sie mit ihrem Geschenk auch gleich Vorschläge mitliefern würde, um unser Business zu erweitern. Eigentlich weiß ich auch nicht, warum ich damit nicht gerechnet habe.

»Und zweitens: Ich hab mitgekriegt, wie du von dieser Ziegenkäse-Poutine geschwärmt hast. Ich hab mal danach gegoogelt, zusammen mit klassischen Poutine-Rezepten, und es gibt keinen Grund, warum du so etwas nicht nachmachen könntest.«

»Ich klaue doch nicht die Idee von Carl und Cathy für unseren Truck.«

»Nein, nein. Ich meinte auch nur für euch. Als kleine Schlemmerei. Du kannst doch so ziemlich alles zubereiten – ich weiß, dass du das hinkriegen würdest.«

»Oh.«

»Gubben. Ich will, dass du uns Ziegenkäse-Poutine machst«, erklärte Farfar mit halb vollem Mund. »Heute.«

»Ihr habt doch sowieso die Fritteusen laufen«, sagte Lou. »Vielleicht könntest du es heute im Truck mal ausprobieren.«

»Hm. Was meinst du, Gubben, kleiner Studentengeschmackstest?«

Lou zupfte wieder an ihrem Zopf und sah mich über ihren Brillenrand verlegen an. »Ich hab drei Säcke *Russet*-Kartoffeln im Auto.«

Während der Fahrt zur Schule und zum Christlichen Hilfsdienst (unsere letzte Megalieferung Apple Crisp, auch wenn wir das damals noch nicht wussten) hatte ich auf meinem Handy alle möglichen Pommes-Zubereitungstipps studiert. Als wir auf einem unserer üblichen Stellplätze auf dem Gettysburg-Campus parkten, waren wir uns einig, dass das mit den Pommes im Foodtruck nur funktionieren würde, wenn man die Kartoffeln schneiden und sofort in die Fritteuse geben würde. Wir würden keine Zeit und keinen Platz für so etwas haben wie Einweichen und Trockentupfen oder irgendwelchen anderen Blödsinn.

Wie sich herausstellte, klappte das mit dem Schneiden und Sofort-Frittieren wunderbar.

»Gubben, warum haben wir eigentlich bisher keine Pommes gemacht?«

Ich stopfte mir eine Handvoll in den Mund und sagte: »Ich bin ziemlich sicher, das hab ich dich auch schon mal gefragt. Vor fünf Jahren.«

Er bediente sich noch einmal von dem Haufen, die wir auf eine Alufolie gelegt hatten. »Daran kann ich mich überhaupt nicht erinnern.«

Lou nahm sich die letzten drei Fritten und strahlte uns beide einfach nur an. Es gab nichts Schöneres für sie, als wenn eine ihrer Ideen funktionierte.

»Okay. Okay. Die nächste Portion ist aber für den Geschmackstest.«

Und welch schockierende Neuigkeit: Auch College-Studenten und -Studentinnen mögen Pommes frites.

Wir machten an diesem Tag eine doppelte Schicht, mit einer kleinen Pause in der Wohnung (und einem kurzen Stopp, um noch ein paar Säcke Kartoffeln zu kaufen), bevor wir nach Franklin fuhren, um den Foodtruck vor einer der neuen Kleinbrauereien zu parken. *Rogue's Roost*. Sie hatten noch keine eigene Küche und daher funktionierte das perfekt für uns: Sie nahmen in der Bar die Bestellungen entgegen und schickten Kellner raus, um das Essen zu holen. Sie machten sogar ein Foto von unserer Menütafel und zeigten es auf einem der Flachbildschirme in der Bar. Es war echt eine der coolsten Vereinbarungen, die Farfar für unser Business getroffen hatte, und obendrein gewannen wir noch einige der Leute als Kundschaft, die durch die Innenstadt bummelten.

Ich bin nicht sicher, wie viel Lou ihren Eltern zu diesem Zeitpunkt von ihrem inzwischen fast wöchentlichen Teilzeitjob in einem Foodtruck erzählt hatte, aber bis dahin war sie nur am Samstagnachmittag dabei gewesen, teilweise in der Zeit, die sie für ihre Gold-Award-Stunden eingeplant hatte. Aber das war jetzt etwas anderes. Das würde wahrscheinlich ein richtig langer Abend werden, noch dazu bei einer Bar und in einer anderen Stadt. Da musste sie erst einmal Überzeugungsarbeit leisten.

»Mom, ich hab dir doch davon erzählt«, sagte sie, als sie

vor der Fahrt vom Beifahrersitz aus zu Hause anrief. »Ich helfe manchmal dem Großvater eines Freundes aus, in seinem Imbisswagen, ja. Du hast doch letzte Woche einen der Donuts probiert ... ja, da kamen die her ... Warum musst du mir jetzt Da... Hi, Dad.«

Und so musste sie noch einmal von vorne anfangen, während Farfar sie vom Fahrersitz aus angrinste.

»Ja, er bezahlt mich dafür ... viel zu gut«, sagte sie und warf einen Blick zu Farfar. »Ich nehme am Fenster Bestellungen entgegen und gebe Wechselgeld raus ... Franklin ... Railroad Street, auf einem Parkplatz in der Nähe des Stadtzentrums ...«

»Hinter der alten Bank?«, flüsterte sie Farfar zu. Er nickte. »Ja«, sagte sie wieder ins Telefon. »Ziemlich spät ... die Brauerei macht erst um Mitternacht zu ...«

Sie hörte eine Weile zu und verdrehte die Augen in Richtung Autodecke.

»Arbeitserfahrung kann meinem Lebenslauf nicht schaden, Dad ... Im Ernst jetzt? Das kann ich nicht fragen – es ist ein Job ...«

Lou hörte noch einmal zu, dann stieß sie einen langen Seufzer aus.

»Seid ihr damit einverstanden, wenn mein Dad mich um zehn abholt?«, fragte sie Farfar mit einem tief frustrierten und bedauernden Gesichtsausdruck. Dass Lou sich geschlagen gab, hatte ich bisher nicht oft erlebt, aber ...

»Natürlich, Louuu. Du musst nicht so lange bleiben, wenn das ein Problem ist. Wir kommen schon zurecht. Es gibt Menschen, die haben tolle Ideen, nicht wahr, Gubben?«

Er sah mich mit einem winzigen Lächeln an und seine Augen glänzten auf einmal. Ich nickte.

Lou warf einen Blick zurück zu mir, dann wandte sie sich wieder ihrem Handy zu.

»Zehn Uhr ist okay. Aber glaubt ja nicht, dass ihr einen kostenlosen Donut bekommt«, sagte Lou beleidigt und murmelte noch ein halbherziges »Okay, danke«, bevor sie ihr Handy auf ihren Schoß fallen ließ.

»Tut mir leid«, sagte sie an Farfar gewandt.

Doch Farfar lachte nur leise. »Ist schon okay, Louuu. Eltern machen sich nun mal Sorgen. *Gute* Eltern machen sich Sorgen. Wir freuen uns einfach, dass du dabei bist.«

Und er hatte recht. Ich freute mich wirklich. Normalerweise verbrachte ich die meiste Zeit damit, Lou dabei zuzuhören, über sich selbst zu reden, aber auf der ganzen fünfundzwanzigminütigen Fahrt nach Franklin redeten wir über Kartoffeln.

Wo wir sie in unserem Foodtruck aufbewahren könnten. Wie viele wir an einem normalen Tag, an einem Festivaltag, vermutlich brauchen würden. Was wir dafür verlangen sollten. Ob es eine Kombi-Option mit Rullekebab sein sollte und ob wir zusätzliche Pappschalen bestellen müssten. Ob die Kartoffeln zu Hause irgendwie vorbehandelt werden müssten. Ob die zwei Fritteusen genug wären, um während der Stoßzeiten sowohl Munkar als auch Pommes zuzubereiten, und was es kosten würde, eine dritte hinzuzufügen.

Es ging nur um Kartoffeln. Aber es war eine reale unternehmerische Diskussion: Kreativität und Durchführbarkeit und Kosten und Logistik – alles zusammen. Ich war in meinem Element.

»Also, du könntest ganz bestimmt Ziegenkäse-Poutine machen«, sagte Lou, nachdem der Kellner vom *Rogue's Roost* mit einem weiteren Berg von Bestellungen abgezogen war.
Die Sonne war schon untergegangen und die Lampionkette über dem Hintereingang der Brauerei erhellte die Gasse mit ihrem einladenden Licht. Es war warm für Oktober und wir hatten mehr Laufkundschaft gehabt als erwartet. Mit den Einnahmen vom Campus und der Brauerei würde so viel zusammenkommen wie an einem erfolgreichen Festivaltag – zumindest einem kleineren.
»Für mich oder für den Truck?«, fragte ich und streckte mich. Ich brauchte unbedingt eine Pause von der Fritteuse.
»Ich weiß nicht. Beides?«
»Ich hab irgendwie kein gutes Gefühl dabei«, sagte ich, nahm meine OS-Baseballkappe ab und wischte mir mit dem Ärmel über die Stirn. Farfar lehnte an seiner Workstation und wartete mit verschränkten Armen ab, wie sich die Diskussion entwickelte.
»Wo haben die noch mal ihr Café?«
»Äh, irgendwo in Delaware ...«
»Ich denke, dann bist du keine Konkurrenz für sie.«
»Wahrscheinlich nicht«, gab ich zu und war selbst erstaunt, dass ich auf einmal gegen Ziegenkäse-Poutine ar-

gumentierte. »Aber ich glaube, wir haben einfach nicht den Platz, um noch mehr Zeug zuzubereiten, denkst du nicht auch?«, wandte ich mich jetzt direkt an Farfar, der nur rumstand und uns angrinste.

»Die Soße wäre das größte Problem«, antwortete er, während er eine letzte Fritte in Kebabsoße tunkte. »Ist das nicht auch das, was bei Carl und Cathy immer als Erstes alle ist?«

»Wartet«, sagte Lou und riss begeistert die Arme in die Luft, gerade als Farfar sich die Fritte in den Mund steckte. Soße tropfte auf sein T-Shirt. »Tauch noch einen Korb Pommes in die Fritteuse.«

»Ich hab schon vier Portionen gegessen«, sagte ich.

»Ich hab eine Idee … überbackene Kebabpommes!«

»Überbackene Kebabpommes«, wiederholte ich. Ich sagte es mehr zu mir selbst, bewegte die Worte in meinem Mund. Dann warf ich einen Blick hinüber zu Farfar.

»Gubben. Mach noch mehr Pommes.«


Es war ein echtes Meisterwerk. Frisch geschnittene Pommes. Zwei Scheiben Kebabfleisch, in kleinen Stücken. Obendrauf ein Gittermuster aus rotem und weißem Hausdressing. Zerkrümelter Feta. In Scheiben geschnittene Jalapeños – Paprika und Tomaten. Wunderbar.

»Wenn die Festivalsaison beginnt, Gubben …«

»… dann haben wir ein neues Gericht auf der Speisekarte«, beendete ich seinen Satz.

Farfar gab Lou ein High Five, während sie über das ganze Gesicht strahlte, und ich machte es ihm nach. Ich bin sicher, unsere Hände berührten sich ein winziges bisschen länger als nötig.

Genau in diesem Moment tauchte Lous Familie auf.

»Was macht ihr denn schon hier?«, rief Lou, ließ meine Hand los und lehnte sich an mir vorbei aus dem Fenster. »Es ist doch erst neun Uhr.«

»Du meine Güte, Louise«, sagte ihr Dad und hob beschwichtigend die Hände. »Wir dachten nur, wir gucken uns das mal an. Essen vielleicht einen Happen. Ist das okay?«

Ich weiß noch, dass ich dachte, wie ähnlich Lou ihrem Dad sah – groß, schlank, dunkle volle Haare (in seinem Fall kurz geschnitten) –, bis ich Lous Mom hinter ihm entdeckte. Es war Lous Gesicht in dreißig Jahren, in das ich da blickte.

Lou sah uns an und verdrehte die Augen, aber Farfar war schon aus dem Truck gestiegen und ging auf sie zu.

Es dauerte nicht lange und er hatte sie mit seinem Charme für sich eingenommen. Lou und ich standen nebeneinander und beobachteten, wie die drei sich ganz entspannt unterhielten – darüber, wo Farfar ursprünglich herkam, warum Kebab in Finnland und Schweden so beliebt und was Lou doch für ein wunderbares Mädchen war.

Der Typ, der bei ihnen stand (ein älterer Bruder von Lou, von dessen Existenz ich nicht einmal geahnt hatte) und immer wieder in unsere Richtung blickte, wirkte hingegen gelangweilt und hibbelig. Ich kapierte nicht, warum er überhaupt mitgekommen war. Er war ganz offensichtlich erwachsen, wahrscheinlich Anfang zwanzig, aber er kam mir vor wie ein muffeliger Teenager, der sich widerwillig in unserer Nähe herumdrückte.

Lou sagte die ganze Zeit über nichts, bis der Kellner vom *Rogue's Roost* mit einer weiteren langen Liste Bestellungen herauskam und Farfar wieder in den Foodtruck klettern musste.

Lous Eltern studierten nach dem Gespräch mit Farfar die Menütafel noch interessierter, während Farfar und ich uns an die Bestellungen machten.

»Ihr könnt dann bei mir bestellen, wenn ihr fertig seid«, erklärte Lou vom Fenster aus. Zähneknirschend, aber geschäftsmäßig.

»Also, ich muss unbedingt den *Hej-Hej!*-Spezial-Rullekebab probieren«, sagte ihr Dad und konnte sich ein Lächeln nicht verkneifen, als er die schwedischen Wörter aussprach. »Liebling, weißt du schon, was du möchtest?«

»Hm, kann ich vielleicht einen Bissen von dir abhaben, wenn ich den Äpple Munk nehme? Hab ich das richtig ausgesprochen?«

Ich warf einen Blick nach draußen und sah, wie die beiden sich liebevoll anstießen, als wären sie immer noch ganz verschossen ineinander (genauso wie die Eltern von Jorge und Jesus übrigens), und ich verstand gar nicht, warum Lou so genervt von ihnen war.

»JJ? Willst du nicht auch was?«, fragte Lous Dad, aber ihr Bruder schüttelte nur den Kopf und murmelte etwas davon, dass es ihm nicht so gut ging.

Lou begann alles zusammenzurechnen, aber Farfar rief herüber: »Das geht aufs Haus! Ich freue mich so, Sie kennengelernt zu haben.«

Lous Eltern protestierten halbherzig, aber sie waren zu geschmeichelt, um das Angebot abzuschmettern.

»Sie können Ihr Essen mit ins *Rogue's Roost* nehmen und sich dort reinsetzen«, erklärte Farfar. »Die haben sehr gutes Bier.«

Ich sah, wie Lous Eltern einen kurzen Blick wechselten, bevor ihr Dad lächelnd antwortete: »Schon gut. Es ist so ein schöner Abend hier draußen.«

Als sie gegessen hatten, schwärmten sie, wie lecker alles gewesen war und dass sie in Gettysburg öfter nach unserem Foodtruck Ausschau halten müssten. Es war erst neun Uhr dreißig, aber Lou drehte sich zu uns um und sah ganz erschossen aus, als sei auf einmal die ganze überbackene Kebab-Pommes-Magie aus ihr gewichen.

»Wäre es okay für euch, wenn ich jetzt gehe?«

»Klar! Natürlich. Geh nur«, antwortete Farfar sofort. »Vielen Dank für all deine Hilfe, Louuu. Du bekommst Kebab-Pommes auf Lebenszeit!«, fügte er ziemlich dämlich hinzu, während Lou auf den Boden starrte. Als sie den Blick hob, zwinkerte Farfar ihr zu. Sie lächelte zaghaft zurück und er holte ein Bündel gefalteter Geldscheine für sie hervor. »Ich hoffe, das reicht wenigstens für ein oder zwei neue Bücher«, sagte er.


Es war weit nach Mitternacht, als wir endlich nach Hause kamen. Wir hätten Lous Hilfe wirklich noch gebrauchen können, als die Bar schloss und die torkelnden Kunden zu unserem Foodtruck drängten. Ein Dinner-Ansturm um Mitternacht, nachdem wir schon beinahe zwölf Stunden im Truck gestanden hatten, war fast mehr, als ich verkraften konnte. Glücklicherweise (muss man wohl sagen) waren es in erster Linie Donuts. Farfar hatte den Ansturm vorausgesehen und schon vorher ein paar Rullekebab-Portionen abgepackt, sodass er jetzt am Fenster stehen konnte. Er konnte viel besser mit den Betrunkenen umgehen als ich. Es war, als würde er einen Schalter umlegen und in ihr polterndes, grölendes Gelächter einstimmen. Als hätte er schon die ganze Nacht mit ihnen gezecht.

Ich hatte dann halbwegs meine Ruhe und musste nur ein paar Donuts frittieren. Auf der Fahrt nach Hause konnte ich kaum noch die Augen offen halten und auch Farfar drehte das Radio lauter auf als sonst und ließ die Fenster offen, damit er nicht am Steuer einschlief.

»Ich wusste nicht einmal, dass sie einen Bruder hat«, sagte ich, während wir aus der Stadt fuhren und durch stockdunkles Farmland rumpelten.

»Sah nicht gerade umwerfend aus, der Typ, was?«

Und das war das Letzte, was er auf der restlichen Fahrt nach Hause sagte.

## KAPITEL 19

## ALLES LIEF GUT

LOU KAM SOGAR AN HALLOWEEN DAZU, ALS WIR DEN TRUCK wie immer in der Innenstadt aufstellten, um heiße Schokolade an die Süßigkeitensammler und -sammlerinnen und ihre Eltern auszuhändigen. Auch wenn sie den ganzen Abend nonstop über ihre Bewerbung für die University of Pennsylvania redete. Ich meine, das war schon nervig, aber so furchtbar war es nun auch wieder nicht.

Anfang November lief es so gut, dass ich all die eingesammelten Äpfel – die neuen *Fujis* aus lokalem Anbau – in einer Unterrichtseinheit verarbeiten konnte, zumal die meisten von ihnen direkt in die Kochtöpfe wanderten, um die ungebrochene Nachfrage nach Cider zu stillen. Manchmal machte ich allerdings absichtlich etwas langsamer, nur damit der arme Terrance einen Grund hatte, zum Nachsitzen ins Kochstudio zu kommen.

Am folgenden Dienstag jedoch hatte Lou schon in den ersten fünfzehn Minuten im Kochstudio pausenlos hin und her überlegt, ob sie wohl aufgenommen werden würde oder nicht, während ich meine *Fujis* in Stücke schnitt. Und die

Arbeit vor ihr auf dem Tisch – Leistungskurszeug oder sonst was – blieb einfach liegen.

Schließlich ließ sie ihren Stift fallen und lehnte sich auf ihrem Stuhl zurück. »Ich meine, eigentlich ist es doch auch okay, wenn ich an der Penn nicht angenommen werde, oder?«

»Für mich ist das okay«, antwortete ich.

»Sehr hilfreich, danke.«

Dabei wollte ich überhaupt nicht abschätzig klingen. Ich dachte, es wäre eine einfache Frage. Eine einfache Frage, die sie schon tausendmal gestellt hatte.

»Ja. Es ist okay, wenn du an der Penn nicht angenommen wirst«, sagte ich in dem ernsthaften Tonfall, den sie hören wollte, und sah sie direkt an. »Es ist ja nun nicht so, dass du an keinem einzigen anderen College Chancen hättest.«

Sie ließ ihre Stirn in ihre Hand sinken. Ihr Blick glitt über das aufgeschlagene Mathebuch. »Ich hab so hart gearbeitet…«

»Wofür? Für irgendeine noble Uni – für irgendjemanden im Büro einer Elite-Hochschule, der sich deine dämlichen Zeugnisse anguckt und dir sagt, dass du gut genug bist? Mein Gott, Lou, wen interessiert das wirklich?«

»Mich interessiert das«, gab sie abwehrend zurück. »Nur weil es für dich nicht wichtig ist, bedeutet das nicht…«

»Lou, was genau ist dir denn wichtig? Willst du nicht Ärztin werden oder Forscherin oder so was? Ist das nicht das, was du Farfar erzählt hast?«

Lou sah mich stirnrunzelnd an, antwortete aber nicht sofort.

»Ich meine, willst du Ärztin werden, um den Leuten zu helfen, oder willst du einfach nur sagen können, dass du einen Doktortitel von einer Elite-Uni hast?«

»Das ist wirklich fies, was du da sagst.«

»Ich argumentiere hier doch für dich!« Ich ließ das Messer, das ich gerade in die Hand genommen hatte, wieder auf das Schneidebrett fallen. »Es ist okay, wenn du nicht an der Penn angenommen wirst. Haben denn nur Penn-Studenten medizinische Abschlüsse? Sind alle Ärzte, die du kennst, Penn-Absolventen? Auch nur einer oder eine von ihnen? Es gibt so viele Wege, dahin zu kommen, wo du hinwillst. Dieser ganze Stress kommt mir total unnötig vor.«

»Es eröffnet einfach mehr Möglichkeiten«, sagte Lou schließlich. Es war offensichtlich, dass sie ihre Argumentation spontan abwandelte, was mich total wütend machte, denn wie schon gesagt: Ich argumentierte doch *für* und nicht *gegen* sie.

»Du verstehst das nicht.« Während sie den letzten Satz sagte, wich sie meinem Blick aus, was für mich den Eindruck machte, als wollte sie mich absichtlich anpissen. Und das pisste mich dann auch wirklich an.

»Oha«, sagte Mrs Bixler, die auf einmal mit ihrem Kaffeebecher in der Tür stand. Ihr Blick ging zwischen Lou und mir hin und her. »Ich konnte euch beide schon vom Gang aus hören. Oz, muss ich dich auffordern, das Messer zur Seite zu legen?«

Sie lachte vor sich hin und stellte ihren Becher auf ihren Tisch. »Im Ernst jetzt, alles in Ordnung mit euch beiden?«

Ich hob nur meine Augenbrauen, schüttelte den Kopf und versuchte, mich wieder meinen Äpfeln zuzuwenden.

»Ich bin nur etwas gestresst«, sagte Lou schließlich, »Unibewerbungen und so.«

Mrs Bixler trat hinter sie und drückte ihre Schultern. »Du machst das schon, Lou. Lass dich nicht verrückt machen davon.«

Ich will an dieser Stelle betonen, dass Mrs Bixler im Folgenden so ziemlich genau meine Argumentation hervorbrachte, ohne dass Lou widersprach oder ihr vorwarf, sie nicht zu verstehen. Den Rest der Stunde arbeitete sie dann einfach still vor sich hin und ich war froh, das Gleiche tun zu können. (Harry wurde immer besser – ich *liebe* den »Gefangenen von Azkaban«!)

Am Mittwoch kam Lou nicht zur Schule – ich nahm an, sie hätte vor lauter Stress eine Magen-Darm-Grippe bekommen oder so. Ich weiß, jetzt rede ich Quatsch. Ich will ja auch nicht Medizin studieren.

Es war also Donnerstag.

Lou war zurück. Abgesehen von einem kurzen Hallo, als sie die neue Apfellieferung brachte, sagte sie die ganze Stunde über kaum etwas. Sie fragte, ob ich Hilfe bräuchte, was merkwürdig war. Nicht, dass sie nicht hilfsbereit war, aber normalerweise lief es in der vierten Stunde ganz anders. Ich konzentrierte mich auf meinen Kram und sie sich auf ihren.

Ich sagte, ich käme schon zurecht, und damit hatte es sich.

Für die nächsten 45 Minuten arbeiteten wir beide still und produktiv vor uns hin.

Am Ende der Stunde, nachdem Mrs Bixler hereingekommen war und die Stille mit einem Stirnrunzeln und relativer Wortkargheit von ihrer Seite quittiert hatte, verließ ich für ein paar Minuten das Zimmer, um aufs Klo zu gehen.

Als ich zurückkam, konnte ich die beiden reden hören, und aus irgendeinem Grund blieb ich vor der Tür stehen.

»Manchmal *hasse* ich ihn einfach ... so frustrierend ... als wäre ihm seine Zukunft ganz egal – und die aller anderen auch ...«

Mein Magen verkrampfte sich. Ich kehrte auf dem Absatz um und ging zurück zu den Toiletten.

Ich weiß, ich hatte Farfar oft genug verklickert, dass ich sie nicht ausstehen kann. Schon klar, ich lege hier eine erbärmliche Doppelmoral an den Tag und ich bin zu empfindlich und all das. Ich *weiß*. Ich war nur einfach nicht darauf gefasst gewesen, so etwas von Lou zu hören. Nicht, nachdem wir irgendwie *Freunde* geworden waren.

Ich weiß. Ich weiß. *Sei nicht albern, Gubben.*

Aber irgendwie *waren* wir doch Freunde. Ja, wir waren Freunde. Da die Fußballsaison immer noch lief, verbrachte ich mehr Zeit mit Lou als mit irgendeinem anderen Menschen sonst in meinem Leben, mal abgesehen von Farfar. Und selbst dazu war der Unterschied vermutlich nicht mehr allzu groß.

Und ich weiß, ich bin manchmal noch mehr »eigenbrötlerischer alter Mann« als Farfar, aber ja, inzwischen mochte ich es, wenn sie in meiner Nähe war – mehr, als ich es je zugegeben hätte.

Ich mochte es, dass sie jeden Tag auftauchte.

Ich mochte es, dass sie sich in der Küche, wo ich vor mich hin arbeitete, wohler fühlte als in der Pausenhalle, wo die anderen Oberstufenschüler während ihrer Freistunden abhingen.

Ich mochte es, wie sie – nachdem die Anfangsschwierigkeiten überwunden waren – im Truck mit uns zusammenarbeitete. Und ich hörte den beiden, Farfar und ihr, gerne zu, wenn sie sich zwischen den Bestellungen fast pausenlos unterhielten.

In gewisser Weise mochte ich inzwischen sogar die blöden Äpfel. Ich hätte nicht gedacht, dass ich eine solch große Aufgabe weitestgehend allein meistern könnte, selbst nach all den Jahren mit Farfar im Foodtruck.

Deshalb versetzte es mir einen Stich, als ich hörte, was Lou zu Mrs Bixler sagte. Und es verletzte mich, dass sie es ausgerechnet zu Mrs Bixler sagte.

Als ich zum zweiten Mal zurück zum Kochstudio kam, war Lou zum Lunch gegangen. Da die meisten Äpfel schon geschält waren oder in den Töpfen vor sich hin köchelten, verbrachte ich die ganze nächste Stunde damit, Unmengen von Teig (für jede Menge Apfelkuchen) vorzubereiten, den ich dann im Kühlschrank aufbewahren konnte. Währenddessen gingen mir immer wieder Argumente im Kopf herum. Argumente, die ich mir schon tausendmal zurechtgelegt hatte – Argumente, die ich Farfar gegenüber schon tausendmal vorgebracht hatte.

*... als wäre ihm seine Zukunft ganz egal ...*

## KAPITEL 20

# FARFARS BERUFSSCHULE: DRITTE LEKTION

ALS WIR AM FREITAG ZU DEN KREISMEISTERSCHAFTEN fuhren, nahmen wir den Foodtruck, auch wenn es abwegig war, mit dem Truck über eine Stunde zu einem Fußballspiel zu fahren, wenn wir gar kein Essen verkaufen würden. Aber das gehörte zur nächsten Lehrstunde an *Farfars Berufsschule* – den Truck auf dem Highway zu fahren.

Lou war nicht beim Spiel, was mir nur recht war.

Aber Skylar Jarrett war da.

Sobald sie mich auf der Zuschauertribüne entdeckt hatte, setzte sie sich neben mich und streckte mir die Arme entgegen, als würden wir uns immer zur Begrüßung umarmen. Ich stellte Farfar als meinen Großvater vor und er lächelte, durchaus aufrichtig. Er war höflich.

»Ich mag Ihren Akzent«, sagte Skylar und lehnte sich an meine Schulter, um mit ihm zu sprechen. »Wo sind Sie denn her?«

»Finnland«, sagte er. »Man müsste meinen, ich wäre an diese Kälte gewöhnt.« Er rieb seine Hände aneinander und hauchte warme Luft darauf. Dann lächelte er noch einmal und wandte sich wieder dem Spiel zu. Skylar lehnte sich weiter an meine Schulter.

Eine Weile erzählte sie mir irgendwelches Zeug über ihre Freunde, von dem ich nicht viel verstand – allein schon, weil ich keinem der Namen ein Gesicht zuordnen konnte.

»Bist du auch im letzten Schuljahr?«, fragte Farfar eine Weile später, als eine Gesprächspause mit den Vorbereitungen für einen Eckball zusammenfiel.

»Nein, ich bin in der Zehnten. Mein Bruder spielt mit«, antwortete sie und deutete auf den Pulk von Fußballern vor dem Tor. »Caleb. Die Nummer 15.«

Farfar nickte und sah aufs Spielfeld, als es weiterging. »Dein Bruder ist ein sehr guter Verteidiger.« Was auch stimmte. Javy war ein Mordskerl im Tor, aber Caleb hatte ebenso viel dazu beigetragen, dass die Mannschaft in diesem Jahr so unglaublich weit vorn lag.

»Danke«, antwortete Skylar strahlend. »Ich kann mir die Spiele nur überhaupt nicht ohne die Zwillinge vorstellen, wenn sie nächstes Jahr nicht mehr dabei sind.«

Farfar lebte immerhin etwas auf, als er merkte, dass sie über Fußball Bescheid wusste und unsere Jungs kannte.

»Haben Sie schon gehört, dass Jesus nächstes Jahr in der obersten College-Liga spielen wird?«

»Loyola University?«

Skylar nickte begeistert. »Sie haben ihm ein volles Stipendium angeboten. Ich glaube, er hat schon zugesagt.«

Jetzt war Farfars Lächeln breit und echt – einer seiner Jungs hatte sich seinen Traum erfüllt. Vielleicht waren seine

Augen sogar feucht geworden, doch er richtete seine Aufmerksamkeit schnell wieder auf das Spiel. Dann rieb er seine Hände, legte sie wie ein Megafon um seinen Mund und brüllte: »Go, Hornets, go!«, was ich ihn noch nie hatte machen sehen. Er schaute sich die Spiele gerne an, aber er war definitiv niemand, der die Mannschaft lautstark anfeuerte.

Und zugegeben, dann brüllte ich auch. Meine Stimme stockte nur ein bisschen.


Als Farfar in der Halbzeit nach Jorges und Jesus' Eltern Ausschau hielt, hakte sich Skylar bei mir unter.

»Ein paar von uns gehen nach dem Spiel noch in den *Red Robin*. Komm doch auch mit.«

Ich wusste nicht, ob sie *ein paar* von den Familien meinte oder *ein paar* der Highschool-Schüler, die zum Spiel gekommen waren. Vielleicht auch beides.

»Äh ... ich glaube nicht, dass das geht.« Ich konnte durch unsere Sweatshirts die Wärme ihres Armes an meinem spüren. »Wir sind mit dem Truck gefahren.«

»Mit dem Foodtruck? Hierher? Verkauft ihr denn nach dem Spiel was zu essen?«, fragte sie und grinste zu mir hoch. Lous Schulter, das war mir neulich aufgefallen, war genau auf meiner Höhe. Mit ihrem schlaksigen Körper war sie bestimmt zehn Zentimeter größer als Skylar, die zu mir aufsehen musste, wenn sie sich an meine Schulter lehnte.

Ich konnte nicht anders, als zurückzulächeln, und aus irgendeinem bescheuerten Grund merkte ich, wie auch noch meine Ohren zu glühen begannen. »Ich meine, wenn ich den Foodtruck eines Tages allein betreiben soll, muss ich schließlich wissen, wie man ihn auf dem Highway fährt.«

»Oh my god!«, rief sie und hatte wieder diesen intensiven Blick drauf. »Du am Steuer des Foodtrucks – das ist einfach zu süß!«

Sie drückte meinen Arm und zog mich sogar etwas zu sich herunter, während sie das sagte.

Sie war nicht gerade zurückhaltend. Aber es war ja nun wirklich nicht das Schlimmste, wenn jemand Attraktives – und ich gebe zu: Skylar war richtig hot – so offensichtlich auf einen stand.

Ich bin sicher, Farfar musste so was auch das eine oder andere Mal erlebt haben – vielleicht hatte es ja sogar mit Amir so begonnen. Er hatte mir nie erzählt, wie das alles zwischen ihnen angefangen hatte. Ob es außer Farmor und Amir noch andere gegeben hatte? Mister-Cool-Man mit dem Pferdeschwanz.

Jedenfalls, Skylars Arm klebte noch immer an meinem, als Farfar zurückkam. Ich sah, wie er zweimal hinguckte, als er sich an uns vorbeizwängte, um zu seinem Platz zu gelangen. Und Skylar zog ihren Arm auch nicht weg, als das Spiel weiterging – die ganze zweite Halbzeit lang. Noch nicht einmal, als es zu regnen anfing und sie ihre Kapuze aufsetzte und ihren Kopf auf meine Schulter legte. Nicht einmal, als das Spiel mit einem Elfmeterschießen endete und Jorge und Jesus und der Rest der Mannschaft sich um einen weinenden Javy drängten, nachdem dieser den letzten Ball nicht hatte halten können und die Mannschaft und Fans aus Cocalico (wo auch immer das war) aufs Feld stürmten, um ihren Torschützen/Champion/Helden zu umringen.

»Wenn du nächste Woche zum Länderspiel kommst«, sagte Skylar und hob endlich ihren Kopf von meiner Schulter, ohne jedoch ihren Arm von mir zu lösen, »lass doch den Truck zu Hause. Dann kannst du nach dem Spiel noch mit uns abhängen.«

Ich nickte lächelnd. Farfar stand auf, um sich zu strecken und das Handtuch, auf dem er gesessen hatte, zusammenzufalten, und als ich wieder zurück zu Skylar neben mir guckte, sah sie mich mit diesem albernen neckischen Grinsen an. In ihren Wimpern hingen Regentropfen und ihre Wangen waren gerötet von der Kälte und ich muss sagen, es fühlte sich schon ganz okay an. Definitiv besser als »… Manchmal hasse ich ihn einfach« und »… als wäre ihm seine Zukunft ganz egal …«.

»Ich sollte wohl zurück zu meinen Eltern gehen«, sagte sie und zog mich in eine lange Umarmung. »Pass auf, wenn du diesen Foodtruck nach Hause steuerst, Mister.«

Dann verabschiedete sie sich kurz von Farfar und lief die Stufen hinunter, um ihre Familie zu finden. Als ich mich umdrehte, starrte mich Farfar mit geblähten Nasenflügeln an.

»*Was?*«

»Was?«

»Du guckst mich so komisch an.«

»Ich warte darauf, dass du die Stufen runterkommst, damit ich hier nicht länger im Regen stehen muss … *Mister*.«

»Diese Sky-*lar* scheint ja ganz schön in dich verschossen zu sein«, stellte Farfar auf der Rückfahrt vom Beifahrersitz aus fest.

Ich nickte und wurde rot. Hoffentlich sah man das in der Dämmerung nicht.

»Mag sein ...«

»Und? Bist du auch in diese Skylar verschossen?«

»Ich weiß noch nicht so recht.«

»Pass bloß auf, Gubben. Beziehungen können kompliziert sein, vor allem, wenn man sich nicht sicher ist.«

»Ich weiß, ich weiß ...«

»Das weißt du, Gubben? Hm. Wie viele Beziehungen hattest du denn schon?«

»Ich hab aufgehört zu zählen.«

»Hast du überhaupt schon angefangen zu zählen, Gubben?«

»Hey! Ich musste erst mal meine Muckis trainieren, okay?«

»Wo? Etwa beim Online-Fitness?«, witzelte er, beugte sich herüber und zwickte in den geschwollenen Bizeps meines ausgestreckten Arms, der das Steuerrad hielt.

»He, Finger weg vom Fahrer! *Safety first.*«

## KAPITEL 21

# WIE DIE GESCHICHTE WEITERGEHEN SOLL

ES REGNETE DAS GANZE WOCHENENDE, ALSO KEIN Foodtruck-Einsatz. Keine Lou. Nur *Mario Kart*, ein Trip zum *Golden Dragon* fürs Büfett und immer wieder Nachrichten von Skylar auf Instagram, bis ich ihr meine Nummer gab und wir anfingen zu texten.

»Gubben, du wirst mich nie schlagen, wenn du ständig auf dein Handy guckst.«

»Ich will dich doch nur täuschen, Alter.«

Ich hab das ganze Wochenende kein einziges Rennen gewonnen.

Die Regenwahrscheinlichkeit war am Dienstag immer noch recht hoch, sogar in Philly, wo unser erstes Länderspiel stattfinden sollte. Als Zweitplatzierte aus Kreis 3 mussten wir gegen die Gewinner aus Kreis 12 antreten, und das war Philadelphia. (All das hatte mir natürlich Jorge erklärt. Für mich klang das Ganze wie »Die Tribute von Panem«.)

Farfar hatte keine Lust, an einem Dienstagabend so weit

zu fahren, um womöglich wieder im Regen zu sitzen, aber die Schule organisierte direkt nach dem Unterricht einen Bus für alle Schüler, die das Spiel sehen wollten. Lou war wieder nicht zur Schule gekommen. Schon in den letzten zwei Tagen im Kochstudio war sie sehr wortkarg gewesen. Ich hatte mich gewundert, dass sie überhaupt aufgetaucht war, nachdem sie sich bei Mrs Bixler so über mich ausgelassen hatte.

Skylar saß schon im Bus, auf Sitz 18 direkt über dem Rad, und hielt mir einen Platz frei. Wir lümmelten uns in die Sitze und saßen die ganzen zweieinhalb Stunden zusammen, bis zur *South Philly Supersite*, was nach einer großen Sportarena klingt, aber im Grunde aussieht wie jedes andere Highschool-Stadion.

Genau wie beim letzten Mal wich Skylar die ganze Zeit nicht von meiner Seite. Während des ganzen Spiels, das wir 5 zu 2 verloren, schien ihr Arm mit meinem verwachsen zu sein. Und dann die zweieinhalb Stunden lange Fahrt zurück. Es war ganz dunkel im Bus, bis auf das matte Leuchten der Handys um uns herum, als wären wir gefangen in einem Glas voller Glühwürmchen.

Wir hatten beide unsere Beine angezogen, die Knie an den Vordersitz gestützt. Ich lehnte mich ans Fenster, und Skylar schlief an meiner Schulter ein.

Die Gedanken schwirrten durch meinen Kopf. Irgendwie fühlte sich alles so ... surreal an. Das war nun wirklich das letzte Spiel gewesen, das Jorge und Jesus zusammen absolvierten. Klar, Jesus würde weitermachen, neu anfangen und in weniger als einem Jahr für die Loyola Uni spielen, bestimmt mit neuen Toren und neuen Träumen. Aber alles, worauf die beiden zusammen hingearbeitet hatten; alles, was sie sich als Kinder auf dem Bolzplatz zusammen ausgemalt hatten – all das war nun offiziell zu Ende. Eine seltsame Antiklimax auf einem fremden Spielfeld an einem verregneten Dienstagabend, Stunden von zu Hause entfernt.

Zugegeben, sie hatten es weiter gebracht als jedes Team in der Geschichte unserer Schule zuvor und Unglaubliches erreicht, gerade deshalb war es so surreal, dass das alles seit ein paar Minuten der Vergangenheit angehörte. Diese Geschichte war zu Ende, auch wenn wir das Buch noch nicht aus der Hand gelegt hatten.

Und gleichzeitig begann diese neue Sache mit Skylar. Ich meine, es fühlte sich gut an, dass dieses Mädchen mich so mochte, dass sie an meiner Schulter einschlafen wollte und in der Schule jeden Tag offen mit mir flirtete. Das war nicht gerade die Norm für mich.

Aber Farfars Worte im Truck auf dem Rückweg aus Hershey gingen mir nicht aus dem Kopf: Beziehungen können kompliziert sein, vor allem, wenn man sich nicht sicher ist. Es fühlte sich alles so anders an und ehrlich gesagt, war ich mir nicht vollkommen sicher, ob mir gefiel, wie sich dieser neueste Teil meiner Geschichte entwickelte.

Und aus irgendeinem blöden Grund musste ich ständig daran denken, wie nervig Lou war und wie unrecht sie hatte. Dann kuschelte sich Skylar an meine Schulter und legte eine Hand auf mein Bein und ich dachte nur: Du Idiot, warum musst du ausgerechnet jetzt an Lou denken?

Als der Bus schließlich kurz nach Mitternacht an der

Abfahrt Gettysburg von der Autobahn fuhr, nahm Skylar einen tiefen Atemzug und löste sich von meiner Schulter. Ich drehte meinen Kopf, um sie anzusehen. Sie lächelte mich aus ein paar Zentimeter Entfernung an, und während wir durch die vertrauten Straßen auf dem Weg zur Schule rumpelten, zog sie mich zu sich heran und küsste mich.

Und während der größte Teil meines Gehirns jubelte: »Wow, Oscar, was für ein faszinierendes neues Gefühl – das gefällt mir«, war da dieser andere, analytische Part, diese nörgelnde Stimme: »Hm. Das schmeckt irgendwie nach ... Sellerie?«

Ist das richtig?

Das kann doch nicht richtig sein.

## KAPITEL 22

## REALTALK

»HABEN WIR EIGENTLICH SCHON MAL ÜBER DIE BIENCHEN und die Blümchen gesprochen, Gubben?«, fragte Farfar, gerade als wir unsere dritte Runde auf *Warios Goldmine* begonnen hatten, der einzigen Strecke, die ich fast genauso sehr hasste wie den *Regenbogen-Boulevard*.

»Ähm ... ich bin ziemlich sicher, das kam im Onlinekurs Gesundheitskunde dran.«

Ich setzte meinen roten Panzer ein, den Farfar sofort geschickt mit der Bananenschale abbremste, die er sich aufgehoben hatte.

Ich ging als Viertes durchs Ziel, nachdem ich von einem dämlichen grünen Panzer getroffen worden war und Farfars Yoshi schon halb seine Siegerrunde beendet hatte. Ich knallte meinen Controller auf den Couchtisch, hob meine Schale mit dem schmelzenden Minz-Schoko-Eis, ließ mich genervt zurück aufs Polster plumpsen und nahm einen großen Löffel voll Eis.

»Weißt du, wie man ein Kondom benutzt?«

An dieser Stelle möchte ich noch mal betonen, dass Minzgeschmack besonders unangenehm ist, wenn man sich verschluckt.

»Es ist Zeit für Realtalk, Gubben«, sagte Farfar, tauschte seine leere Schale gegen ein Bier und kraulte Koopa hinter den Ohren. »Ich hoffe wirklich, dass ich mal *Gammelfarfar* werde, aber ich glaube nicht, dass jetzt der richtige Zeitpunkt dafür ist.«

Ich starrte ihn völlig verdattert an, während er vielsagend die Augenbrauen hob und an seinem Bier nippte.

»Ähm ... hast du etwa den Eindruck, dass ich in letzter Zeit versucht hätte, jemanden zu schwängern?«

Um es gleich vorwegzunehmen: Das hatte ich nicht.

»Gubben, diese Sky-*lar* war schon bei uns in der Wohnung. Es wird nicht lange dauern und es wird heiß hergehen, keine Frage.«

»Bitte sag nicht ›heiß hergehen‹.«

»Gubben, weißt du, wie man ein Kondom benutzt?«, wiederholte er noch einmal.

»Oh mein Gott, kannst du ...«

»Oh, *lilla missekissen Koopa-poopa* ... *Gubbe-Gubbe* will uns nicht erzählen, ob er weiß, wie man ein Kondom benutzt.«

»Jetzt hör auf, mit der Katze über Kondome zu sprechen und ... mit mir auch. So was liegt im Moment nicht einmal im Bereich des Möglichen ...«

Als ich das sagte, glaubte ich das auch wirklich. Stimmt, in der Woche nach der Busfahrt zum Länderspiel hatte es viel Knutscherei gegeben. Richtig viel. Und einige Male waren unsere Hände auf Wanderschaft gegangen – wobei die Unterwäsche zu keinem Zeitpunkt unterwandert wurde und alle Regionen unter der Gürtellinie Sperrgebiet blieben. Ehrlich.

Ich meine, ich will natürlich nicht behaupten, dass ich noch nie über Sex nachgedacht hatte. Das würde ich nun doch nicht behaupten (auch wenn es mir sehr viel lieber wäre, überhaupt nichts zu diesem Thema zu sagen). Aber bisher waren diese Gedanken ... nun ja, eher abstrakter Natur gewesen.

*Ich kapiere nicht, was abstrakter Sex sein soll, Gubben,* konnte ich Farfar schon sagen hören, weshalb ich das in diesem Moment auch nicht laut aussprach.

Jedenfalls – auch wenn mir all diese ... Dinge gefielen, die wir machten, war ich mir bei der ganzen Sache nicht vollkommen sicher – was sich jetzt vielleicht furchtbar anhört.

Wenn es eines gibt, das ich von Farfar über Beziehungen gelernt habe (und zwar schon, bevor er diese Worte aussprach), dann, wie entscheidend es ist, dass du dir sicher bist. Dass es ernste Folgen hat, wenn du dir nicht sicher bist, wenn du einfach nur das machst, was anscheinend von dir erwartet wird.

Und auch nach einer Woche war ich mir einfach nicht sicher.

Vielleicht sollte ich diese Details für mich behalten, aber ich war irgendwie immer noch irritiert wegen der Sache mit dem Geschmack, die mir nicht aus dem Kopf ging. Selbst nachdem wir beide Kaugummi gekaut hatten, nachdem wir Donuts gegessen hatten, nachdem ich eine Traubenlimo getrunken hatte und sie eine *Sprite* ... war dieser Geschmack immer noch da. Ich fragte sie sogar, was ihr Lieblingsgemüse war – mitten in einem Film, von dem wir nicht viel mitbekamen –, unter dem Vorwand, dass ich mich einfach für alles interessierte, was mit Essen zu tun hatte.

»Äh ... Brokkoli vielleicht?«, sagte sie.

»Was hältst du von Sellerie?«

Sie sah mich berechtigterweise an, als wäre ich nicht ganz dicht.

»Hm, als Kind mochte ich es, wenn meine Mum Käseschiffchen daraus gemacht hat. Ansonsten bin ich nicht gerade ein Fan von Sellerie ... Manchmal bist du wirklich *weird*, weißt du das?«

Und sie küsste mich gleich noch einmal, was es nur noch unmöglicher machte, den Gedanken an Sellerie aus meinem Kopf zu vertreiben.

Was ich eigentlich sagen wollte: Ich stehe zu dem, was ich Farfar als Nächstes antwortete.

»Also gut. Ja, ich weiß, wie man ein Kondom benutzt. Jorge, Jesus und ich haben uns vor ein paar Jahren mal welche am Automaten im Bowlingcenter gekauft.«

»Und du hast ...« Farfar begann seinen Zeigefinger zu strecken und auf seinen anderen Zeigefinger und Daumen zuzubewegen.

»Ja! JA. Jetzt hör bitte auf.«

Glücklicherweise ließ er die Hände wieder sinken und griff nach seinem Bier.

»Ehrlich, Farfar, ich glaube nicht, dass ich dieses Wissen in absehbarer Zeit ... anwenden muss.«

»Ich würde vorschlagen, auch nicht gerade besagte Kondome zu verwenden.«

»Ja, ich fand auch, dass sie nicht besonders vertrauenerweckend aussahen.«

Er stand auf, um sich ein neues Bier aus der Küche zu holen, und wuschelte mir im Vorbeigehen durch die Haare, was angesichts der Unterhaltung irgendwie eine unpassende Geste war.

»Ich bin stolz auf dich, dass du so ehrlich bist, Gubben«, sagte er, während er es sich wieder auf der Couch bequem machte und die nächste Rennstrecke aussuchte – die *Pilz-Schlucht*, ein Zugeständnis an mich. »Nicht nur mit mir, sondern auch mit dir selbst.«

Er ließ die Streckeneinführung laufen und drehte sich zu mir um. »Und ich weiß auch, dass du immer auf Einverständnis warten würdest, Gubben. Dass du nie ein Mädchen bedrängen würdest. Aber vergiss nicht, wenn du nicht sicher bist, ist es auch okay, wenn *du* Nein sagst.«

Farfar sah mich noch für einen weiteren Moment mit aufrichtigem, ernstem Blick an, bevor er sich wieder dem Spiel zuwandte, um das neue Rennen zu starten.

»Hm. Im Vergleich zum letzten Mal, als ich diesen Vortrag halten musste, ist das ziemlich glatt gelaufen.«

# KAPITEL 23

# VORHANG AUF FÜR PUMPAMUNK

ES HÄTTE MIR WOHL ZU DENKEN GEBEN SOLLEN, WIE erleichtert ich war, als ich hörte, dass Skylar und ihre Familie zu Thanksgiving wie jedes Jahr nach Ohio fuhren.

Aber ganz ehrlich – nach dem, wie das ganze Jahr so gelaufen war, war ich einfach bloß erleichtert, zu unserem ganz eigenen Rhythmus zurückzukehren.

Thanksgiving gibt es in Finnland nicht und auch nicht in Schweden (logisch) und weil wir hier ja nur zu zweit sind, haben wir einfach immer unser Ding gemacht. Sogar Maggie und Juliet fahren zu Thanksgiving für einen Tag weg, zu Juliets Schwestern irgendwo in West-Pennsylvania. Lillajul dagegen war unser Tag.

An Thanksgiving verbrachten wir den Großteil des Tages bei Rhonda im Christlichen Hilfszentrum und halfen dabei, für eine erschreckende Anzahl Not leidender Menschen Thanksgiving-Mahlzeiten zuzubereiten, darunter auch Portionen, die sich hilfsbedürftige Familien abholen konnten. Ich bin immer wieder beeindruckt, dass auch Rhondas Familie – ihr Mann und ihre zwei erwachsenen Söhne mit ihren Frauen und sogar ein kleines herumtapsendes Enkelkind – ihr ganzes Thanksgivingfest opfert, um mit anzupacken.

»Mike grillt mir morgen einen Truthahn, während ich mit meinen Schwestern shoppen gehe«, erzählte uns Rhonda mit einem erschöpften, glücklichen Lächeln.

Wir machten es wie immer, genehmigten uns jeder nur einen bescheidenen Teller um die Mittagszeit und widmeten uns für den Rest des Tages dem Kochen und Servieren. Na ja, zumindest ich machte es wie immer. Farfar schlang einen zweiten Teller Kartoffelbrei und Truthahnfüllung hinunter, als er dachte, ich schaute gerade nicht hin, und dann grinste er schuldbewusst, als ich es doch mitbekam. Nicht gerade sein ruhmreichster Moment.

Nachdem die Essensausgabe um fünf Uhr dichtmachte und wir noch beim Abwasch geholfen hatten, brachen wir zu unserem eigenen jährlichen Thanksgiving-Festmahl auf: dem Büffet im *Golden Dragon*.

Wir saßen an unserem üblichen Tisch in dem weitestgehend menschenleeren Restaurant, unter dem riesigen Bild mit den Regenbogenfischen, die ich schon als Kind geliebt hatte, und machten uns an unsere gebackenen, mit Krabben gefüllten Wan Tans. Dabei zählten wir immer auf, wofür wir in unserem Leben gerade dankbar waren.

»Ich bin echt dankbar, dass ich nur noch sechs Monate hab, bis ich für immer mit der Schule fertig bin.«

Farfar verdrehte die Augen und schüttelte den Kopf.

»Ich bin dankbar für die neuen Freundschaften, die wir geschlossen haben.«

»Lou«, sagte ich und verdrehte nun meinerseits die Augen und schüttelte den Kopf.

»Ich wollte gerade Skylar sagen, aber ja – auf jeden Fall Louuu ... zumal sie auch dein erster Gedanke war.«

Was für ein fauler Trick.

»Und ich bin dankbar, dass du so ein vortrefflicher junger Mann geworden bist, Gubben. Außerdem bin ich dankbar, dass du immer noch keinen Weg gefunden hast, mich auf dem *Regenbogen-Boulevard* zu schlagen ... oder auf irgendeiner anderen Rennstrecke.« Er dachte einen Augenblick nach, während ich in gespielter Empörung die Nasenflügel blähte. Wir hatten unsere Teigtaschen immer noch nicht in die Entensoße getunkt. »Ja. Das war's.«

»Aber Yoshi schummelt – das weiß doch jeder.«

Und dann stießen wir gemäß unserer Tradition die Wan Tans aneinander, tunkten sie gleichzeitig in die Entensoße und stopften uns die Dinger im Ganzen in den Mund.

Dann gingen wir wieder zum Büfett, um unsere Teller neu zu füllen.

Im Jahr zuvor waren wir am Black Friday aus dem Outlet geschmissen worden, auch wenn wir unseren Standort mit dem *Magic Bean* abgestimmt hatten. Sie hatten frühe Shopping-Kunden zu uns geschickt, um Donuts zu essen (oder Rullekebab zum Frühstück – wer's mag ...), und wir hatten ihnen den Kaffee im *Magic Bean* empfohlen. Es hatte echt gut funktioniert, bevor die Security uns aufforderte, kurz nach neun das Feld zu räumen.

Also beschlossen wir in diesem Jahr, am Black Friday einfach auszuschlafen. (Na ja, zumindest schlief ich aus. Farfar war wahrscheinlich trotzdem in aller Altmännerfrühe wach.) Nach einem gemütlichen Vormittag hatten wir dann noch den ganzen Nachmittag Zeit, um uns auf unseren Einsatz in der Innenstadt vorzubereiten, wo an diesem Tag die Weihnachtsbaumbeleuchtung eingeschaltet wurde.

»Ist Louuu eigentlich auch weggefahren, Gubben?«, fragte Farfar, als wir uns gegen Mittag endlich von der Couch aufrafften.

»Warum?«

Ich wusste genau, warum.

»Heute Abend wird viel los sein«, sagte er und streckte die Arme über den Kopf, sodass sein Bauch mal wieder Tageslicht zu sehen bekam. »Da wäre ich froh über etwas Hilfe.«

»Was ist mit Jorge?«, schlug ich vor. »Die Fußballsaison ist doch vorbei ...«

»Gubben. Jorge hat noch kein einziges Mal gefragt, ob er im Foodtruck helfen kann. Ist dir das schon mal aufgefallen? Er wird immer aushelfen, wenn wir ihn darum bitten, weil er ein guter Freund und ein guter Mensch ist, aber ich glaube nicht, dass er wirklich dabei sein will. Er hofft nicht, dass wir ihn fragen. Ich glaube, manchmal hat er sogar gehofft, dass wir ihn *nicht* fragen würden.«

Ich wusste, dass er recht hatte. Jorge würde Ja sagen, so wie er bei all den Festivals im Sommer Ja gesagt hatte. Und er arbeitete hart und konnte super mit den Kunden. Aber wann immer möglich stieß er erst zu uns, wenn der Verkauf begann, und fuhr nach dem Ende des Festivals sofort nach

Hause. Er liebte die Arbeit im Foodtruck definitiv nicht so, wie ich es tat.

Und Lou ... Lou war inzwischen genauso gut darin wie Jorge, am Fenster zu stehen und die Bestellungen für uns zu koordinieren. Und sie hatte Spaß daran, uns beim Aufbauen zu helfen, den Tag beim Abwasch zu rekapitulieren, nebenbei pausenlos mit Farfar zu quatschen ...

Das alles wusste ich ja.

Ich war nur nicht scharf darauf, meine neu gewonnene freie Thanksgiving/Lillajul-Auszeit mit einer Person zu verbringen, die mich manchmal hasste. Die all diese Zeit mit mir im Foodtruck und im Kochstudio zusammen sein konnte und trotzdem noch dachte, mir wäre meine Zukunft egal, nur weil ich nicht in ihre Vorstellung von Erfolg passte.

»Und außerdem mag ich Louuu einfach, Gubben«, sagte Farfar, und da wusste ich, dass ich mit meinen Gedanken im Moment bei ihm nicht landen konnte.

»Heute Abend seid ihr zwei für das Menü verantwortlich«, sagte Farfar und legte die Kreidetafel vor uns auf die Küchentheke. Er hatte die Tafel gerade aus dem Truck in der Garage geholt. Koopa lag schon zusammengerollt auf Lous Schoß, die es sich auf dem Küchenhocker bequem gemacht hatte, und ich konnte hören, wie sie »*Lilla missekissen*« flüsterte, während sie Koopas Rücken streichelte.

Das veranlasste Farfar natürlich, einen ganzen Schwall schwedischer Babysprache loszulassen. Daraufhin versuchte Koopa, sich auf Lous Schoß mit lautem Gemauze auf den

Rücken zu drehen, und rollte schließlich geradewegs auf den Küchenfußboden.

»Äh ... das war vielleicht doch etwas zu viel für sie«, sagte Farfar, kam um die Küchentheke und nahm Koopa auf den Arm. »Ich überlasse es euch«, fuhr er fort (an uns gerichtet, aber Nase an *Sötnos* mit Koopa), »ob ihr Pommes anbieten wollt und welche Art, und was sonst noch. Heute Abend entscheidet ihr.«

»Diesmal hab ich keine Kartoffeln im Auto«, sagte Lou mit einem Lächeln.

»Ich kann schnell zum Supermarkt fahren. Ich hab all meine Gemüsevorbereitungen schon heute Morgen erledigt, während Gubben noch geschlummert hat.«

»Na, du bist aber eine Schlafmütze, Gubben«, sagte Lou und grinste mich an, was mich total aus dem Konzept brachte. Es war seltsam, den Namen Gubben aus einem anderen Mund zu hören, ganz besonders aus Lous, und ich verstand nicht, warum sie mich auf einmal neckte, nachdem sie sich bei Mrs Bixler so über mich ausgelassen hatte. Und dabei klang sie so ganz anders als in ihrem üblichen Präsentationsmodus.

»Du solltest jetzt wohl den Munkar-Teig vorbereiten, Gubben. Überlegt euch den Speiseplan und ich kaufe dann alles, was wir noch brauchen.«

Glücklicherweise gab die Teigzubereitungsroutine meinem Gehirn etwas anderes, auf das es sich fokussieren konnte, und wir diskutierten bald angeregt über Pommes-Variationen und Preisfestlegungen für den Abend. Tatsächlich war es ziemlich spannend, dass wir jetzt die Chance hatten, die Pommes in echt auszuprobieren, bevor wir im Frühling damit bei den Festivals anfangen würden.

»Pläne für die Zukunft im Foodtruck zu schmieden«, sagte ich und starrte auf Lous Hinterkopf, während sie die Überschrift auf die Menütafel schrieb. »Das ist es, was ich am liebsten mache.«

Sie sah nicht einmal auf. Als hätte sie die Anspielung gar nicht bemerkt – woraufhin ich mir noch blöder vorkam, denn mein Kommentar hatte ja ohnehin schon total gestelzt geklungen.

»Wir hätten früher mit der Planung anfangen sollen«, sagte sie. »Dann hätten wir heute Abend bestimmt auch noch Ziegenkäse-Poutine hinbekommen.«

Wie auf Bestellung begannen an diesem Abend auch noch Schneeflocken vom Himmel zu rieseln. Wie perfekt war das denn? Auf dem festlich geschmückten Lincoln Square wimmelte es von Menschen – Menschen, die ganz wild auf unsere Angebote waren.

Wir hatten das normale Kebabmenü vollständig beibehalten, denn das war schließlich Farfars Ding, und außerdem waren die Rullekebab in Alu eingewickelt, um einfach gehalten werden zu können – perfekt für einen Stehimbiss mit kalten Händen.

Wir hatten uns entschieden, Pommes pur anzubieten und daneben überbackene Kebabpommes. Ich hatte damit gerechnet, dass es eine Weile dauern würde, bis wir dafür die Arbeitsabläufe raushätten, denn es war das erste Mal, dass ein Gericht von meiner Workstation zu Farfars wanderte. Aber im Grunde lief es nur darauf hinaus, dass ich (oder Lou) Farfar einen Korb Pommes aus der Fritteuse zuschob, damit er das Kebabfleisch daruntermischte. Und wir verkauften einige Portionen davon.

Wir boten weiterhin die traditionellen Äpple Munk und die beliebten Munkhål an, aber wir fügten auch eine saisonale Variante hinzu, die ich während der drastischen Schulapfelflaute in Mrs Bixlers Kochstudio entwickelt hatte. Ich hatte eine Kürbis-Frischkäse-Füllung perfektioniert, kombiniert mit einer Zimtzucker-Glasur. Es war, als hätten Kürbis-Pie und Donut ein Baby bekommen, und dieses Baby war laut Prophezeiung der Auserwählte. Pumpa Munk.

Und dann noch heiße Schokolade. Lou war ja an Halloween dabei gewesen und hatte uns überredet, heute auch Kakao anzubieten.

»Das kann ich am Fenster alles deichseln«, hatte sie versichert und den Kakao gleich ganz aufgeregt auf die Menütafel geschrieben. »Ihr beide braucht euch darum überhaupt nicht zu kümmern.«

Farfar, der immer noch Koopa auf dem Arm hatte, warf mir einen zustimmenden Blick zu. Ich verdrehte die Augen und schüttelte den Kopf. Aber ich wusste, dass er recht hatte.

Alles verkaufte sich gut. Innerhalb von nur zwei Stunden!

Am Ende des Abends saßen wir alle drei auf der hinteren Stoßstange des Foodtrucks. Die meisten Kunden waren weitergeschlendert, nippten unsere heiße Schokolade und beobachteten das Schneegestöber vor dem heimeligen Hintergrund des leuchtenden Weihnachtsbaums auf dem Platz.

»Und wie schmeckt der Kakao mit Kürbis-Frischkäse?«, fragte ich Lou, die zwischen uns saß.

»Hm, ein bisschen schräg«, gab sie zu und zwang noch einen Schluck hinunter. »Ich glaub, da bin ich wohl doch etwas übereifrig gewesen.«

»Das passiert uns allen mal«, schmunzelte Farfar und dann fügte er hinzu: »Hat Oscar dir eigentlich schon von Lillajul erzählt?«

Ich hatte gewusst, dass das kommen würde.

In meinem Kopf wirbelten die Gedanken durcheinander. Ich dachte, dass ich Skylar gar nicht vermisste. Dass mich Lous Bemerkung gegenüber Mrs Bixler immer noch beschäftigte. Und fragte mich, was das Nebeneinander dieser beiden Gedanken überhaupt zu bedeuten hatte.

Jedenfalls, als ich Lou so dabei zusah, wie sie sich fast an dem letzten Klumpen geschmolzenem Kürbis-Frischkäse in ihrem pampigen Kakao verschluckte, wusste ich, dass ich Farfar die Einladung nicht übel nahm.

## KAPITEL 24

# EIN VORGESCHMACK AUF WEIHNACHTEN

ICH WÜRDE SAGEN, WIR HABEN LILLAJUL ZUSAMMEN neu erfunden, Farfar und ich.

Lou stand früh vor der Tür, als wäre es irgendein normaler Samstag, und wollte uns im Foodtruck helfen. Ihr langer geflochtener Zopf guckte unter einer weißen Strickmütze hervor und hing seitlich über ihrem rot gestreiften Pulli mit den winzigen aufgestickten Skiläufern.

»Den hat mir meine Oma vor ein paar Jahren geschenkt«, erzählte sie. »Er ist ziemlich albern, aber wenn ich ihn ansehe, muss ich immer schmunzeln.«

Farfar machte erst mal Schokopfannkuchen, auch wenn wir noch einen ganzen Tag Kochen und Essen vor uns hatten, und wir schoben alle drei unsere Hocker an die Kücheninsel, damit er uns den Plan für den Tag unterbreiten und Lou in ganzer Länge erklären konnte, was Lillajul wirklich für uns bedeutete.

»Das macht man nicht überall in Schweden und Finnland«, erklärte er. »Es ist eine Tradition, die es nur in

Åland gibt. Man feiert Lillajul am Samstag vor dem ersten Adventssonntag, der Startschuss für die Vorweihnachtszeit. Ein Vorgeschmack auf Weihnachten sozusagen«, erklärte er und grinste mich an. »Mit nur einem kleinen Geschenk.«

Und wie immer ging es dann endlos zwischen den beiden hin und her. Lou stellte tausend Fragen zur Geschichte und den Traditionen und dem, was er als Kind in Åland gemacht hatte, und Farfar freute sich über die Gelegenheit, alles im Detail zu erklären. Und ich begnügte mich damit, zuzuhören – wie immer.

Farfar hatte sogar einen Lillajul-Tagesplan vorbereitet, vermutlich zu Lous Orientierung, denn ich kann mich nicht erinnern, dass er den Ablauf je schriftlich festgehalten hätte.

Nach dem Frühstück bereitete ich den Teig für die Safranbrötchen vor, damit dieser genügend Zeit hatte zu gehen. Farfar holte den Weihnachtsschmuck aus der Garage hoch, zusammen mit dem kleinen Weihnachtsbaum im Topf (vielleicht 90 Zentimeter hoch), den er an diesem Morgen ganz früh gekauft hatte. Ich schätze, die Leute in Åland besorgen sich in den Wochen darauf auch noch einen großen Baum, aber für uns zwei in einer Wohnung im zweiten Stock ohne Aufzug war unser winziger Baum genau richtig. Und er sieht auch von draußen schön aus, wenn er auf dem Beistelltisch am Vorderfenster steht.

Unser Baum braucht nur eine Lichterkette, plus unsere Tomte-Figur für die Spitze, unsere Sammlung von Mumin-Anhängern und – das ist eine meiner liebsten einzigartigen Traditionen, die nichts mit Åland oder irgendetwas anderem außer unserem Zuhause zu tun haben – die kleinen Origami-Anhänger, die wir jedes Jahr neu falten, nachdem alle gegessen haben, kurz bevor jeder sein Geschenk auspackt.

Ich glaube, darauf war Farfar in unseren ersten gemeinsamen Jahren gekommen, um unsere kleine Feier, die damals noch zu zweit stattfand, ein bisschen mehr in die Länge zu ziehen.

Während ich Lou beim Baumschmücken half, bereitete Farfar den Glögg vor. Zwei große Töpfe voll – einer traditionell alkoholisch (unter Verwendung einer alarmierenden Menge an Flaschen), einer nicht-alkoholisch für mich und die restlichen Kinder (auch wenn ich jetzt rechtlich gesehen schon fast erwachsen war).

Als der Teig schließlich fertig war, um zu Brötchen in schnörkeliger S-Form ausgerollt zu werden, erfüllte die ganze Wohnung ein süßer weihnachtlicher Duft. Und als sie erst im Ofen waren ... Jesses! Wenn man sich von einem Geruch umarmen lassen könnte – unsere Wohnung um drei Uhr nachmittags an Lillajul zu betreten, ist, als würde einen die Frau vom Weihnachtsmann ans Herz drücken.

»Also: *Julbord*«, sagte Lou, die einen Blick auf den Tagesplan warf, nachdem die letzte der Mumin-Figuren – Filifionka – am Baum hing. »Mir war gar nicht klar, dass das ein schwedisches Wort ist.«

»Doch. Julbord heißt ›Weihnachtstisch‹.«

Was meistens auch eine Menge Rollmops und Rote Bete und einige andere Dinge umfasste, die bei Nicht-Schweden nicht unbedingt Begeisterungsstürme auslösten. Genauso wenig wie bei mir. Und da wir ja schon unsere eigene Version von Lillajul entwickelt hatten, hatten wir auch unsere eigene Version von Julbord – mit den weniger traditionellen Gerichten aus Farfars Jahren mit Amir, Klassikern für Maggie und Juliet und einer weiteren Auswahl ungewöhnlicher Leckereien, die wir über die Jahre neu eingeführt hatten – wie eine Zeitlinie unserer einander überlappenden Leben. Inzwischen war daraus ein bunt zusammengewürfeltes Festmahl geworden, zu dem Jorge und Jesus üblicherweise Tamale und einige andere Köstlichkeiten aus dem Restaurant ihrer Tante mitbrachten und Maggie und Juliet ebenfalls noch ein paar eigene Gerichte beisteuerten.

»Gehört denn hausgemachte Pizza normalerweise zu einem Julbord? Ich hätte an Schinken gedacht oder so was.«

Und dann fing Farfar einfach an zu erzählen. Von Amir. Davon, wie es war, Åland zu verlassen. Als wüsste Lou schon über all das Bescheid.

»Wir konnten auf einmal alles machen, was wir wollten«, sagte er. »Vielleicht waren wir ein bisschen übermütig, ein bisschen kindisch. Aber es war unser erstes Lillajul zusammen, nur wir zwei. Und wir waren beide noch ziemlich dünnhäutig, voller Schuldgefühle, nachdem wir alles zurückgelassen hatten. Ich noch mehr als Amir«, gab er zu und senkte den Kopf.

Farfar redete sonst nie von dieser Zeit. Teilte mit niemandem diesen Teil seiner Geschichte. Aber bei Lou, ich weiß auch nicht – da sprudelten sie einfach aus ihm heraus, diese Dinge, über die ich seit Jahren gerätselt hatte. Sie saß schweigend auf ihrem Hocker, das Kinn in die Hand gestützt, den Blick fest auf ihn gerichtet, als würde sie alles in sich aufsaugen wollen.

»In diesem ersten Jahr«, fuhr er mit einem Lächeln und belegter Stimme fort, »beschloss Amir: keine Fleischklößchen, keinen Lachs – nichts, was ich in den vergangenen fünfundvierzig Jahren in der Vorweihnachtszeit gegessen hatte.«

»Pizza«, sagte ich.

»Selbst gemachte Pizza.« Er nickte und sah mich für einen kurzen Moment an. »In den ersten paar Jahren machten wir nicht einmal den Glögg und die Safranbrötchen, auch wenn ich die am liebsten mochte. Nur Pizza und ein Geschenk. Bis wir zum ersten Mal Maggie und Juliet einluden, die uns nach unseren Traditionen fragten. Da wollte ich versuchen, wieder ein bisschen davon einzuführen.« Farfar warf mir noch einen Blick zu, während ich die sauberen Rührschüsseln vom Abtropfgestell nahm. »Mit den Augen anderer gesehen ist das eigene Leben plötzlich spannend, nicht wahr?« Und als ich lächelte und nickte, fügte er hinzu: »Das dachte Amir auch.«

Es war eine interessante Art des Coming-outs – einfach so zu tun, als hätte man sich längst geoutet (was ja irgendwie auch der Fall war, wenn man mal von Lou absah), und zu warten, bis die anderen es kapierten.

Was Lou anbelangte, so hatte sie es natürlich schnell kapiert. Ich fragte mich, mit wie vielen anderen Menschen er schon so offen geredet hatte. Ob es ein bestimmter Typ Mensch sein musste, mit dem das möglich war, oder ob ein Mensch sich dafür in irgendeiner Weise als würdig erweisen musste. Vielleicht war Lou aber auch einfach nur anders und Farfar wusste das.

Lou rührte sich nicht. Sie beugte sich einfach vor und

saugte seine Geschichte auf, wie jede andere, die er erzählt hatte.

»Und Amir«, sagte sie schließlich und ließ den Blick durch die Wohnung schweifen, »ist wohl ...«

»Ja, er ist gestorben«, bestätigte Farfar. »Vor fünfzehn Jahren. Nicht lange, bevor Gubben zu mir kam.«

Lous Blick wanderte von mir, als ich gerade das Mehl für den Pizzateig abwog, wieder zurück zu Farfar, aber sie unterbrach ihn nicht. Und als ich den Ausdruck auf seinem Gesicht bemerkte – als würde er den ersten Schwung kalte Luft einatmen, der einem entgegenschlägt, wenn man morgens aus der warmen Wohnung nach draußen kommt –, da war es mir klar. Lou würde jetzt unsere gesamte Geschichte zu hören bekommen. Dinge, über die nicht einmal ich richtig Bescheid wusste.

»Amir hatte einen Unfall. Es ging alles sehr schnell.«

»Ein Autounfall?«

Er nickte. »Kein besonders schlimmer. Wir dachten, er sei okay. Und zuerst wirkte er auch okay. Aber ... die inneren Blutungen waren viel schlimmer, als sie angenommen hatten. An jenem Abend gingen wir beide ins Bett, schliefen nebeneinander ein. Doch Amir wachte nicht wieder auf. Irgendwann, während ich schnarchte, hörte er auf.« Farfar machte eine Pause, rang sich ein Lächeln ab und sah Lou mit glänzenden Augen an. »Er behauptete immer, ich würde lauter schnarchen als er, aber das war eine Lüge. Es war, als würde man neben einem Sägewerk schlafen.« Er schüttelte den Kopf und sah wieder zu Boden. »Ein Aneurysma im Schlaf. Und das war's.«

»Oh mein Gott. Das tut mir so leid.« Lou sah aus, als würde sie wirklich mit ihm mitleiden. »Dann habt ihr euch ja gar nicht Lebewohl sagen können …«

Farfar schüttelte noch einmal den Kopf, fast unmerklich. »Nur Gute Nacht.«

Daraufhin waren wir alle für einen Moment ganz still.

»Ihr habt also hier zusammengelebt, du und Amir? In Gettysburg?«

»In dieser Wohnung, ja.«

Lous Blick ging zu mir. Ich konnte sehen, wie sich die Puzzleteile in ihrem Gehirn zusammensetzten.

»Aber du hast damals noch nicht hier gelebt«, sagte sie zu mir.

Ich schüttelte den Kopf, brachte kein Wort heraus. Glücklicherweise sprang Farfar ein. »Gubben war noch in Åland. In Mariehamn, bei seiner Großmutter. Farmor. Und manchmal bei seinen Eltern.«

Lou schien etwas nervös, die nächste Frage zu stellen, aber ich glaube, sie spürte, dass Farfar bereit dafür war – dass wir dieses natürliche Frage-und-Antwort-Spiel so lange fortführen würden, wie sie wollte, je nachdem, wie viel sie wissen wollte.

»Und Farmor? – Farmor ist …«

»Sie lebt noch«, antwortete er. »Immer noch in Mariehamn.«

»Und sie war deine …«

»Meine Frau. Ja. Vierundzwanzig Jahre lang. Bevor ich wegging …«

Und in diesem Moment konnte ich sehen, wie ihn die

Schuldgefühle quälten und seine Wangen rosig färbten. Seine Ohren glühten wie meine, als er versuchte, ehrlich zu antworten, die Fakten in seiner Geschichte wiederzugeben. Er war vierundzwanzig Jahre lang verheiratet gewesen. Hatte ein Kind, einen Sohn. Ein Sohn, der später Drogen nahm und gegen seine Abhängigkeit kämpfte. Und als er dachte, dass sein Sohn diesen Kampf gewonnen hätte, ließ Farfar die Bombe platzen und verließ seine Familie. Diese Puzzleteile hätte ich auch hinzufügen können, um die Geschichte zu vervollständigen, aber meine Stimme gehorchte mir immer noch nicht und Lou hatte alle Geduld der Welt, um alles aus Farfars Mund zu hören.

Sie würde ihm wohl den ganzen Tag lang zuhören.

»Und dann bist du hierhergekommen? Mit Amir? Nach Gettysburg?«

Er nickte. »Dann sind wir hierhergekommen. Amir zuerst. Er hatte einen Onkel, der hier an der Universität eine Gastprofessur hatte. Ich war schon … also, Linnéa – Oscars Farmor – und ich hatten uns schon vorher auseinandergelebt, und ich vermisste meinen Freund.« Er deutete ein Kopfschütteln an, um die Halbwahrheit wegzuwischen, die er für so lange Zeit unwillkürlich stehen gelassen hatte. »Ich vermisste Amir.«

»Ich war damals noch nicht einmal geboren«, sagte ich und fand endlich meine Stimme wieder, auch wenn sie noch ganz belegt klang. Farfar lächelte mich mit feuchten Augen an, vielleicht, weil es leichter war, die Geschichte mit etwas Hilfe zu erzählen; vielleicht auch einfach, weil er dankbar war, einen Moment Atem holen zu können, oder beides.

»Und wie lange habt ihr dann hier gelebt ... bevor Amir ...«

»Zehn Jahre«, antwortete er. »Zehn sehr gute Jahre.«

»Und in der Zeit habt ihr mit dem Foodtruck angefangen? Hier in Gettysburg?« Er nickte noch einmal. »Gab es damals überhaupt schon so viele Foodtrucks? Ich dachte, der große Boom begann erst vor ein paar Jahren mit diesem koreanischen Barbecue-Truck in L.A.«

Lou recherchiert einfach *alles*. Farfar lächelte.

»Amirs Familie betrieb einen beliebten Kebabimbiss in Mariehamn. Für ihn war das kein so großer Schritt – zumindest was die eigentliche Arbeit anbelangte. Für mich schon. Ich konnte ein bisschen kochen, aber ich hatte noch nie im Leben Munkar gemacht. Sie machten mich einfach glücklich und deshalb wollte ich unbedingt auch Munkar anbieten, auch wenn es eine seltsame Kombination war.«

»Ich weiß nicht«, sagte Lou. »Ihr müsst mal zum Gyros-Fest der großen griechisch-orthodoxen Kirche in York gehen. Da essen die Leute ein riesiges Gyros und kaufen sich hinterher süße Honigbällchen. Das ist doch auch nicht viel anders.«

»Louuu, das ist genau der Grund, warum ich dich so mag!«

Lou ließ ihre Hände, die mit dem Ende ihres Zopfes gespielt hatten, langsam sinken, als würde sie dahinschmelzen. Ich beobachtete sie und ehrlich gesagt, auch wenn ich noch immer etwas gekränkt war, schmolz ich auch ein bisschen.

»Es brauchte etwas Zeit, das beste Rezept auszutüfteln. Aber es war eine gute Zeit. Ich kann euch sagen, in dieser Küche herrschte totales Chaos, viele Monate lang. Aber es war ein neues Leben. Wir hatten das Gefühl, wir könnten einfach *alles* machen ...«

»Zum Beispiel Pizza an Lillajul«, fügte Lou hinzu und Farfar schmunzelte.

»Und ich wollte einfach nie wieder in einem Büro sitzen.«

»Hm. Ich weiß genau, was du meinst«, sagte ich.

Er verdrehte die Augen. Und Lou auch.

»Du kannst doch den halben Schultag in Mrs Bixlers Kochstudio verbringen«, sagte Lou. »So schlimm hast du es nun wirklich nicht.«

»Hey, ich reiß mir da den Arsch auf.«

»Ja, aber es macht dir *Spaß*.« Sie sah mich kopfschüttelnd an und ich musste wieder an das denken, was sie zu Mrs Bixler gesagt hatte. Es gab mir noch einmal einen Stich, auch wenn ich es nicht wollte.

»Und dann bist du also von heute auf morgen vom Ingenieur zum Donut-*Munkar*-Bäcker geworden?«, sagte Lou wieder an Farfar gewandt.

»Meine Ingenieurfähigkeiten konnte ich im Foodtruck aber auch unter Beweis stellen. Unser erster Imbisswagen war ein alter Bäckereiwagen. *Pepperidge Farm*.«

Farfar hatte jetzt dieses breite weggetretene Grinsen auf dem Gesicht. Seine Augen waren noch immer feucht, seine Wangen glühten.

Liebevoll und bis ins kleinste Detail beschrieb er den Umbau dieses ersten Trucks, während wir mit den abendlichen Vorbereitungen weitermachten. Unsere Verlegenheit und die vielen Emotionen machten uns nur noch redseliger und Lou spornte uns an weiterzuerzählen. Jetzt kamen die einfachen Teile der Geschichte, die ersten gemeinsamen Jahre von Farfar und Amir, als die beiden sich ins Zeug legten und mit ihrem Foodtruck schon bald regelmäßig an der Universität, auf Büroparkplätzen und in der Nähe von Großbaustellen hielten. Sogar einen regulären Standplatz im Battlefield Park hatten sie. Schließlich war es Zeit für ein Update und sie tauschten den alten Truck gegen einen neu(er)en – jenen, in dem Lou mit uns in den letzten zweieinhalb Monaten durch die Gegend getingelt war.

Farfar hatte inzwischen seinen ersten Probierbecher Glögg genommen und leckte sich wie jedes Jahr genüsslich die Lippen. Bis ich den Pizzateig vorbereitet und die Hälfte der Safranbrötchen geformt und auf Bleche gelegt hatte, war Farfar in seinen Erzählungen wieder am Ende seiner Zeit mit Amir angekommen. Dem Beginn seiner Tage mit mir.

»Und wie kam es«, begann Lou wieder, während Farfar sich einen weiteren Becher einschenkte, »dass du hierhergezogen bist? Aus Mariehamn?« Sie sah mich an, als ich die ersten zwei Bleche mit Safranbrötchen in den Ofen geschoben hatte und mich umdrehte, und ich blickte instinktiv hinüber zu Farfar.

Er kippte den Rest des winzigen Glögg-Probierbechers hinunter, lehnte sich an die Küchenspüle und holte tief Luft.

»Gubben war vier Jahre alt, als ich ihn zum ersten Mal sah. Damals in Mariehamn. Vorher hatte ich nicht einmal gewusst, dass er existierte.«

Er machte eine Pause und Lou schwieg wieder und wartete.

»Ein paar Monate, nachdem ich Amir verloren hatte, bekam ich einen Anruf von Linnéa – wir hatten nie wieder miteinander gesprochen, nachdem ich hierhergezogen war – ich müsste zurück nach Åland kommen. Sofort.«

Ich konnte sehen, wie er wieder ins Stocken geriet. Er murmelte ein »Sorry« und beugte sich hinunter, um Koopa auf den Arm zu nehmen, die gerade von ihrem Nickerchen auf der Fensterbank hereinstolziert kam. Während die Katze mauzte, flüsterte er ihr leise etwas ins Ohr, dann setzte er sie wieder auf den Boden.

»Das war, als mein Dad gestorben war«, erklärte ich.

»Oh Gott.« Lou schlug sich eine Hand vor den Mund, dann griff sie instinktiv nach ihrem Zopfende. »So kurz nach Amir?«

Farfar nickte, legte die Stirn in Falten und zupfte an seinem Pferdeschwanz – etwas, das ich ihn noch nie hatte machen sehen.

Aber er brachte denselben Satz hervor, den er schon vor Jahren zu mir gesagt hatte. »Ich verlor einen Sohn und gewann einen Enkel. Auf derselben Reise.«

»Was war mit deinem Dad passiert?«, fragte mich Lou und blickte dann zurück zu Farfar. »Dein Sohn? Doch kein weiterer Unfall?!«

»Filip hatte ein paar Probleme, als er in eurem Alter war. Drogen. Aber ich dachte, die hätte er hinter sich gelassen, als ich die Familie verließ. Ich dachte, es ginge ihm besser. Es ging ihm auch besser.«

»Er ist an einer Überdosis gestorben«, fügte ich hinzu. »Da war ich vier. Ich kann mich nicht wirklich daran erinnern.«

Ich konnte den Blick nicht deuten, den Lou mir zuwarf.

Aber es war nicht nur Mitgefühl. Und sie starrte mich eine gefühlte Ewigkeit lang an, bis ich schließlich sagte: »Da hätten wir dich brauchen können«, denn ich musste an ihren Vortrag vor ein paar Wochen in der Schule denken.

Sie versuchte zu lächeln, aber sie hatte denselben Ausdruck auf dem Gesicht wie Farfar zuvor – als würde sie diesen ersten Schwung frischer Morgenluft einatmen.

Ich konnte das alles immer noch nicht so richtig deuten, doch Lou stellte danach erst mal für eine Weile keine Fragen mehr.

Glücklicherweise füllte Farfar die letzten Lücken seiner Erzählung, auch ohne dass Lou nachhakte, aber mir fiel ihr plötzliches Schweigen auf. Wie sie mich weiter anstarrte, während Farfar redete, als würde sie mich analysieren und gleichzeitig durch mich hindurchsehen. Ihre letzten paar Versuche, Safranbrötchen zu formen, waren eine Katastrophe.

»Es war einfach zu viel Verlust für Linnéa. Zu viel verlangt, Oscar weiter allein großzuziehen. Zu dem Zeitpunkt zumindest war es zu viel. Ich nahm das Sorgerecht an, auch wenn ich Gubben erst seit ein paar Tagen kannte. Auch wenn ich furchtbare Angst hatte, dass es ein Desaster werden könnte.«

»Ein bisschen ist es ja auch ein Desaster geworden«, sagte ich grinsend und meine Nase wurde feuerrot.

»Ein bisschen«, gab er zu und grinste zurück. »Aber eigentlich sind wir doch bisher ganz gut klargekommen oder, Gubben?«

Ich nickte. »Ja, das sind wir.«

Und das stimmte auch. Wir kamen gut klar.

## KAPITEL 25

## BESSER ALS DIE DELUXE-VERSION

ICH HATTE GERADE DAS LETZTE BLECH SAFRANBRÖTCHEN aus dem Ofen geholt, da klingelten Maggie und Juliet – gleich nachdem Jorge und Jesus gekommen waren. Die Zwillinge schienen sich nicht besonders darüber zu wundern, dass Lou da war.

Nur als Maggie mit einem Grinsen Farfar fragte: »Ist das die Freundin?«, wunderten sie sich ein bisschen.

Lou war erstaunlicherweise die Erste, die daraufhin etwas sagte, während Jorge und Jesus versuchten, nicht loszuprusten, Farfars Ohren passend zu seinem Glögg-Flush knallrot wurden und ich mit offenem Mund vor mich hinstarrte. »Nein, das ist Skylar. Ich bin Lou«, erklärte sie und reichte Maggie die Hand. »Ich helfe einfach manchmal gerne im Truck aus.«

»Louuu ist eine enge Freundin von uns«, sagte Farfar, nachdem er sich wieder gefangen hatte, und legte einen Arm um ihre Schulter. »Und eine unentbehrliche Mitarbeiterin von *Hej-Hej!* GmbH & Co KG.«

Das war ganz schön dick aufgetragen. Aber es half, den

peinlichen Moment zu überbrücken. Zumindest bis Farfar unnötigerweise noch einen draufsetzte.

»Sie hat Jorge abgelöst«, sagte er, drückte Lous Schulter und zwinkerte Jorge zu. »Es war Zeit für einen neuen Blickfang.«

»Tja, er ist nun mal der Hässliche von uns beiden«, witzelte Jesus.

Farfar ging auf Juliet zu, die einen zappeligen, hechelnden Winston auf dem Arm hielt, und nahm ihr den Schmortopf mit den Mini-Würstchen ab. Damit richtete sich die Aufmerksamkeit aller glücklicherweise wieder auf das Essen – auf die nun fast vollständige Julbord-Tafel mit den dampfenden Safranbrötchen, den Tamale, der hausgemachten Salsa und Guacamole und nun auch Juliets seltsam klingenden, aber hochgradig süchtig machenden Würstchen in Chili-Soße und Traubengelee.

Ehrlich gesagt, war ich mir nicht einmal sicher gewesen, ob Lou überhaupt mitbekommen hatte, dass ich eine Freundin hatte. Bescheuert, ich weiß.

Alle machten es sich auf der Couch bequem, während Farfar für Maggie und Juliet und sich selbst (es war inzwischen schon sein vierter oder so) Glögg in große Becher füllte und dann kleine (unsere alten Mumin-Becher) an die »Kinder« – Jorge, Jesus, Lou und mich – verteilte. In diesem Moment sprang Koopa, die Zuflucht vor Winston suchte, auf Lous Schoß.

»*Hej hej lilla missekissen*«, flüsterte Lou, beugte den Kopf hinunter und vergrub ihre Hände in Koopas Fell. »*Mina lilla sötnos.*«

»Äh ...«, sagte Jesus und grinste vom anderen Ende der Couchgarnitur herüber. »Was war denn das?«

Lou wurde rot. Sie kraulte Koopa noch immer am Hals, und die schnurrte wie ein kleines Motorrad. Farfar eilte herbei, das Tablett mit dem Glögg in der Hand, und strahlte, seine beiden Lieblinge zusammen zu sehen. Er stellte das Tablett auf den Couchtisch und ließ seinen bislang beeindruckendsten Schwall von schwedischer Babysprache los.

»Moment«, sagte Lou mit großen Augen. »Was war das als Letztes? *Lilla pussgurka?*«

Farfar nickte. »*Pussgurka.*« Er konnte sich sein albernes Grinsen nicht verkneifen, der alte Quatschkopf. »Knutschgurke.«

»Knutschgurke?«, fragte Jorge. »Was soll denn das für ein Name sein?« Er versuchte, seinem Bruder den grinsenden Mund zuzuhalten, bevor dieser etwas sagen konnte. »Nenn mich bloß nicht Knutschgurke, *Burbujita.*«

»Wieso denn nicht, *Conejita?*«, gab Jesus zurück, stieß Jorges Hand weg und zwickte ihm ins Ohr.

»Jetzt seid ihr dran mit übersetzen«, sagte Farfar und grinste die Zwillinge an. Manchmal war es schwer zu glauben, dass die beiden die Klassenbesten waren.

»Unsere Tante hat uns so genannt«, erklärte Jorge. Er deutete mit dem Daumen auf Jesus. »Kleine Seifenblase«.« Und dann auf sich selbst: »Kleines Häschen«. Jesus war als kleines Kind ein bisschen pummelig – eben wie eine kleine runde Seifenblase.«

»Und Jorge hat immer überall Köttel fallen lassen.«

»Meine Großmutter hat mich immer ›Schnickelfritz‹

genannt«, erinnerte sich Maggie lächelnd, während sie an ihrem Glögg nippte. »Ich hab immer gedacht, das wäre nur ein Quatschwort, aber es heißt so viel wie ›Frechdachs‹.«

Dann zählte Juliet eine ganze Reihe von Spitznamen auf, die ihre Familie ihr gegeben hatte: Schnuckelputzel, Zuckerschnute, Furzknoten.

»Wie soll man denn das jemandem erklären?«, prustete Maggie los, während sie sich auf der Couch an Juliet kuschelte.

Und ich muss zugeben, ich hätte Farfar den ganzen Tag dabei zuhören können, wie er über die Wortherkunft von »Furzknoten« sinnierte.

Und dann, nach unserer ausschweifenden, erhellenden Diskussion über Kosenamen, von Haustieren zu Menschen, brachte Maggie es fertig, auf einen Schlag die peinlich berührte Stimmung wiederherzustellen.

»Also, wo ist denn nun diese Freundin?«


»Gubben, du hättest mir wirklich kein Lillajul-Geschenk kaufen müssen«, sagte Farfar, als ich ihm die in Wichtel-Geschenkpapier eingepackte Schachtel auf den Schoß legte, lange nachdem wir angefangen hatten zu essen und zu lachen und die jährlichen Mini-Origami für unseren kleinen Weihnachtsbaum zu basteln. Auch wenn wir die Origami-Tradition ursprünglich nur eingeführt hatten, um den Tag in die Länge zu ziehen, als wir noch zu zweit waren, war daraus eine Vorbedingung für den Geschenkeaustausch geworden. Jeder in der Wohnung musste mindestens einen Origami-

Anhänger für den Baum falten. Wir heben sie nie auf, damit wir im nächsten Jahr keinen Vorwand haben, diesen Teil zu überspringen.

Jesus hatte dieses Mal die Latte hoch gelegt, mit einem Weihnachts-Origami-Tyrannosaurus-Rex.

Farfar sagte das jedes Jahr – »Gubben, du hättest mir wirklich kein Lillajul-Geschenk kaufen müssen« –, auch wenn ich ihm nie etwas geschenkt hatte, bevor Maggie und Juliet zu unserer Feier gestoßen waren und Maggie begonnen hatte, heimlich mit mir einkaufen zu gehen.

»Eigentlich wollte ich dir auch gar nichts schenken«, antwortete ich mit einem Augenzwinkern. »Aber ich dachte mir, es wäre doch etwas seltsam, die Schlüssel zu meinem neuen Auto auszupacken und dann gar nichts für dich zu haben.«

»Woher wusstest du nur, dass ich einen Zweitschlüssel für den Prius habe machen lassen? Du verdirbst ja die ganze Überraschung!«

Jetzt war alle Aufmerksamkeit auf Farfar gerichtet, nachdem sie ihre Geschenke von ihm ausgepackt hatten: Maggie eine Flasche lokalen Wein, Juliet einen Bierkrug aus dem *Rogue's Roost*. Maggie saß auf der Couch, Juliet auf dem Boden zu ihren Füßen. Winston lag neben ihr und ließ Koopa endlich in Ruhe, um sich über seinen neuen Knochen herzumachen. Jesus lümmelte in der Ecke der Couchgarnitur und vergrub seine Füße zwischen den Polstern wie ein kleiner Junge. Jorge streckte sich vor dem Fernseher auf dem Fußboden aus und Lou saß auf einem der Hocker an der Kücheninsel und sah zu uns herüber.

»Was ist denn eine *Wii U*, Gubben?«, fragte Farfar und konnte sich ein Grinsen nicht verkneifen, während er das Geschenkpapier zerknüllte und die Schachtel auf seinem Schoß anstarrte. »Aber wir haben doch schon eine Wii«, sagte er und fügte dann beunruhigt hinzu: »Wie viel hast du denn dafür ausgegeben?«

»Nicht allzu viel«, sagte ich und grinste zurück. »Ist gebraucht.«

»Und veraltet«, fügte Jorge nicht sehr hilfreich hinzu.

»Und veraltet. Nintendo läuft inzwischen schon auf ganz anderen Systemen«, erklärte ich und warf Farfar ein zweites Geschenk auf den Schoß. Dann nahm ich seinen blauen Controller vom Couchtisch und zupfte an den Gummibändern, die das Batteriefach geschlossen hielten. »Außerdem ist dieses System kompatibel mit früheren.«

Ich beobachtete, wie Farfar sein unautorisiertes zweites Geschenk auspackte und vor sich hin nickte. Dabei stieß er einen Laut aus, der an einen zutiefst zufriedenen Bären erinnerte.

»Oh Gott«, stöhnte Maggie lachend.

»Komm, wir schließen das Ding gleich mal an, Gubben.«

»Für das neuere System haben sie eine Deluxe-Version herausgegeben«, erklärte ich und damit begann unsere langatmige, hochtechnische Diskussion über die Vor- und Nachteile von *Mario Kart 8* auf der Wii U gegenüber der Version 8 Deluxe auf der Switch. Währenddessen schloss ich die neue Wii an den Fernseher an und Farfar schenkte Glögg nach. Lou knabberte an einem weiteren Safranbrötchen und beobachtete uns schweigend von ihrem Hocker aus.

Ich dachte echt, dass ich ihn endlich übertrumpft hatte – dass ich mit meinem brillanten Geschenk für Farfar ein neues Level erreicht hatte, auf dem wir als Ebenbürtige Geschenke austauschten. Doch dann pausierte er das Spiel nach ein paar Runden, nachdem wir unser zweites neues Fahrzeug freigeschaltet hatten. »Ich muss dir doch auch noch mein Geschenk geben, Gubben«, sagte er und ging aus dem Zimmer.

Unter unserem kleinen Baum lag noch ein einziges unausgepacktes Geschenk, aber Farfar verschwand in seinem Zimmer und kam schließlich mit einem gelben Briefumschlag zurück.

»*God Lillajul*, Gubben.« Er reichte mir den Briefumschlag und lächelte verlegen. »*Och gratis på födelsedagen*. Alles Gute zum Geburtstag. Nun bist du wirklich schon ein alter Knacker, was?«

»Fühlt sich nicht an wie ein Schlüssel«, sagte ich, schüttelte den Umschlag und drückte ihn an allen Kanten.

»Nein, Gubben ... kein Schlüssel.«

Ich sah verwirrt zu ihm auf. Dann öffnete ich den Umschlag und zog ein paar Bögen Papier heraus.

Ein Reiseplan.

»Zeit für eine Reise in die Vergangenheit, Gubben. Um zu sehen, wo du herkommst.«

Zwei Wochen in Åland.

Nach meinem Schulabschluss.

Ich sah mir die ausgedruckten Fotos an, las die Daten und Zeiten, die wenigen Worte, die ich auf Schwedisch entziffern konnte, während Farfar alles erklärte.

Der Plan war, häufig nach Mariehamn zu fahren, aber in einem kleinen Cottage zu wohnen, wo wir auch zusammen kochen konnten. In Kvarnbo, in der Gegend, in der Farfar aufgewachsen war.

»Es ist auch für mich an der Zeit, in meine alte Heimat zurückzureisen, Gubben.«

**KAPITEL 26**

---

## DAS ENDE DER SELLERIE-SAISON

ICH WUSSTE SCHON SEIT WOCHEN, DASS ES PASSIEREN würde. Dass ich die Sache mit Skylar beenden musste. Ehrlich, sie war eine tolle Freundin. Sie war total locker drauf, gerne mit mir zusammen, nahm ständig meine Hand oder hakte sich bei mir unter. Und sie war scharf. Sie war definitiv scharf. Es hätte alles total einfach sein sollen.

Aber jedes Mal, wenn wir rumknutschten (was immer häufiger und intensiver der Fall war, seit sie an jenem Montag nach Thanksgiving, zwei Tage nach Lillajul, aus Ohio zurückgekommen war), machte mich diese nörgelnde kleine Stimme in meinem Kopf auf den Geschmack aufmerksam. Dieser verdammte Selleriegeschmack, den ich hinten auf meiner Zunge wahrzunehmen glaubte.

Ich meine, ist es möglich, dass manche Leute einfach nicht zusammenpassen – chemisch gesehen? Steckt hinter der Formulierung »Da stimmt die Chemie« wirklich reine Chemie? Sind einige von uns einfach mehr im Einklang, was ihre Geschmacksknospen anbelangt? Ist das die wissenschaftliche Erklärung für Seelenverwandte?

Das wäre ja wohl kaum Gegenstand von *Farfars Berufsschule* – und wenn doch, konnte ich mir schon lebhaft vorstellen, wie er sich über »Farfars Beratungsstelle für intime Beziehungen« amüsierte. (Wobei wir uns da auch noch einen besseren Namen einfallen lassen müssten.)

Aber jedes Mal, wenn ich diesen Selleriegeschmack bemerkte und mich krampfhaft bemühte, ihn nicht wahrzunehmen, hatte ich seine Worte auf der Rückfahrt von den Kreismeisterschaften im Ohr: Pass bloß auf, Gubben. Beziehungen können kompliziert sein, vor allem, wenn man sich nicht sicher ist.

(FBIB-Lektion Nummer II: Wie du beim Knutschen die Stimme deines Großvaters zum Schweigen bringst ...)

Wochenlang hatte ich diese Gedanken registriert. Ich hatte versucht, sie zu ignorieren und ein besserer Freund für Skylar zu sein. Denn das wollte ich wirklich. Aber es fehlte einfach etwas, auch wenn ich es noch so sehr herbeiwünschte – weil es alles so viel leichter gemacht hätte.

Ich bin ziemlich sicher, Farfar würde genau verstehen, was ich meine. Hundertprozent.

Es ist schwer zu ermessen, wie grauenhaft es gewesen sein musste, Farmor die Wahrheit zu sagen, nach *fünfundzwanzig Jahren.*

Sie wartete am Ende des Schultages an meinem Schließfach auf mich, an einem Freitag Mitte Dezember. Als ich meine Tasche von meinem Arm gleiten ließ, grinste sie mich an, als wüsste sie etwas, das ich nicht wusste, und drückte mir einen langen Kuss auf den Mund. Der Selleriegeschmack war immer noch da.

»Musst du dieses Wochenende arbeiten?«

»Ein bisschen wahrscheinlich. Aber kein großes Event oder so.«

»Meine Mom und ich wollen shoppen gehen.«

»Schön.«

»Meinem Dad hat sie gesagt, dass wir Weihnachtseinkäufe machen, aber in Wirklichkeit wollen wir nach einem Kleid für den Abschlussball gucken.«

Oh Mann, dieser Ausdruck auf ihrem Gesicht. Dieser verschmitzte Blick, diese leuchtenden Augen. Sie hakte sich bei mir unter und lehnte sich an mich, und ich kam mir vor wie ein totales Arschloch.

»Wow«, brachte ich hervor. »Ist es nicht ein bisschen früh für ein Abschlussballkleid? Ist der Ball nicht erst ...«

Sie missverstand meine Panik und da kaum jemand auf dem Gang war, beugte sie sich zu mir und küsste mich noch einmal. Und mein Gehirn konnte den Geschmack überhaupt nicht mehr ausblenden. Wie ist es möglich, dass die Chemie nur einseitig funktioniert? Wie ich wohl für sie schmecke?

Ich sagte es ihr im Auto. Im Prius, auf dem Schulparkplatz.

In den letzten Wochen hatte ich sie jeden Tag nach Hause gefahren, auch wenn ihr Bruder jetzt kein Fußballtraining mehr hatte und zur selben Zeit zurückfuhr.

Ich konnte ihr keinen guten Grund nennen – keine Erklärung liefern, die Sinn ergeben hätte (Sellerie?) –, also platzte ich einfach damit heraus, kurz bevor ich den Motor anließ. »Ich glaube, wir sollten Schluss machen.«

Für einen Moment sah sie mich vollkommen entgeistert an. Ihre Augen weiteten sich, ihr Unterkiefer klappte herunter und die Worte, die sie vielleicht entgegnen wollte, blieben ihr im Hals stecken.

»Okay.«

Das war alles, was sie sagte. Okay.

Sie blinzelte ein paar Mal, knetete die Träger ihrer Schultasche. Dann stieg sie einfach aus dem Auto, ging vom Oberstufenparkplatz zum allgemeinen Schülerparkplatz (vermutlich, um ihren Bruder abzupassen, bevor er losfuhr.) Und das war's dann.

Wir waren nicht mehr zusammen, sondern getrennt. Von einer Sekunde zur anderen.

Das nächste Wochenende fühlte sich seltsam an. Es regnete in einer Tour und die Temperatur bewegte sich um die fünf Grad. Es blieb also trist. Farfar hatte eine Zusammenarbeit mit einem Einkaufszentrum in Franklin arrangiert, dem die Kunden ausgingen. Wir sollten vor dem Haupteingang auf dem Parkplatz eines *JC Penney* stehen, um Weihnachtseinkäufer willkommen zu heißen/aufzuwärmen.

Wir verkauften vor allem heiße Schokolade und die eine oder andere Portion Munkhål oder Pommes. Doch die meisten Kunden, auf deren Gesichtern nicht der geringste Hauch von Weihnachtsstimmung lag, eilten im Regen an uns vorbei. Es war ein ziemlicher Tiefpunkt nach Lillajul – als wäre das nicht erst der Startschuss für die Vorweihnachtszeit gewesen, sondern schon das Hauptereignis selbst und wir hätten nun zur typischen Tretmühle im Januar vorgespult.

Unsere Reise nach Åland war noch Monate hin und Lou dachte an nichts anderes als an ihre Bewerbung für die Universität von Pennsylvania, die ihr diese Woche Bescheid geben sollte. Das war so ziemlich das Einzige, worüber Farfar und Lou die ganze Zeit im Foodtruck redeten. Die Gespräche drehten sich im Kreis – Lou geriet in Panik und Stress, Farfar machte ihr Mut und sprach noch einmal alle College-Pläne mit ihr durch, Lou verfiel wieder in Panik. Und so ging das immer weiter. Farfar schien das nichts auszumachen – er hatte ganz offensichtlich sogar Spaß daran.

Keine Nachrichten von Skylar. Ich fühlte mich gleichzeitig leer und erleichtert und schuldig und hatte keine andere Wahl, als den ganzen Tag Farfar und Lou zuzuhören.

Was hätte ich auch sonst tun sollen? Ich kam mir albern vor, über meine eigenen Probleme zu klagen – dass ich nach weniger als einem Monat mit meiner Freundin aus der Zehnten Schluss gemacht hatte, weil sie so merkwürdig nach Sellerie schmeckte –, während Lou sich über ihre perfekte Elite-Uni-Laufbahn sorgte.

Aber ich hätte es gerne getan.


»Du bist viel mehr bei der Sache als sonst, Gubben«, sagte Farfar am Sonntagnachmittag, als wir mit vereinten Kräften Lakitu ins Spiel gebracht hatten, unsere letzte freischaltbare Figur. »Wo ist überhaupt dein Handy?«

»Das lädt in meinem Zimmer auf.«

Er starrte mich einfach nur mit hochgezogenen Augenbrauen an, bis er seinen Blick schließlich auf Koopa richtete, die auf seinem Schoß lag. »Irgendwie hab ich das Gefühl, das ist nicht die ganze Geschichte, *lilla pussgurka*.«

»Ich hab mit Skylar Schluss gemacht.«

»Hm.«

»Was hm?«

»Nichts hm. Bist du in Ordnung?«

»Ja, ich glaub schon. Es war scheiße. Ich fühl mich immer noch schlecht deshalb, aber auch ... erleichtert. Sie wollte an diesem Wochenende ein Kleid für den Abschlussball kaufen.«

»Ist der Ball nicht im ...«

»Nicht im Winter.«

»Hm. Diese Sky-*lar* mochte dich wohl wirklich sehr.«

Ich nickte noch einmal und starrte unverwandt auf das Pausenmenü.

»Es tut mir leid, Gubben. Ich weiß, dass sich so was nicht gut anfühlt. Ich glaube, es ist schwieriger, selbst Schluss zu machen als ... den Laufpass zu bekommen, oder?«

»Wenn dich jemand abserviert, brauchst du wenigstens keine Schuldgefühle zu haben.«

»Das ist ein furchtbarer Ausdruck, Gubben. Jemanden abservieren.«

»Es fühlt sich ja auch furchtbar an. Sie hat ja überhaupt nichts falsch gemacht.«

»Nein, sie hat nichts falsch gemacht«, antwortete Farfar und seine Stimme wurde zu einem leisen Brummen. Dann stieß er einen langen, langsamen Seufzer aus – einer von der Sorte, der meist einem Bier vorausging. »Aber man kann nicht immer beeinflussen, welche Gefühle man für jemanden hat. Später wäre es nur noch schwieriger geworden. Du hast das schon richtig gemacht.«

Farfar hatte mich nie gefragt, was ich für Skylar empfand. Er wusste es einfach.

»Heißt das, dass du heute den ganzen Abend mit mir zu Hause bleibst, Gubben?«

»Ich denke schon. Zwei begehrte Junggesellen, eine Katze und *Mario Kart*.«

»Hm.«

»Hm was?«

Er stand auf und setzte eine jaulende Koopa auf den Fußboden.

»Auf geht's. Zeit für Monster-Burger. Wir haben heute noch ordentlich was zu tun.«


An diesem Abend haben wir viel geredet, bei Monster-Burgern und endlosen Runden *Mario Kart* auf der »neuen« Wii. Wie immer wusste er irgendwie genau, was ich brauchte, und wir verbrachten viel Zeit damit, meine Pläne für die Zukunft durchzusprechen. Realtalk. Die Kosten für die Eröffnung eines richtigen Cafés im Vergleich zu den laufenden Kosten für den Foodtruck. Die Möglichkeit, beides zu betreiben und wie viel Hilfe wir dafür bräuchten und wie viele Stunden wir noch in einen Tag packen könnten, um das zu schaffen.

Es schien alles unmöglich und gleichzeitig so unmöglich perfekt zu sein – wenn das irgendeinen Sinn ergibt. Ich sah den Weg genau vor mir. Ich konnte mir vorstellen, wie Farfar und ich das alles zusammen machten. Ich konnte mir vorstellen, wie ich selbst eine führende Rolle übernahm, Entscheidungen traf und derjenige war, der vor dem Morgengrauen in meiner eigenen Küche stand und der abends das Licht ausmachte. Total erschöpft und überarbeitet und zufrieden, weil ich endlich auf das hinarbeitete, was ich wollte.

Allerdings schalteten wir an diesem *Mario-Kart*-Abend auch noch einigen Blödsinn frei.

## KAPITEL 27

## EINE GLATTE ABSAGE

LOU SAH VÖLLIG FERTIG AUS, ALS SIE IN DER WOCHE VOR den Weihnachtsferien ins Kochlabor kam. Ich arbeitete gerade an ein paar neuen Cupcake-Variationen, die hoffentlich irgendwann auf unserer Menükarte fürs Café stehen würden. Sie trug eine alte graue Jogginghose, die ich noch nie an ihr gesehen hatte, und ein verblasstes übergroßes Ravenclaw-Sweatshirt. Was für sich genommen ja noch keine große Sache war – ich ziehe mich ja meistens auch nicht gerade todschick an –, aber Lou bewegte sich auch langsamer als sonst und ließ sich auf ihren üblichen Stuhl fallen, als hätte sie am Vortag stundenlang Sport getrieben. Ihre Haut sah blass aus, ihre Mundwinkel hingen nach unten – echt, ich dachte schon, sie hätte vielleicht Grippe.

»Alles in Ordnung?«, fragte ich, den Messbecher in der Hand.

Zuerst sagte Lou überhaupt nichts, bewegte sich nicht einmal. Starrte einfach auf ihre Schultasche auf dem ansonsten leeren Tisch. Sie sah aus, als würde sie gleich anfangen zu weinen.

»Ich bin nicht reingekommen«, sagte sie schließlich zu ihrer Schultasche und zog ihren Zopf nach vorn.

»In Pennsylvania?«

Sie nickte einmal kurz, fast unmerklich, und ihre Mundwinkel bewegten sich noch weiter nach unten.

»Überhaupt nicht.«

»Was bedeutet das – überhaupt nicht reingekommen?«

»Die wollen mich überhaupt nicht. Nicht einmal als allgemeine Bewerberin. Einfach … nein.«

»Oh.«

Ich stellte den Zucker zur Seite, nahm den Schneebesen und fing an zu rühren, während ich nach den richtigen Worten suchte.

Ich wollte jetzt wirklich das Richtige zu ihr sagen.

»Waren die Chancen nicht von vornherein verschwindend gering? Was hast du Farfar gleich noch erzählt – weniger als fünf Prozent der Bewerber werden überhaupt angenommen?«

»Ich weiß«, sagte sie und rieb sich die Schläfen. »Ich weiß. Aber ich hab gedacht, ich würde wenigstens auf die Warteliste kommen. Was stimmt denn nicht mit mir, dass sie mich nicht einmal für gut genug halten, um zusammen mit dem Rest der allgemeinen Bewerber berücksichtigt zu werden?«

»Das ist doch Quatsch, dass deshalb etwas nicht mit dir stimmt, Lou.«

Sie schien mich zu ignorieren und ließ den Kopf auf ihre Arme sinken, die sie auf ihre Schultasche gestützt hatte. Es tat mir echt leid für sie, aber ich hatte schon den ganzen

Samstag mit anhören müssen, wie Farfar und Lou über ihre Bewerbungschancen debattierten, und es kam mir allmählich zu den Ohren raus.

»Hast du dich auf diese Situation nicht ohnehin schon vorbereitet? Du hast doch noch eine ganze Liste von Unis, die du magst und die du jetzt anschreiben kannst. Was ist mit Buckminster ...«

»Bucknell«, murmelte sie in ihre Arme.

»... und Swarthington ...«

»Swarthmore.«

»... und Frankfurt und Mascha?«

Endlich hob sie den Kopf, die Lippen fest aufeinandergepresst und die Nasenflügel gebläht. »Du meinst wohl Franklin & Marshall?«

»Also, ich finde, da klingt mein Name besser.« (Ich gab mir wirklich Mühe, sie aufzumuntern.) »Musst du die Bewerbung und die Essays und den ganzen Kram überhaupt jedes Mal neu schreiben? Ist das nicht immer das Gleiche? Nimm dir einfach die nächsten auf der Liste vor, klick auf senden und schau nach vorn.«

Lou schüttelte den Kopf, dann zog sie den Reißverschluss ihrer Schultasche auf. »Du kapierst das einfach nicht.«

Was mich schon mal ganz schön wurmte, aber ich riss mich zusammen und konzentrierte mich erst mal darauf, den Teig in Formen zu füllen.

»Diese Unis sind alle total hart – fast so hart wie die Penn. Wenn ich es noch nicht einmal auf die Warteliste der Penn geschafft habe, wie soll ich dann in Swarthmore angenommen werden?«

»Heißt das etwa, du willst dich bei keiner anderen Uni mehr bewerben?«

Sie knallte einen schweren Ordner auf den Tisch und schnaubte verächtlich. »Doch, das habe ich ja schon.«

»Und wo ist dann das Problem?«

»Was, wenn ich bei keiner angenommen werde?«

»Dann gehst du eben woanders hin.« Sie verdrehte die Augen, als wäre ich total beschränkt, und ich merkte, wie es in mir zu brodeln begann. »Mach nicht so ein Drama daraus. Du wirst trotzdem an einer guten Uni angenommen werden, dir den Arsch aufreißen und die Karriere machen, die du willst. Das ist wirklich alles nicht so wild, Lou.«

Sie schüttelte schon wieder den Kopf und sah mich dabei nicht einmal an. Während ich mich abmühte, ihr zu helfen, das Ganze in den richtigen Relationen zu sehen, schlug sie ihren Ordner auf und beugte sich über ihre Arbeit, als wollte sie mich mit Nichtachtung strafen.

»*Du* brauchst dir ja über so etwas nicht den Kopf zu zerbrechen.«

Ich schob zwei Cupcake-Bleche in den Ofen und schlug die Tür kräftiger zu, als es nötig gewesen wäre. »Ja, ja, ich weiß schon. Mir ist meine Zukunft ja egal.«

Endlich sah Lou von ihrem blöden Ordner auf. »Das hab ich doch gar nicht ...«

»Lou! Ich hab dich damals gehört, verdammt noch mal!«

Sie starrte mich immer noch mit großen Augen an, bevor sie wieder den Kopf schüttelte und den Blick senkte. »Hör zu, ich hatte wirklich einen miesen Tag. Ich hab keine Ahnung, wovon du ...«

Ich schlug mit der Faust auf die Anrichte. Die Rührschüssel knallte scheppernd auf den Boden und der Spachtel hinterließ eine schmierige Teigspur auf den Küchenfliesen. Jetzt war ich kurz davor überzukochen.

»Warum kreuzt du überhaupt noch hier auf? Wenn du mich eh nicht ausstehen kannst – was zum Teufel machst du dann eigentlich hier?«

Ich weiß nicht einmal, wie ich den Ausdruck beschreiben soll, der sich in diesem Moment auf ihrem Gesicht ausbreitete, aber sie sah auf jeden Fall nicht mehr runter auf ihren Ordner. Sie sah mich an. Und ich explodierte. Ich umfasste mit beiden Händen die Kante der Küchenanrichte und drückte zu, bis meine Fingernägel sich in die Spanplatte darunter gruben.

»Du drängst dich in jeden Bereich meines Lebens. In der Schule. Zu Hause. Bei der Arbeit. Du bist überall. Du bist ein Herz und eine Seele mit meinem Großvater, du erzählst Mrs Bixler – *meiner* Lehrerin –, dass du mich hasst, dass ich mich einen Scheißdreck für meine Zukunft interessiere. Warum also bist du überhaupt noch hier? Warum musstest du dir gerade mein Leben aussuchen, um es so total zu verkorksen?«

Lou stand auf, blinzelte nervös – eigentlich ganz ähnlich wie Skylar im Auto – und begann ihre Sachen wieder zusammenzupacken. Ich sah, wie die erste Träne auf ihren Ordner tropfte, bevor sie ihn zurück in die Tasche stopfte.

»Dann hast du also mit Skylar Schluss gemacht«, sagte Terrance laut. Er platzte zur Tür herein, ohne aufzusehen, während er auf seinem Handy herumtippte.

Dann blieb er stehen und starrte uns an, das Smartphone immer noch in beiden Händen. Sein Blick ging von Lou zu mir und zurück zu Lou. »Ich hab nicht ... äh ...«

Lou warf ihre Tasche über die Schulter und eilte an Terrance vorbei, während ihr die Tränen jetzt richtig über das Gesicht liefen. Ich lockerte meinen Griff um die Tischkante. Meine Fingerspitzen fühlten sich ganz taub an, meine Schultern sanken herab.

Wenn ich mich schon leer gefühlt hatte, nachdem ich mit Skylar Schluss gemacht hatte, hatte ich jetzt das Gefühl, als würde ich total in mich zusammensacken.

»Damit hab ich nicht gerechnet«, sagte Terrance schließlich, mehr zu sich selbst als zu mir.

Dann kam auch noch Mrs Bixler ins Zimmer, ihren Kaffeebecher in der einen Hand und einen Stoß Papiere unter dem anderen Arm, und versuchte, sich einen Reim auf die gedrückte Stimmung zu machen.

»Warum weint Lou denn? Ich hab sie gerade auf dem Gang gesehen.«

Ich fuhr mir mit der Hand über das Gesicht und Terrance gab ein weiteres äußerst hilfreiches »Äh« von sich. Mrs Bixler stellte ihre Sachen auf der Küchentheke ab und musterte die Schüssel und den schmierigen Spachtel auf dem Fußboden.

»War wieder etwas mit ihrem Bruder?«

»*Was?*«

Sie schüttelte den Kopf. Dann bückte sie sich, um die Schüssel aufzuheben, und richtete sich seufzend wieder auf. »Ach nichts.«

»Der ganze Uni-Scheiß ist das Einzige, was sie interessiert«, sagte ich schließlich.

Mrs Bixler sah mich stirnrunzelnd an und schüttelte noch einmal den Kopf. »Holla, Oscar! Ich mag dich ja sehr, aber du hast wirklich keine Ahnung, was du da sagst.«

Und das hatte ich auch wirklich nicht.

Lou tauchte in den letzten beiden Tagen vor den Ferien nicht mehr im Kochstudio auf und würdigte mich in Rhetorik (dem einzigen Kurs, den wir zusammen hatten) keines Blickes. Ich glaube, selbst der unterbelichtete Bryce bemerkte es. Verwundert sah er sich zu mir um, als Lou sofort aus dem Zimmer stürmte, sobald es klingelte.

Am Anfang der Ferien war ich hundert Prozent ferienreif. Ich brauchte eine Pause – von allem.

Zum ersten Mal hatte ich in der Schule so was wie ein Sozialleben gehabt, und jetzt endete es schon wieder in einer totalen Katastrophe. Ich fühlte mich beschissen, hatte tausend Schuldgefühle und vor mir lag noch immer der Endspurt mit denselben blöden Hindernissen. Mehr als je zuvor sehnte ich mich danach, mich voll und ganz auf die Arbeit zu konzentrieren, die ich wirklich machen wollte. Ich wollte Essen zubereiten, das den Menschen ein Lächeln auf die Gesichter zaubert, planen, wie ich den Foodtruck in Zukunft erfolgreich betreiben könnte, und überlegen, ob ich wirklich in der Lage wäre, ein Café zu eröffnen. Alles andere wollte ich hinter mir lassen. Und nie mehr zurückblicken.

Aber das konnte natürlich nicht klappen.

## KAPITEL 28

## MEHR ALS NUR POMMES

DEN ERSTEN ABEND DER FERIEN VERBRACHTE ICH BEI DEN Zwillingen zu Hause. Josie war vom College zurück.

Da ihre Mom und Tante und Abuela in den Ferien fast jeden Tag kochen würden, gab es an diesem Abend einfach Pizza. Abgesehen von den frisch gebackenen Weihnachtskeksen natürlich, die ihre Abuela aus dem Ofen holte. Die wären ja nicht der Rede wert, sagte sie und lächelte stolz. Sie trug ein neues, übergroßes Sweatshirt mit dem Schriftzug der Loyola-Universität. Ihr Mann hatte das gleiche Sweatshirt an und die beiden sahen wirklich süß aus. Beide waren sie ein bisschen gebeugt vom Alter, aber sie wichen einander nicht von der Seite.

Einmal gab er ihr sogar einen Klaps auf den Po, während sie durch die Ofentür spähte, um nach ihren Keksen zu schauen. Sie schlug mit dem Topflappen nach ihm und erwiderte seinen Klaps. Er sprang ein Stück zur Seite und kicherte. Niemand anders war in der Küche, um sie zu beobachten. Ich konnte sie nur zufällig von meinem Blickwinkel auf dem Sofa aus sehen und war daher der einzige Zeuge.

Ich dachte an uns – an Farfar. Hätte ich so etwas auch beobachten können, wenn ich Amir kennengelernt hätte? Hätte dieser Teil von Farfars Leben auch solche kleinen Szenen enthalten, die einfach nur unglaublich süß waren? Zwei verliebte tatterige alte Männer, die in einem Imbisswagen herumtaperten und immer noch ganz vernarrt ineinander waren?

Hätte er mich daran teilhaben lassen?

»Jorge und Jesus haben erzählt, dass du in diesem Jahr gleich zwei Mädchen hattest, die an deinem Hals hingen, stimmt das?«, fragte Josie und legte drei Buben und eine Sechs, um mein mickriges Blatt zu schlagen. »Übrigens, ich hab gewonnen.«

Ich brachte ein »Ähm« hervor, während ich auf die unzähligen Karten starrte, die ich noch in der Hand hielt.

»Kaum bin ich an der Uni, entwickelst du dich zum reinsten Frauenhelden?«

Mein Gesicht und meine Ohren glühten.

Wir saßen an ihrem riesigen Esstisch, nach zu viel Pizza und noch mehr Weihnachtsplätzchen: Jorge, Jesus und ich. Javy und Josie.

Und Ayo.

Welchen Mädchenschwarm ich mir früher auch immer zum Vorbild genommen hatte – jeder verblasste gegenüber Ayo, Josies 1,95 m großem Fußballer-Boyfriend, den sie an der Arcadia University kennengelernt hatte. Er war nett, hatte Humor und wollte nach dem Abschluss im nächsten Herbst noch Jura studieren. Und ich war mir schmerzhaft bewusst, dass ich dagegen nur als ein missmutiger, wenig erfolgreicher Highschool-Schüler durchgehen konnte, der gut darin war, Dinge aus Äpfeln zu machen. Niemand trug direkt die Schuld daran, dass ich mich so fühlte. Es war ähnlich wie mit Lou – manchmal war es einfach nicht leicht, von so vielen Leuten umgeben zu sein, die gut in der Schule waren.

»Ich bin raus«, antwortete ich und knallte meinen Kartenstapel auf den Tisch. »Und ich würde sagen, im Moment hängt kein einziges Mädchen an meinem Hals.«

Jorge schmunzelte nur in sich hinein, aber Jesus warf ein: »Alter, Caleb wollte dir echt den Arsch versohlen …« Für einen Moment weiteten sich seine Augen und er sah sich erschrocken um, ob ihn seine Mom oder seine Abuela auch nicht gehört hatten, dann fügte er etwas leiser hinzu: »Aber ich hab ihn davon abgebracht.«

»Das war nett von dir, Jesus. Danke.«

Josie wollte natürlich alle Einzelheiten erfahren. Die Jorge und Jesus und sogar Javy genüsslich ausbreiteten, denn im Endeffekt sind sie doch alle Sickos, auch wenn sie nach außen hin noch so nett wirken.

»Aber ich weiß echt nicht, wie du auf zwei Mädchen kommst«, sagte ich kopfschüttelnd zu Jesus. »Ich hatte eine Freundin, und das für kaum einen Monat.«

»Hm, ich weiß nicht, wie *du* das nennen willst, aber wenn ein Mädel jeden Tag seine Freistunden mit dir verbringen will …« Jorge zog die Augenbrauen hoch und ließ sich Zeit, die Karten für das nächste Spiel zu mischen.

»Ich weiß auch nicht, wie man das nennt. Ich kann sie schließlich nicht …«

»Ja, ja, du kannst sie nicht *ausstehen*. Das haben wir alles schon gehört. Und trotzdem kreuzt sie jeden Tag auf und guckt dir beim Cupcake-Backen zu.«

»Ja, ja, immer diese Cupcake-Spielchen«, fügte Jesus grinsend hinzu und riss Jorge die Karten aus der Hand, um sie auszuteilen. Gott sei Dank.

»Wartet, von wem reden wir hier eigentlich?«, fragte Josie und beugte sich über den Tisch.

»Lou Messinger«, sagte Jorge. »Sie ist extrem clever, übernimmt gern die Führung und organisiert alles Mögliche.« Es war interessant, das aus Jorges Mund zu hören – schließlich war er der Einzige in der Klasse, der noch bessere Noten vorzuweisen hatte als Lou. »Und sie verbringt jede freie Minute mit unserem Oscar.«

»Ich habe es euch doch schon gesagt«, beteuerte ich, während meine Ohren wieder zu glühen begannen. »Ich weiß auch nicht, warum sie immer aufkreuzt – aufgekreuzt ist. Sie mag mich genauso wenig wie ich sie. Es ist Farfar, mit dem sie so eng ist, ehrlich.«

»Hm, ich hab sie in den letzten Tagen wieder in der Pausenhalle gesehen«, sagte Jesus. »Hast du ihr auch den Laufpass gegeben?«

»Stopp – ich hab ihr nicht …«

»Hat sie einen älteren Bruder?«, warf Josie ein, während sie auf ihr Handy guckte.

»Was?«

»Sagtest du Messinger? Ich frag mich, ob sie mit JJ verwandt ist.«

»Ja«, erinnerte ich mich. »Ich glaube, so heißt er. Er war

dabei, als Lou in Franklin mit uns im Foodtruck gearbeitet hat und ihre Eltern sie am Abend abgeholt haben. Ziemlich abgewrackter Typ.«

»Das muss er sein«, meinte Josie und blickte immer noch stirnrunzelnd auf ihr Handy. »Er war zwei Jahrgänge über mir. Damals war er ganz ähnlich, wie du Lou beschrieben hast. Ich weiß noch, dass er Zweitbester seines Jahrgangs war, im College-Eignungstest eine verrückt hohe Punktzahl erzielt hatte und sich für alles Mögliche engagierte. Und dann hat er einen Studienplatz an einer Elite-Uni bekommen.«

»Wow, an welcher denn?«, wollte Jorge wissen.

«University of Pennsylvania.«

Lous Bruder war an der UPenn gewesen!

»Und was macht er jetzt?«, fragte Ayo und spähte über Josies Schulter auf ihr Handy.

Josie sah zu mir auf und ich konnte ihren Gesichtsausdruck zuerst gar nicht richtig deuten. Besorgt vielleicht.

»Ich schätze, er ist zu Hause. Er hat das Studium abgebrochen. Angeblich ist er in seinem ersten Jahr in eine Burschenschaft eingetreten, ist auf die schiefe Bahn geraten. Ihr wisst schon, Alkohol, Drogen, und das war's. Zurück zu Hause ...«

Für einen Moment sagte sie nichts mehr – wir sagten alle nichts mehr. Dann erzählte Josie weiter: »Er war immer wieder in der Entzugsklinik. Ich hab gehört, dass er sich erst vor ein paar Wochen eine Überdosis verpasst hat. Zu Hause.«

»Echt jetzt?«, fragte Jesus. »Zu Hause? War Lou etwa dabei?«

Josie zuckte die Achseln. »Ich glaube, es war ein paar Wochen vor Thanksgiving. Ich weiß nicht, ob er jetzt immer noch zu Hause ist oder was.«

Allmählich dämmerte es mir. Ich sah ihn wieder vor mir, den nervösen leichenblassen Typen auf dem *Rogue's-Roost*-Parkplatz.

Lous Narcan-Demonstration, bei der sie mir so nah war und mich doch nicht richtig zu sehen schien. Ihre Reaktion auf Bryces dumme Kommentare danach.

Ein paar Wochen vor Thanksgiving.

Es war ungewöhnlich gewesen, dass Lou einen Tag Schule verpasst hatte und als sie zurückkam ...

*Manchmal hasse ich ihn einfach ... als wäre ihm seine Zukunft ganz egal ...*

Und dann ihre Reaktion, als Farfar die Geschichte von meinem Dad erzählt hatte.

»Oh Gott«, murmelte ich vor mich hin. Ich starrte auf die neuen Karten in meiner Hand, ohne zu kapieren, was sie bedeuteten.

»So schlimm, Oscar?«

»Sie hat von ihrem Bruder gesprochen.«

»Was?«

»Ich muss los.«


Das sollte jetzt der Part sein, in dem ich losrenne, um Lou zu suchen. Mich entschuldige. Alles erkläre. Mich noch mal entschuldige. Und so weiter.

Aber so einfach war es nicht. Es gab noch einiges, was ich alleine in Ordnung bringen musste.

Nachdem ich alle reihum umarmt hatte, noch ein paar weitere Weihnachtsplätzchen in mich hineingestopft und mich von der ganzen Familie verabschiedet hatte, kurvte ich mit dem Prius in der Stadt herum, am Bürgerkriegsdenkmal vorbei und schließlich zum Campus, bis es im Auto endlich mollig warm war. Die Studenten waren alle schon in den Ferien und der Campus, auf dem wir sonst oft an den Wochenenden parkten, wirkte wie ausgestorben. Ich starrte aus dem Fenster auf eines der alten Hauptgebäude. Die dunkle Silhouette seiner Kuppel hob sich leicht von dem dämmerigen Nachthimmel ab. Die Lüfter pusteten heiße Luft auf meine Füße und füllten das Auto von unten nach oben mit Wärme. Ich steckte meine Ohrstöpsel ein und drückte auf »Play«, um das nächste Kapitel von »Harry Potter« zu hören. »Der Weihnachtsball«, wie passend.

Ich weiß, die Tatsache, dass Lou an jenem Tag nicht von mir gesprochen hatte, war bestimmt nicht die wichtigste Enthüllung dieses Abends. Aber da blieb mein Gehirn irgendwie hängen.

Denn was änderte das eigentlich?

Wenn sie in all der Zeit, die wir in den vergangenen drei Monaten zusammen verbracht hatten – die vielen gemeinsamen Stunden im Kochstudio; das stundenlange Sortieren gammeliger Äpfel; die Liefertouren; die Tage mit mir und Farfar im Foodtruck oder in der Wohnung; der Ideenaustausch und das Pläneschmieden; die Einsätze, bei denen sie sich nahtlos in unsere Routine einfügte –, wenn sie mich also in all dieser Zeit nie gehasst oder über mich und meine Zukunftspläne hatte richten wollen ... dann ... ja, dann was?

Und was änderte das an meinen Gefühlen? Fast jeder Moment, den ich mit Lou verbracht hatte – selbst, wenn ich mir irgendwie erlaubt hatte, ihn zu genießen –, war davon geprägt, wie sie mich sah. Was sie meiner Vermutung nach über mich dachte. Der armselige Oscar.

Mein Gott, hätte Farfar mir das nicht stecken können?

Wenn ich all diese Momente, all diese Stunden zusammen noch einmal Revue passieren ließ, aber diesen toxischen Filter entfernte, sah die ganze Geschichte anders aus.

Einfach ein Mädchen, das, aus welchem Grund auch immer, gerne mit mir zusammen war ... das gerne mit mir zusammen war, während ich die Dinge tat, die mich begeisterten.


Sylvester war genauso furchtbar.

Lous Familie war weggefahren. Ich wusste nicht, wie ich Farfar das alles erklären sollte: Ich hatte Lou an einem ihrer bittersten Tage total gedisst, weil ich überzeugt gewesen war, dass sie die ganze Zeit auf mich herabblickte. Ich war zwar erleichtert gewesen, dass sich das als Irrtum herausgestellt hatte, aber gleichzeitig hatte ich erfahren, dass auch ihre Familie durch Drogen zerstört worden war. Und ganz ehrlich, sie hatte das sogar noch unmittelbarer miterlebt als Farfar oder ich.

Wie ich vermutete, hatte sie ihren Bruder mindestens einmal ins Leben zurückgeholt. Vielleicht auch mehr als das.

Ich weiß, Farfar hätte mir helfen können, da durchzukommen. Ich hätte mit ihm reden können.

Ich wollte auch nicht wirklich wahrhaben, dass Jorge nicht mehr so gerne im Foodtruck arbeitete. Aber nach dem Silvesterabend auf dem Lincoln Square war es nicht mehr zu leugnen.

Das Set-up war ganz ähnlich wie beim Weihnachtsshoppingevent nach Thanksgiving, nur mit sehr viel mehr Leuten. Selbst mit Lou am Fenster wäre es hektisch gewesen. Aber Jorge war nicht Lou. Er hatte seit dem Sommer nicht mehr im Truck mitgearbeitet.

»Oh Mann, ich muss spätestens um neun los. Ayanna nimmt Silvester total wichtig – ihre ganze Familie tut das. Sie bringt mich um, wenn ich nicht vor zehn da bin.«

Und ab 8:20 Uhr checkte er alle dreißig Sekunden sein Handy, steckte den Kopf aus dem Fenster und machte uns auf jede Familie aufmerksam, die nach dem Silvester-Countdown für die Kleinen um acht zusammenpackte und nach Hause ging.

»War schön, dich wieder dabeizuhaben«, sagte Farfar, klopfte ihm auf die Schulter und reichte ihm ein paar Geldscheine. »Ist bestimmt eine Last, als Einziger den Blickfang spielen zu müssen.«

Er seufzte, als Jorge sich abwandte und zu seinem Auto zurückging, um den Rest seines Abends mit Ayanna zu genießen. »Ich wünschte wirklich, Lou wäre hier, Gubben.«

»Ja. Ich auch.«

Und zwar nicht nur, weil wir zu zweit von neun bis lange nach Mitternacht total überrannt wurden. Farfar wechselte zwischen Drehspieß und dem Fenster, um Bestellungen entgegenzunehmen, und ich schuftete an der Fritteuse. Es schien, als wollte ganz Adams County das neue Jahr mit frischen Donuts einläuten.

In diesem Chaos aus Pommes und Munkar schaltete mein Körper auf Autopilot, brauchte meine letzten Reserven auf, doch meine Gedanken schweiften ab. Ich sah Lou vor mir, überlegte, was ich sagen sollte, wie es weitergehen könnte, wie es weitergehen würde.

Dieser Ausdruck auf ihrem Gesicht, als sie aus dem Kochstudio stürmte.

Ihr Gesicht, als sie sich während des Narcan-Vortrags über mich beugte.

Die Schulbeiratssitzung.

Wie sie sich über ihre Ordner beugte, während ich arbeitete. Und das Grün.

Ich dachte daran, wo wir letztes Jahr um diese Zeit alle gestanden hatten, als Jorges Hilfe auf dem Truck noch genug war, als es noch keine heiße Schokolade gab und keine überbackenen Kebab-Pommes. Dann dachte ich an die Zukunft und wusste, dass ich die Zeit nicht zurückdrehen wollte.

Und als ich an diesem Abend ins Bett kroch, gute zwei Stunden nach Beginn des neuen Jahres, wusste ich auch, dass es dabei um mehr als bloß Pommes ging.

## KAPITEL 29

## WER SAGT DENN, DASS DER TYP, DER DONUTS BACKT, CHARMANT SEIN MUSS

»ICH KAPIER EINFACH NICHT, WARUM DU MIR GEGENÜBER so ein Arschloch bist.«

Das waren ihre ersten Worte – das Erste, was Lou zu mir sagte, seit sie vor über zwei Wochen vor der Pause aus dem Zimmer gestürmt war.

Sie sah nicht einmal wütend aus, wie sie dort zehn Minuten nach Beginn der vierten Stunde in der Tür zum Kochstudio stand und mit den Händen die Querstange des Trolleys umklammerte.

Echt, sie sah eher verletzt aus. Verwirrt.

Das kommt jetzt vielleicht ein bisschen fies rüber, aber ich muss zugeben, dass ich irgendwie auch erleichtert war, denn das klang ja, als hätte sie ebenfalls die ganzen Ferien darüber nachgedacht.

Allerdings hatte ich mir ausgemalt, dass sie die vierte Stunde weiterhin in der Pausenhalle verbringen würde und ich sie dort abpassen könnte – sobald ich mir etwas zurechtgelegt und den Mut aufgebracht hatte. Ich würde sie um Hilfe oder einen Gefallen bitten und dann würde ich alles vor ihr ausbreiten, was ich ihr sagen musste, und alles wäre gut.

Dass sie schon vorher ins Kochstudio kam, darauf war ich nicht vorbereitet.

Mein gestammeltes »Äh … ja. Tut mir leid« brachte es natürlich nicht gerade.

»Nein, im Ernst jetzt«, sagte Lou, zog die Tür hinter sich zu und ging um den Trolley herum. Der Trolley war nicht nur mit ein paar Kisten *Fujis* beladen, sondern auch mit diversen noch verschlossenen Bechern. Alles, was die Cafeteria so als gemischte Früchte bezeichnete: Saftbecher, halb gefrorene Erdbeeren und Pfirsiche, Apfelmus. Dinge, die Lou hier noch nie angeschleppt hatte. Sie stellte sich mir gegenüber an die Kücheninsel. Ihre Hände fuhren nervös über ihre Hosenbeine. »Ich verstehe nicht, warum du mich so hasst.«

Für einen Moment brachte ich kein Wort heraus. Denn die Wahrheit war, ich behauptete ja *tatsächlich* die ganze Zeit, dass ich sie nicht ausstehen konnte. Bloß dass das eigentlich gar nicht stimmte.

»Lou«, sagte ich nach einer Pause, die viel zu lang gewesen war, denn in Lous Augen standen schon die Tränen. »Ich hasse dich nicht. Ich …«

Ich wischte mir die Hände an einem Geschirrtuch ab und fuhr mir durchs Haar. »Ich hab gedacht, du redest über mich.«

»Was?«

»Ich stand auf dem Flur. Ich hab gehört, wie du dich bei Mrs Bixler beschwert hast … *Manchmal hasse ich ihn ein-*

*fach. Es ist, als wäre ihm seine Zukunft ganz egal.* Ich dachte, du meintest mich. Ich wusste nicht ... ich wusste nichts von deinem Bruder ...«

Lou senkte den Blick, wischte sich die Augen. Ihre Mundwinkel zitterten. Sie schüttelte den Kopf und sah wieder auf.

»Wie kommst du nur darauf, dass ich so etwas über dich sagen würde?«, fragte sie, ohne auf die Sache mit ihrem Bruder einzugehen. Sie machte eine Handbewegung durch den Raum. »Du hast recht: Ich tauche jeden Tag hier auf. Eigentlich hab ich in dieser Stunde Unterricht, aber ich arbeite vor, nur um hierherkommen zu können.«

Ich blinzelte ein paar Mal und spürte, wie meine Schultern heruntersackten.

»Und du hast auch recht, dass ich mich in dein Leben gedrängt habe. Ich ... ich bin einfach gerne Teil deines Lebens. Teil von Farfars Leben. Und es tut mir leid, dass ich das getan hab ... es tut mir leid, dass ich mich aufgedrängt habe.« Sie sah hinunter auf ihre Schuhe. Eine Träne tropfte auf ihre Wange. »Aber was ich immer noch nicht verstehe: Nachdem ich so viele Anstrengungen unternommen habe, um in deiner Nähe zu sein – warum sollte ich so etwas über dich auch nur denken?«

Jetzt war ich dran, auf meine Schuhe zu starren. »Ich ... ich bin einfach ...«

»Warum *hasst* du mich?«

»Lou, ich hasse dich doch gar nicht ...«

»Meine besten Tage dieses Schuljahres – meiner ganzen Highschool-Zeit, Oscar –, das waren die Tage, die wir zusammen verbracht haben.«

Ich nickte, den Blick immer noch fest auf den Boden geheftet.

Ich wollte sagen »meine auch«, denn das stimmte wirklich. Aber ich brachte keinen Ton heraus.

»Also, was ist es? Was an mir ... oder dem, was ich tue ... bringt dich dazu ...«

»Lou ... du verstehst nicht. Es liegt nicht an dir.« Mein Atem zitterte, als ich tief Luft holte und mich zwang weiterzureden. »Ich bin nicht besonders schlau. Ich hasse Schule. Ich will nicht studieren. Und du ...« Als ich aufsah, wusste ich, dass auch ich Tränen in den Augen hatte – ich konnte sie nicht unterdrücken, so sehr ich es auch versuchte, so dumm ich mir auch vorkam. Doch plötzlich war Lou da, einen Schritt näher. Einen Schritt entfernt. »Alles an dir gibt mir ein schlechtes Gefühl, wenn ich mich selbst betrachte.«

Und dann küsste sie mich.

Ihre kalten Hände auf meinem Gesicht. Und als sie noch einen Schritt zu mir machte, ganz nah, konnte ich sie gar nicht fest genug an mich drücken.

Es war, als wären meine Muskeln alle verkrampft, verdreht, von den Kiefermuskeln bis zu meinen Armen, bis zu meinen Beinen – als würde mein ganzer Körper versuchen, mit ihrem zu verschmelzen.

Ich kniff die Augen zusammen, knetete ihren langen Zopf in meiner Hand – und schmolz.

Als wir uns irgendwann wieder voneinander lösten, sagte ich: »Okay. Das war jetzt kein schlechtes Gefühl.« Jetzt schwankten wir beide zwischen Lachen und Weinen.

»Oh mein Gott, jetzt weint ihr ja beide«, sagte Mrs Bixler, die plötzlich wie angewurzelt im Türrahmen stand.

Während des ersten Kusses zu heulen ist wahrscheinlich nicht gerade die geschmeidigste Art, die Sache anzugehen, ich weiß.
Aber es hat definitiv nicht nach Sellerie geschmeckt.

**KAPITEL 30**

# LOU LEGT LOS

DER AUSDRUCK AUF FARFARS GESICHT, ALS WIR AN DIESEM Nachmittag Händchen haltend durch die Tür kamen, war göttlich.

»Das wurde aber auch Zeit, Gubben«, flüsterte er mir zu und wischte sich überglücklich eine Träne aus dem Augenwinkel, während Lou mit Koopa schmuste.

»Du weißt ja gar nicht, was du da sagst«, entgegnete ich und gab ihm einen Knuff. Lou stand mit Koopa auf dem Arm auf und strahlte uns beide an, als wüsste sie genau Bescheid.

Und danach ist sie praktisch bei uns eingezogen.

Schon im Januar, als ich meine überempfindlichen Grübeleien eingestellt hatte und wir drei nun wirklich mit ganzem Herzen zusammenarbeiteten, wohnte sie quasi bei uns. Sie entfaltete plötzlich ganz neue Energien und legte richtig los.

»Sie erinnert mich an Amir«, sagte Farfar eines Abends zu

mir, als sie von ihrem Hocker in der Küche aufgestanden war, um ihre Eltern anzurufen. »Sprüht vor Ideen und Energie.«

»Und ich glaube, in der Organisation ist sie dir auch überlegen«, sagte ich mit einem Blick auf ihr offenes Notizbuch.

»Hm. Schon ein bisschen einschüchternd, finde ich. Oder?«

»Ja. Finde ich auch.«

Wir beratschlagten gerade, was wir im Winter mit dem Truck machen könnten – welche Verdienstmöglichkeiten es während der kalten Monate ohne Festivals gäbe, ohne Feiertage mit Menschenansammlungen oder auch nur genügend Passanten, damit sich ein Stellplatz in der Stadt rentierte. Wir redeten über Catering-Möglichkeiten und den Ausbau unserer Präsenz in den sozialen Medien (über meine simplen Instagram-Kenntnisse hinaus). Wir hatten sogar schon angefangen, eine Probe-Website für unser Unternehmen zu entwickeln, worin Lou, wie zu erwarten, richtig gut war.

»Mein Englischlehrer hat in der achten Klasse dieses große Projekt mit uns gemacht, für das wir unser eigenes Firmenprofil eines Süßwarenherstellers entwerfen sollten«, erzählte Lou später, als sie grinsend vor Farfars Laptop saß. »Meine Firma bekam den Preis für das beste Webdesign.«

»Wen wundert's«, sagte ich, beugte mich über ihre Schulter und schubste ihren Zopf in ihr Gesicht. »Mein Englischlehrer hat uns in der Achten ständig Testfragen gestellt, nach jedem einzelnen Kapitel von ›Die Outsider‹ und ›Hüter der Erinnerung‹.«

»›Hüter der Erinnerung‹ fand ich toll!«

»Hör auf.«

Im Februar fingen wir an, über die Möglichkeit eines richtigen Cafés zu reden – eine Idee, die ich noch kaum auszusprechen wagte, die Lou aber mit ihrem typischen Elan sofort aufgriff. Maggie und Juliet waren an diesem Abend auch dazugekommen, um sich bei den winterlichen Rekordtemperaturen, die nun schon über vier Tage anhielten, mit etwas Glögg aufzuwärmen. Maggie war total begeistert von der Idee – und von dem Menü, das wir entworfen hatten. Beiläufig erwähnte sie eine Immobilie in der Innenstadt, denn anscheinend besaß sie nicht nur die Kunstgalerie.

»Das hast du schon vor Jahren mit Amir überlegt, Erik. Weißt du noch? Kurz vor dem Unfall.«

Farfar nickte und sein Mundwinkel verzog sich zu einem kleinen Lächeln.

»Haben wir uns damals nicht sogar dieses furchtbare alte Schulhaus mit dem Brandschaden angesehen?«, warf Juliet vom anderen Ende der Couch ein, den schlafenden Winston auf dem Schoß. »Amir hatte einen Narren an dieser Bruchbude gefressen.«

»Es *war* eine Bruchbude«, sagte Farfar leise und stand auf, um sich etwas Glögg nachzuschenken. »Da hätte man viel Geld reinstecken müssen. Viel Arbeit.«

»Du warst wohl nicht dafür?«, fragte Lou.

Er nahm einen großen Schluck aus seinem Becher. »Ich mag die Freiheit, die man mit dem Foodtruck hat.«

»Du hättest schon zugestimmt«, sagte Maggie lächelnd. »Du hast immer alles mitgemacht, wovon er begeistert war.«

Farfar nickte noch einmal und hob den Blick. Er sah von mir zu Lou, die meine Hand drückte, und gluckste leise.

Dann sprach Lou zum ersten Mal über ihren Bruder, etwa einen Monat, nachdem er wieder einmal aus der Entzugsklinik zurückgekommen war. Sie erzählte, wie es gewesen war, ihn zu finden, diejenige zu sein, die etwas tun musste, um ihn zu retten. Und dann zu erleben, wie sich alles wiederholte, und das Gefühl zu haben, dass sie nichts tun konnte, um es zu verhindern, um ihm zu helfen.

»Ich bin mir ziemlich sicher, er müsste eigentlich früher von der Arbeit nach Hause kommen«, sagte Lou und lehnte den Kopf zurück, während Koopa sich auf der Couch an ihre Beine schmiegte. »Aber er macht meinen Eltern was vor, sagt ihnen, was sie hören wollen. Das macht mich ganz verrückt. Ich weiß gar nicht mehr, ob er wirklich noch der Bruder ist, für den ich ihn gehalten habe, als ich klein war.« Ihre Stimme stockte. Sie starrte an die Zimmerdecke und redete weiter. »Ich weiß, dass das nicht fair ist.«

Farfar erzählte ihr – erzählte uns beiden –, wie es gewesen war, so etwas als Vater mitzuerleben. Wie viel Schuldgefühle er hatte, weil er nicht da gewesen war, als es wieder passierte.

Wir redeten überhaupt viel über Schuldgefühle.


Ein paar Wochen später dann hatte Lou von jeder einzelnen der privaten Elite-Unis auf ihrer Liste eine Absage bekommen und brach in unserer Wohnung zusammen. Sie heulte Rotz und Wasser und ich dachte schon, sie würde Farfar an die Gurgel springen, als er versuchte, ihr zu erklären, dass sie nichts Besonderes war.

»So meine ich das nicht, Louuu«, beruhigte er sie und

legte eine Hand auf ihre Schulter. »Du bist unglaublich, und du wirst Fantastisches leisten – das tust du jetzt schon.«

Lou starrte auf den Teppich vor unserer Couch und schluchzte.

»Aber es gibt allein in diesem Land dreißigtausend Highschools. Mehr als dreißigtausend Jahrgangsbeste – mehr als dreihunderttausend, die zu den zehn Besten gehören. Allein in diesem Jahr. Es waren auch mehr als dreihunderttausend im letzten Jahr und im nächsten Jahr werden wieder dreihunderttausend dazukommen. Jede Schule hat eine Louuu.«

»Was soll das denn für eine Aufmunterung sein?«, fragte Lou, den Blick immer noch starr auf den Boden geheftet. »Ist das irgend so eine seltsame schwedische Weisheit, die sich nicht übersetzen lässt?«

»Aufmunterung ist nicht gerade seine Spezialität«, bestätigte ich.

»Irgendwie ist es doch befreiend, oder? Du bist nichts Besonderes. Niemand wartet nur auf dich. Keine Erwartungen. Du bist frei herauszufinden, was *dich* begeistert … und kannst dich darauf stürzen.«

Lou starrte ihn wütend an und stieß einen langen Seufzer aus. Befreit fühlte sie sich bestimmt nicht.

»Du hast einen Platz in Pittsburgh bekommen, oder? In ihrem Honors-Programm?«

Lou nickte.

»Ist das dieselbe Universität von Pittsburgh mit der renommierten Medizinischen Hochschule und der Weltklasse-Uniklinik?«

Lou nickte noch einmal.

»Dann hör auf, so verrückt zu spielen.« Lou riss vor Schreck die Augen auf, als sei sie gestochen worden. »Fang an zu studieren und lass dir beibringen, wie man Menschenleben rettet.«

In der folgenden Woche brachte sie uns beiden Pitt-Sweatshirts mit.

Im März nahm Lou sogar an unserem jährlichen March Madness *Mario-Kart*-Turnier teil – zusammen mit den Zwillingen und Javy und Maggie und Juliet. Als Lous Toadette während des zweiten Rennens fast den topplatzierten Yoshi besiegte, dann aber kurz vor der Ziellinie von einem blauen Panzer getroffen wurde, fing Lou an zu fluchen und konnte nicht mehr aufhören. Farfar verschränkte die Hände hinter dem Kopf und grinste breit und wir anderen lachten Tränen.

(Ich war in der siebten Klasse gewesen, als ich kapiert hatte, was unser March Madness mit einem Basketballspiel gemeinsam hatte.)

Anfang April saßen wir eines Abends im Prius. Ich hatte gerade einen meiner letzten Englisch-Essays vergeigt und fragte Lou in einem Anfall von Selbstzweifeln, wie sie überhaupt angefangen hatte, mich zu mögen.

»Na ja, zuerst hab ich das ja nicht«, sagte sie, was mir ehrlich gesagt einen kleinen Stich versetzte. »Nicht, dass ich dich nicht mochte. Ich hab immer schon gern dein Gesicht angesehen.«

»Was?«

»Du hast ein nettes Gesicht. Diesen Grübchen kann man nicht widerstehen.«

Da hatte sie ja gerade noch mal die Kurve gekriegt.

»Und wenn dann auch noch deine Ohren so zu glühen anfangen, bin ich hin und weg.« Sie beugte sich zu mir herüber und zwickte mir ins Ohrläppchen, das natürlich total heiß war. »Aber dann mochte ich auch, wie selbstbewusst und kompetent du in der Küche warst, im Angesicht dieses riesigen Apfelbergs. Ich weiß auch nicht, du bist dir irgendwie immer sicher, was du willst, nimmst es ernst und arbeitest hart dafür. Ich mochte es einfach immer mehr, daran teilzuhaben.«

Sie schüttelte den Kopf, sah aus der Windschutzscheibe und ließ ihre Hand auf mein Bein sinken. »Und als wir dann zum ersten Mal zum Christlichen Hilfsdienst gefahren sind ...«

»*Was?*«

»Oscar, echt jetzt, weißt du das nicht?« Sie sah mich wieder an. »Hilfsbereitschaft ist *hot*.«

»Hm. Okay. Gut zu wissen.«

»Ehrlich gesagt weiß ich gar nicht, ob ich dich überhaupt fragen sollte, wann du angefangen hast, mich zu mögen.«

Ich dachte an den »grünen Traum« und spürte, wie meine Ohren wieder feuerrot wurden.

»Hm, ist vielleicht auch besser so.«

Ich hab es ihr dann irgendwann trotzdem erzählt.

Als der Frühling richtig begonnen hatte, war die Festivalsaison nicht mehr fern, was wiederum bedeutete, dass die Schule bald zu Ende war – für immer. Wir redeten über unsere Abschlussfeier und unsere Reise nach Åland und unsere Zukunft, die schon bald Gegenwart sein würde. Trotz der letzten Hürden, die ich in meinen anderen Fächern noch zu überwinden hatte, fühlte sich alles perfekt an. Als würde alles, was ich mir immer gewünscht hatte, bald Wirklichkeit werden. Als würde jetzt mein wirkliches Leben beginnen.

Und es begann mit dem Festival in Smithsboro.

## KAPITEL 31

## SMITHSBORO

»ICH HAB EIN GESCHENK FÜR DICH, LOUUU«, SAGTE FARFAR an jenem Morgen – jenem ersten Samstag im Mai –, kurz bevor wir zum Truck runtergehen wollten. »Für dein erstes Festival.«

Ich hatte noch nie erlebt, dass jemand wegen ein paar kanariengelber Crocs in Tränen ausbrach. Lou zog die Gummischuhe sofort an und umarmte Farfar lang. Und ich weiß nicht, was sie ihm auf Schwedisch zuflüsterte, aber plötzlich waren auch seine Augen ganz feucht.

»Schon gut, schon gut. Wir sollten lieber aufbrechen, bevor ihr beide hier noch in Tränenfluten versinkt. Wir haben einen langen Tag vor uns.«

»Aaah, Gubben, für eine Umarmung haben wir noch Zeit«, sagte Farfar und zog mich mit einem Arm an sich, während er Lou in seinem anderen hielt und Koopa eifersüchtig jaulend um seine Füße strich.

Und das stimmte. Für *eine* Umarmung hatten wir noch Zeit.

»Wow, das wird ja jetzt schon heiß«, sagte Lou, die gelben Crocs vor sich auf dem Armaturenbrett platziert, als wir den Highway Richtung Maryland Line entlangrumpelten.

»Soll heute fast Rekordtemperaturen geben«, antwortete Farfar. »32 Grad. Bist du bereit zu schwitzen, Gubben?«

»Das tue ich schon.«

Aber die Fahrt war wunderschön. Wir kannten dieses Festival noch nicht, waren noch nie in Smithsboro gewesen, aber als wir vom Highway auf die kurvigen zweispurigen Straßen bogen und durch die weite Landschaft fuhren, ließ das gleißende Morgenlicht die grünen Felder aufleuchten. Ich schwöre, sie waren neongrün.

Farfar hatte ein paar Monate zuvor von diesem Festival erfahren, aus einem Zeitungsbericht der *Gettysburg Times*. Regional genug, um in unseren Kleinstadtnachrichten erwähnt zu werden. Er hatte Lou und mir von den neuen Mitgliedern des Gemeinderats von Smithsboro erzählt, die während des Festivals im Mai sogar einen Straßennamen ändern wollten.

In dem Moment schien mir das kein großes Ding zu sein – eine winzige Stadt, die einen ihrer Straßennamen ändern will –, aber Lou war total begeistert, sobald Farfar uns davon erzählte. *Garland Avenue* (benannt nach einem Südstaaten-General, der irgendwo in der Nähe in einer Schlacht gefallen war) wurde in *Unity Avenue* umgetauft.

Farfar hatte sich so über Lous Begeisterung gefreut, dass er sogar ein paar alte Fotos vom Millennium March vor fast zwanzig Jahren hervorgeholt hatte, der Pride-Parade, an der er mit Amir und Maggie und Juliet teilgenommen hatte. Auf den alten Fotos standen die vier strahlend vor dem Washington Monument und ich fand noch ein Foto von uns beiden am selben Ort, mit unseren gehäkelten pinkfarbenen Mützen.

Und Farfar hatte recht. Als wir mit unserem Truck am Leiter Park hielten – einer wunderschönen Grünfläche am Rande von Smithsboro, die sich bis zum Fuße der Appalachen erstreckte – und all die anderen Foodtrucks und die bunten Reihen von Händlern sahen, die um die behelfsmäßige Bühne in der Mitte herum auf dem Gras ihre Stände errichteten, wirkte alles perfekt.

Es würde ein großartiger Tag werden.

»Verflucht, es sind bestimmt schon 30 Grad«, stöhnte Lou und beugte sich aus dem Fenster, um Luft zu schnappen.

Es war noch eine Stunde bis zum Beginn des Festivals, aber auf den Gestellen standen schon die ersten Bleche mit Munkar-Teig und gewaschene Kartoffeln für den Pommes-Schneider, während eine große Portion davon in Streifen geschnitten neben der Fritteuse wartete. Der Bratspieß in der Ecke erhitzte die Luft noch mehr, während Farfar das Gemüse für seine Rullekebab zubereitete.

Lous Angewohnheit zu fluchen hatte sich seit der *Mario Kart* March Madness eindeutig verstärkt – und bei Lou war das Fluchen auf einmal liebenswert. Bei mir hatte Farfar das nie besonders liebenswert gefunden. Hm.

»Wir brauchen unbedingt Eiscreme«, sagte Lou und lehnte sich mit hochrotem Gesicht an den Tresen.

»Wir verkaufen keine Eiscreme.«

»Ich weiß, dass wir keine Eiscreme verkaufen«, antwortete Lou und verdrehte die Augen. »Deshalb schlage ich ja vor, dass wir Eiscreme verkaufen. Wir haben erst Mai und guckt euch doch mal um. Stellt euch bloß vor, wie das erst Ende Juli sein wird, in einem überfüllten Park wie diesem ohne Schatten. Wir parken hier doch in Satans Arschritze.«

Farfar stand an seiner Grillstation und kicherte, das aufgerollte Bandana schon schweißgetränkt und die Nickelbrille auf die Stirn geschoben, während er arbeitete. Lou sah aus, als würde sie so unter der Hitze leiden, dass sie nicht einmal ein Lächeln zustande brachte. Wenn es kalt war, kam sie wunderbar klar, aber Hitze schien ihr schnell zu schaffen zu machen.

»Das muss ich mir nicht erst vorstellen. Das machen wir schließlich jeden Sommer. Und du wirst das auch, wenn du uns nicht schon vor Juni hängen lässt.«

»Ich meine ja nur, dass man hier eine Unmenge Fucking-Eiscreme verkaufen könnte.«

Ich war immer noch jedes Mal irritiert, wenn ich sie fluchen hörte. Diese Schülervertreterin und erste Klarinettistin, dieses Mathe-Ass und Wunderkind fluchte wie der Koch einer heruntergekommenen Kneipe, der sich über wählerische Kunden ärgert. Echt, ich glaube, *Mario Kart* hatte bei Lou einen Damm gebrochen.

»Vielleicht hat sie recht, Gubben. Vielleicht könnten wir eine Unmenge Fucking-Eiscreme verkaufen.«

Mein Blick schoss zu Farfar und er hatte größte Mühe,

das Grinsen zu unterdrücken, das sich auf seinem Gesicht ausbreitete. Ich hatte ihn noch nie in irgendeiner Form fluchen hören und schon gar nicht erlebt, dass er das F-Wort in den Mund nahm. Doch dann bemerkte ich, wie er Lou zuzwinkerte.

Also, wenn *Mario Kart* bei Lou einen Damm gebrochen hatte, dann hatte Lou bei Farfar einen Damm gebrochen.

»Du verkaufst doch schon eine Unmenge Fucking-Munkar, Gubben. Warum also nicht …«

»Munkar-Eiscreme-Sandwich!«, rief Lou dazwischen, klatschte in die Hände und hüpfte vor Begeisterung sogar auf und ab.

Dann grinsten beide zu mir herüber, dem grüblerischen Bäcker, der mürrisch auf seine noch zu frittierenden Delikatessen starrte. Schließlich gab ich nach.

»Das würde bestimmt funktionieren«, räumte ich ein.

»Nicht wahr? Wie diese selbst gemachten Waffel-Eiscreme-Sandwiches, bloß besser, weil mit Fucking-Donuts, nicht wahr?«

Lou hatte die Arme ausgestreckt und beugte sich ein bisschen vor. Ihr Gesicht war jetzt nicht nur vor Hitze gerötet.

»Also, du fluchst ganz schön viel in letzter Zeit«, sagte ich. »Du weißt schon, dass das hier mein Großvater ist, oder? Dass du hier pausenlos mit dem F-Wort um dich wirfst, in der Gegenwart meines Großvaters?«

Lou warf einen bestürzten Blick hinüber zu Farfar, doch der lächelte wieder nur und winkte ab. Und dabei murmelte er etwas vor sich hin, was sich verdächtig nach ein paar ziemlich unflätigen schwedischen Schimpfwörtern anhörte.

»Wir sind bald startbereit, Gubben«, sagte er und wandte sich wieder zu seinem Grill. »Warum drehst du jetzt nicht deine Runde übers Gelände?«

Ich drehte meine Runde, zusammen mit Lou, Hand in schwitziger Hand, und zeigte ihr die Imbisswagen, die ich von diversen Festivals kannte. Bei jedem der anderen Foodtrucks blieben wir kurz stehen und warfen einen Blick auf die Menütafel. Die meisten von ihnen kamen aus Columbia oder Baltimore oder dem Norden von Virginia. Für eine Kleinstadt im ländlichen Westen Marylands war die Vielfalt beeindruckend, ebenso wie die wachsende Menschenmenge.

Dann machten wir einen Schlenker durch die Verkaufszelte, wo die meisten Händler gerade ihre letzten Waren auf den Tischen arrangierten – von Ölgemälden über Schmuck bis zu Zierkürbissen und Strohbesen.

»So ein Kürbiselfenhaus wünsche ich mir«, sagte Lou und drückte meinen Arm, als wir zurück nach draußen ins Sonnenlicht traten.

»Ein Geschenk zum Schulabschluss vielleicht.«

»Oh mein Gott, dafür würde ich dich ewig lieben.«

Ich sah sie an und spürte, wie meine Ohren wieder zu glühen begannen. Lou beobachtete es mit einem breiten vernarrten Grinsen und dann küsste sie mich.

»Ist das etwa Bryce?«, fragte sie, nachdem sie sich von mir gelöst hatte.

»Na, das ist vielleicht eine Überleitung.«

Doch dann folgte ich ihrem Blick zum anderen Ende des Parks, hinter dem niedrigen Maschendrahtzaun am Rande eines leeren Baseballplatzes.

Ich weiß nicht, wo sie herkamen. Wo sie geparkt hatten. Es war offensichtlich, dass es voll werden würde. Schon in der letzten halben Stunde hatten Familien und Festivalfans das Gelände mit Campingstühlen und Picknickdecken bevölkert, aber niemanden von ihnen hatte ich aus dieser Richtung kommen sehen. Es war nur eine Gruppe, alles Männer, und sie schienen nicht am kulinarischen Angebot des Festivals interessiert zu sein.

Ich weiß, dass dieser nichtsnutzige Feigling uns ebenfalls gesehen hat.

*Ich weiß es.*

Wir konnten seine alberne rote Mütze erkennen, bevor er in dem Pulk von Männern untertauchte.

»Was macht der denn hier?«

»Passt nicht so recht hierher, oder? Vielleicht interessiert er sich ja heimlich auch für Zierkürbisse.«

Viel mehr dachten wir uns in dem Moment nicht dabei. Uns blieb auch keine Zeit, weiter darüber nachzudenken.

Als wir zurück zum Truck kamen, tauchte ich die ersten Munkar in die Fritteuse, und in den nächsten paar Stunden konnte ich eigentlich über gar nichts nachdenken. Wenn das wirklich der Startschuss für mein Erwachsenenleben war, dann würde schon alles gut gehen.

Wir standen direkt an der Garland Avenue.

Ich hatte gar nicht auf die Straßenschilder geachtet, als wir ankamen.

Die Garland Avenue grenzte an den Park, ein paar Straßenblöcke von der Main Street entfernt am Rande der Stadt. Unser Fenster ging raus zum Park, sodass sich die Straßenschilder hinter uns befanden. Wir bekamen überhaupt nicht mit, wie sich die Menschenmassen dort versammelten.

Das sahen wir erst später auf den Fernsehbildschirmen.

»Was ist da eigentlich los?«, fragte Lou irgendwann gegen Mittag und lehnte sich aus dem Fenster. Da drehten wir uns beide um, sahen beide die nicht enden wollende Schlange von Kunden, die in dieselbe Richtung starrten wie Lou. Einige deuteten an unserem Truck vorbei auf die Straße dahinter.

»Wogegen protestieren die überhaupt?«, hörte ich Lou einen Kunden fragen, der noch am Fenster stand, eine Portion überbackene Kebab-Pommes in einer Hand und einen Becher Munkhäl in der anderen.

Es war überhaupt nicht möglich, sie zu verstehen. Nicht im Truck. Aber die Videoclips, die später in den Nachrichten gezeigt wurden (in erster Linie Handy-Aufnahmen), zeigten, wie diese erste Gruppe von »Demonstranten«, zu der auch Bryce und sein Vater gehörten, das alte Straßenschild an der Ecke Locust Street und Garland Avenue umstellten. Garland Avenue, die bald Unity Avenue heißen sollte.

Ich weiß nicht, ob Farfar sich überhaupt an sie erinnern würde. Einige von ihnen hielten eine riesige Südstaatenflagge wie ein Banner in die Höhe, als würden sie das armselige kleine Straßenschild beschützen wollen, und skandierten immer wieder: »Ja zum Volkserbe! Nein zur Volksverhetzung!«

Die *Söhne der Südstaaten-Veteranen*, wie ich später in den Nachrichten erfuhr. Aber das war erst der Anfang. Denn ich glaube, zuerst dachten sich die Leute nicht viel dabei. Ein Haufen von Idioten, die um ein Straßenschild stehen und herumgrölen. Die Polizei würde das sicher bald auflösen. Es war peinlich und bedauerlich, aber da waren immer noch die Bands, die auf der Bühne Songs aus den Siebzigern zum Besten gaben. Außerdem gab es tonnenweise tolles Essen zu probieren und Zierkürbisse zu kaufen.

Ich konnte beobachten, dass einige Leute, die vor unserem Foodtruck anstanden, etwas zurückriefen und den Demonstranten den Stinkefinger zeigten, aber sie blieben in der Schlange stehen, denn schließlich wollten sie noch ihre überbackenen Kebab-Pommes und Munkhål.

»Sie haben das Recht, zu protestieren, Gubben«, sagte Farfar. »Auch wenn sie Idioten sind.«

»Verfluchte Arschlöcher«, hörte ich Lou sagen. Ich sah, wie Farfar vor sich hin lachte – natürlich –, und dann konzentrierten wir uns alle wieder auf unsere Arbeit.

Doch eine Stunde später hatte die Polizei immer noch nicht eingegriffen. Es war wahnsinnig heiß und die Anspannung schien in der Luft zu flimmern – wie das Öl in der Fritteuse, bevor der Korb eingetaucht wird.

»Ich hab gehört, das Straßenschild soll um drei ausgetauscht werden«, erzählte Lou, als wir nach dem Mittagsansturm endlich einen etwas ruhigeren Moment hatten. »Aber die stehen immer noch da. Gott, diese Vollidioten müssen doch kaputtgehen in der Sonne.«

»Ist Bryce wirklich dabei?«, fragte ich. »Ich hoffe, er stirbt an einem Hitzschlag.«

»Gubben.« Farfar warf mir einen strafenden Blick zu, den ich nun wirklich nicht verdient hatte. »Er ist doch im Grunde noch ein Kind.«

»Ich kann sie von hier nicht sehen«, sagte Lou. »Aber ich wette, er ist dabei ... Hitzschlag wäre wirklich nicht das Schlechteste.«

Ich sah Farfar an und zog die Augenbrauen hoch – selbst seine geliebte Lou stimmte mir zu.

»Oha«, sagte Lou dann und trat vom Fenster zurück.

Im Grunde waren es einfach Festivalbesucher, die genug hatten. Von unserem winzigen Fenster Richtung Park aus hatten wir keine Möglichkeit gehabt mitzuverfolgen, was sich um uns herum zusammenbraute. Keine Möglichkeit, zu verfolgen, was inzwischen in den sozialen Medien verbreitet wurde. Wir sahen einfach immer nur einen kleinen Ausschnitt, nämlich die Schlange von Leuten, die für Kebab und Munkar anstanden. Aber als Lou jetzt zurücktrat, konnten wir beobachten, wie sich eine kleine Gruppe von Leuten aus der Menge löste und versuchte, die »Demonstranten« um das Straßenschild niederzubrüllen. Einige Leute in unserer Schlange standen wie erstarrt und hofften, der Strom würde sie nicht mitreißen, andere mischten sich unter die Menschenmenge, die brüllend auf die Straße drängte.

»Bleibt hier, Gubben.«

Lou und ich standen beide schweigend da – was uns wieder zu den Kindern machte, die wir im Grunde noch waren, auch wenn wir uns sicher anders verhalten hätten, wenn wir die Zeit hätten zurückdrehen können.

Farfar drückte noch einmal meine Schulter und kletterte dann aus der Fahrerkabine auf den Bürgersteig. Durch das Fenster konnte ich beobachten, wie alles zusammenbrach: Die Musik hörte auf zu spielen, sodass nur noch das laute Gebrüll beider Gruppen zu hören war. Familien und Freunde packten panisch ihre Campingstühle und Decken zusammen und flohen in die entgegengesetzte Richtung durch den Park, während andere in das Gegröle einstimmten. Niemand bestellte mehr etwas zu essen.

Lou nahm meine Hand, als ich neben ihr ans Fenster trat. Angst schnürte mir die Kehle zu. Ich war kaum in der Lage zu atmen, schon gar nicht zu sprechen. Farfar warf nur noch einen letzten Blick zu uns zurück, hob die Hand, um uns zu ermahnen, im Truck zu bleiben, und stürzte sich dann in das Chaos auf der Straße.

Lou und ich konnten das Epizentrum der Unruhen ausmachen, wenn wir uns aus dem Fenster beugten und hinter den Truck in Richtung Straßenecke spähten. Die Kreuzung von Locust und Garland Street war weniger als einen Häuserblock entfernt. Locust und Unity.

Viele der ursprünglichen Demonstranten – die *Söhne der Südstaaten-Veteranen* – waren gegangen. An ihrer Stelle waren Mitglieder gewaltbereiter Gruppierungen zusammengekommen, die den Kampf für sich reklamieren wollten. *Ku-Klux-Klan*. *Proud Boys*. Ein paar Angehörige der rechtsradikalen *American-Identity-Bewegung*. Sie wurden später alle in den Nachrichten aufgezählt. Kleine Horden von Hassrednern – die niedrigste Stufe der Menschheit –, nicht mehr als zwanzig Leute, zurückgedrängt und ausgebuht von Gegendemonstranten und verärgerten Festivalbesuchern.

Nur Bryce war noch da, stand wie angewurzelt in der Mitte des ganzen Tohuwabohus.

»Mein Gott, das ist ja die reinste ...« Lou brachte ihren Satz nie zu Ende, denn von der Straße waren jetzt entsetzte Schreie zu hören.

In meinem Kopf hallten die Schreie ewig nach – endlose panische Schreie in der Hitze des Nachmittags –, aber in Wirklichkeit waren es nur ein paar Sekunden.

Die Menge sprengte auseinander. Ich erhaschte einen Blick auf Bryce, der immer noch reglos auf der Straße stand und sich nach dem Auto umsah, das auf ihn zuraste. Und dann machte Farfar einen Hechtsprung auf die Straße, um ihn aus dem Weg zu stoßen.

Ich stand da, die Füße wie festgeleimt auf dem klebrigen Boden des Trucks, und sah zu, wie Farfar durch die Luft flog wie das Kuscheltier eines Kindes, das zum Superhelden wird, wie ein schlaksiger Teddybär, der von seinem stümperhaft genähten Umhang selbst erdrosselt wird.

## KAPITEL 32

## REWIND. REPLAY.

AARON CRUE.

Das ist der Name des Typen, der ihn angefahren hat.

Vierundzwanzig. Student am örtlichen Community College. Strafrecht, glaube ich, auch wenn er (soviel ich weiß) noch nicht sehr weit war mit seinen Kursen.

Doch zu dem Zeitpunkt wussten wir das alles noch nicht. Wir wussten nicht, dass er aus der sich auflösenden Gruppe von »Demonstranten« davongestürmt war und den Gegendemonstranten lauthals gedroht hatte, dass sie es alle noch bereuen würden. Wir wussten nicht, dass ihm ein paar der Gegendemonstranten die Locust Street hinauf bis zu seinem Auto folgten. Sie grölten noch immer und einige lachten sogar und pöbelten ihn an. Wir wussten auch nicht, dass sie nicht einmal richtige Gegendemonstranten waren, sondern nur angepisste Festivalbesucher, die sich über den Fanatismus dieses Typen aufregten. Oder dass sie sein Auto mit Essen bewarfen, als er vom Straßenrand auf die Fahrbahn fuhr.

Kann sein, dass Farfar einiges davon beobachtet hat. Ich

weiß es nicht. Ich weiß nur, dass er sah, wie Aaron Crues Auto (ein alter Chevrolet Malibu, ganz ähnlich dem von Lou, bloß weinrot) rückwärts auf die Kreuzung zuschoss. Dass er sah, wie die meisten Leute zur Seite sprangen, aber Bryce aus irgendeinem Grund immer noch ahnungslos auf der Straße stand, dem Park zugewandt, wie versteinert in all dem Chaos. Im Grunde noch ein Kind.

Farfar hat ihn gerettet.

Ich kann nicht glauben, dass er ihn gerettet hat.


An dem Tag, nachdem wir aus Gettysburg aufgebrochen und mit dem Truck auf den kurvigen Landstraßen durch den Westen Marylands gerumpelt waren, stand ich allein am Rande des Parkplatzes dieses namenlosen Krankenhauses, anscheinend in Hagerstown, und starrte auf die Patchwork-artigen Grüntöne der Appalachen und versuchte dieses furchtbare letzte Bild von Farfar aus meiner Erinnerung zu löschen.

Ich erinnere mich an diesen Tag vor vielen Jahren, als wir aus Caledonia zurückfuhren und ein Reh auf die Straße sprang. Der Minivan auf der entgegengesetzten Fahrbahn versuchte vergeblich, rechtzeitig zu bremsen. Ich erinnere mich, wie das Reh in Zeitlupe seitlich von der Motorhaube abprallte und sich wie ein Kreisel auf der Fahrbahn drehte, bis es ein paar Meter vom Straßenrand im hohen Gras liegen blieb.

(Und wie wir beide weinten, als wir ein paar Minuten später nach Hause kamen.)

Das ist der beste Vergleich dafür, wie Farfar aussah, als sein Körper von der hinteren Stoßstange des roten Malibus abprallte.

Als ich nun auf dem Krankenhausparkplatz stand, versuchte ich, mir unsere gemeinsamen Momente auf dem Sofa in Erinnerung zu rufen, wenn wir unsere *Mario-Kart*-Figuren auf dem Bildschirm anfeuerten. Oder Farfars brummelnde Stimme, mit der er der verzückt schnurrenden Koopa in seinen Armen alberne schwedische Koseworte zuraunte. Oder die Berührung seiner rauen Hände auf meinen Kinderhänden, als er mir beibrachte, wie man Teig richtig knetet.

Aber es gelang mir nicht.

Alles, was ich sehen konnte, wie ein schreckliches Internet-GIF, war nur immer wieder sein Körper. Dieser Moment des Aufpralls, wie er so unglaublich schnell und unglaublich weit von der Stoßstange des Malibus wegkatapultiert wurde und parallel zur Straße ausgestreckt durch die Luft flog, die Arme wirbelnd wie die Rotorblätter eines Helikopters, bevor er im Gras am Rande des Parks liegen blieb.

Immer wieder und wieder.

Rewind. Replay.

*Mein Gott, Farfar.*


Ich bin nicht sicher, wie lange ich schon dort gestanden hatte, als die Polizistin von hinten an mich herantrat und mir eine Hand auf die Schulter legte. Aber das war der Moment, in dem ich merkte, wie sehr ich zitterte. Es war das erste Mal, dass ich einen Fuß nach draußen gesetzt hatte, nachdem ich am Vortag zum Krankenhaus gekommen war, und dieser Morgen war so ganz anders als der zuvor – bewölkt, feucht, aber kühl, die Luft schwer von Nebel.

»Oscar, nehme ich an?«

Ich nickte, ohne sie anzusehen, aber schon meinen Namen zu hören, ließ mir wieder die Tränen in die Augen steigen.

»Es tut mir leid, was passiert ist, Oscar«, sagte sie, und auch wenn ich wusste, dass das nur eine Einleitung war, um an die Informationen zu kommen, die sie haben wollte, klang es aufrichtig. Es war dieselbe Polizistin, die Lou und mich zum Krankenhaus gefahren hatte, im Gefolge des Krankenwagens mit Blaulicht.

»Ich muss noch über ein paar Dinge mit dir sprechen. Bevor du nach Hause fährst.«

Bei der Erwähnung unseres Zuhauses sah ich Koopa vor mir, die bestimmt die ganze Nacht über an der Wohnungstür gemauzt und sich gewundert hatte, warum noch niemand aufgetaucht war, um sich um sie zu kümmern. Der Gedanke an die verängstigte Koopa gab mir den Rest und alles, was ich tun wollte, war, zurück nach Pennsylvania zu brettern, zurück in eine Zeit vor diesem absoluten Desaster-Wochenende.

»Oscar, kannst du noch einmal für einen Moment mit mir nach drinnen kommen?« Ihre Hand strich über meine Schulter und mir wurde plötzlich klar, dass ich noch nicht einmal wusste, wo sich der Truck befand.

Sie führte mich über den Parkplatz und ich konnte durch die Fenster der Notaufnahme in den überfüllten Warteraum sehen. Auf dem Fernseher an der Wand lief CNN, die immer wieder die Szene in Smithsboro abspielten, genau wie in meinem Kopf. Ich wandte den Blick ab, bevor der rote Malibu auftauchte und Farfar aus dem Bild katapultierte.

Noch mehr Handy-Aufnahmen. Von der Umgebung unseres Stellplatzes.

Ich schüttelte den Kopf. Ich konnte da noch nicht wieder reingehen.

Die Polizistin folgte meinem Blick. Sie musste verstanden haben, denn sie blieb stehen und schlug vor: »Wie wäre es, wenn wir uns hier drüben auf den Kantstein setzen?«

Ich nickte, immer noch ganz zittrig, und ließ mich von ihr den Fußweg entlangführen, weg von dem Eingang mit den Schiebetüren. Ich setzte mich auf den glatten Zementkantstein und lehnte mich mit dem Rücken gegen einen Backsteinpfeiler, damit ich den Fernseher im Warteraum nicht mehr sehen musste und auch nicht die Leute, die sich darum versammelt hatten. Einige weinten, einige deuteten aufgeregt auf den Bildschirm, andere tippten auf ihren Handys, ohne den Blick vom Fernseher zu nehmen.

Rewind. Replay.

Es war schwer, wegzugucken.

Ich kann mich kaum noch erinnern, welche Fragen die Polizistin mir gestellt hat, und ich hatte auch nicht viele Antworten. Wer wir waren und warum wir zum Festival gekommen waren, konnte ich ihr sagen, aber über alles andere wussten wir nichts.

Als sie mit der Befragung fertig war, sah sie noch einmal durch die Glastüren in den Warteraum der Notfallaufnahme und dann zurück zu mir.

»Komm«, sagte sie. »Wir gehen durch einen anderen Eingang.«

Als wir in den vierten Stock zurückkamen, war plötzlich Lou da, saß in dem kleinen Wartebereich der Intensivstation.

Ich musste inzwischen ziemlich würzig gerochen haben, noch immer in denselben Klamotten, denselben klebrigen Crocs vom Festival am Tag zuvor, doch Lou zuckte nicht zurück, als ich sie umarmte. Es war eine lange Umarmung.

Ihre Eltern waren am Abend zuvor hergekommen, um sie nach Hause zu fahren. Zuerst hatte sie sich gesträubt und verlangt, mit mir in Farfars Zimmer zu bleiben. Alle drei waren in Tränen aufgelöst gewesen. Aber da sie nicht zur Familie gehörte, musste sie schließlich nachgeben, unter der Bedingung, dass sie am nächsten Tag wiederkommen könnte und ich sie anrufen würde, wenn es Neuigkeiten gäbe.

»Wie geht es ihm?«, fragte sie jetzt, als sie sich nach einer Ewigkeit ein Stück von mir löste.

Ich klammerte mich an ihren Zopf wie an eine Rettungsleine. Meine andere Hand krallte sich am Saum ihres Girl-Scout-Summer-Camp-T-Shirts fest und ich erzählte ihr das wenige, was ich wusste. Hauptsächlich, dass er immer noch nicht ansprechbar war, auch nachdem sie über Nacht die überschüssige Flüssigkeit in seinem Gehirn abgeleitet hatten.

Der Unfall war keine vierundzwanzig Stunden her und bei den Krankenschwestern schien die Erleichterung zu überwiegen, dass sein Zustand stabil war. Aber stabil bedeutete, dass er künstlich beatmet wurde und noch nicht wieder aufgewacht war. Stabil bedeutete, dass die Platzwunden verarztet waren, die er sich zugezogen hatte, als er immer wieder auf dem Asphalt aufgeprallt war, wie ein Gummiball, und dass sie nach Anzeichen von inneren Blutungen Ausschau hielten.

Stabil bedeutete, dass sie mir nicht sicher sagen konnten, ob er jemals wieder aufwachen würde.

Nachdem Dr. Chadry mit diesem dritten nichtssagenden Update zu uns gekommen war, blieb er stehen und blickte mich und Lou an. Wir saßen jeder auf einer Seite von Farfars Bett und hielten seine Hände.

»Es ist okay, wenn ihr eine Weile nach Hause müsst.«

Ich schüttelte einfach nur den Kopf, konnte ihn nicht ansehen.

»Ich denke, er ist jetzt erst mal stabil …«

*Stabil.*

»Wir rufen auch sofort an, wenn sich irgendetwas ändert.« Er blieb noch einen weiteren Moment in der Tür stehen. »Und es gibt wirklich keine weitere Fam…«

»Nur ich«, sagte ich und starrte auf Farfars Brustkorb, der sich unter der dünnen Decke mechanisch hob und senkte. »Nur ich.«


»Er hätte nichts dagegen«, sagte Lou ein paar Minuten später. »Wenn du eine Weile nach Hause gehst.«

»Mein Handy hat keinen Saft mehr …«

Lou stand auf. Sie kam herüber auf meine Seite des Bettes, stellte sich hinter meinen Stuhl und schlang die Arme um mich.

»Ich hab der Krankenschwester schon meine Nummer gegeben, Oscar. Ich bleib bei dir. Aber du musst ein paar Sachen zusammenpacken, wenn du länger hierbleiben willst.« Sie gab mir einen Kuss auf den Kopf und meine Augen füllten sich schon wieder mit Tränen. »Außerdem riechst du ziemlich streng.«

Ich brachte ein Lachen hervor und drückte ihre Arme an meine Brust.

*Und eine Zahnbürste würde auch nicht schaden, Gubben,* konnte ich Farfar in meinem Kopf sagen hören, aber dass ich seine Stimme nicht *wirklich* hören konnte, machte mich total fertig.

Lou fuhr uns zurück nach Gettysburg. Wir fuhren nicht durch Smithsboro, nahmen nicht dieselben Straßen, aber es waren ganz ähnliche hügelige Landstraßen wie am Vortag.

Und es ist eine Strecke, die ich inzwischen im Schlaf kenne.

Es musste geregnet haben, als wir bei Farfar auf der Intensivstation waren, doch jetzt kämpfte sich die Sonne durch die tief hängenden schweren Wolken, sodass das grelle Grün und das gleißende Licht uns manchmal so blendeten, dass wir fast nichts mehr sehen konnten.

»Was mache ich jetzt nur?«

Lou drehte die Musik leiser und warf einen Blick zu mir, der auf dem Beifahrersitz schon wieder zu zittern angefangen hatte.

»Also, erst mal nimmst du eine Dusche.«

»Nein, ich meine …«

»Ich weiß. Aber lass uns mal mit einer Dusche anfangen. Wir packen eine Tasche für dich. Besorgen etwas zu essen. Und dann kommen wir zurück. Das ist genug für den Augenblick.«

Ich schloss die Augen, als mich ein plötzlicher Sonnenstrahl blendete. »Wo ist der Truck? Ich weiß nicht einmal, wo der Truck ist …«

Und mit einem Mal stürzten der ganze Kram aus unserem Leben, die täglichen Abläufe und Pflichten, wieder auf mich ein, als wären sie in den letzten zwanzig Stunden vollkommen ausgeblendet gewesen.

»Abschlepphof. Ist alles okay, ich hab heute Morgen schon dort angerufen. Wir machen uns jetzt erst mal frisch und dann fahren wir wieder zurück zu Farfar, okay?«

Ich drehte mich zu ihr und beobachtete sie, wie sie das Lenkrad mit beiden Händen oben umklammert hielt und den Blick auf die Straße geheftet hatte.

»Wie schaffst du es nur … überhaupt etwas zu tun?«

Sie warf mir einen flüchtigen Blick zu, dann starrte sie wieder auf die Straße im gleißenden Sonnenlicht.

»Ich weiß nicht, was ich sonst tun soll.«

Koopa jaulte wie verrückt hinter der Tür, als sie meinen Schlüssel im Schloss hörte, genau wie ich es mir vorgestellt hatte. Es klingt albern, aber mir graute davor, ihr gegenübertreten zu müssen. Ihr – der Katze – die Nachricht überbringen zu müssen.

Glücklicherweise schlüpfte Lou noch vor mir durch die Tür und nahm Koopa sofort auf den Arm.

»*Min lilla kattkatt, lilla missekissen*«, hörte ich sie leise in Koopas Ohr flüstern und spürte, wie die Tränen wieder in mir hochstiegen.

Es schien unmöglich, dass in der Wohnung alles genauso sein würde wie immer, aber so war es. Alles war genau, wie wir es zurückgelassen hatten. Wir hatten vergessen, den Sirup wegzustellen, auf dem Herd war noch die Grillplatte für die Pfannkuchen angeschlossen und unsere klebrigen Teller standen noch in der Spüle und warteten nur darauf, dass wir nach Hause kommen und abwaschen würden. Vierundzwanzig Stunden, und wir kamen uns vor wie Archäologen, die auf eine uralte, unter Asche begrabene Behausung gestoßen waren.

»Hey«, sagte Lou, als sie sah, wie ich mit erstarrtem Blick in der Küche stand. »Koopa meint auch, du brauchst eine Dusche.« Und wie aufs Stichwort stieß Koopa aus Lous Arm ein weiteres Mauzen aus. »Jetzt geh schon.«

Also steckte ich mein Handy auf der Küchentheke ans Ladegerät, ohne darauf zu warten, dass es wieder anging, und verschwand im Badezimmer. Ein Teil von mir fühlte sich schuldig, weil ich so lange brauchte, aber ich stand unter der Dusche, bis das Wasser kalt wurde.

*Bleib hier, Gubben.* Das waren seine letzten Worte gewesen, bevor … Ich sah diesen Moment einfach immer wieder vor mir, wieder und wieder. Rewind. Replay. Und ich dachte: Kann es das gewesen sein? Sollen das wirklich die letzten Worte gewesen sein, die ich ihn je wieder werde sagen hören? *Bleib hier, Gubben?*

Ich warte noch immer auf die Antwort.

Und während sich diese Bilder vor meinem inneren Auge abspulten, musste ich anfangen, mir die nächste große Frage zu stellen. *Was nun?*

Was, wenn ich jetzt ganz allein war? Ich meine, ich war achtzehn. Erwachsen. Es musste niemand damit beauftragt werden, sich um mich zu kümmern, sich zu vergewissern, dass ich zurechtkomme. Meine Träume zu pflegen oder mich zu bremsen, wenn ich es nicht abwarten konnte anzufangen.

*Eines Tages, Gubben.*

Das war es, worum ich seit Jahren gebettelt hatte. Den ganzen Bullshit hinter mir zu lassen und mein Leben anzupacken. Aber auf dem Bild, das ich mir von meiner Zukunft gemacht hatte, war Farfar immer dabei gewesen.

Mein Partner. Mein Mentor. Mein alles.

War dies jetzt wirklich mein *eines Tages*?

Ist es das?

Welche Lektionen in *Farfars Berufsschule* hatten wir noch nicht abgedeckt?

Inzwischen war das Badezimmer eine einzige Dampfsauna und ich hatte mehr Fragen als vorher. Ich roch besser, zugegeben, aber ich fühlte mich verlorener als vorher – als würde der Schock nachlassen und die Realität wäre noch schlimmer.

Als ich endlich in sauberen Klamotten zurückkam, saß

Maggie mit Lou in der Küche und überfiel mich sofort mit einer festen Umarmung.

»Oh mein Gott, ich hab die Berichte im Fernsehen gesehen und sofort versucht anzurufen und eine SMS nach der anderen geschickt, aber keine Antwort«, erzählte sie mit tränenerstickter Stimme. Auch Lou weinte jetzt, denn sie war diejenige gewesen, die Maggie alles hatte berichten müssen, was passiert war. Lou lehnte sich gegen die Spüle, die jetzt voller Abwaschschaum war. Die Grillplatte war auch schon wieder verstaut.

»Es tut mir leid«, sagte ich. »Mein Akku war alle. Ich hab vergessen, darauf zu achten.« Meine Stimme stockte schon wieder. Mir wurde bewusst, dass meine Worte total kindlich klangen. Dass ich gar nicht wusste, wie man das machte – *erwachsen sein.*

Doch Maggie drückte mich nur noch fester. »Schsch!«, machte sie und strich mir mit der Hand über den Kopf wie eine Mutter, die ein Kind tröstet. Es traf die Sache nicht ganz, war aber nah dran.

Dann wischte ich mir mit meinen sauberen Hemdärmeln die Augen trocken und checkte mein Handy. Eine Reihe von Sprachnachrichten und SMS von Maggie, wie sie gesagt hatte, und in den letzten paar Stunden noch eine Menge weiterer Nummern, die ich nicht kannte.

»Reporter, schätze ich«, sagte Maggie, als sie über meine Schulter einen Blick auf mein Handy warf, das noch immer am Ladegerät hing. »Ignoriere sie erst mal. Wir können uns später darum kümmern – *ich* werde mich später darum kümmern. Pack du mal deine Tasche.«

Das war im Grunde derselbe Rat, den Lou mir gegeben hatte. Ich sah, wie sie zustimmend vor sich hin nickte und schniefte, während sie die Küchentheke abwischte.

Ich packte wie in Trance. Mein Gehirn war noch nicht in der Lage, den Gedanken an Reporter zu verarbeiten.

»Zahnbürste?«, fragte Lou, als sie ein paar Minuten später mit dem Geschirrtuch in der Hand in der Tür zu meinem Zimmer stand.

»Ich hab schon geputzt.«

Sie sah mich an, mit einem weichen Blick und einem kleinen Lächeln. »Könnte ja sein, dass du es morgen noch mal machen willst.«

»Stimmt.«

Nachdem ich meine Reisetasche wahllos mit Waschzeug und Klamotten vollgestopft hatte, beschlossen wir, mit zwei Autos zurückzufahren. Lous Eltern wollten sie nach so einem schrecklichen Erlebnis verständlicherweise wieder zu Hause haben und bestanden außerdem darauf, dass sie am nächsten Tag wieder zur Schule ging. So weit wie möglich zurück in ihr normales Leben.

Auch wenn allein der Gedanke an Schule am nächsten Tag absurd schien.

»Hast du einen Zweitschlüssel?«, fragte Lou. »Ich kümmere mich um Koopa, wenn du nicht da bist.«

Sie nahm die Katze noch einmal auf den Arm. Trotz ihres Verantwortungsgefühls und ihrer erstaunlichen Ruhe konnte ich ihr anmerken, dass es ihr ebenfalls schwerfiel, sich zusammenzureißen. Aber sie wusste einfach, wie man sich um Dinge kümmerte.

»Ich liebe dich.«

Sie nickte nur und vergrub lächelnd das Gesicht in Koopas Fell.

Ich weiß nicht, wie ich darauf kam oder warum es mir wichtig erschien, aber bevor wir die Wohnung verließen, ging ich noch einmal in Farfars Zimmer, löste vorsichtig Amirs Foto von der Kommode und steckte es in meine Tasche. Ich hab keine Ahnung, wie lange dieser eine Aufkleber das Bild gehalten hatte, aber als ich ihn vom Holz abzog, löste sich der Lack und hinterließ einen Abdruck von der Form Ohios.

Hoffentlich ist er nicht böse.


Es war verrückt, wie normal alles wirkte, als wir aufbrachen. Ein strahlender Sonntag im Mai. Die Leute gingen spazieren. Touristen gingen auf Erkundungstour. Ein Tag, an dem wir normalerweise den ganzen Nachmittag auf dem Campus stehen und einen Riesen-Reibach machen würden.

Smithsboro war sogar in den nationalen Nachrichten. Farfar war in den nationalen Nachrichten. Aber für alle anderen existierten diese Nachrichten nur im Fernsehen oder auf dem Smartphone. Auf Bildschirmen. Hinter Glas.

Es war, als könnte ich geradewegs zum Campus fahren und würde dort Farfar antreffen, der sich schon fragte, wo ich denn den ganzen Morgen über gewesen sei. Vor dem Foodtruck hätte sich schon eine Schlange von Kunden gebildet, die allmählich ungeduldig wurden – zumindest so ungeduldig, wie man sein kann, wenn man an einem herrlichen Frühlingstag auf frische Donuts wartet. Farfar müsste dort sein und nicht bewusstlos auf der Intensivstation, in einem Krankenhaus, dessen Namen ich immer noch nicht kannte, in einer Stadt, in der ich bis gestern noch nie gewesen war.

»Seid ihr beide fit genug zu fahren?«, fragte Maggie uns auf dem Bürgersteig, als Lou und ich mit ineinander verschränkten Händen dastanden. Wir nickten beide und Maggie sagte, sie würde uns zum Krankenhaus folgen. Auch sie war noch nie dort gewesen.

Noch einmal diese wunderschöne, qualvolle Fahrt und kaum mehr als drei Stunden nach unserem Aufbruch waren wir wieder auf der Intensivstation im vierten Stock, zurück im Albtraum, den ich bis dahin nur aus TV-Serien kannte.

Ich hatte mich an die Hoffnung geklammert, dass wir hereinkommen würden und er wach sein würde – dass die Krankenschwestern einfach zu beschäftigt gewesen waren, uns zu benachrichtigen, als er wieder zu sich kam –, aber da lag er, genauso, wie wir ihn zurückgelassen hatten.

Sein Brustkorb hob und senkte sich im Rhythmus des Beatmungsgeräts. Sein Kopf war bandagiert, um das Loch zu verbergen, das sie letzte Nacht in seinen Schädel gebohrt hatten, um die Flüssigkeit abzuleiten und Hirnschwellungen zu vermindern. *Ventrikulostomie.*

Seine Augen waren definitiv noch geschlossen.

STABIL.

»Oh, Erik«, sagte Maggie und eilte an sein Bett. Lou und ich blieben ein Stück entfernt stehen, wieder Hand in Hand, und ließen Maggie für einen Moment diesen ersten schockierenden Anblick ihres Freundes verarbeiten.

Lou fuhr später an diesem Tag nach Gettysburg zurück und irgendwann musste auch Maggie gehen, die ja streng genommen nicht zur Familie gehörte, aber ich blieb für die nächsten drei Tage dort.

Sie bohrten ein weiteres Loch in ihn, dieses Mal in seinem Hals. *Tracheotomie*, erklärte die Krankenschwester. Etwas mehr Erleichterung für seinen Mund und seinen Rachen, nun da er ... jetzt kommt's ... stabil war. Aber wenn ich ehrlich bin – so furchtbar der Gedanke auch war, dass Farfar jetzt ein Loch in der Luftröhre hatte, ich freute mich, seinen Mund wieder zu sehen.

Nach vier Tagen war das aber auch das einzig Positive, was ich sehen konnte.

Bryces Name wurde nie bekannt gegeben. Er wurde immer nur als »der Minderjährige«, als das gerettete Opfer erwähnt, vermutlich, weil er noch nicht achtzehn war.

Im Grunde noch ein Kind. Was sie aber durchaus bekannt gaben, war die Tatsache, dass »der Minderjährige« Teil des Protestes gegen den neuen Straßennamen gewesen war. Ob er es nun wahrhaben wollte oder nicht – es gab eine Verbindung zu den unterschiedlichen Hass-Gruppen, die an dem Tag dabei gewesen waren.

Farfar hingegen war eine Art Nationalheld geworden.

Maggie veröffentlichte sein Foto (ganz legal, mit meiner Erlaubnis) und auch die Tatsache, dass er schwul war. Neben den endlosen Videoaufnahmen von dem Ereignis selbst berichteten einige Sender und Zeitungen auch über Farfars Leben. Teilweise zeigten sie sogar Fotos, die ich selbst noch nie gesehen hatte – von einem jüngeren Farfar bei verschiedenen Protestaktionen, Amir an seiner Seite. Ein fünfundsiebzig Jahre alter homosexueller Immigrant, der sein Leben aufs Spiel gesetzt hat, um das Leben eines jungen Mannes zu retten, der ihn sehr wahrscheinlich dafür gehasst hätte, der wunderbare Mann zu sein, der er ist. So hatte es ein Journalist formuliert.

Es hätte Bryce sein können, der jetzt am Beatmungsgerät hing, über den Haufen gefahren von einer noch hässlicheren, hochgradiger verblödeten Ausgabe seiner selbst.

Der Böse in dieser Geschichte ist allerdings Aaron Crue. Das Fahndungsfoto, das immer wieder erscheinen wird, wenn irgendjemand in den nächsten zehn Jahren Smithsboro googelt.

Doch Bryce sollte auch erwähnt werden. Vielleicht hätte Farfar das, was er getan hatte, auch für jeden getan, der auf der Straße zurückgeblieben wäre. Vielleicht war das einfach sein Instinkt gewesen. Aber ich weiß, er hatte mitbekommen, dass Bryce dort war und wusste, dass er ein Mitschüler war, wenn auch einer, den ich nicht ausstehen konnte. Im Grunde noch ein Kind, in seinen Augen. Und ein großer Teil von mir gibt auch Farfar eine Schuld.

Warum hatte er überhaupt aus dem Foodtruck steigen müssen?

Wir könnten jetzt auf dem *Regenbogen-Boulevard* sein.

Wir sollten bald die Taschen packen, um zurück nach Åland zu reisen, Farfar und ich, zurück dorthin, wo alles anfing.

»*Was heute hier geschehen ist, hat auf unheimliche Weise Erinnerungen an das Attentat von Charlottesville wachgerufen…*« – ich erinnere mich genau an den Kommentar in den Nachrichten an jenem Abend, als Lou und Maggie beide zurück nach Hause nach Gettysburg gefahren waren. Der Reporter hatte am Rande des Parks in Smithsboro gestanden, in der Nähe der Stelle, wo unser Truck geparkt hätte, wenn er nicht inzwischen abgeschleppt worden wäre. »*Wenn das Böse sich zeigt, was viel zu oft vorkommt, werden andere zu Helden…*«, hatte der Reporter noch gesagt.

Aber Farfar hätte an dem Tag kein Held werden sollen.

Er war doch schon mein Held. Das hätte gereicht.

Und ich will ihn einfach bloß zurück.

## KAPITEL 33

## MÜHELOS

FARFARS ZIMMER QUOLL ÜBER VOR BLUMEN UND KARTEN von Leuten aus dem ganzen Land, die ich alle noch nie getroffen hatte. Die Bezahlung seiner Krankenhausbehandlung war gesichert. Wie Lou erzählte, hatte Mrs Bixler einen Crowdfunding-Aufruf gestartet, durch den immer mehr Geld zusammenkam. Schließlich erhielt Mrs Bixler sogar private Nachrichten von ein paar Spendern, die ihr versicherten, dass wir nie auch nur eine einzige ärztliche Rechnung bekommen sollten, egal wie hoch die Kosten sein würden.

Da in jener Woche die Abschlussprüfungen anstanden, blieb Lou nichts anderes übrig, als zur Schule zurückzukehren. Ich hätte sie auch nicht schwänzen lassen, selbst wenn ihre Eltern es ihr irgendwie erlaubt hätten, und ich weiß, Farfar hätte dasselbe gesagt. Sie hatte zu hart dafür gearbeitet. Außerdem bestanden diese ersten Tage im Krankenhaus hauptsächlich aus Hoffen, Herumsitzen und Löcher-in-die-Luft-starren und das sollte sie nicht auch noch ertragen müssen. Also fuhr sie ein paar Mal abends zu uns und fragte ansonsten jeden Tag auf FaceTime, ob es Neuigkeiten gäbe, aber ihre Hauptaufgaben waren jetzt Koopa und die Prüfungen.

Und es war vielleicht ein bisschen hinterlistig, aber ich hatte ihr versichert, sobald Farfar aufwachte, würde er sie fragen, wie sie abgeschnitten hätte, und da würde sie ihm doch nur eine Antwort geben wollen. Ich ging stark davon aus, dass Lou die Prüfungen in diesen zwei Wochen mit Bravour bestand, aber sicher wusste ich das natürlich nicht. Bloß wenn, wäre es doch nur gerecht, dass Farfar diese Neuigkeiten als Erstes von ihr erfahren würde, oder etwa nicht?

Jorge und Jesus kamen regelmäßig zu Besuch, aber auch bei ihnen standen Prüfungen an – diese letzten Hürden, auf die sie so lange hingearbeitet hatten. Ein paar Mal war sogar die ganze Familie ins Krankenhaus gekommen, und zuerst fühlte es sich auch gut an, sie alle wiederzusehen und sich von all ihren Umarmungen und Liebenswürdigkeiten aufbauen zu lassen. Doch allzu schnell wurde daraus dasselbe Hoffen, Herumsitzen und In-die-Luft-starren und es waren zu viele, die um das Bett saßen und Minute für endlose Minute auf ein Zeichen der Veränderung warteten, das nicht kam.

*Stabil.*

Aber es waren Maggie und Juliet, die am häufigsten da waren. Juliet war am Festivalwochenende nicht zu Hause gewesen und hatte die Nachrichten im Radio auf der Rückfahrt von ihrer Schwester gar nicht richtig mitbekommen.

Ein paar Abende, nachdem alles anders geworden war und wir drei alle betroffen in unsere eigenen Gedanken vertieft in Farfars Zimmer saßen, bemerkte Maggie das Foto von Amir, das ich neben seinem Bett festgeklebt hatte.

»Oh mein Gott, Oscar. Hast du das da hingehängt?«

Ich nickte. Wir hatten unsere Stühle zusammengeschoben, nicht mehr als einen Meter von Farfars Bett entfernt, und Maggie legte ihre kühle Hand auf meine.

»Du hast sie zusammen erlebt.« Es war nicht wirklich eine Frage, aber ich hoffte, Maggie würde sie als solche auffassen.

»Oh, Oscar ...« Schon hatte sie Tränen in den Augen, als sie sich erinnerte. »Es ist schwer zu glauben, dass das alles bereits fast dreißig Jahren her ist.«

»Als sie zusammen hierherzogen?«

Dann beteuerte Maggie wieder einmal, dass sie nicht an Seelengefährten glaube. Dass Amir und Farfar ihr Zusammensein immer so mühelos erscheinen ließen, es aber keineswegs mühelos war.

Sie erzählte mir, wie Farfar sich gefühlt hatte, nachdem Amir beschlossen hatte, Åland zu verlassen und in Amerika neu anzufangen (auch wenn die Gesellschaft aufgeschlossener wurde, wollte Amirs Familie seine Homosexualität nicht akzeptieren, und Mariehamn war kein besonders großer Ort). Farfar wurde klar, entweder musste auch er einen Neuanfang machen oder er würde in seinem eigenen Leben lebendig begraben sein. Dann würde er für die Jahrzehnte, die ihm noch bleiben mochten, so weitermachen müssen, sich immer verstellen müssen. So tun, als ob. Und ich schätze, das konnte er einfach nicht.

Ich dachte an die Mii-Charaktere, die ich nach unserem Race-Abend vor ein paar Monaten in Farfars Galerie entdeckt hatte.

»Manchmal glaube ich«, begann ich, auch wenn ich Angst hatte, ihn zu verraten, wenn ich es laut aussprach, »ein Teil von ihm wünscht sich, er hätte doch weiter so tun können, als ob.« Ich war mir nicht sicher, ob er uns überhaupt hören konnte. Ich suchte nach dem kleinsten Anzeichen von Veränderung, aber sein Kopf lag noch immer reglos auf dem Kissen und nur sein Brustkorb bewegte sich mechanisch auf und ab, und ich musste immer wieder an seine Worte an jenem Abend denken: Ich war mir über gar nichts im Klaren. Eigentlich bin ich mir immer noch nicht …

»Ich kann mir kaum vorstellen, was das für ein Moment gewesen sein muss«, sagte Maggie und starrte Farfar traurig an. »Wie es für ihn gewesen sein muss, eines Tages zu seiner Frau nach Hause zu kommen und zu wissen, dass er nach mehr als zwanzig Jahren ihre ganze Welt zum Einsturz bringen würde, ob sie nun vollkommen glücklich gewesen sein mochte oder nicht.«

Wir wurden beide ganz still und beobachteten Farfars Atem, während all diese Emotionen aus seinem Leben den Raum erfüllten.

»Erinnerst du dich noch ein bisschen an sie? An deine Farmor?«, fragte Maggie und drückte noch einmal meine Hand.

»Nicht wirklich«, antwortete ich und schüttelte den Kopf.

»Ich hab nur ein paar verschwommene Erinnerungsbilder. Ihr Haus. Die Küche. Sie, wie sie am Küchentisch sitzt. Aber nichts besonders Warmes.«

Maggie nickte, aber ein Teil von mir spürte diese neue Welle von Schuld und ich fragte mich, was sie in all diesen Jahren alles bereut haben mochte, als sie sich auf ein neues Leben allein hatte einstellen müssen.

»Es war nicht so, dass sie fies war oder so was«, fügte ich hinzu. »Zumindest nicht, soweit ich mich erinnere. Aber ich kann auch nicht sagen: ›Oh, wir haben immer so viel zusammen gelacht‹ oder ›Wir haben immer zusammen gekocht‹ oder ›Sie hat mir jeden Abend Geschichten vorgelesen‹.«

Ich holte tief Luft. »Das war *er*.«


Maggie erzählte mir Geschichten aus ihren gemeinsamen Jahren, als die vier wie eine neu gegründete Familie zusammen in einer Wohnung gelebt hatten. Von den Anfängen des Foodtrucks, als sie alle mit angepackt hatten. Von gemeinsamen Abendessen und Tagesausflügen, Protesten und Demos. Und von Amirs unerschöpflichen Ideen für ihre Zukunft.

Juliet, die auf ihrem Stuhl auf der anderen Seite des Raumes saß, nickte, lächelte an bestimmten Stellen und warf immer wieder ihre trockenen Kommentare ein, und ich hörte einfach nur zu.

Maggie fügte auch noch ein paar andere Puzzleteile für mich zusammen. So erfuhr ich jetzt etwas mehr darüber, wie ich hierhergekommen war.

Ganz ähnlich wie an Lillajul, als Farfar Lou aus seinem Leben erzählt hatte, beschrieben die Geschichten immer wieder Kreise und auf den sich überschneidenden Zeitlinien wechselten sich Herzklopfen und Herzschmerz ab.

»Er war zu Filips Beerdigung zurückgeflogen«, erzählte Maggie. »Es war das erste Mal, dass er die lange Reise gemacht hatte, nachdem er ausgewandert war. Nach mehr als zehn Jahren.«

Sie erzählte, mein Dad sei schon mit der Schule fertig und anscheinend auf dem richtigen Weg gewesen, als Farfar die Familie verließ. Hatte einen Job. Zwei sogar: einen in einem kleinen Lebensmittelgeschäft, den er bekommen hatte, weil die Besitzerin eine Kindheitsfreundin von Farmor war. Den zweiten in einer kleinen Bäckerei hatte er laut Farfar selbst angeboten bekommen, nachdem er sich im Lebensmittelladen so gut gemacht hatte. Diesen Teil der Geschichte liebte ich, auch wenn mein Dad nicht wirklich ein Bäcker gewesen war und auch wenn er keine Rolle in meiner Entwicklung gespielt hatte. Er hatte zu diesem Zeitpunkt noch nicht einmal meine Mutter kennengelernt, zumindest soweit Farfar wusste.

Als Farfar nicht mehr da war, passierten eine Menge Dinge. Während all der Geschichten von Farfar und Amir ging die Geschichte in Åland weiter. Mein Dad verfiel der Drogensucht, irgendwann bandelte er mit meiner Mutter an (keine besonders romantische Geschichte), und ich landete bei Farmor, als kein Elternteil sich um mich kümmern konnte oder wollte.

»Als er den Anruf bekam«, erinnerte sich Maggie, »wusste er nicht einmal, dass du existiertest, hatte keinen blassen

Schimmer, dass er offiziell Großvater war, wenn auch auf der anderen Seite des Ozeans. Er sagte damals, er habe mit diesem einen Anruf ein Leben verloren und eines gewonnen.« So ähnlich hatte Farfar es mir über die Jahre auch immer erzählt.

Maggie sagte, als Farmor ihn damals anrief, hatte er seit fast zehn Jahren nicht mehr mit ihr gesprochen. Sie hatte es verständlicherweise nicht besonders gut verkraftet, dass Farfar sie verlassen hatte. Mit ihm zu sprechen – ein freundschaftliches Verhältnis zu ihm aufrechtzuerhalten, wie er gehofft hatte – war für sie einfach nicht möglich gewesen.

»Er hat ihr das Herz gebrochen, Oscar«, sagte Maggie leise, als wollte sie nicht, dass Farfar es hörte, und drückte wieder meine Hand. »Damals sagte er, zu wissen, dass er den schlimmsten Tag ihres Lebens zu verantworten hatte, machte ihn auch zu dem schlimmsten seines Lebens.«

»Sie konnte es verstehen. Vielleicht. Aber sie konnte nicht mehr Teil seines Lebens sein. Nicht, wenn sie nicht seine Frau war.«

Mein Gehirn konnte das nicht einmal richtig erfassen. Diese Art Schmerz. Zu denken, dass du dein ganzes Leben mit einem Menschen – deinem einen Menschen – verbringen wirst, um dann eines Tages aus heiterem Himmel zu erfahren, dass es einfach nicht mehr sein kann. Dass es in Wirklichkeit schon lange nicht mehr das ist, was du dachtest. Es vielleicht sogar *nie* war. Ich bin sicher, *das* hat sie gedacht.

Und zu wissen, dass du derjenige bist, der das alles ausgelöst hat.

Oh Gott. Farfar.

Ich fragte mich, wie er damit wohl gelebt hatte – und wie er davor damit gelebt hatte, als er es all die Jahre gewusst und verheimlicht hatte. Ob jedes bisschen Freude davon überschattet worden war.

Es ist so ein seltsamer, verstörender Gedanke – als bestände sein ganzes Leben aus einzelnen, voneinander völlig getrennten Kapiteln. Seine Kindheit, von der ich nur sehr wenig weiß. Sein Studium, von dem ich durch ihn und die Gespräche mit Lou weiß. Sein erstes erwachsenes Leben, mit Farmor, mit meinem Dad – sein traditionelles Familienleben, das in vielerlei Hinsicht so schlecht geendet hatte. Sein zweites erwachsenes Leben, als er mit Amir hierherzog. Sein drittes erwachsenes Leben – mit mir.

Ich hatte erst ein Kapitel meines Lebens gelebt, ich kannte nur den einen Teil. Und ich habe mir nie vorgestellt, dass mein Leben auch einmal so viele Kapitel haben könnte wie seines. Ich hatte immer nur gedacht: Kindheit, Erwachsenenleben, fertig. Oder: Schule, nach der Schule.

Ich habe furchtbare Angst, dass ich jetzt dem Ende von Kapitel 1 ins Auge sehen muss. Dass es Zeit ist, die Überbleibsel dieses ersten Teils aus dem Weg zu räumen. Allein. Dabei hätte Kapitel 2 lediglich »Fertig mit der Schule« heißen sollen. Punkt. Der Start meines Erwachsenenlebens im Foodtruck, gemeinsam mit Farfar. Und vielleicht mit Lou (auch wenn ich ihr das so noch nicht gesagt habe), so wie Farfars späteres Kapitel mit Amir anfing.

Aber Kapitel 2 kann doch nicht ohne Farfar weitergehen. Noch nicht. Dieses Kapitel sollte erst später kommen, nicht wahr?

## KAPITEL 34

## DER TRUCK

»HÖR ZU, WENN ER NACH HAUSE KOMMT, MUSST DU für eine Weile derjenige sein, der diese Dinge erledigt.«

Ich beobachtete, wie Lou auf der Küchentheke die Plastiktüte ausleerte: Pfannkuchenmischung, Milch, Sirup, Schokostückchen, Eier. Es war die erste Nacht seit dem Unfall, die ich mal wieder in meinem eigenen Bett verbracht hatte. Ich hatte ein unglaublich schlechtes Gewissen gehabt, aber kaum war ich unter die Decke geschlüpft, schlief ich wie ein Stein, zehn ununterbrochene traumlose Stunden lang. Und dann stand Lou in aller Frühe mit den Einkäufen in der Tür, einen Ausdruck von Zuversicht und Entschlossenheit auf dem Gesicht, und mir blieb wie immer nichts anderes übrig, als mitzumachen.

»Lou. Ich weiß, wie man Pfannkuchen macht«, sagte ich und fügte hinzu: »Wir benutzen keine Fertigmischung.«

»Und warum sehe ich dann keine Pfannkuchen? Es ist doch Samstag, oder? Und ich bin nicht besonders früh dran.«

Ich fuhr mit einer Hand durch mein Haar und stieß einen langen Atemzug aus.

»Ich liebe dich.«

Nachdem die Worte einmal über meine Lippen gekommen waren, wollte ich sie am liebsten immer wieder sagen.

»Weißt du, was ich liebe?«, fragte Lou und zog mich zu sich heran, um mich zu küssen. »Pfannkuchen. Los jetzt.« Und damit schnappte sie sich einen Pfannenwender aus dem Tonkrug hinter uns und gab mir einen Klaps auf den Hintern. Sie war richtig kess geworden.

Also machten wir Pfannkuchen. Ich benutzte nicht die Fertigmischung und es war das Erste, was sich in dieser Woche seit dem Festival auch nur ansatzweise richtig anfühlte.

»Glaubst du wirklich, er wird wieder aufwachen und nach Hause zurückkommen?«, fragte ich vom Beifahrersitz aus, als wir mit Lous Auto die vertraute Strecke zurück zum Krankenhaus in Maryland kurvten. Der Morgenhimmel war wie ein graues Tuch und es fiel ein leichter Regen, der nicht aufhören wollte.

Zuerst antwortete Lou nicht, konzentrierte sich auf die Bremslichter vor ihr. Dann warf sie mir einen Blick zu und sagte: »Ja. Das glaube ich wirklich.«

Und ich weiß auch nicht warum, aber wenn Lou das sagte, musste es einfach stimmen.

»Aber wenn – nicht falls – er aufwacht, wird es ... anders sein. Wir wissen ja noch nicht, wie gravierend seine Verletzungen sind – wie langwierig manche von ihnen vielleicht sein werden.«

Über all das hatte ich auch schon nachgedacht. Welche Möglichkeiten es dann gäbe.

Was, wenn er aufwachte, Amnesie hätte und mich nicht mehr erkennen würde, wie in irgendeiner kitschigen Serie?

Was, wenn er gelähmt wäre?

Was, wenn er nicht sprechen könnte? Nicht essen? Überhaupt nicht mehr für sich selbst sorgen könnte?

Wie stünden realistisch gesehen die Chancen, dass ich ihn einfach so zurückbekam, wie er zuvor gewesen war?

Und als hätte sie meine Gedanken gelesen, sagte Lou: »Am besten müssen wir wohl so planen, als könnte er all die Dinge nicht mehr machen, die er vorher gemacht hat.«

Ich nickte und konnte nicht verhindern, dass mir wieder die Tränen kamen, als ich aus dem Fenster guckte und mich fragte, wie dieselbe Fahrt nach einer Woche so anders aussehen konnte, wie sich alles ständig änderte und wandelte.

»Wenn wir heute den Truck abholen, dann ist es gut möglich, dass es von jetzt an tatsächlich dein Truck ist, Oscar.« Ich konnte sehen, wie auch über Lous Gesicht die Tränen liefen, auch wenn sie ihre Worte sorgfältig gewählt hatte. Ich legte meine Hand auf ihr Bein, während sie fuhr. »Wir sollten uns wirklich darauf vorbereiten, dass du den Foodtruck – wenn du das denn immer noch willst – allein betreibst.«

Es war das erste Mal, dass ich über diese Frage nachdenken musste – auch wenn ich noch nicht bereit war, sie zu beantworten. Wenn ich Farfar nicht an meiner Seite haben könnte – wenn er nicht mehr da wäre –, war das dann immer noch das Leben, das ich wollte? War es dann immer noch mein Traum – oder schlimmer: bliebe es nur ein Traum –, wenn nur ich im Truck wäre?

Nur ich.

Ich nahm meine Hand von Lous Bein und starrte aus dem Seitenfenster in die vorbeiziehenden Bäume.

Ich dachte darüber nach, dass ich jemanden würde finden müssen. Jemand Neues, um mir zu helfen, denn mir war durchaus bewusst, dass ich die Arbeit im Foodtruck auf keinen Fall allein bewältigen könnte. *Das gehört zu den ersten Dingen, die du lernen wirst, Gubben – und die ich von Amir gelernt habe –, wie schwierig es ist, gute Mitarbeiter zu finden.* Und ich stellte mir Lou an der Universität vor – in einem Studentenzimmer mit hellen, billigen Möbeln und einer neuen Mitbewohnerin, wie sie hart arbeitet und sich in den Büchern vergräbt, weiter ihre Pläne verfolgt. Ihren Weg klar vor sich.

»Denkst du, ich hätte einen Back-up-Plan haben sollen?« Ich drehte mich zur Seite, um sie wieder anzusehen. Sie umklammerte das Lenkrad und für eine Sekunde war es, als würde sie die Welt wieder durch den alten Filter sehen. »College?«

Sie warf mir einen kurzen irritierten Blick zu, dann sah sie wieder auf die Straße.

»Wie sollen wir uns überhaupt auf das alles vorbereiten, Lou?«

Wir erreichten die ersten verstreuten Firmengebäude in den Außenbezirken von Hagerstown, Orte, die ich nur flüchtig kannte, in Zusammenhang mit dem furchtbaren Vorfall. Ich konnte spüren, wie sich meine Brust zusammenzog, als wäre ich die ganze Zeit diesem Weg gefolgt, der jetzt plötzlich unter meinen Füßen weggebrochen war. Und wenn ich zurückblickte, erkannte ich, dass auch hinter mir nichts war. Nur ich. Keine klare Richtung, die ich einschlagen konnte. Ich konnte nicht weiter sehen als bis zum Schulabschluss in ein paar Wochen. Ich sah nur noch, was jetzt *nicht* mehr passieren würde – nicht mehr passieren konnte.

Lou drehte sich an der nächsten Ampel zu mir um. Sie sah immer noch etwas verwirrt aus, aber als sie endlich begriff, was ich eigentlich meinte, sackten ihre Schultern herunter, ihr gefasster Gesichtsausdruck fiel in sich zusammen und der Blick, den sie mir jetzt zuwarf, brach mir das Herz.

Nach all dieser Zeit, in der ich mir immer so sicher gewesen war, hatte ich am Ende vielleicht doch noch die Orientierung verloren.

Ich wusste, was ich wollte. Aber ich hatte keine Möglichkeit mehr, dort hinzukommen.

Wir fuhren erst zum Krankenhaus, um Farfar zu besuchen. Als wir ins Zimmer kamen, waren die Krankenschwestern gerade dabei, ihn zu waschen und seine Gliedmaßen zu bewegen, und für einen winzigen Moment dachte ich, dass sich etwas verändert hatte. Doch die zwei Krankenschwestern lächelten uns nur freundlich, traurig, ja fast entschuldigend an und erklärten uns die Gefahren des Wundliegens.

Und noch einmal war ich mir sicher, als Lou ihn zum Abschied auf die Stirn küsste, eine winzige Bewegung wahrzunehmen, aber es war nur Einbildung.

Dann fanden wir den Abschlepphof, der zu einer Firma in Hagerstown gehörte. Es hatte aufgehört zu regnen, aber der Grauschleier in der Luft war geblieben.

»Ich hoffe, er ist in Ordnung« war alles, was der Mann in dem kleinen Büro sagte, als ich ihm das unverständliche Formular ausgefüllt zurückschob. Er reichte mir den Schlüssel für den Truck und Lou und ich gingen wieder nach draußen.

Ich bekam ganz weiche Knie, als ich den Truck sah. Er stand in einer langen Reihe von Lieferwagen und Kleinlastern, die entlang eines hohen Maschendrahtzauns parkten. Es war, als würde etwas in meiner Brust wieder einrasten, wie ein Teil, das sich in ein Puzzle fügt. Als würde ich zwar den Weg vor mir noch nicht erkennen, aber zumindest sehen, wo ich war.

Und dann öffnete ich die Fahrertür.

Der Gestank war unerträglich – als wäre man auf den Ort eines Verbrechens gestoßen, was ja in gewissem Sinne auch stimmte.

Lou und ich wichen beide zurück. Lou hielt sich den Arm übers Gesicht, ich krümmte mich hinter der offenen Tür.

*Eine Woche.*

Es war eine Woche her, seit wir im Truck gewesen waren. Eine Woche seit jenem Moment, als ich wie angewurzelt auf dem klebrigen Boden stand ... und zusah, wie er ...

Alles war noch genauso, wie wir es zurückgelassen hatten. Das Kebabfleisch noch auf dem Spieß. Der Munkar-Teig vorbereitet auf den Blechen. Die Kartoffeln geschnitten, die rohen Pommes bereit für die Fritteuse.

Der einzige Unterschied waren sieben Tage brütende

Hitze und die Tatsache, dass der Truck gute zehn bis zwanzig Meilen abgeschleppt worden war, das angehobene Vorderteil einen Meter über dem Boden.

Öl aus der Fritteuse hatte sich über meine Workstation und den Boden darunter ergossen, bis ans hintere Ende des Trucks, wo das Bratfett übergelaufen war und sich an der Wand mit dem Öl aus der Fritteuse in einer schmierigen, ranzigen Pfütze sammelte.

Es war alles ruiniert. Der kleine Traum, an den ich mich geklammert hatte, der kleine Pfad, den ich vor mir gesehen hatte – von einer Minute zur anderen einfach weg. Wie sollte ich das alles schaffen, ohne ihn?

»Oh Gott.« Lou stand hinter mir und drückte meinen Arm. Sie hatte den Halsausschnitt ihres T-Shirts über die Nase gezogen.

»Nicht so schlimm«, brachte ich hervor und versuchte nicht zu atmen, während ich sprach. Ich drehte mich um und schob Lou weg von dieser ekelerregenden Szene. »Ich kann ja mit offenen Fenstern fahren. Wir müssen ihn nur nach Hause kriegen.«

Was ich dann machen sollte, wusste ich auch noch nicht.

Für die etwas mehr als einstündige Fahrt von Hagerstown folgte ich Lous Auto zurück nach Hause. Durch ihre Windschutzscheibe konnte ich die ganze Zeit ihren langen Zopf erkennen. Das Spritzwasser von der immer noch regennassen Straße durchnässte meine linke Seite, und ausgerechnet hier in diesem Wagen, der so etwas wie mein zweites Zuhause gewesen war, meine Zukunft, überkam mich jetzt alle paar Minuten ein Würgereiz.

Und während das Spritzwasser und der Gestank mir in den Augen brannten, konnte ich nichts anderes denken als: Warum? Warum nur wurde mir alles, was ich hatte, genommen?

Weil mein Großvater, mein Ein und Alles, das Leben eines hass- und angsterfüllten Arschlochs gerettet hatte, vor dem tödlichen, feigen Ausraster eines noch größeren, hass- und angsterfüllteren Arschlochs.

Und deshalb stand *ich* jetzt vor dem Nichts.


Ich konnte die Aufgabe, die vor mir lag, noch nicht einmal erfassen, als wir zurück nach Gettysburg kamen. Konnte mir nicht vorstellen, wie ich auch nur anfangen sollte, als Lou am Bordstein vor unserem Wohnblock parkte und ich in die Gasse dahinter einbog.

Doch als ich vor dem offenen Garagentor zum Stehen kam, waren sie auf einmal alle da.

Jorge und Jesus. Javy. Josie. Und ihre Eltern und ihre Tante. Maggie und Juliet. Winston, dessen Leine an einem Tischbein in der Garage festgebunden war. Lous Mom. Mrs Bixler. Mrs Crockett. Sogar Terrance, der alte Chaot.

Die Müllcontainer in der Gasse standen offen und ein Schlauch und ein Hochdruckreiniger waren in der Garage angeschlossen. Müllsäcke. Eimer mit Seifenlauge, Scheuerbürsten und Schwämme. Und alle hatten Gummihandschuhe an.

Ich kletterte vom Fahrersitz nach draußen auf den Patchwork-artigen Asphalt des Hinterhofs und schluchzte rückhaltlos, als Lou hinter mir die Gasse entlangkam, ihren Arm um meine Schulter legte und ihren Kopf an meinen lehnte.

Ich glaube, meine Reaktion klang eher wie das Schnauben eines Tieres und nicht wie eine Frage, aber Lou drückte nur meine Schulter und sagte: »Ich hab ihnen einfach gesagt, ich bräuchte ein bisschen Hilfe.«

## KAPITEL 35

## EIN PAAR LETZTE HÜRDEN

MAGGIE VERSPRACH MIR, DASS ENTWEDER SIE SELBST oder Juliet jeden Tag eine Weile bei Farfar verbringen würden. Nur so ließ ich mich überzeugen, für die letzten zwei Wochen vor der Abschlussfeier zurück zur Schule zu gehen. Doch das schlechte Gewissen, den ganzen Tag nicht bei ihm zu sein, quälte mich, und der Gedanke, dass es nur darum ging, jeden Tag um irgendwelcher sinnlosen Formalitäten willen ein paar Stunden in einem Schulgebäude abzusitzen, verstärkte das Gefühl noch. Und ich konnte weiterhin nicht über diese willkürliche Ziellinie Ende Mai hinaussehen.

Mrs Bixler half, mich davon zu überzeugen, trotzdem zur Schule zu kommen, um ein kleines Stück Normalität zurückzugewinnen, auch wenn es der Teil von »Normalität« war, den ich am wenigsten mochte. Sie achtete darauf, dass ich an allen Abschlussveranstaltungen teilnahm, auch wenn mir daran nichts lag. Aber den anderen lag etwas daran und Lou lag etwas daran und sie mussten mir nicht sagen, dass auch Farfar etwas daran gelegen hätte, und deshalb machte ich mit.

Mrs Bixler sorgte dafür, dass ich so ziemlich die ganze Zeit in ihrem Raum verbringen konnte. Es war mir unmöglich, so zu tun, als ob ich mich jetzt noch für Englisch oder irgendetwas anderes interessieren würde. Unmöglich, dass ich ruhig sinnleere Unterrichtsstunden absitzen und irgendwelche zwecklosen Hürden nehmen würde, während ich die ganze Zeit an die Schläuche und Monitore denken musste, die Farfar stabil hielten, oder an die Krankenschwestern, die ihn immer wieder umlagerten, damit er sich nicht wund lag, oder daran, wie es nach diesen letzten Hürden für mich weitergehen sollte. Also wurde entschieden, dass die anderen Lehrer ein paar Aufgaben für mich zusammenstellen würden, die sie als »unerlässlich« ansahen, um meine Kurse abzuschließen, und ich sollte in Mrs Bixlers Zimmer so viel davon durcharbeiten, wie ich konnte.

Nachdem ich am Montag und Dienstag mit zwei halben Tagen angefangen hatte, kam Mrs Bixler am Mittwoch mit einem kleinen Stoß Ordner herein und legte sie vor mich auf die Küchentheke: meine gesammelten Aufgaben von den anderen Lehrern.

Ich stieß einen Seufzer aus, aber Mrs Bixler stand einfach nur da und grinste mich an, bis ich schließlich den ersten Ordner aufschlug und dann den zweiten.

In jedem Ordner standen dieselben Worte auf einem Notizblatt, jedes Mal mit unterschiedlichem Stift und in unterschiedlicher krakeliger Handschrift geschrieben:

Letzte Aufgabe: Cupcakes (bitte! 😊)

Lou tauchte weiterhin in der vierten Stunde auf und blieb über die Mittagspause, und Terrance schaffte es, manchmal zum Nachsitzen zu Mrs Bixler geschickt zu werden. Doch inzwischen wussten sie nicht mehr, was sie noch sagen sollten, und ließen mich meistens alleine vor mich hin arbeiten. Ich meine, was gab es nach dieser Zeit auch noch zu sagen? Keine Veränderungen, keine Updates, kein Hinweis, dass sich das bald ändern würde, nichts als weiter Hoffen.

Ich stöpselte die Kopfhörer in meine Ohren, schaltete »Harry Potter« ein und legte los – so wie ich mir das eigentlich das ganze Jahr über gewünscht hatte.

Ich war dankbar für die unerwartete Nachsicht der Lehrer, die schützende »Blase«, die Mrs Bixler um mich gelegt hatte. Das war ich wirklich. Und ehrlich, wenn Lou ihre Prüfungen zwei Wochen zuvor mit Bravour bestanden hatte, dann bewältigte ich meine letzten Aufgaben mit vollendeter Meisterschaft.

Doch ein Teil von mir hatte das Gefühl, das alles hatte keinerlei Bedeutung mehr. Dass meine Zeit hier eigentlich schon abgelaufen war und dass diese Stunden, in denen ich wie am Fließband Cupcakes produzierte, nur eine Galgenfrist waren. Denn was sollte danach kommen?

Ich konnte ein Blech nach dem anderen aus dem Ofen zaubern – unzählige Cupcakes oder Donuts oder Muffins oder Apple Crisp oder was auch immer –, weil alles, was ich dazu brauchte, einfach da war. Gekauft, abgeholt, geliefert, nur für mich. Industrieöfen, Mixer, endloser Stauraum und gefüllte Vorratsschränke. Nichts davon hatte ich selbst beschafft. Es war einfach da. Für mich bereitgestellt.

Als wären die blöden Cupcakes nicht einmal meine. Nichts davon war meins.

Wie sollte ich das in ein paar Wochen bewerkstelligen? Auf der anderen Seite der willkürlichen Ziellinie, ohne all das hier? Ohne Farfar?

Nur ein naiver Junge und ein Truck, den er kaum steuern konnte?

Wer würde dieses Unternehmen unterstützen?

Die Panik überwältigte mich, durchströmte meinen Brustkorb, als ich an einem dieser Tage in den Ofen starrte und darauf wartete, dass der Timer ablief. Ich umklammerte die Ofentüren, um mich aufrechtzuhalten, und versuchte meinen Atem zu beruhigen, ohne dass die anderen es merkten.

Im Fenster des Ofens spiegelte sich Lous Gesicht, als sie von ihren Notizen aufsah. Lou, die sich um all die kleinen Dinge gekümmert hatte, damit ich irgendwie weitermachte. Terrance, der seine Frikadelle aß und mich zwischen zwei Bissen verlegen ansah, ganz offensichtlich die richtigen Dinge sagen wollte, aber nicht den Wortschatz dafür hatte. Mrs Bixler, die mir Raum zum Grübeln und Arbeiten gab, ohne Unterbrechungen, aber immer in der Nähe blieb, um eine Hand auf meine Schulter zu legen, meine Arbeit mit einem Lächeln zu bedenken, meine Buttercreme zu probieren.

*Das gehört zu den ersten Dingen, die du lernen wirst, Gubben ... wie schwierig es ist, gute Mitarbeiter zu finden. Menschen, die eine gute Hilfe sind.*

Ich brauchte mich nur umzusehen.

Ich konnte nicht einfach stehen bleiben. Ich konnte mich nicht einfach in den Wald setzen und warten, bis Farfar kam, mich an die Hand nahm und auf den Pfad zurückführte. Egal, wie diese ganze Sache auch ausging – irgendwann würde ich anfangen müssen, einen neuen Pfad freizulegen, eine Schneise in das Dickicht zu schlagen, um den nächsten Schritt zu gehen.

Ich konnte Donuts machen. Und Donuts waren ein Anfang.

Und wenn ich Donuts machen konnte, konnte ich wahrscheinlich auch Pommes machen.

Der Timer piepte und ich holte die Cupcakes aus dem Ofen. Lou sah mich immer noch an, als ich alle Bleche zum Abkühlen auf die Gestelle geschoben hatte. Ich atmete langsam aus und lächelte ihr zaghaft zu. Sie lächelte zurück.

»Ich glaube, als Nächstes will ich ein paar Donuts machen.«

Terrance schloss die Augen, während er noch immer an seinem *Subway*-Baguette kaute, und stieß begeistert eine Faust in die Höhe.

Meine größte Angst in dieser Zeit war ehrlich gesagt, auf Bryce zu treffen. Dass ich ihn wiedersehen und ihn allen Ernstes umbringen würde, mit meinen bloßen Händen.

Ich wünschte, das wäre nur ein Scherz. Aber ich hatte es mir mehr als einmal in meinen Träumen und Tagträumen ausgemalt, nachts allein in unserer Wohnung und im Prius auf der Fahrt zum Krankenhaus und wieder nach Hause.

Der schwermütige Bäcker, die Unterarme wie Stahlseile vom jahrelangen Teigkneten, die Finger wie Schraubgriffe um Bryce' dicken Hals gelegt.

Ich war mir nicht sicher, ob mein Gehirn Fiktion und Realität trennen könnte, falls ich ihn zufällig traf, wenn er auf dem Gang mit seinen Freunden herumalberte oder im Rhetorikkurs offen mit Teegan flirtete.

Vielleicht hätte ich ihn wirklich umgebracht. All meine Träume zerstört, einfach so. So wie Farfar in einem einzigen kurzen Augenblick aus seinem normalen Leben gerissen wurde.

Doch Lou erzählte mir, dass Bryce die ganze Woche nicht in der Schule gewesen war, als ich weg war, und es ging das Gerücht um, dass er auch nicht zurückkommen würde. Ich wusste nicht, was das wirklich bedeutete – ob es ihm zu peinlich war, sein wahres Gesicht als der verblendete Feigling zu zeigen, der er immer schon gewesen war, ob er zu traumatisiert war, zum Unterricht zurückzukommen, ob er zu große Schuldgefühle hatte. Vielleicht von allem etwas. Ich wusste es nicht.

Ich wusste nur, dass es unwahrscheinlich war, dass ich ihm über den Weg laufen würde.


An einem Tag in dieser zweiten Woche kam Mrs Sommers vorbei, als ich wieder einmal wie am Fließband Cupcakes und andere Leckereien raushaute und der Timer die Sekunden zählte, bis alles fertig war und ich wieder nach Maryland aufbrechen konnte.

Sie stand einfach in der Tür und beobachtete mich ein paar Minuten, wie ich durch die Küche flitzte und verschiedene Sorten Buttercreme zauberte.

»Für meinen Kurs steht noch eine letzte Präsentation aus«, sagte sie schließlich und trat ganz ins Zimmer.

Ich sah zu ihr auf, die Rührschüssel in der Armbeuge und den Spachtel in der Hand.

»Also, ich möchte, dass du Folgendes machst«, sagte sie und bedeutete mir, meine Creme weiterzurühren. »Erkläre mir alles. Mach einfach weiter mit dem, was du da machst, aber erklär mir die einzelnen Arbeitsschritte, als wäre dies hier deine eigene Show auf Netflix.«

Für einen Moment starrte ich sie an, während sie sich einen Hocker an die Küchentheke schob. Sie setzte sich mir gegenüber und lächelte mich mit einem Funkeln in den Augen an, das mich überraschte.

Also redete ich, während ich arbeitete. Zuerst kam ich mir etwas komisch vor, aber nach einer Weile stellte sie mir interessierte Fragen und schon bald unterhielten wir uns einfach – über das Backen, über mein Leben, über meine Zukunft. Und es fühlte sich gut an. Als würden kleine Abschnitte des Weges allmählich wieder freigeräumt.

Als sie ein paar Minuten vor dem Klingeln wieder aufstand, während ich mit dem Spritzbeutel Zitronenbuttercreme auf abgekühlte Cupcakes verteilte, stieß Mrs Sommers einen langen Seufzer aus und lächelte noch einmal.

»Oscar, ich habe in diesem Jahr von einigen Kolleginnen und Kollegen im Lehrerzimmer gehört, dass Schule nicht gerade deine Lieblingsbeschäftigung ist.« Ich schnaubte leise – eine Mischung aus einem Lachen und einem Seufzer. »Aber ich muss dir sagen, dass du einer der faszinierendsten, sympathischsten, aufrichtigsten Schüler bist, die ich je kennengelernt habe. Es tut mir so leid, was passiert ist, und ich bin wirklich dankbar, dich in diesem Jahr in meinem Kurs gehabt zu haben.«

Und bevor ich mir überlegen konnte, was ich darauf erwidern sollte, schloss sie mich einfach in die Arme, und ich spürte wieder, wie mir diese verflixten Tränen in den Augen brannten.

»Also, ich würde mir deine Show angucken, Oscar Olsson.«

## KAPITEL 36

## EAT MUNKAR, SPREAD LOVE

»UND, WOHIN STEUERN WIR DEN FOODTRUCK AN DIESEM Wochenende?«

»Was?«

Die Frage kam an einem Donnerstag, in der letzten vollen Schulwoche vor der Abschlussfeier in der folgenden Woche. Ich war gerade dabei, einen Schwung Cupcakes zu verzieren, die ich zum Abschlusspicknick der Lehrerschaft beisteuern sollte. Für ein paar Extrapunkte von Mrs Shue.

»An diesem Wochenende ist Memorial Day«, sagte Lou und stellte die Schultasche auf »ihren« Tisch, an dem sie in der vierten Stunde immer saß – eine der letzten Freistunden, die sie zusammen mit mir im Kochstudio verbringen würde, auch wenn ich das noch nicht ganz glauben konnte. Streng genommen mussten die Schulabgänger in der folgenden Woche nicht einmal mehr zum Unterricht erscheinen, sodass dies tatsächlich fast meine unwiderruflich letzte vierte Stunde war.

»Jetzt sag bloß, du hast nicht einmal eine Strategie für das Memorial-Day-Wochenende!«

»Lou …«

»Es muss doch Tausende von Baselballturnieren und Festivals geben, zu denen wir fahren könnten.«

»Lou …«

»Oscar.« Sie stand jetzt neben mir, ein letztes Mal in ihrem Schülervertreterin-T-Shirt, den langen Zopf über der Schulter. Sie nahm mir den Spritzbeutel aus der Hand, legte ihn auf den Tisch und leckte sich den Finger ab. Dann nickte sie und drückte meine Hand. »Wir haben den Truck doch nicht sauber gemacht, damit er in der Garage stehen bleibt. Wenn das die Arbeit ist, die du machen willst, musst du nicht warten, bis … Wir schaffen das – *du* schaffst das.« Und dann: »Ich finde, du musst das machen.«

Ich stieß einen tiefen Seufzer aus, senkte den Kopf und stützte mich mit den Händen auf der Anrichte ab.

»Außerdem: Wenn er aufwacht, wird er nach dem Truck fragen. Und ich weiß ziemlich sicher, welche Antwort du ihm dann geben willst.«

Weil Lou die Fähigkeit hat, meine Stimmbänder komplett zu blockieren, konnte ich nur nicken, als sie mir einen Kuss auf die Schläfe gab.

»Ich komm nach der Schule vorbei, um bei den Vorbereitungen zu helfen. Überleg dir schon mal, wohin wir fahren.«

»Wartet, wo fahren wir hin?«

Terrance kam ins Kochstudio geschlurft und blickte sich ungewöhnlich schüchtern um, nachdem er unseren vertraulichen Moment gestört hatte.

Ich sah mit feuchten Augen zu Lou auf, die den Mund zu einem Lächeln verzog.

»Bist du nicht vierzig Minuten zu früh, um in der Mittagspause nachzusitzen?«

»Ich hab gesagt, ich muss aufs Klo.« Zum Beweis hielt ich den vertrauten Edward-Cullen-Schlüsselanhänger in die Höhe. Ein Schlüsselanhänger, der normalerweise in einem Klassenzimmer auf der anderen Seite des Schulgebäudes hing.

Ich wusste, wo wir hinfahren würden. Farfar hatte schon alles geplant, hatte unseren Stellplatz gebucht, hier in Gettysburg. Ich hatte nur nicht damit gerechnet, das tatsächlich durchzuziehen.

Das Memorial-Kick-Off-Festival, am ersten von drei Event-Tagen im Vorfeld der Gettysburg-Memorial-Day-Parade.

»Denkst du wirklich, wir schaffen das?«, hatte ich Lou an jenem Donnerstagabend gefragt, als wir im alten Prius vom Krankenhaus zurückfuhren. Wir hatten nach der Schule Pläne geschmiedet und Lou hatte Farfar persönlich alle Einzelheiten erzählen wollen, ob er nun darauf reagieren konnte oder nicht. Das Ergebnis unserer Inventur war: Wir hatten Fleisch für den Drehspieß in der Tiefkühltruhe; wir hatten genügend Soßen, Mehl und Hefe, Servierschalen, Papiertüten und Alufolie. Farfar hatte glücklicherweise vor dem Beginn der Festivalsaison die Vorräte aufgefüllt und ich hatte sogar die Nummer des Typen gefunden, von dem er immer das Frittieröl bezog, und ihn ein paar Tage nach unserer Putzaktion kommen lassen.

Und so wurden ein paar weitere Abschnitte des Weges sichtbar.

Wir hatten das Menü geplant, die Einkaufsliste gemacht. (Und sie hatte recht behalten: Es fühlte sich gut an, ihm das alles erzählen zu können, aber ...)

»Ich meine, echt jetzt, können wir das wirklich stemmen? Können wir das ohne ihn durchziehen? Es ist ein ziemlich großes Festival – eine Menge Touristen kommen extra für dieses Wochenende.«

Ich warf einen Blick zu Lou auf dem Beifahrersitz. Die letzten Strahlen der untergehenden Sonne schienen durch die Heckscheibe und tauchten eine Seite ihres Gesichts in orangefarbenes Abendlicht. Und plötzlich brach sie in ein lautes Lachen aus.

»Gott, ich weiß es doch auch nicht, Oscar.«

»Das beruhigt mich jetzt nicht gerade.«

»Er fehlt mir einfach so sehr und ich kann mir nicht einmal vorstellen, wie das für dich sein muss. Ich versuche einfach bloß, das Richtige zu tun, zu helfen, weil ich dich liebe. Scheiße noch mal, Oscar, ich liebe dich. Irgendwie kommt mir das alles total crazy vor, denn wie zum Teufel kann unser Abschlussjahr nur so enden? Ich will ihn einfach zurück ... ich will alles zurück.«

Ihre Schultern sackten herunter und sie atmete schwer und stockend. Ihre Augen flackerten verzweifelt. Als sei auch ihre Welt ins Wanken geraten.

Ich warf ihr noch einen Blick zu, bevor ich mich wieder auf die Straße konzentrierte, als wir am Bürgerkriegsdenkmal vorbeifuhren.

»Hm.«

»Hm, was?«

»Schlimmer als beim letzten Mal kann es ja wohl nicht laufen, oder?«

Und Lou stieß ein Lachen aus, das mehr ein Schluchzen war. Sie lehnte ihren Kopf an meine Schulter und für den Rest der Fahrt in die Stadt hörten wir beide nicht mehr auf zu weinen.

»Ich schätze, wenn es zu viel wird«, sagte ich, als wir in unsere Gasse einbogen, »machen wir einfach dicht und fahren nach Hause. Keine große Sache.«


Wir verbrachten den ganzen Freitagabend mit Vorbereitungen, genau wie Farfar und ich das immer getan hatten. Jorge und Terrance waren auch da und besprachen, welche Rolle jeder übernehmen sollte. Wir gingen sogar runter in die Garage, um die Platzeinteilung und Arbeitsabläufe im Truck zu proben.

Lou würde ihre Rolle am Fenster beibehalten, den Workflow dirigieren und die Bestellungen der Kunden entgegennehmen. Jorge traute sich zu, Farfars Drehspieß zu übernehmen, nachdem er ihm oft genug dabei zugeschaut hatte. Terrance war zufrieden mit konkreten Aufgaben in der Mitte: Kartoffeln in Scheiben schneiden und je nach Bedarf Munkar-Füllungen und Rullekebab-Saucen zubereiten.

Ich würde wie immer die Munkar-Workstation und die Fritteusen managen, weil das meistens der stressigste Job war. Lou kam gleich am Samstagmorgen, nachdem sie Terrance abgeholt hatte. Ich war extrem früh aufgestanden – Farfar-früh sozusagen – und hatte schon die Pfannkuchen fertig, als die beiden gähnend zur Tür hereinkamen. Terrance schlang den Schokopfannkuchen mit derselben Begeisterung hinunter wie seine Frikadellen und Lou flüsterte Koopa etwas in schmerzlich vermisster schwedischer Babysprache ins Ohr. Dann trugen wir die letzten Kühlboxen zum Truck hinunter. (Jorge hatte natürlich geplant, uns auf dem Festival zu treffen.)

Wir waren bereit.

Worauf wir allerdings nicht vorbereitet waren, das waren die Menschenmassen. *Unsere* Menschenmassen, meine ich. Die Leute kamen extra für uns.

Ich hatte am Vorabend eine einfache Nachricht auf Instagram, Twitter und Facebook gepostet, ein Bild von uns vieren, wie wir Arm in Arm vor dem Truck stehen, zusammen mit einer kurzen Zeile: *Hej-Hej!* geht morgen wieder auf Tour #KickoffGettysburg #eatmunkarspreadlove

Ich fand, das klang eigentlich ziemlich albern und kitschig, aber es musste über Nacht viral gegangen sein und Lous Einflussnahme auf die unzähligen Organisationen, in denen sie mitmischte, sorgte zusätzlich dafür, dass sich die Sache herumsprach.

Dabei wollte ich den Truck ehrlich gesagt nur für mich – für uns – aus der Garage holen, um zu sehen, ob ich das wirklich alleine hinkriegen konnte. Und um Farfar erzählen zu können, dass ich das alleine hinkriegte.

Aber wie ich schon sagte, Farfar war inzwischen so etwas wie ein Nationalheld geworden, und dass der Foodtruck nach einer solchen Tragödie wieder im Einsatz war, bedeutete für unheimlich viele Leute viel mehr als nur die Gelegenheit zu einem Imbiss.

Jorge stieß mehr als eine Stunde vor dem offiziellen Beginn des Festivals zu uns (sehr früh für ihn, wie ich Farfar unbedingt mitteilen sollte), und schon da hatten sich ein paar kleine Menschenmengen versammelt, nur um Selfies vor dem Truck zu machen.

Lou redete durch das Fenster mit allen und während ich so viele Munkar auf den Blechen formte, wie ich konnte, rief sie mich alle paar Minuten zum Fenster, um irgendwelche Leute kennenzulernen – andere Truck-Besitzer, Teenager und College-Studenten, Eltern, alte Leute –, die Farfar alles Gute wünschen wollten, für ihn beten oder einfach ihre Zuneigung bekunden wollten.

Und als das Festival offiziell eröffnet wurde, hatten wir schon die längste Schlange vor unserem Truck, die ich je auf einem Festival gesehen hatte.

»Oha, schaffen wir das wirklich?«, fragte Jorge fünf Minuten vor dem Startschuss, die nackte Panik im Gesicht, während er, so schnell er konnte, Streifen von Kebabfleisch in eine Schale schnetzelte.

Lou blickte sich zu uns um und lachte und etwas anderes brachte ich auch nicht zustande. »Ich hab keine Ahnung.«

Doch Terrance übernahm die Rolle des offiziellen *Hej-Hej!*-Hype-Man, packte Jorge an den Schultern und schrie: »Wir schaffen das! LOS GEHT'S!!!«

Und das half anscheinend tatsächlich. Jorge atmete tief durch, nickte und wandte sich wieder dem Drehspieß zu, um mehr Fleisch zu schneiden.

Und dann ging es wirklich los.

Um zwei Uhr dreißig mussten wir das Fenster schließen. Wir hatten schlicht und einfach alles aufgebraucht.

Ein junger Fotograf von der *Baltimore Sun* machte ein paar Schnappschüsse von uns: Lou und ich, wie wir uns weinend in den Armen liegen. Jorge, wie er auf dem Boden sitzt, den Rücken an ein Vorderrad des Trucks gelehnt, und sich mit einer Hand durch die triefend nassen Haare fährt. Terrance, der zwischen uns steht und jubelnd beide Hände in die Luft reißt. Alle vier von uns unter dem Schild, das Lou mit Edding geschrieben und ans Fenster geklebt hatte:

AUSVERKAUFT!
VIELEN DANK EUCH ALLEN!
SPREAD LOVE!

Es war echt gut gelaufen. Maggie hob den Artikel auf. Für den Tag, an dem …

Nach dem emotionalen Hoch des Festivals verbrachte ich den Rest des langen Wochenendes bei Farfar.

Ich bin stolz auf das, was wir gemacht haben, dass wir es geschafft haben, den Truck alleine zu betreiben, aber um ehrlich zu sein, habe ich immer noch ein furchtbar schlechtes Gewissen, dadurch weniger Zeit in seiner Nähe zu verbringen.

Ich sollte derjenige sein, der hier ist, wenn er aufwacht.

Ich weiß, was er dazu sagen würde. *Jetzt sei kein Idiot, Gubben.*

Und es gibt auch noch einen anderen Gedanken. Einen Gedanken, den ich nicht laut aussprechen möchte, aber ... es war irgendwie auch eine Erleichterung. Weg zu sein, meine ich. Wenigstens für eine Weile. Ein bisschen Normalität zu spüren, ein bisschen Freude, besonders, wenn ... wenn das meine neue Normalität sein soll. Allein.

Es ist jetzt einen Monat her und ...

Okay. Sorry.

Mein Gott, ich vermisse ihn so.

Ein bisschen mehr von der Geschichte gibt es allerdings noch zu erzählen.

Ein bisschen mehr soll er noch hören.

## KAPITEL 37

## DIE ABSCHLUSSFEIER

DREI TAGE NOCH. DREI TAGE, UND ICH WÄRE ENDLICH für immer mit der Schule fertig. Keine Arbeitsblätter mehr. Keine Lektüretests. Keine Hausaufgaben mehr. Keine willkürlichen Punktzahlen mehr, die an irgendwelche willkürlichen Aufgaben gekoppelt waren.

Eigentlich genau das, worauf ich immer gewartet hatte, oder? Die Chance, endlich mein echtes Leben zu beginnen.

In diesen letzten Tagen gab es auch keinen Unterricht mehr für uns Schulabgänger. Kein Scherz – wir mussten nur zur Schule kommen, um zu üben, in einer Reihe zu gehen, eine Weile auf einem Stuhl zu sitzen und wieder in einer Reihe zu gehen.

Aber ich weiß, Farfar hätte mich gerne in dieser Reihe gehen sehen.

Ehrlich, er verpasste nichts Großartiges. Dreißigtausend Highschools, nicht wahr? Millionen von uns, alle gleich. Wir marschieren alle in den gleichen Reihen, zu dem gleichen Song, nachdem wir alle ungefähr die gleiche Anzahl von Hürden genommen haben. Nichts wirklich Besonderes, oder?

Ich weiß, das ist überhaupt nicht das, was er meinte. Ich grübele schon seit Tagen darüber nach. Das Ganze kam mir einfach eher surreal vor als denkwürdig. Als wäre ich ein schlechter Schauspieler, der versuchte, die Rolle des Schulabgängers zu spielen, nur dass ich meinen Text vergessen hatte und einfach hoffte, dass es niemand merkte.

Als sich dann all diese Leute im Stadion versammelt hatten – wir, die wir in Reihen auf unseren Klappstühlen saßen und in das gleißende Licht des Sonnenuntergangs blinzelten, und unsere Familien und Freunde, die ihre Hälse reckten, um uns von der Tribüne aus zuzuwinken –, fühlte ich mich so abgrundtief allein wie noch nie zuvor.

Und das änderte sich auch nicht, als Meredith meinen Namen aufrief, um auf die kleine provisorische Bühne zu kommen und mein Abschlusszeugnis entgegenzunehmen, und die Menge aufstand und mich mit einem langen, von Herzen kommenden Applaus bedachte. Ja, es war eine rührende Geste und sie trieb mir die Tränen in die Augen, aber es war eben nichts im Vergleich zu den nervigen Familien, die peinliche Spitznamen riefen und mit hereingeschmuggelten Hupen tröteten, wenn meine Mitschüler auf die Bühne traten. Und als ich mich wieder auf meinen Platz zwischen Emily Odachowski und Victor Ortega setzte (zwei Schülern, mit denen ich noch nie im Leben ein Wort gewechselt hatte), ließ ich den Blick durch die Menge schweifen und fragte mich, wo er wohl gesessen hätte.

Ob er auch jemand gewesen wäre, der eine Hupe hereingeschmuggelt hätte oder eine der Kuhglocken von Jorges Onkel. Ob er mir dann in einer Pause zwischen all den Namen lauthals zugerufen hätte: »Heute, Gubben!«

Immerhin hatte ich mein Hemd selbst gebügelt, genau wie er es mir gezeigt hatte – dasselbe Hemd und dieselben Hosen, die ich zum Homecoming getragen hatte.

Als ich gerade den ersten Ärmel fertig hatte, kam Maggie vorbei und fragte, ob ich Hilfe bräuchte. Nein, ich hätte alles unter Kontrolle, sagte ich, und da lächelte sie und umarmte mich fest.

»Das wird schon«, sagte sie über meine Schulter.

Und ich wusste nicht so recht, ob sie meinte »Das wird schon – er kommt bald nach Hause und alles wird wieder gut« oder »Du machst das schon – du bügelst deine Hemden selbst, du kommst allein zurecht.«

Es zerreißt mir das Herz, dass ich wohl auf beides gefasst sein muss.

Jorge hielt die Abschlussrede, die an seine Papiertütenrede im September erinnerte (über die Opfer, die eine Generation für die andere bringt), aber *noch* besser war. Ich warf nur am Anfang seiner Rede einen kurzen Blick hinüber zu seinen Eltern und Großeltern auf der Tribüne und für den Rest der Rede war mein Hals wie zugeschnürt. Farfar hätte Rotz und Wasser geheult.

Lous Rede hatte Farfar schon gehört – sie hatte ihm ihren Text am Abend zuvor selbst vorgelesen, angefangen mit dem besten Rat, den sie je bekommen hatte: *Sei kein Idiot* ...

Am Ende, nachdem wir unsere Graduiertenhüte in die Luft geworfen hatten und sich alle auf dem Spielfeld trafen, sich lachend und weinend in den Armen lagen und für Fotos posierten, beschloss ich, mich ohne meinen Hut davonzuschleichen und nach Hause zu fahren.

Die meisten meiner Mitschüler und Mitschülerinnen würden später am Abend ins Vergnügungszentrum *Hickory Falls* ziehen, wo man sie alle zusammen einsperren würde, mit freiem Zugang zu den Gokarts, Laserspielen, Flipperautomaten und allem anderen, um noch mal eine Nacht lang zusammen Spaß zu haben – und um mögliche Abschlussabendtragödien zu verhindern. Lou ging hin, Jorge und Jesus auch. Und ich weiß, Farfar würde denken, ich wäre ein Idiot, wenn ich nicht hinginge, aber ich war einfach fertig.

Lous Familie richtete direkt nach der Zeremonie im Stadion eine kleine Feier zu Hause aus, bevor es losging mit der *Hickory-Falls*-Nacht. Jorge und Jesus mit ihrer Familie waren dabei und natürlich war ich auch eingeladen, aber auch das schaffte ich nicht. Ich musste einfach nach Hause.

»Wieder nur ich«, sagte ich zu Koopa, als ich die Tür öffnete, meinen Graduiertenumhang zu einem Knäuel um meine Hand gewickelt. Ich warf ihn in einem hohen Bogen auf die Couch, während Koopa aufgeregt um meine Beine strich. Sie war ganz durcheinander, seit Farfar weg war, auch wenn Lou täglich nach ihr schaute, und folgte mir auf Schritt und Tritt, wenn ich in der Wohnung war.

Sie wich mir nicht von der Seite und mauzte zu meinen Füßen, als ich in meine Jogginghose und ein altes *Hej-Hej!*-T-Shirt schlüpfte; sie folgte mir und rollte sich auf meinem Schoß zusammen, als ich mich in die Sofapolster sinken ließ. Und als ich Farfars alten, mit dem Gummiband umwickelten Controller in die Hand nahm und die alte Wii anschaltete – *unsere* Wii –, schnurrte sie so sehr, dass es sich fast so anfühlte, als würde sie zittern.

»Ich weiß«, sagte ich. »Ich vermisse ihn auch.«

Und ich stellte ihn mir vor, wie er allein in seinem Krankenhauszimmer lag und sich sein Brustkorb immer noch im Rhythmus der Maschine auf und ab bewegte, während ich zu Hause, fast 60 Kilometer entfernt, allein auf seinem Sofaplatz lag und mich fragte, was zum Teufel ich als Nächstes tun sollte. Ich wusste, dass da Entscheidungen auf mich zukamen, die ich nicht bereit war zu treffen.

Ich weiß nicht, wie lange ich schon wieder durch die Mii-Galerie gescrollt hatte, aber es war nach elf Uhr, als ich ein Klopfen an der Tür hörte. Ich nahm an, es wäre Maggie, die vor der Nacht noch einmal nach mir schauen wollte, da sie mich am Ende der Abschlussfeier nicht mehr gesehen hatte.

»Hey.«

Lou stand vor der Tür, in einem weißen Trägershirt und Fleeceschlafanzughosen, und zupfte verlegen an ihrem Zopfende.

»Musst du nicht im *Hickory Falls* sein?«, fragte ich und machte einen Schritt zurück, um sie hereinzulassen.

»Ich gehöre ja nicht wirklich mehr zur Schülervertretung«, antwortete sie, während sie Koopa hochhob, die mir zur Tür gefolgt war. »Ich glaube, die kommen auch ohne mich zurecht.«

»Du musst aber nicht …«

»Oscar. Ich bin genau da, wo ich sein will.« Und dann flüsterte sie wieder einmal irgendwelchen schwedischen Nonsens in Koopas Ohr. Mein Gott, ich wäre beinahe auf die

Knie gefallen. Wie sollte ich mich in ein paar Monaten auch noch von *ihr* verabschieden? Nein. Nicht »auch noch«.

Ich schloss die Tür und folgte ihr zurück zur Couch. Koopa schnurrte schon auf ihrem Arm wie ein altes Motorrad.

Lou winkelte die Beine an und legte ihren Kopf auf meine Schulter, während ich noch einmal den alten Controller in die Hand nahm.

»Das ist jetzt wohl unsere Abschlussparty, hm? Wir hocken mit einer trauernden Katze in einer dunklen Wohnung und erstellen Miis in *Mario Kart*?«

Ich sah zu Lou herunter und versuchte das Grinsen auf ihrem Gesicht zu erwidern. Als ich spürte, wie mein Lächeln verrutschte, machte ich eine Geste, als würde ich in eine Partytröte blasen.

Doch Lou lächelte nur noch breiter und dann beugte sie sich zu mir und gab mir den sellerie-fernsten Kuss in der Geschichte des Küssens.

»Kann sein, dass noch ein Kebabkegel im Gefrierschrank ist«, brachte ich hervor.

»Ist das ein Euphemismus?«

»Äh ...«

»Wie ›den Munkar füllen‹?

»Warte, ist das ein Euphemismus?«

Meine Ohren wurden knallrot und Lou schmiegte sich an mich, um mich noch einmal zu küssen.

»Warte. Sollten wir nicht den Fernseher ausmachen? Die Miis gucken ja alle zu.«

Lou lachte und lehnte ihre Stirn an meine.

»Ehrlich gesagt mache ich mir eher Gedanken um die Katze auf deinem Schoß.« Wie aufs Stichwort sah Koopa zu uns auf und mauzte. »Und das ist jetzt kein Euphemismus.«

Ich versuchte mein Bestes, nicht an den Abschied von Lou, an den Abschied von Farfar zu denken, und ließ mich einfach in die Couch sinken.

»Im Ernst, ich glaube, du musst mir heute Abend wirklich noch Munkar machen«, sagte Lou eine Weile später. Wir lagen zusammen ausgestreckt auf der Couch, die Miis waren wieder auf dem Bildschirm versammelt.

»Ich werd mal sehen, was sich machen lässt.«

Wir scrollten durch die Galerie und Lou stellte Fragen zu jeder der Figuren – vor allem zu denen, die Farfar später hinzugefügt hatte. Sie wollte die Geschichten hören.

Also erzählte ich ihr unsere Geschichten.

## KAPITEL 38

## ES GIBT NICHTS MEHR ZU ERZÄHLEN

SO, DAS WAR'S. ENDLICH BIN ICH MIT DER SCHULE FERTIG. Erwachsen.

Lou ist jetzt in Savannah, das letzte Camp mit den Pfadfinderinnen. Fünf von ihnen sind seit der Grundschule zusammen in derselben Gruppe. Jorge und Jesus sind mit anderen Fußballspielern, die ihren Schulabschluss gemacht haben, nach Ocean City gefahren, wo sie in irgendeinem schäbigen, überteuerten Hotelzimmer in der Nähe der Strandpromenade übernachten.

Und ich, ich bin die ganze Woche hier gewesen, bei Farfar. Ich weiß nicht, was ich sonst noch erzählen soll.

Ich habe noch einmal darüber nachgedacht, wie das mit den Kapiteln ist. Ich hab angefangen, durch mein Zimmer zu gehen, aufzuräumen, wegzuschmeißen, für mein Erwachsenenleben Platz zu schaffen.

Dabei hab ich unter meinem Bett, ganz hinten an der Wand, allen möglichen Kram gefunden, der da teilweise schon seit Jahren lag. Und ich dachte, dass sich Kapitel manchmal auch überschneiden können.

Ein paar dieser Dinge hab ich aufgehoben. Wie für einen schlecht vorbereiteten Papiertütenvortrag.

Dieses Ding hier ist das alte Handyladegerät. Auch wenn es für keines unserer jetzigen Telefone mehr zu gebrauchen ist, steckte es noch immer in der Steckdose, die von meiner Matratze verdeckt wurde, und das Kabel hing auf den staubigen Teppichboden.

Es stammt aus jener Übergangszeit, als Farfar aufgehört hatte mir vorzulesen, aber sichergehen wollte, dass ich immer noch Geschichten hören konnte, wenn ich wollte. Die Hörbücher, die er dann auf mein altes Handy herunterlud, waren aber nie so gut wie seine Stimme, ganz egal, wer der Sprecher war, der den Text eingelesen hatte.

Und das hier, das ist dieses alte Telefon. Ich hab es ganz hinten in meiner Nachttischschublade gefunden; die Batterie ist längst alle. Es ist bloß ein Motorola, das Farfar irgendwann für 35 Dollar bei *Consumer Cellular* ergattert hat. Aber es funktionierte. Funktionierte gut genug, auch wenn der Ton nie mit Farfars tiefer Stimme oder seinem schwedischen Einschlag (wenn er müde wurde) mithalten konnte.

Und das Ding erfüllte seinen Zweck.

Ich konnte sogar ins »Interweb« gehen, konnte YouTube aufrufen, wenn ich einen Song hören wollte, von dem die anderen in meiner Klasse redeten. Allerdings fand ich die Songs meistens albern, wenn ich sie dann gefunden hatte, und guckte lieber die Kochvideos in meinem Feed. Ich konnte *Angry Bird* spielen oder *Clash of Clans*, was die Zwillinge und ich eine Zeit lang ständig spielten. Und mein heimliches Lieblingsspiel: *My Singing Monsters*.

Ich wette, wenn ich das Handy wieder aufladen, wenn ich das Motorola wieder zum Leben erwecken würde, wären meine Inseln noch da. Ich könnte die App hochladen (wozu vielleicht ein Update oder auch drei nötig wären) und würde meine Trommpler vorfinden, wie sie unermüdlich auf ihren kugeligen Bäuchen herumtrommelten. Meine Lieblingsfigur, der Wampenriese, würde immer noch seinen gregorianischen Monstergesang grölen. Ich hatte ewig gebraucht, bis ich einen Wampenriesen gezüchtet hatte.

Mir ist schleierhaft, wie Farfar nicht bemerken konnte, dass ich angestrengt auf den Bildschirm starrte, wenn ich meine Ohrstöpsel drin hatte, und definitiv nicht dem Hörbuch lauschte, das er mir heruntergeladen hatte.

Na ja, an manchen Abenden tat ich das schon. Wirklich.

Es war nur einfach nicht das Gleiche.

Außerdem höre ich sowieso besser zu, während ich koche. So wie ich ihm besser hatte zuhören können, während ich die Äpfel knabberte, die er mir vor dem Schlafengehen immer geschnitten hatte.

Und das hier, das ist einer meiner vielen Stoff-Mumins, aber der ist nicht von Farfar. Der ist noch aus der Zeit, als Farfar noch gar nicht wusste, dass es mich gab, als er noch in einem ganz anderen Kapitel seiner Geschichte steckte. Er ist das Einzige, was ich aus Åland mitgenommen habe, als wir uns (vielleicht sogar beide) weinend verabschiedeten – ganz am Anfang unseres gemeinsamen Kapitels.

Ich meine, ich bin sicher, ich hatte noch andere Dinge dabei – Kleidung, eine Zahnbürste, vielleicht noch ein paar andere Spielsachen, an die ich mich nicht erinnere – aber dieser Mumin ist der Einzige, der geblieben ist.

Vielleicht war er von meiner Mom oder meinem Dad. Ich weiß es nicht. Meine Vermutung ist jedoch, dass Farmor ihn mir geschenkt hatte. Es war ihr Haus, an das ich auch noch ein paar bruchstückhafte Erinnerungen habe. Aber ich schätze, irgendwann war es auch einmal sein Haus, in einem ganz anderen Kapitel. Bevor ich geboren wurde.

Ich frage mich oft, wie anders alles gewesen wäre, wenn er da geblieben wäre. Wenn er nicht gegangen wäre. Ich weiß, das ist etwas, das er sich wahrscheinlich selbst jeden Tag gefragt hat, nachdem er ausgewandert war.

Ja, und das hier – das hier ist das Trollbuch. Mein Lieblingsbuch, als ich klein war. Er suchte immer die Bücher aus, die er mir abends vorlesen wollte – sogar noch die Hörbücher, die er später auf dieses Handy lud. Aber dieses Buch – dieses zerfledderte Taschenbuch mit dem Titel »Die besten Geschichten von Monstern und Trollen«, das noch aus der Zeit stammt, als mein Vater klein war, und das irgendwie vor all den Jahren den Weg mit über den Atlantik gefunden hatte – das ist mein Lieblingsbuch. Farfar hatte an jenem Abend einige Bücher aussortiert, aber dieses hatte er mich mitnehmen lassen, wenn auch nur, um mir »Der Käse aus Stein« vorlesen zu können.

Und dann das hier – dieser kleine Zettel von Lou. Sie hat ihn mir vor über einem Monat gegeben, vor dem Festival. Auf dem Zettel steht nur der Name eines Dichters, für den sie schwärmt – Shane Koyczan – und der Titel eines seiner Gedichte, das sie an uns erinnert hat: »Heaven, or Whatever«. Der Papierstreifen musste in die Ritze zwischen meiner Matratze und der Wand gerutscht sein, während ich auf meinem Bett lag und mir das Video dazu anhörte.

Seitdem hab ich es mir fast jeden Tag angehört.

Inzwischen schaffe ich es nicht mehr, es bis zum Ende anzuhören, ohne zu weinen.

Farfars Himmel?

Sein Himmel, denke ich, das wäre *Mario Kart*, Game Reset – jede Figur und jede Rennstrecke, jedes Bike und jeder Turbo Blooper noch nicht freigeschaltet. Ein Monster-Burger, ein Bier und ein unerschöpflicher Vorrat Lakritze.

Sodbrennen gibt es in seinem Himmel nicht.

Sein Himmel, das wäre Koopa, die sich im Wohnzimmer auf der Fensterbank ausstreckt, um sich nach dem Abendessen die Sonne auf den Pelz scheinen zu lassen. Ihr Schnurren, wenn er schwedische Koseworte säuselt und sie unter dem Kinn krault, wie sie es nur ihm erlaubt.

Sein Himmel, das wäre Amir.

Ich wünschte, ich hätte ihn kennenlernen können. Wünschte, ich hätte die beiden zusammen erleben und mit ihnen lachen können, in der Gluthitze des Foodtrucks Anfang September.

Könnten unsere beiden Kapitel dort in seinem Himmel nicht miteinander verwoben sein, frage ich mich. Könnten sich das Leben, das er mir ermöglicht hat, und das Leben, das er mit Amir geteilt hat, nicht auch überschneiden? Ich wäre mehr als zufrieden, in seinem Himmel am Fenster des Foodtrucks zu stehen. Um die Kunden zu bedienen, die in der Hitze Schlange standen und ungeduldig auf ihren eigenen himmlischen Genuss warteten.

Würden Farfar und Amir sich beim Kochen necken? Würden sie miteinander scherzen, während sie mit den Kebabbestellungen kaum hinterherkamen und der Schweiß ihre Kopftücher durchtränkte?

Würde Amir mit uns *Mario Kart* spielen?

Ich frage mich, ob Farfars Himmel auch darin bestehen würde, seinen eigenen Rennwagen zu fahren, innerhalb des Spiels. Sein grauer Pferdeschwanz würde in der Anti-Gravitation des *Regenbogen-Boulevards* langsam auf und ab wippen, er würde über die Leitplanken schießen, um dann kichernd von einer lächelnden Wolke aus dem Abgrund gerettet zu werden. Ich würde ihm zuwinken, wenn ich an ihm vorbeifuhr, vorsichtig wie immer meinen Standardrennwagen langsam um die scharfen Kurven steuern und damit rechnen, dass er jeden Moment wieder an mir vorbeischoss.

Es bricht mir ein wenig das Herz, dass ich vielleicht doch nicht wusste, wie sein Himmel aussehen würde. Denn während ich hier so sitze und über diese Gedankenspiele und irgendwelchen Krimskrams in meinem Zimmer lache und weine, wird mir klar, dass es eigentlich *mein* Himmel ist.

Dieses Kapitel. Dieses Leben. Mit *ihm*.

Und vielleicht ist es albern, ein bisschen egoistisch, dass ich Sorge habe, nur ein Kapitel in seiner Geschichte zu sein. Ich weiß leider nicht, ob es das Kapitel wäre, in das er immer wieder zurückkehren würde, ausgestreckt auf der Couch, in diesen Momenten kurz vor dem Einschlafen. Immer wieder zurückblätternd, um das Lieblingskapitel seiner Geschichte noch einmal zu lesen. Ich würde es gern.

Ja, ich weiß, je länger er im Koma liegt, desto geringer ist die Chance, dass er wieder aufwacht. Das weiß ich. Ich weiß, dass mein »eines Tages« vielleicht schon gekommen ist, auf eine Weise, wie wir es nie geplant, nie gewollt, uns nie ausgemalt haben.

Ich will ihm nur sagen, dass ich inzwischen zumindest ein paar Dinge klarer sehe – egal, was kommt. Dass ich den Pfad vielleicht wieder gefunden habe. Dass wir – ich – schon irgendwie klarkommen werde.

Andererseits – falls er das alles hören kann – wäre es auch okay, wenn »eines Tages« vielleicht noch eine Weile länger »eines Tages« bleiben könnte. Wenn dieses Kapitel vielleicht doch noch ein paar Seiten hätte.

Wenn nur … bitte.

Öffne doch die Augen.

# EPILOG

DIE GLASTÜR SCHWINGT AUF UND SECHS MITGLIEDER DER Gettysburg-College-Fußballmannschaft betreten das kleine Café. In zwei Stunden haben sie Training, aber das ist mehr als genug Zeit, ein oder zwei Portionen Ziegenkäse-Poutine zu verdauen. Wahrscheinlich auch ein paar hausgemachte Donuts – Munkhâl nennt man sie hier –, während sie an ihren üblichen Tischen am Vorderfenster sitzen, Hausaufgaben machen oder lernen. Diese Munkhâl kommen direkt aus der Fritteuse und machen hochgradig süchtig. Einige der Jungs können immer noch nicht glauben, dass sie hier auch ihre Studentenausweise verwenden können, als würden sie ein paar Häuserblöcke entfernt in die Mensa gehen.

Es ist eine interessante Kombination von Gerichten, aber die lokale Studentengemeinde ist schon mit dem Angebot des Cafés vertraut. Treue College-Lehrer und Studenten eilen immer noch herbei, um den Foodtruck des Cafés zu begrüßen, wenn er auf den Campus rumpelt, was leider nicht mehr so häufig vorkommt wie früher.

Der sechste Fußballer, der den anderen die Tür aufgehalten hat, tritt in den Raum, atmet tief ein und lächelt. Es ist noch etwas früh dafür, denkt er, aber im Café duftet es heute schon zuckersüß weihnachtlich. Dann gesellt er sich zu seinen Teamkollegen, die an der Theke die Menütafel studieren.

»Na, alles klar?«, ruft er in die offene Küche.

Der junge Besitzer sieht mit einem breiten Grinsen von dem riesigen Industriemixer auf, den er gerade bedient, und nickt. Auf seiner schwarzen Baseballkappe, die er wie immer verkehrt herum trägt, sind mehlige Fingerabdrücke zu sehen.

Der übliche Mittagsansturm ist schon vorüber und er ist gerade dabei, den Munkar-Teig für den nächsten Tag anzurühren. Er weiß nicht, wo ihm der Kopf steht, denn er muss auch noch zwei riesige Cupcake-Bestellungen für zwei verschiedene Baby-Shower-Partys vorbereiten, zusätzlich zu den Safranbrötchen, die dieses Jahr unbedingt vor Thanksgiving in der Vitrine sein sollen – vor allem, nachdem in dem Artikel der *Gettysburg Times* letztes Jahr direkt nach der Eröffnung des Cafés so viel Werbung dafür gemacht wurde.

Doch der junge Besitzer, der in ein paar Wochen zwanzig Jahre alt wird, könnte nicht glücklicher sein.

Er stellt den Timer ein, streift seine Hände an einem Geschirrhandtuch ab und kommt heraus, um mit seinen Kunden zu plaudern, seinen Freunden. Er hat wirklich gute Hilfe in der Küche, denkt er, und beobachtet, wie sein Angestellter zwei Körbe frisch geschnittene Kartoffeln in die Fritteuse taucht und dabei einen kleinen Tanz mit Hüftschwung vollführt. Er ist viel reifer geworden in den letzten zwei Jahren, der alte Chaot.

»Ist sie schon zu Hause für die Feiertage?«, fragt sein Freund an der Theke, genau in dem Moment, als die Klingel über der Tür noch einmal bimmelt.

Er kann sie schon sehen, wie sie ihn vom Fußweg aus anstrahlt und die Tür weit aufhält. Ihr langer dunkler Zopf fällt über ihr Sweatshirt, als sie sich umdreht, um mit jemandem vor der Kunstgalerie nebenan zu sprechen. Zuerst sieht er den Gehstock, der schon nicht mehr ganz so zittert, bevor das Mädchen den alten Mann am Arm nimmt und die beiden zusammen einen vorsichtigen Schritt ins Café machen.

»Hej hej, Gubben.«

# HEJ-HEJ!-CAFÉ SPEISEKARTE

## RULLEKEBAB

**ORIGINAL** – fein gehobeltes gewürztes Rindfleisch, frisches Fladenbrot, Salat, Tomaten, Gurkenscheiben, Soße
**BLAUER PETER** – Rullekebab Original mit Blauschimmelkäse
**HEJ-HEJ!-SPEZIAL** – Rullekebab Original mit Ananas, Blauschimmelkäse, Jalapeño-Schoten
**CHAMPION** – Rullekebab Original mit Pilzen

## HAMBURGARE

*Rindfleisch aus Weidehaltung, selbst gebackene Brötchen*

**KLASSIKER** – Rindfleisch, Käse nach Wahl, Brötchen
**GETTYSBURGER** – Rindfleisch, karamellisierte Schalotten, Pilze, Blauschimmelkäse, Bacon, Balsamicoglasur
**FARFAR** – zwei Frikadellen, Schmelzkäse, vier Scheiben Bacon
**ZIEGENHIRTE** – Rindfleisch, Ziegenkäse, Pommes (oben drauf!), karamellisierte Schalotten, Bratensoße
**JAHRGANGSBESTER** – Rindfleisch, Pepper-Jack-Käse, Bacon, Guacamole (von Rosa's)

## POMMES FRITES

*Frisch zubereitete Pommes*

**PUR** – mit Käse oder Bratensoße zum Dippen
**ÜBERBACKEN** – geschnetzeltes Kebabfleisch, rote und weiße Soße, zerkrümelter Feta, klein geschnittene Jalapeños und Tomaten
**ZIEGENKÄSE-POUTINE** – frisch zubereitete Pommes, hausgemachte Bratensoße, zerkrümelter Ziegenkäse

## MUNKAR

**ÄPPLE MUNK** – frischer Donut mit süßer Apfelfüllung, Sahne und Zimtzucker
**BÄR MUNK** – frischer Donut, gefüllt mit Marmelade je nach Saison, Sahne und Zucker
**MUNKHÅL** – Mini-Donuts mit Zimt und Zucker
**MUNK SPEZIAL** – Tages- und Saisonspezialitäten

## CUPCAKES

Vanille »Hochzeitstorte«, Schokolade, Zitrone, Erdbeerquark, Spezialität der Woche

## SAISONALE DELIKATESSEN

Hausgemachter Apple Crisp
mit Eis
Frittierte Apfelringe
Pumpa Munk
Safranbrötchen

## KAFFEE UND ANDERE HEISSGETRÄNKE

*Wir sind stolz, Merlin's Coffee zu servieren –
lokal gerösteter Fairtrade-Kaffee
aus biologischem Anbau*

Kaffee – täglich frisch geröstet
(hell und dunkel)
Latte macchiato & Mokka
Chai Latte
Heiße Schokolade

## TRIGGERHINWEIS

In diesem Buch werden Themen wie Gewalt, Drogen, Homophobie und Rassismus angesprochen.

# DANK

Ich habe so vielen Menschen so viel zu verdanken.

Der erste frische Bär Munk geht an meine Superheldin-Agentin Laura Crockett, die nichts anderes tut, als Gutes in diese Welt zu bringen. Ich denke jeden Tag daran, wie viel Glück ich habe.

Donuts an Uwe Stender und das ganze Team bei Triada, Agenten und Autoren gleichermaßen – es fühlt sich wirklich so an, als wäre man Teil einer schreibenden Familie.

Ein riesiger Äpple Munk an Erin Clarke, meine großartige Lektorin, deren Scharfsicht und Geduld einmalig sind. Ich bin ihr für immer zu Dank verpflichtet. Warme Safranbrötchen an Jeff Hinchee und Ray Shappell für ein Cover, das so unglaublich perfekt ist und mich mit so viel Freude erfüllt. Ich kann immer noch nicht glauben, dass sich in diesem Imbisswagen ein winziges Mumin-Poster versteckt. Ein weiteres Blech aus dem Ofen geht an Barbara Perris, Lisa Leventer und Artie Bennett. Und ein paar dampfende Becher mit Glögg an das ganze fantastische Team bei Knopf.

Eine Portion warmer Apple Crisp an Dr. Aileen Hower und Dr. Mona Kerby für ihre grenzenlose Unterstützung und dafür, dass sie mir Chancen geboten haben, die ich nie für möglich gehalten hätte.

Je ein Monster-Burger mit Bacon an meine Brüder, Matt und Nate, und an meinen Freund Ryan, der darauf bestand, das früheste, chaotischste Manuskript zu lesen, und mir nichts als von Herzen kommende Ermunterung zuteilwerden ließ.

Ein Hej-Hej-Spezial an meinen lieben Freund und Bruder André Friman, der meine Quelle für alles Schwedische gewesen ist und Åland auch zu einem Teil meines Lebens gemacht hat. Jegliche Fehler sind allein mir zuzuschreiben.

Danke auch an meine Schüler, die so viele Beispielsätze ertragen mussten, in denen Oscar und Farfar und *Mario Kart* vorkamen. Ihre begeisterte Unterstützung bedeutet mir mehr, als ich je adäquat zum Ausdruck bringen könnte. Munkhål für alle. (Die Schule hat das schon abgesegnet.)

Frisch zubereitete Pommes an Mom und Dad. Es wird nie genügend Pommes geben, um eure endlose Liebe und Unterstützung aufzuwiegen. Aber wir sollten es versuchen.

Pumpa Munkar an Maddie und Mabel. Ich bin voller Bewunderung für die Freude und die Schönheit, die ihr jeden Tag verbreitet.

Und schließlich wie immer – alles auf einmal an Dawn, denn sie ist die Soße zu meiner Poutine. Du holst wirklich das Beste aus mir heraus.

JARED RECK lebt mit seiner Frau und ihren beiden Töchtern in Hanover, Pennsylvania. Er unterrichtet als Englischlehrer und hat über die Jahre an der Seite seiner Schüler herausragende YA-Bücher entdeckt und auch sein Interesse daran, selbst in diesem Genre zu schreiben.

MAREIKE WEBER studierte Literatur- und Verlagswissenschaften in Deutschland und Schottland, wo sie inzwischen mit ihrer Familie lebt. Seit vielen Jahren ist sie für verschiedene Verlage im deutschsprachigen Raum als Übersetzerin tätig. Ihre besondere Leidenschaft gehört dabei schon immer der Literatur für junge Leser.

Mehr zu unseren Büchern auch auf Instagram